巴別塔紀元

Tower of Epoch

雷思傑

目次

序一

又造樓台——雷思傑的新加坡科幻小說 ◎ 陳濟舟

巴別塔的故事我們再熟悉不過。神話來源於《聖經·創世紀》第十一章，講述了人類同聲同語之時要在示拿地（Shinar）的平原建立一座塔城，塔頂通天，為人類揚名。這一計劃最終因上帝刻意混淆了人類的語言而以失敗告終。從最為淺顯易懂的角度詮釋「巴別」的意義，依聖經原文為「因為耶和華在那裡變亂天下人的語言，使眾人分散在全地上，所以那城名叫巴別。」由此看來，「巴別」的意思與「亂」相關。雖然專業的語言學家們並不一定認同這樣的解釋，但小說家雷思傑的第一部長篇小說便要從這「亂」字講起。

故事從2014年開始，「萊佛士醫院」通過胚胎移植手術而製造了一對雙生子：王傑和陳厚（後成為李智）。因為機緣巧合，兄弟二人走上截然不同的人生路，也並不知道彼此的存在。王傑被送入達善福利院，由來自中國的前服裝廠女工王霞照顧，而陳厚的人生前七年則在一個可以減緩他新陳代謝速率的休眠艙中度過，每天僅能被喚醒幾小時，並被一位名為老陸的男子撫養。身份的不明、混淆，姑且可以作為故事中對「亂」的一種解釋。然而，若讀者以為雷的小說只是要在兄弟情誼、尋找父母等人間倫常上鋪排出又一島國通俗劇，就全然低估了小說家的能力。

「亂」的第一重意義在於大秩序的喪失和毀滅。而雷的用心恰恰在此，一出手就讓我們刻板印像中的花園城市、法度之幫，變了模樣：

2021年6月8日凌晨4點32分，絕大多數人還在睡夢中。印尼爪哇島附近的十五座海底火山接連噴發，緊接著就是劇烈的地殼運動。馬六甲海峽底部直接被撕開一個長達五百多公里的口子。

火山噴發引起的海嘯和地震，使得新加坡國土平均海拔以每天一米多的速度下降，百分之八十的房屋不能居住。自此時，龜嶼裂，城邦毀，堤道（Causeway）廢，水浩洋不息，地不復週載，三個月內，全國沉入水下，蕩然無存。但是，雷思傑卻並不是要重複像吳明益的《苦雨之地》或者陳楸帆的《荒潮》那樣在廢墟、極端環境中或大的破壞之後苟且安生的惡托邦世界，而意在「亂」後迅速建立起他心中近未來的「海市蜃樓」：塔林之城。

在震後兩年內，新加坡政府就運用各類招商引資的辦法，成功復國。至2030年，新加坡港口貿易已再次興起，踵事增華，只是這一次國家的形態和社會群居的方式都依附著由七座高塔組成的塔林計劃而展開。七座高塔分別是位於原聖淘沙的星洲塔、原牛車水的九龍塔、克蘭芝塔、兀蘭塔、原小印度的白象塔、原新加坡國立大學肯特崗的三體塔，以及原市中心的獅心塔。

塔即為城，城亦是塔，這召喚出巴別塔起源神話的原型。但是，在雷的小說中塔林的形成並沒有為這個「新」新加坡解決在劫後世界中的各類社會問題，反而變本加厲。塔林高聳入雲，也以雲層為界，劃分出雲上雲下的幾重世界，更有居住在塔基底部海平面以下的「無用階級」和「穴居人」。高層人創造出一個天空之城，擁有獨立的商業、娛樂區，搭乘由膠囊車廂組成的「雲端交通系統」，享用自然水，盡量將自己和雲端以下區隔開來。這樣的小說背景雖然讓人想起美國反烏托邦賽博朋克科幻網劇《碳變》，但雷也做出了在地化的創意性轉換，使得他的故事讓熟悉新加坡的讀者們會心一笑：「萊佛士醫院」重新創造醫療奇蹟入駐獅心塔，新加坡聯合大學震後新設，入駐三體塔，人造巨星琳婭在九龍塔（牛車水）開演唱會等等。這些橋段都一次次讓本島看似實在到毫無新意的人、事、物、景都產生了趣味盎然變化和「異化」（Verfremdung），就連南洋的風雨都變得亦真亦幻起來。

而這樣虛構的能力誠然是建立在小說家雷思傑和新加坡這座島國城邦的真實關係上。新加坡開埠以來，除了吞吐各類商貨之外，也迎來五湖四海的華洋遺民、移民和逸民，以及新客、陸客與過客。雷思傑祖籍福建泉州，南安碼頭鎮，不僅是著名的僑鄉，自宋代起，此鎮也是詩溪流域（即為晉江東溪流域）的貨物集散地之一。從僑鄉到獅島，這幾個世紀以來的遷移路線本可以作為小說家又一個「下南洋」的敘事，但雷思傑卻另有故事要講。

他在茲念茲的並非「去國懷鄉」和「落地生根」之間的拉鋸，反而通過小說著眼體現自己對於世界性和現代性地深刻反省和思辨。雷思傑 2018 年 7 月負笈新加坡，並於 2019 年 6 月在新加坡國立大學成功獲得機械工程碩士學位。畢業後的大半年時間裡，雷一面在求職沉浮中找尋出路，觀察到初入社會的種種；一面閉門造文，將所思所感都注入自己的小說世界中，建造著一個人的海市蜃樓。而他的用心，是在極力描摹通天塔城的虛假繁榮，從而反襯現代高科技社會中的弊端，而新加坡恰好是其情感濫觴之際、筆力肇始之時的依托和承載。

若將中國大陸、港澳台、以及東南亞各國的「華社」作為參照系，我們可以看出新加坡作為模範城邦的典範性。1978 年為籌劃「改革開放」中國領袖鄧小平訪問島國時和國父李光耀的種種佳話一直流傳至今，東南亞個別國家的華社在特定歷史情境下為了躲避在地政府出台的各種不公平政策和排華運動（如印尼 1998，馬來西亞 513 種族衝突）而視新加坡為華人於南洋唯一安身立命之所，更不用提近年來東亞地區東南隅的政治騷動也使得一大批華人湧向獅城。

然而應該警醒的是，當新加坡在現實中的形象愈是趨於完美，作為文學讀者、作者和愛好者的我們就愈應該留心在一廂情願地幻想和己所不得而投射他鄉之外，所忽略的各種在地的文化癥結和社會弊病。小說中，地震後以塔林復國的新加坡，變成了「惡托邦式」的「新故土」，當下島國內部所要處理的能源、水源、貧富懸殊、外來勞工和生態隱患等一系列問題，都能在書中找到相對的所指。但這並非代表雷要刻意抹黑這座早已成為政治文化烏托邦的國度，反而小說家似乎是要當下毀滅，當下混亂，在虛構的破壞中揭示（甚至是指示）現實意義上的治理之路。

由此，我想要提出巴別之「亂」的第二個看似南轅北轍的意義：亂，治也。從最為粗淺的字源學觀察中我們得到，金文和楚系簡帛中的亂字，如或，從「爪」、「又」、「幺」、「絲」，皆象絲線之形，全字是上下兩手在整理絲線，為治絲。絲不治為亂，而治絲的過程也為「亂」（整治）。後一層意思可在《尚書·皋陶謨》中找到佐證，即皋陶和禹在討論要如何治理國家時提出了「九德」，其中一德便是「亂而敬」，意思是說治（亂）國者不可恃才傲物，要有敬意。由此，一字一詞中早已包含了亂與不亂，治與不治，辯證性的一體兩面。從字裡出發，「亂」又一次提醒我們不可以用簡單、固化的思維來看待現實和小說中的毀滅與重生、混亂與安定、新城和舊邦，一切都在辯證和變證中求得動態的不平之平、不齊之齊、不「亂」之「亂」。

小說故事從 2014 講到 2077，雖然時間跨度 63 年之久，涉及到的各類主要人物也有十餘人之多，但因為塔林城邦的架構和雙生子身世之謎的主線清晰，可以說是雜而不亂。特別是在第一「雙生子之章」和第二「高塔之章」後出現的「螻蟻之章」，更是從多個橫切面，多個視角，描寫了小說中「新」新加坡的社會問題。等到第四「牧場之章」的出現，更揭露了以萊佛士醫院為中心的一樁涉及整個社會和雙生子身世之謎的天大奇案，直逼人類道德的底線，引發一系列關於醫療健康和社會老齡化問題的反思。

「牧場」絕非浪漫主義的田園夢想，也不是逃離社會的世外桃源，究竟「牧場」是什麼，在此不便劇透，預知詳情者，還請閱讀小說。「牧場」不在後，本以為會歲月靜好，但雷的巧思一波未平、一波又起，「巴別之章」和「終章」中小說家絕不姑息自己所造的塔林城邦，而又要將其統統毀滅。文末，因為一次核電洩露，污染水源，舉國竟然遷出塔林，移民他鄉，如此諷刺！新加坡終於不再是世界華人所嚮往的夢想之家，只剩下七座寶樓，拆不下，拿不掉，空留海上風雨中。

整篇小說在〈巴別之〉「亂」中收場，而弔詭的是，這在有意和無意間帶出了「亂」的第三重可能，回應了「亂」作為特定藝術表現形式中的一種特定傳統。從音樂、舞蹈和詩詞這三個方面來看，「亂」的意義，雖然學界仍在討論之中，但絕不僅限於「混亂」或「整治」二說。首先，古代樂歌體質中樂曲最末一章名為「亂」，從訓詁學和古文字學的角度看來「亂」有「合樂」的意思，而樂歌最後一章的演奏形式是合奏，「凡曲終曰亂。蓋八音競奏，以收眾聲之成」（明李陳玉《楚詞箋註》）。然而，也有學者提出，「亂」不一定在最後。《禮記·樂記》中有「始奏以文，復亂以武，治亂以相，訊疾以雅」一說，其中的文、武、雅是樂舞的三個不同階段。文，不是文學文字，而是鼓；武，不是武術武斷，而是金鐃。所以，「亂以武」中的「亂」代表的是演奏的樂器發生了改變，從而導致整個舞蹈和表達的方式發生轉變。此處的「亂」是「換場，調整進行新的形態表演。」[2]從音樂舞蹈到文學文字，「亂」的使用還在《楚辭》、漢樂府和漢賦中出現，但在此不作贅述，一言以蔽之，「亂」不僅不只是混亂，也並不一定是作為總結性的陳詞而出現在文末。如《楚辭》中的「亂曰」，它擁有的是重審前旨、總結評論、總理全篇、感傷詠嘆和延伸抒情等多種意義和功能。

從這些意義上出發，雷的巴別之「亂」，或許可以牽引我們向另一個方向展開思考。如果暫時擱置小說內容，從過渡和轉場的角度來思考雷思傑、《巴別塔紀元》、南洋文學和華語語系文學四者之間的關係，我們又有什麼發現呢？誠然，談及當代南洋小說，為大宗者是以馬華作家為首的陣營。從黃錦樹的馬共書寫到張貴新的雨林故事，李永平的大河敘述到李天葆的浮艷遺事，以及黎紫書的離散創傷都為讀者勾勒了一個亦真亦幻的南洋。說起科幻文學，獨拔卓絕者，當屬劉慈欣的《三體》世界，韓松的幽暗宇宙觀和《醫院》三部曲，陳楸帆的生態《荒潮》，還有董啟章、駱以軍、伊格言等華文世界中的各類「科幻新浪潮」作家。至於新華文學，近年來雖有英培安、謝裕民、黃凱德的小說，何華的散文和「戲劇盒」的劇本，為其不斷注入力量。然而在本島文學圈內彙為大流者，仍舊是如悉尼爾、陳志銳和周德成等詩人的詩作。從華語語系小說的科幻表述來看，董啟章的《後人間喜劇》是假託新加坡來書寫香港，港台本土的科幻作品也層出不窮，但是新加坡方面，除了張國強的《遇見穿牆的女孩》之外，近年來似乎一直未能有作品問世。2022年，這本以新加坡為背景的科幻小說《巴別塔紀元》之出現，不僅彌補了這個空缺，也同時開闢了一條在移民和本土、南洋和科幻之間的新出路。

在閱讀《巴別塔紀元》時，有心讀者可能會指出，小說中雖然出現島國居民熟悉的地名和景物，但是人物對話和語言依舊是中州正韻，而少了「南洋色彩」。然而，我卻不認為這足以成為讀者和評論者詬病小說的理由。我們知道，在英殖民時期的新馬華文學史論著中，「地方色彩」和「南洋色彩」一直是方修（《戰後馬華文學史》）和楊松年（《戰前新馬文學本地意識的形成和發展》）所強調的問題。此議題也受到馬華作家如黃錦樹的關注與討論。然而，當我們步入21世紀，當世界從舊的冷戰意識下的「緊急狀態」進入人類世中因為病毒而產生的新的「緊急狀態」之時，我想問，「地方」或「南洋色彩」到底是基於一種現實文化層面的環境、語言和風物，還是已經轉向而成為一種虛構的且思辨的（speculative）可能？

在殖民和脫殖時期，對於文學中「南洋色彩」的執著誠然是進步、先進的代表，那麼當生態危機加劇、全球民粹思潮四起、身體和階級的流動能力日趨僵化之際，我們是否應該更新對於「南洋色彩」的定義？不管是從英文還是華文的口音上來說，南腔北調、東言西語、華文夷風向來是新加坡作為移民國家的主旋律。「成為」（becoming）新華文學，絕對不是在文中隨處加入幾個「哩啦囉」。取巧地套用幾個馬來諧音，也不足以說是「新加坡派」。正如新加坡大學林立教授常年來致力於新加坡舊體詩的研究，而絕不會因為文體和用詞的「舊」而將其排除在「新」華文學的範疇之外。

不管是生於斯長於斯的新加坡本地作者、學者，還是移民或旅居而來到獅城的小說家、文學家、評論家，我看都不必急於劃清界限、分出你我，來定義和固化新華文學的主體性。（請允許我在此創造性地套用陳寅恪和張愛玲的話。）越是條理清晰的東西，則去在地之真相越遠。文學、社會和文化皆是如此，與其乾乾淨淨、整整齊齊，不如全部弄亂了好。

因為，雷思傑的小說提醒我們，亂，不是終結。亂，是轉變、是反思、是應和、是懸而未決的延伸與持續。

所以，此時，更當以小說「亂」南洋。

碧海南天長風空，山傾水覆亂華容。
新有移民思絕島，又造樓台煙雨中。

——讀《巴別塔紀元》後作竹枝詞一首

2021年12月28日
陳濟舟，於青城山上善棲

註釋

[1] 學界對於「Babel」一詞的來源仍然懸而未決，一說是「（眾）神之門」，一說是「語言的混淆」，一說是「語言的混淆，以及地理居住地意義上的離散」。見 Jonathan Grossman, " The Double Etymology of Babel in Genesis 11," Zeitschrift für die alttestamentliche Wissenschaft 129, no. 3 (September 27, 2017): 362–75, https://doi.org/10.1515/zaw-2017-0020.

[2] 黃震云、孫娟〈「亂日」的樂舞功能與詩文藝術特徵〉，見《文藝研究》，第 7 期（2006），頁 61-70。

序者簡介

陳濟舟，四川成都人，生於八〇年代末。新加坡國立大學中文系榮譽學士，哈佛大學區域研究（東亞）碩士，現為哈佛大學東亞語言和文明系博士候選人。著有短篇小說集《永發街事》（台北：聯經，2019）曾獲新加坡大專文學獎散文組、文學賞析組首獎，聯合早報金獎。文章散見全球華語地區報章和文學雜誌，如新加坡《聯合早報》、台灣《聯合報》、《聯合文學》、《印刻》，香港《香港文學》，中國大陸《中華文學選刊》、《花城》。旅居亞歐美各地，時而學術，時而文藝，無論身在何處，總以局外人自居。

序二
奪過創造災難的權力◎李兆欣

人類是大自然了不起的創造，如果我們能將這種無意識的自然演化結果稱之為創造的話。人類的了不起之處在於，它有能力改變大自然的創造過程。恐龍的滅絕，無論是撞擊還是吃不飽造成的，都與恐龍自己無關。而人類如果滅絕，很有可能是自作自受。其中的區別在於，人類可以決定自己的命運，也是可以改變自然演化進程的物種。

或簡而言之，我們正在奪過上帝創造災難的權力。

神話，是人類藉以講述自然規則的文本，通過人物化的故事，將自然運行之道貫徹其中，警示每一代世人。水火無情、近親危害、愛護動物等等都是人類須遵守才能生存下來的基本道理。後來，我們因為有了科學，理解了這些規則背後的本質，一點點找到操作這些結果的方法，於是開始製造更大的問題，通過教訓再理解更背後的本質。這個螺旋上升的過程，就是人類文明的形成。

各個文明的歷史中，都有關於災難的記載，大洪水、瘟疫、飢荒、地震等等。這些災難都來自自然。而巴別塔、大西洲、一日城這些故事則另有意味，一點點揭示了人類和其他物種的不同。

隨著科學的發展，科幻應運而生，拓展了全新的災難。宇宙的崩潰、星球相撞、殭屍末世這些想法拓展了自然的邊界，這方面首先是英國人走在前列，畢竟20世紀初科幻誕生的時候恰逢大英帝國的解體，在瑪麗·雪萊（Mary Shelley）、威爾斯（H. G. Wells）、溫德姆（John Wyndham）、克拉克（Arthur C. Clarke）、巴拉德（J. G. Ballard）等人之後，美國人拿起了毀滅世界的接力棒，但相比之下他們並不關心歷史的沒落，而是轉而想像毀滅的壯觀。在美國影視中，毀滅世界成為常規操作，多半的著名科幻影視都是基於某個「毀滅世界」的概念，或者試圖演繹某種災難。

中文科幻的發展，同樣離不開災難概念的拓展，無論是《珊瑚島上的死光》，還是《三體》和《流浪地球》，都講述了災難對世界的巨大威脅。這正是科幻的核心價值之一：將人類視為整體，並思考其與世界可能發生的關係。災難，正是各種關係中最重要或最和大家息息相關的一種。

只是災難這個語境，其實並不容易在中文的創作中出現，因為中華民族歷經了各種「災難」的挑戰而成功延續繁榮至今。因此我們理解的「災難」，和西方基於末日審判的災難理解完全不同。在中文語境下，「災難」往往以挑戰的身份出現，很難上升到否定我們自己文明價值的高度。這一現實的優勢，成為了創作的劣勢。

所謂「福兮禍所依，禍兮福所倚」，當創作的語境稍作調整時，這種文明的韌性也可以成為打開災難這一古老主題的新角度。因此當作者雷思傑選擇以新加坡作為《巴別塔紀元》的背景時，這種可能性就被打開了。這本書講述了新加坡從戰勝災難到最終消亡的短暫未來。有趣的是，其中暗合了當今研究文明崩潰的各種相關因素：環境災難、社會不公、過高的複雜度、偶發的外部衝擊等。也許，這些已經成為當代人的共識，甚至會因為自我實現效應導致真正的崩潰未來。

雖然我並不熟悉新加坡的語境，以至於必定錯過了其中的大量信息，但我相信在正確的讀者手中，這本講述「眼看他起朱樓，眼看他宴賓客，眼看他樓塌了」的中國歷史循環故事，會在新加坡這一受限於環境的方寸之間產生非常經典的思想實驗效果。而最後的戛然而止，讓人不得不停下來思考。也許，一切的掙扎，不過是一段小小歷史空白的註腳，其意義，只在於人類向大自然發出狂野的怒吼：

「與其在你的天堂安享，我寧願在自己創造的地獄稱王！」

李兆欣
科幻評論家
2021年12月5日

序者簡介

李兆欣，科幻從業者，未來事務管理局合夥人，十餘年來致力於科幻作者培育和內容開發，為數千名作者和大量一線品牌提供服務。

謹以此書紀念我人生的前廿五年

楔子

2077年，中國福建，廈門鼓浪嶼，協和禮拜堂。

紅磚牆、石板路、竹搖椅、圓蒲扇、這裡的一切似乎都是本世紀初的模樣。同樣不變的，還有遠處那千百年來不曾停歇的濤聲。

「王爺爺，和我們講講那些高塔的故事吧！」下午四時許，幾個頑童不約而同地聚集到禮拜堂門口的大榕樹下。

日頭西斜、樹影婆娑、光影幻變、竹椅吱呀，總能喚醒那些久遠的記憶。

「在很久很久以前，離這裡很遠的南方，有一座小島。島上有七座高塔，塔頂通天……」

王傑總是這麼開頭。

不過，今日與往常不同，樹蔭下多了個二十多歲模樣的女人。線條凌厲的淡褐色皮下集成電路從她耳後沿著下頜骨一路連至喉頭——表明她是如今已為數不多的文字新聞工作者。

「王老先生，就在北京時間今天凌晨，旅居美國的李智先生去世了。您現在是最後一個完整親歷過『高塔時代』的新加坡人了。」女人開口道。

老人嘆了口氣，沒有說話。

「對了，前幾天有個印尼的漁民誤入了新加坡海域，他說親眼看見了那些高塔。」

「怎麼可能呢……那只是海市蜃樓……海市蜃樓呀……」

老人微微搖頭，竹椅晃晃悠悠，遠處濤聲陣陣。

第一章　雙生之一

一

2014年6月8日下午，新加坡市中心，萊佛士醫院。

新加坡的六月如一年中的其他日子一樣酷熱難耐，所幸辦公室內冷氣很足。正午陽光無休止地衝擊著百葉窗，想將最後一絲熱量擠進室內。不遠處就是各種政府機關大樓，陽光擊鼓傳花般在成片的玻璃幕牆間來回反射，等待著被某戶倒霉人家的混凝土外牆吸收。街道兩旁的棕櫚樹葉在熱對流中有氣無力地擺動，怎麼看都是一副向艷陽求饒的模樣。或許是玻璃隔音太好，儘管窗外車來車往，整個夏天這個辦公室都靜得可怕，只有中央空調出風口微弱的吐息聲不絕於耳。

自從去年成功完成一台胚胎移植手術之後，林康榮陞萊佛士醫院胚胎移植研究室主任，就再也沒摸過冰冷光滑的手術器械。

胚胎移植的概念很早已被提出，理論體系和實驗已經非常成熟，但依然只有一些大醫院能夠做這樣的手術，手術費用之高昂也不是一般人承受得起的，臨床實驗機會少之又少。據他所知，這種手術在這個熱帶小島上，還是第一次。

得益於父母優秀的基因，月底就滿三十三歲的林康有著一米七九的身高。除了大齡理工男普遍有的滿臉痘印和油亮額頭以外，他還有高於同齡人的髮際線和一張大方臉。至今還是單身的他，因這台手術而小有名氣。公布在相親網站上的履歷和年薪數字一經更新認證，個人主頁的點擊量就翻了好幾倍，約會邀請一下子從一週一條變成了一天十幾條，線下一見面女方就藉故離開的現像也少了很多。

去年那場胚胎移植手術的具體內容還屬於高度的機密，林康只知道那個受精卵來自一家本地重點實驗室。而接受胚胎移植手術的，是一位微胖的馬來西亞籍娘惹女性，她有一個林康練習了幾十遍都念不清楚的八音節馬來語名。

有跡象表明，這是一名「代孕者」。

首先從行為舉止來看，她並不像是上流階層，但吃穿用度又極為精緻。另一方面，正常情況下胚胎移植手術需要全面檢查代孕者的身體條件，週期半年以上，上不封頂。由於體質、健康狀況不佳而等了七八年都無法懷孕的例子比比皆是。這位女士不僅第一次來就順利提交了齊全的體檢資料，相關手續也在三個月之內完成。更奇怪的是，胚胎著床後的每週例行檢查她也從未出面過。

今天是林康第二次見到她。早上人被送來時，已經臨產了。

林康以顧問的身份參加了這場手術，主刀的是婦產科的人。根據之前的協議，將進行全身麻醉剖腹產。手術很成功，兩名男嬰順利出生，那位母親的狀況也很穩定。資料顯示嬰兒血型都為A型，無明顯殘疾或先天性疾病，從生理指標上看，是兩個再健康不過的孩子。

讓林康有些反感的是，在場的所有胚胎移植研究室人員，包括他自己，相對於其他婦產科的醫護人員，都難掩各自的欣喜，反而少了幾分對生命的敬畏。他們更像是在審視兩件剛被發掘出來的文物，單純的為這兩件「文物」對自己事業帶來的附加價值而感到高興。

產後的手續向來繁瑣，好在胚胎移植研究室的那部分工作從嬰兒啼哭聲響起那一刻就已經結束。林康這才得以脫下那身毫無污漬的天藍色手術服，走出消毒間。從這名女子的預產期那天起，他就沒睡過幾個好覺，導致現在不管看什麼都籠罩著一層薄霧般的淡黃色。

如今總算塵埃落定，他焦慮了三個多季度的心情終於有了平復的跡象。

迎面走來隔壁科室的邁克，和他同年入職。邁克友好地拍了拍他的肩膀，祝賀他的成功。林康微笑著道了謝，邁克那張有輕微雀斑的高加索人面孔使他微怔。

年初曾傳出荷蘭一個胚胎幹細胞療法研究所的一把手很有可能會被聘請過來。他的研究方向和林康略有不同，最終去往的部門也確實還未敲定，實驗室裡卻已有風言風語。好在這次手術從任何角度來說都算是成功了，沒有任何把柄可抓，怎麼看都是大功一筆。

「叮鈴——」辦公室的內線電話鈴聲打斷了他的思緒。林康活動了一下僵硬的頸椎，把手裡剛拿起的水杯換成聽筒，心想著可別又是什麼緊急任務。

墨菲定律從未讓他失望。

偌大一個會議室，橢圓形的南非紅木會議桌，少說也坐得下二十來個人，現在卻只有院長和一個商務打扮的短髮女人佔用其中一個角落，其他位置空空如也。

萊佛士醫院是「全球連鎖」的私立醫院。儘管林康所在的是最大的分院之一，除了年會，一年到頭並沒有多少機會可以見到院長。院長和各科室主任乃至副院長之間，絕大多數時間都是靠每週幾封按美國時間回的郵件保持聯繫。

幾個月不見，院長額角的老年斑似乎增多了不少，由於膚色略有加深，反倒沒有先前這麼明顯，看來加州的陽光一點也不比新加坡的溫和。而那位女子的正式打扮，在林康眼裡，基本上可以斷定她一開口不是嚴謹的法律條文就是嫻熟的銷售話術，又或是二者兼有。

「林醫生，幸會幸會。聽說您剛完成了一台手術，辛苦辛苦。」年近古稀的院長先開了口，緩解林康的尷尬。

「說辛苦，倒不至於，只是手術時間確實挺長。我只是當個顧問，不是主刀。」林康決定在院長另一邊的位子上坐下，和那名女子隔了一段距離。

「林醫生您好，我此次前來，是代表中方邀請您參加本月20號北京協和醫院主辦的醫學論壇。」女子沒有給他們太多寒暄的機會，腔調和林康印像中的中文播音腔分毫不差，莫名有種親切的感覺。

「可是，我怎麼記得之前是派新加坡國立大學和杜克大學合作的那個什麼國立現代醫學研究所去？當時我們還覺得私立醫院似乎被歧視了。」

短髮女子沒有直接搭話，而是從公文包裡不緊不慢地掏出一份今天的《聯合早報》。順著她纖細的手指，林康的目光聚向一個小角落裡的火災新聞。

「今天早上由於線路老化導致丹戎巴戈地鐵站附近的一座組屋二樓失火。火勢擴散的時候波及到隔壁一個有近七十年歷史的政府機構檔案室。那邊存放著國立現代醫學研究所的一些紙質病患資料。資料損毀不算嚴重，不過涉及到醫患保護協議以及電子文檔緊急的重建工作，研究所那邊最近幾週都抽不開身。況且，檔案存放處失火這種事情，對國際形象方面還是有些影響的，應該不難理解。」

「林醫生啊，這可是一次難得的機會。中國的醫學水平發展很迅速，這個論壇邀請了全世界的頂尖醫學科研團隊，還有各個醫學領域的權威。年輕人多見見世面，對事業發展有好處。」院長出來打圓場，和藹的目光始終沒有離開林康微微發紅的臉頰。

「那行，接下來的一段時間我準備一下申請材料。」林康努力克制著不露出厭惡的神情，接過女子遞來的會議安排，大致翻了翻。

他發現自己並不是演講嘉賓，需要做的無非就是享受香山飯店的服務以及出席一天兩場各三小時的會議。畢竟，胚胎移植的整套臨床試驗不到一小時前才算真正完成，要是這就有人聽到風聲便前來邀請演講，這反倒顯得奇怪。雖然是替補出場，但平心而論，這確實是一次難得的學術交流機會。

忽然，他發現安排表裡眾多有關 HIV 和癌症新療法的演講題目中，有一場國立現代醫學研究所副所長題為「基因編輯治療罕見遺傳疾病的機遇與挑戰」的演講，卻被黑色記號筆劃掉了，林康下意識地皺了皺眉。

短髮女子似乎看出了他心裡的疑惑：「哦，這是之前的安排，參會情況更新後，這兩天新的安排表就會出來。」

「這是會議的其他資料，包括各個嘉賓的論文集、基本情況等。您可以提前了解一下。」

林康驚奇那個女子癟癟的黑色亮面皮革公文包裡居然還能放下這麼厚一疊文件，少說也有六七百頁，文件夾上還有精緻的燙金大字。

「好的，好的。」林康恭敬地接過，一邊連連點頭，只想盡快逃離這裡，運氣好的話或許還能午休一個小時。

隨後便是一套非常官方的「感謝您的參加」、「期待您的到來」以及象徵性的握手和冗長的相互道別，又消耗了他生命中寶貴的五分鐘。

回到辦公室，他終於得以喝口水，潤潤早已乾涸到有些沙啞的嗓子。看著手上厚厚的那本論文集，他轉念一想：「管他呢，這也好，在院長面前多露露臉，又是代表醫院出席，終究不是壞事。」

產房的一個護士輕輕敲了敲門，告訴林康那名剛動完手術的女子，帶著她剛出生的嬰兒，已被馬來西亞新山的一家醫院的代表接走了，轉院手續也已經辦妥。至於後續研究需要的兩位新生兒包括 DNA 序列在內的必要信息，已經採集完畢。

林康點頭表示知曉。

「真是一位不尋常的母親呢」，他心想。

2014 年 6 月 19 日清晨，一架從新加坡飛往北京的波音 737 飛機起飛 45 分鐘後與塔台失聯，消失在茫茫的泰國灣上空。

二

2014 年 9 月 10 日，聖安德烈教堂。

班貢此刻正坐在禱告席上，凝視著二十米開外的黑色靈柩。他知道那裡面空空如也，連一件象徵性放進去的逝者衣物都沒有。

他一直很嫉妒林康。

林康的人生履歷從學生時代起就堪稱完美，父母工作體面，自己還擁有著稀缺得令人豔羨的杜克大學醫學博士學位。班貢從不承認自己的嫉妒，甚至在心裡反覆自我暗示學歷並不代表一切。現實總是殘酷且真實：擁有博士學位的林康很快就成了主治醫師，過了兩年又直接成為了和副院長一個級別的研究室主任，同時也是班貢的頂頭上司，而自認為擁有著豐富經驗的班貢卻才剛從普通醫師升為主任醫師。他認為這完全是林康天生的華人血統帶來了優勢。

班貢來自菲律賓，今年已經 44 歲了，從醫超過 20 年。

他出生於馬尼拉市郊的貧民區，從小吃著從城市廚餘垃圾裡撿回來，經大鍋熬煮加工而成的食品殘羹，當地人管這叫「pagpag」。煮的時候一定要加大量的香料，才能掩蓋住腐敗的氣味，讓享用者暫時忘記食物的來源和原貌。

父親在他很小的時候就死於海難，後來母親為了生存不得不進出紅燈區謀生，一手把他拉扯大。哪怕是這樣低賤的謀生機會，都是要托關係才有的。班貢不知道自己的母親屬於老鴇還是妓女，或二者皆是。他也不想知道。然而他很清楚首都馬尼拉的嫖客們出手闊綽，每週交給當地黑幫一筆不菲的保護費後，剩下的錢付完房租還足夠買一些正常的簡單食物。

自打記事起，華人黑幫就如陰影一般籠罩著他的生活，以至於他將自己幼年的貧窮和不幸都歸結於此。這些所謂的黑幫並不經常幹殺人放火的事情，而是用大把的金錢賄賂當地官員，把原本只是個小漁村的馬尼拉硬生生地變成腐敗之城。從另一方面看，這座城市能夠平地起高樓，變成如今的大都市，也多虧了這些人所帶來的產業。

當然，他們設立這些產業的出發點從來不是為了這個國家，更不是為了這個國家的人民，僅僅是為了他們自己。

混跡於馬尼拉稍微有頭有臉的華人，幾乎都靠開設大大小小的賭場起家。賭場裡面的員工基本也都是華人，待遇很差，據說八成以上都是被中國的一些黑中介騙來的。那些黑中介們把菲律賓描述成下海撈金的好去處，只要打拼幾年就能賺上一大筆錢衣錦還鄉，過上有房有車有女人的幸福日子。

有些賭場老板為了增加遊說的可信度，甚至會現身說法，渲染自己之前是多麼貧困落魄，來自怎樣落後的鄉下，有著多麼不堪的童年陰影，總之和如今的成功人士模樣對比起來怎麼誇張怎麼說。即使是這樣，也有不少急於脫離貧困跨越階層的窮苦中國人信以為真。東拼西湊出一筆不菲的中介費，來到這個陌生的國家後，他們才發現真正能「下海撈金」的只有那些中介和他們背後的老板們。自從他們踏上這片土地，就等於把半條命都賣給了賭場，需要通過努力工作繳納一筆同樣不菲的「贖金」才能脫身回國。而真實的收入，仔細折算起來還不如老老實實在中國三四線城市當個普通流水線工人。

比這些員工更急著脫貧的是那些賭客們。

上流社會的賭客只會進出幾個固定的大賭場。這些賭場由於油水太多，漸漸成了政府覬覦的肥肉。2000年後，經過不懈的努力，政府終於使用各種明暗手段從華人的手裡搶過了大賭場的實際掌控權，這件事也因此成為華人黑幫和政府衝突的導火索。某些願意妥協的幫派和政府裡部分腐敗官員的錢權交易也在之後愈發濃烈，少數黑幫高層洗白後甚至開始從政。至少，在如今的馬尼拉，你很難武斷地說政府和華人黑幫哪一方勢力更大，甚至都很難找到一個有身份地位的人是完全效忠於其中一方的。

剩下的那些隱蔽小賭場，是想要一夜翻身的窮人的唯一去處，也是華人黑幫最後的穩定資金來源。縱使有再多的傳說，再靈的神明，也敵不過出神入化的千術。經營賭場的人總能把賭徒心理利用到極致，每一個賭客的表情、動作，都能被他們用於推斷賭客的人格缺陷和剩餘資金量，再傳遞給發牌的荷官們。在完全榨乾之前，賭場不會輕易讓任何賭客完全失去逆風翻盤的希望。

那如風中殘燭一般的渺茫希望，才是這個世界上最好的成癮物質。無論實現這些人的夢想所需要的代價如何，他們的夢想本身依然是廉價的。

畢竟，這個世界上，誰還沒有個夢想呢？

班貢認為自己是受到了命運的眷顧，才在賭場改變了命運。他當然不是也絕不可能是靠賭運，而是多虧了他在賭場遇見的貴人。

那是一個輾轉菲律賓各地的日本醫生，叫木下十一郎。

年輕時響應天皇號召在二戰中擔任過日軍軍醫的他，親眼看見戰友們在鮮血中化身饑渴的野獸，做出無數令人發指的暴行。由於良心不安，戰後他決定漂泊於各個貧窮落後的東南亞國家，四處行醫。

他總是隨身帶著一本墨綠色封皮的本子，上面記著他醫治過的一千多個日本軍人的名字。這個本子上本應記載著他作為醫生的榮耀，他卻在良知覺醒後在那份名單前加上了「不該被拯救之人」的標題，成為他後半生背負的重擔。在之後長達幾十年的漂泊中，每當他成功地從病痛中拯救一百個患者，就會在名單上劃掉一個名字。他嘗試用這種充滿儀式感的方式來慢慢贖清自己的罪孽，以此換取內心真正的平靜。

年近六十的木下十一郎依舊精神矍鑠，當時的他剛為一個被暴躁賭客打傷的賭場員工換好藥，正要離開，偶然發現被一群圍觀群眾環繞的班貢。剛滿 15 歲的班貢手氣爆棚，從母親錢櫃裡偷出來的錢已經在賭桌上翻了十幾倍，他準備再賭一把湊夠二十倍後就收手回家，接受母親的褒獎。當然，他亨通的賭運是莊家故意營造的假象，只不過班貢並不知情，正興奮得滿面紅光，一再追加賭注，周圍跟著起哄的人也紛紛跟注。

經常出入賭場行醫的木下醫生對賭場套路再熟悉不過，那些「幸運兒」的哀嚎和失去最後一個籌碼時絕望空洞的眼神他見得太多了。哪怕是那些跟著起哄加注的人他也認識其中的幾個，都是為了給賭場營造氣氛請的托。

木下醫生擠進人群假裝上前圍觀。只見荷官的手已經伸向了最後一張蓋牌，他趕忙假裝摔倒，將藥箱甩出打亂了賭桌，並謊稱是班貢絆倒了他，硬扯著班貢要上警察局。賭場的老板是個年邁卻老辣的華人，和木下醫生打過很多次交道，聽見騷動就出來查看。不知是出於尊重還是憐憫，又或者看穿了木下醫生的真實意圖，他叫停了賭局，任由班貢被木下醫生帶走，班貢也趁亂保住了之前贏得的一部分賭資。

再後來的故事就很順理成章地發生了：在木下醫生的勸說下，班貢的母親同意班貢跟隨木下醫生一起行醫，師徒二人幾經輾轉最後定居新加坡。

木下醫生在十五年前去世，終究沒能親歷世紀之交。彌留之際，他讓剛剛成為萊佛士醫院正式醫師的班貢取來那本紙頁已發黃變脆的綠皮本，欣慰地從名單中劃去最後一個人名。

班貢清晰地記得，那是木下先生自己的名字。

教堂裡的冷氣不是很足，或許是禱告堂內部空間太大的緣故。班貢的腋下和胸前已經完全濕透，所處的場合又不允許他鬆開領帶，只好偷偷解開了正裝外套最下面的一顆紐扣。他上一次穿這套西裝還是二十年前結婚的時候。如今中年發福，尤其是肚腩的部分，已經完全繃不住了。

林康所乘坐的飛機在海面上失事後三個月不到，醫院就舉行了追悼會，此時在法律上那些乘客都還屬於「失蹤」狀態。盡管幾乎絕大多數家屬都已經不抱希望，他們並不會公然說出自己的想法，因為第一個這麼說的人會成為眾矢之的，被認為是對「失蹤者」的大不敬，然後那些自認為絕對高尚的「聖母」們會假惺惺地甩下一句「說不定有奇跡」，哪怕他們其實自己都不相信所謂的奇跡會發生。出於對「死亡」的敬畏，導致這個詞在絕大多數國家都無法毫無顧忌地被談論。又或許是由於無法掌控死亡，使得自以為可以奴役一切的人類不得不承認自己的無能，連提起它的名字都覺得羞恥。

和林康一起失蹤的還有一個年輕漂亮的女子，她本是個婦產科夜班護理醫師，幾年之內連跳兩級成了林康的助理。班貢覬覦她豐滿的臀部很久了，每天遞給林康需要簽字的病歷後，他都要盯著她背影下半部分的曲線，直到她的身影消失在走廊盡頭的主任辦公室門後，才假裝是發了會兒呆，將目光悻悻移開。他甚至無數次地幻想過能趁她轉身之際揉捏一把，哪怕是假裝不經意地觸碰也好，可機會到來時卻又總是退縮。畢竟在這個法律森嚴的國家，這可能會危及到他辛苦熬來的主任醫師職位。哪怕更年期將至的老婆對他來說已經完全沒有性吸引力，兒子的叛逆期也還沒過去，一家人的生活還是得依靠這不算寬裕的工資湊合著繼續。

聖安德烈教堂面積本身就不大，有相當一部分還被一架三米多高的中小型管風琴占據，因此禱告席上只能容納四五十個人。由於是醫院自行組織的緬懷儀式，到場的都是醫院裡的同事。班貢環視四周，實際出席的不到三十個人，顯得有些稀稀落落。

萊佛士醫院工作人員的國籍組成比較複雜，不過絕大多數都來自東亞、南亞和東南亞國家。他們之間的相處乍看起來還算融洽，仔細觀察就會發現他們彼此依然按照國籍形成了牢固的小圈子，並且用著圈內人才熟悉的語言交流，使得圈外人更難融入其中。和諧、自由、平等的美好願景在這些小圈子形成的那一刻起就已經破滅了，圈子和圈子之間存在的只有無盡的偏見：來自富裕國家的人看不起來自貧窮國家的人；新加坡人對所有非本地人抱有的偏見，認為他們在搶奪本地人的資源；華人看不起非華人，認為他們懶惰；而那些遠道而來的中國人，背靠著強盛的祖國，內心深處多少又有著所謂「天朝上國」的優越姿態，將其他所有國家都視為「藩邦」。

這些圈子由於工作上的合作，彼此的聯繫也並沒有被完全切斷，像是一座座看似彼此孤立，卻在海底相連的群島。不過，這些固有圈子的存在對新人來說很多時候並不友好。每當一個新人加入，如果他沒有第一時間找到組織，尋求被組織接納，就會被貼上「不合群」的標籤，兩週之內就會被所有人邊緣化，遊離於所有圈子之外，成為這裡少有的真正的孤島。

班貢是教堂裡的唯一一個菲律賓人，很不巧的不屬於這裡的任何一個圈子。平日裡熟悉的同事都在用他聽不懂的語言交流著。在這個英語通用的國家，在非必要情況下，所有人都詭異地極力避免使用英語。他感到有些局促，並不知道應該做什麼，哪怕這時候低頭看手機，僅僅是為了緩解尷尬，也會被周圍人認為是對「死者」不尊重。班貢只能四處張望，默默地觀察著那些熟悉又陌生的臉。

多數人的臉上並沒有悲傷的情緒，有一分人的臉呈現鄙夷、四分人的臉呈現惋惜、兩分人的臉呈現竊喜，剩下的三分人臉則各有不同。鄙夷的無非是各種談論起來不合時宜，卻又難以刻意避免不談論的緋聞；惋惜的無非是年紀輕輕天妒英才之類的話；職位的空缺會帶來連鎖式的晉升，這才是大家最關心的部分，只是場合過於莊重，礙於情面，才極力掩飾內心深處的卑劣狂歡。而剩下的那三分情緒當然也談不上高尚，無非是對被追悼之人了解有限，聊無可聊，又不想終止這種「珍貴」的社交機會，便開始發散式地互相分享各自的生活瑣事，然後感嘆韶華易逝、生活平淡得望不到頭罷了。

老舊的木地板嘎吱作響，人群突然安靜下來，紛紛望向前方。老院長不耐煩地拒絕了幾位副院長的攙扶，背著手弓著背，顫顫巍巍地走上台。今天，他不僅是上司、同事，還有臨時神父的角色需要扮演。

院長對林康和那名女秘書工作方面的情況進行簡單的說明、稱讚、總結、升華。台下的人紛紛頷首，卻目光呆滯，不知他們心中對被追悼之人的敬意是否有對台上這位上司敬意的十分之一。

隨著院長講話的結束，聖餐時間就到了。人群又恢復了嘈雜，甚至比先前更加紛擾。不需要知道或是了解今天逝者是誰，就能享受大半天的帶薪假期和免費午餐，怎麼看都是明智的選擇。更何況只需要付出幾個小時的偽善這種普通到不能算是代價的代價。

至此，班貢終於對這場披著追悼會外衣的另類社交失去了耐心，偷偷避開排隊領取食物的人群，從側門離開教堂。

在這種利益凌駕於情感之上的小社會裡，葬禮也好追悼會也罷，終究會變成一場以死者為道具的驚悚能劇。觀眾即是演員，演員即是觀眾，他們彼此表演，幕與幕之間穿插切換著代表各種情緒的誇張面具。或許結束後，出席這場假面舞會的人們還會互相討論今天誰的面具更真、舞步更美、台詞更妙、以及舞台布置是否得當，演出體驗是否舒適。他們當然不關心自己是否應該入戲，就像他們也毫不關心剛剛的演出到底是《李爾王》還是《麥克白》。

破敗的木製側門外，迎面而來的是正午猛烈的陽光。班貢一時間有些不適應，只覺得眼前一片死白。經過幾次用力的眨眼調整後，視野逐漸清晰。他回頭看了眼教堂外墻上的巨大鏤空十字架，慘白的石灰墻面上耀眼的日光反射卻搶先一步，逼得他不得不再次瞇起眼。

純黑的西裝盡其所能貪婪吸吮著周身每一絲熱量，班貢卻還是覺得脊背發涼，不由地稍稍把外套掖緊了些。

第二章　雙生之二

一

2021年6月7日傍晚，達善福利院。

明天就是王傑的7週歲生日，王阿姨在福利院附近的昇松超市裡轉悠了幾圈，依然沒想好買什麼生日禮物才合適。

達善福利院成立於世紀之交，坐落在新加坡島中部自然保護區的東側，規模不大，靠政府補貼維持運轉，條件還算過得去。由於容量有限，位置也比較偏僻，這裡收留的孤兒數量常年在15個左右。負責照顧他們的王阿姨今年39歲了，自打2014年起就在這裡工作。

王阿姨本名王霞，來自中國南方一個深山裡的村莊。她祖上三代貧農，而且重男輕女，20歲就開始在村口的服裝加工處做簡單的縫紉工作補貼家用。

那時候中國已經改革開放十幾年，大批商人下海，這些人經過一段時間的摸索，發掘出了小商品出口加工的一片藍海，各種廉價產品的製造廠商在短短幾年內如雨後春筍般在華夏大地上出現。離村口20多公里外的小縣城，順勢扶持相關產業進駐發展，因此熱鬧了起來。

當年有個商人沒有足夠資本建實體服裝廠並雇傭專業工人，便看中了農村廉價的勞動力，將訂單生產的任務下放給每個村的負責人，讓他們自行召集本村擅長縫紉的女工加工襯衫、長裙之類簡單的服裝，王霞便是其中之一。這些負責人會包下村委會活動中心的一層樓，或是幹脆在村裡找幾間閑置的房子，作為開工場所。有些條件比較差的村甚至需要女工自帶縫紉機上崗。這些加工好的服裝會在每個月末集中到村口，再統一運往縣城，最終大量出口，去往絕大多數女工這輩子都無法企及的遠方。

王霞剛滿 18 歲就在父母和媒人的撮合下嫁給了鄰村的一個年輕果農，他家的蘆柑果園覆蓋了一整個小山包。本以為會就此過上男耕女織的平凡生活，豈知她 25 歲那年，9 年義務教育實行，為了以後孩子能有進城上學的機會，她和夫家人商量後決定到一個住在市區的遠房親戚家當保姆，丈夫也跟她一起到城裡謀生。那對遠親多年前下南洋賺取了第一桶金，靠的就是服裝出口。

不幸的是，兩年後王霞的丈夫在建築工地意外墜亡，至於具體是哪方的責任誰也說不清。當時正是土地開發商靠買地蓋樓大肆斂財的年代，財大氣粗的包工頭賠了 15 萬草草了事。王霞和丈夫沒有孩子，後來也很多人建議她再嫁，她都以各種理由推脫。

30 歲那年，遠房親戚移民新加坡，舍不得照顧他們孩子多年的王霞，王霞也同意跟隨。32 歲那年，遠房親戚的孩子上了初中，那是一所私立寄宿學校，不再需要王霞照顧。即便如此，那對夫婦還是會以各種理由每個月支付王霞一定的薪水，王霞認為受之有愧，便在夫婦的推薦下到了達善福利院。

福利院的孩子大多無名無姓，王霞上過 3 年小學，識得簡單的中文字，福利院主事便把起名的任務交給了她，王傑的名字就是她起的。她羨慕王傑生活在這樣一個大城市，希望他以後能成為一個傑出的人。

王霞初次見到王傑是在 2014 年六月底的一個雨夜。

和其他因各種理由被遺棄在福利院門口的孩子不同，王傑是由一個年輕的女子親自交給福利院主事的。那個女子活脫脫一副職場女強人的模樣，送孩子時的姿勢和神情也沒有一絲母性可言。那名女子和主事談話時王霞就在門外，等候向主事匯報這個月的衣食支出情況。她還記得當時斜靠在主事會客室門邊的黑色雨傘有精致的雕花傘把，看上去價值不菲。

她出於好奇透過門上的玻璃向裡張望，隱約能分辨出主事為難的神情。他倆似乎在爭論，情緒看起來又都不算激動，更像是一次持續許久的談判。末了，那名女子掏出一個文件夾，裡面夾著厚厚的一疊文件，主事只是大致翻了翻，便飛快地簽了字。

只是多一個孩子而已，王霞心想。她不認為這是什麼麻煩事，除非……

她想起了之前廚房張阿姨和她閑聊時提過的傳聞：一個公司小職員偷偷未婚生下了企業高管的孩子，遺棄在西海岸的一個私人福利院，20年後一次「偶然」使得母子相認。母親聲稱當年醫院疏忽將孩子弄丟，向醫院索要巨額賠償，並向高管索取巨額贍養費和精神損失費。那個孩子智力低下，很快被他的母親從私人福利院轉移到了一個為殘障人士設立的療養機構。從此每個月只需要支付很低的一筆費用，剩下的賠償金都進了那個母親的口袋。那件事以後，政府對每個孤兒的健康以及孤兒院的資質審核都異常重視。

「有些人啊，為了錢，什麼都幹得出來。」張阿姨最後如此總結。

想到這，王霞又偷偷往會客室裡看了一眼。

不，王霞很難想象眼前這個女子已經身為人母，無論是從氣質、儀態、身材都不像。她至今都更傾向於認為那名女子是受人所托，以某些令主事無法欣然接受卻難以拒絕的理由，將這個孩子送到這裡。

大概一個小時之後，那個女子出來了。她瞟了王霞一眼，便急匆匆地往院門走去，以至於王霞好不容易才追上她，遞上她遺落下的那把精致黑色長傘。

雨沒有一絲要停的跡象，福利院外雷聲大作。

王霞依稀記得，從那天起，孩子們的吃穿用度都有了很大的改善。在王霞的印象中，王傑從小就體弱多病。

王傑喜歡甜食，這對於一個小孩來說並不是什麼新鮮事，可他只要稍微多吃一點，就會在幾個小時之內喉嚨疼，檢查結論幾乎都是扁桃體發炎。這還沒完，扁桃體發炎幾個小時後，王傑往往就會開始發高燒。這樣的情況三年內已經發生了八次，每次都是她帶著王傑去打點滴，其中一次藥水足足有兩升之多，分四次掛了整整兩天。王霞盡可能地限制王傑吃糖的量，可每次發糖，王傑總會用各種方式從其他孩子手裡要來他們的那一份。有時候籌碼是一些孩子們之間的小秘密，有時候是一些玩具的使用權。甚至有時候有些孩子被莫名其妙地孤立，王霞也懷疑跟王傑有關。

新加坡的雨季總是很長，還經常伴有大風。王傑喜歡泥土的清香，下雨前要麼在院子裡玩，要麼在房間裡打開窗眺望遠處海面上來來往往的船隻。小孩抵抗力低下，吹風容易感冒，對王傑來說受風寒更是常有的事。

或許正是由於經常照顧生病的王傑，膝下無子的王霞漸漸顯露出母性。相比於其他孩子，她也確實更關心王傑一些。

王霞突然想起來出門時天空多雲轉陰，隱隱有要下雨的跡象。

「不知道王傑進屋了沒。得趕快回去，不然萬一他又帶著那群孩子在院子裡貪玩，著涼了可就麻煩了。」這個點張阿姨估計正忙著做飯，可看不住他們這群孩子。她匆忙環視周圍的貨架，從少兒讀物中抽出一本封面比較鮮艷的插圖版《海底兩萬里》。這應該是個有關大海的故事，這麼厚，夠他看一段時間的了，王霞心想。

回到福利院時已經是晚上六點，孩子們正津津有味地吃著晚飯，碗碟敲得叮噹響。張阿姨告訴她，王傑下午兩點突然被人接走，直到現在還沒回來，王霞不由得有些擔心。

類似的情況每年都會出現，而且都發生在王傑生日的前後一兩週內。福利院先是收到匿名的領養申請，然後以需要檢查健康狀況為由，由主事親自帶著王傑去往不知道在哪兒的一家體檢中心。出發的時間有時候是早上，有時候是下午，無論回來的時間是下午還是深夜，王傑總是處於熟睡的狀態，有時候甚至能睡到第二天的晚飯時間。這麼一想，倒更像是昏迷。

王霞偷偷問過王傑體檢是什麼樣的流程。根據王傑的描述，一開始都是基本的身高體重視力肺活量等傳統項目，然後就是身姿和骨骼發育情況。他說最後一部分需要他躺在一張床上進入一個機器進行全身掃描，整個過程盡量不要動，護士會給他吸一些「容易犯困的氣體」，然後醒來就發現自己已經在福利院的床上。每次體檢過後，除了背上和腹部會出現稀疏的過敏一樣的紅點，以及輕微的背疼以外，沒什麼特殊的感覺。

她能理解領養孩子前需要對孩子進行全面體檢，然而從王傑描述的內容來看，這體檢未免也過於複雜了。更何況一個孩子每年都被提出領養卻都沒被真正領走，怎麼都說不太過去。她擔心王傑是不是生了什麼重病，幾次向主事問起，主事都只說是領養人要求比較嚴格，讓她別瞎操心。

孩子們已經陸續享用完了晚餐。王霞把剛買的明天份的食材交給張阿姨，在餐廳的角落裡找了一張塑料椅坐下，透過窗呆呆地看向院門入了神。

這次王傑回來的時間格外的晚，院門口傳來那輛黑色轎車煞車聲的時候已是凌晨兩點。在黑夜的掩飾下，只有車燈和車窗可供辨認，其餘部分幾乎與夜色融為一體。

福利院的孩子裡只有王傑的房間在一樓，應該不會吵到其他的孩子。保險起見，王霞的動作還是小心翼翼。她輕輕地從主事手裡接過王傑瘦小的身軀，抱回床上，脫去鞋子和外套，再小心地蓋上被子掖好被角。出門前又檢查了一下窗戶已經關好，不會透進雨季的海風。

她忽然想起了什麼，把從餐廳裡帶回來的那本《海底兩萬里》悄悄放到王傑床邊的桌上，又躡手躡腳地回到門口。

希望他明天一醒來就能看到，也不算太遲。王霞輕輕地嘆了口氣，又看了看熟睡中的王傑，緩緩掩上房門。

二

張阿姨並不喜歡王傑。

準確來說，她並不討厭王傑這個孩子，甚至相比其他孩子，還更憐愛他一些。她只是覺得這個只有七歲的孩子有時候提出的問題著實有些怪異，思考起來時常讓她感覺力不從心。

張阿姨主要負責整個孤兒院的伙食和飯後收拾工作，偶爾也會給王霞搭把手，分擔一些孩子們的起居事務。廚房嘈雜、滿是油污、枯燥乏味，從下午三四點開始處理食材，到晚上八九點鐘將餐廳和廚房清理完畢，張阿姨都是一個獨處的狀態。

這樣的平淡生活在王傑六歲那年第一次有了改變。

同齡的孩子那個年紀都在玩車、球、布娃娃之類的玩具，少數孩子會喜歡讀幼兒讀物。王傑早就把院裡所有的讀物看完，而且絲毫沒有被那些美好的童話故事吸引的跡象，似乎小小年紀就發現那些小動物之間的純真故事和這個現實世界裡發生的不一樣。

一天下午，張阿姨正把小白菜的葉片一層層剝開，準備加進灶台上煮著肉脞的開水裡，煲成一鍋湯。王傑不知何時走了進來，腳步很輕，張阿姨偶然轉頭才發現他的存在，嚇了她一跳。

「張阿姨，請問這個是什麼意思？」王傑發現張阿姨注意到了自己，指向了她腳邊的兩個包裝袋。張阿姨一看，上面是還沒拆封的牛後腿肉和卷心菜的價簽。

「你是說上面的數字？那個寫的是買這些肉和菜要多少錢的意思。」

「可是肉只有一點點，寫著5，菜這麼一大袋，怎麼卻寫著1呢？」

「就是這樣的呀，肉比菜貴。」

「為什麼呢？是超市規定的嗎？」王傑皺起了眉頭。

張阿姨一時間竟不知道怎麼解釋，本想用一句「對，就是超市規定的」搪塞過去，卻感覺對孩子的好奇心有些不負責任。於是她想起了超市的利潤率，想起了供求關係，卻都沒法用來簡單地向這麼小的孩子解釋。過了幾秒鐘，才想起了食物鏈和能量轉化的理論。

「因為牛吃草，要吃很多很多草，才能長一點點肉哦，所以一點點肉就和很多很多草一樣貴。菜就跟草一樣，澆水就可以從土地裡長出來了，就比較便宜。」

「哦……原來是這樣嗎，」王傑若有所思，「嗯……那我從今天開始要吃很多肉。」

自從王傑來到孤兒院，孩子們確實能做到天天有肉吃，晚飯時還經常能有兩三盤肉菜。食物的選擇多了，很多孩子也因此出現了挑食的問題。哪怕後來張阿姨提出了「分餐制」，也不能避免有些孩子總會剩下大把的青菜不吃。

「肉和菜都要吃哦，這樣才會健康，不然會生病的。」張阿姨沒有停下手上的擇菜動作。

「不，不吃青菜。我的肚子就那麼大，吃青菜就吃不下肉了。」王傑有些不樂意，「我要吃很多肉，這樣我就會比其他人貴一些。大家都更喜歡那些貴的玩具，貴的書，因為都比較好玩好看。每次我想看那些書，就很快被搶走。如果我也貴一些……大家可能……可能就會更喜歡我一點。」

張阿姨感到有些哭笑不得，卻非常理解他的心情。

彼時王傑剛剛開始學著和其他孩子們相處。他體弱多病，經常被王阿姨帶著去醫院，因此其他的小孩和他並不熟悉。有些年長的小孩仗著自己的體型優勢，純粹為了欺負王傑，經常會爭搶他在玩的玩具或是正在看的書。

都說上帝愛人，張阿姨卻從未見到弱者得到庇護而霸凌者受到懲罰，只有她和王阿姨偶爾能及時充當「維護正義的使者」。不過，孩子們當中如果有誰向兩位阿姨告狀，很快也會得到和王傑一樣的待遇。只有默認並參與了這樣的霸凌行為，才有在這個集體中生存的資格。要不是張阿姨有一次在後院給盆栽澆水，偶然發現剛被毆打得渾身浮腫，卻一聲不吭連眼淚都不掉的王傑，她和王阿姨至今可能都覺得，多年以來王傑身上的淤青都是貪玩和頑皮所致。

張阿姨不知道怎麼和王傑解釋人的貴賤和吃的東西無關。

達善福利院是教會興建的，基督教不可避免地會滲透到孩子成長的方方面面，張阿姨和主事也本都是虔誠的信徒。張阿姨為教會工作了大半輩子，此時在腦海中不斷地搜尋著能夠用於解答的教義，卻始終未能如願。那些她默念過無數遍的神聖話語此時顯得非常蒼白無力。

她決定按照自己的想法說：「王傑，阿姨告訴你哦，一個人貴不貴，看的是他的身體健不健康有沒有力氣，更看他聰不聰明。只要能創造價值，你就是對大家有用的人，大家就會喜歡你了。」

她忽然覺得「創造價值」這四個字對於一個六歲的小孩來說有些難以理解，正想著能不能換個詞，卻發現王傑似懂非懂地點了點頭。

她自己是不認同「創造價值」這個說法的。如今早已不是能夠靠蠻力或者腦力翻身的年代，成為運動員或者進入演藝圈又或者從政，或許是最靠譜的方式，廣大普通人一生所能創造的價值的高低很大程度上取決於原生家庭。想到這，她突然心疼起這個剛出生就被送來的無家可歸的孩子。哪怕她能夠把此刻所想的這些一五一十地傳遞給王傑，他也很難理解所謂的「原生家庭」的含義。

湯鍋開始沸騰，發出有節奏的「咕嘟」聲，將張阿姨的思緒拉了回來。

王傑不知什麼時候已經離開。

張阿姨苦笑著搖搖頭，將湯鍋底部的火關小，隨手又從一邊的塑料筐裡拿起了一棵已經浸泡多時的小白菜。

就在第二天，幾乎是同一時間，王傑又出現在了廚房。

「張阿姨，上帝說大家都是平等的，那為什麼牛吃草，人吃牛，卻沒有什麼東西吃人呢？」他歪著腦袋問。其他小孩最多會對晚餐是什麼表現出一些興趣，王傑似乎更關心晚餐為什麼會成為晚餐。

張阿姨欲言又止。

這個世界上吃人的東西是有的，這東西就是人類自己。

她對兩次世界大戰沒有什麼概念，卻清楚地記得自己家族的往事。她的曾祖父在馬來（西）亞反對英國殖民者的小規模暴動中，被英國士兵活活打死；祖父帶著她的祖母以及當時年幼的父親偷渡至緬甸，正值軍閥割據便當了雇傭兵，在一次巡邏中和另一隊雇傭兵起了爭執，受了重傷，臥床三年後還是去世了；她的父親好不容易帶著她的祖母再次偷渡到印尼，遇到了她的母親，本以為幸福生活就此開始，卻還是沒能躲過1998年的排華事件。她的母親抱著她趟著齊腰深的海水，拼死扒上了一塊小舢板，和幾個同樣劫後餘生的華人漂流到新加坡。之後她的母親從碼頭搬運工做起，把她一手帶大。在她的印象中，母親就像男人一般強壯而堅韌，可以獨當一面，仿佛天塌下來都壓不垮她。可她又總能聽見母親半夜的啜泣，長大後才慢慢理解母親對那個在她印象中已經極為模糊的父親的思念。

她曾經也懷疑過為何命運對她如此不公，家門三代命途多舛。後來才漸漸從他人口中得知，自己的家族也只是被編織進東南亞動蕩近代史中的千家萬戶之一。

她曾背著母親偷偷請風水先生算過一卦，風水先生告訴她要終止這種劫難的延續，必須守身如玉，將煞氣封存。顯然，沒有子嗣就沒有了厄運的載體，她不知道自己為什麼要花錢去得到這種淺顯得不能更淺顯的結論。

她也嘗試過從佛祖和真主安拉那兒尋找答案，始終無果。她覺得或許是自己的信仰變更過於頻繁，神明們彼此商量過後決定一致抵制她的訴求。

張阿姨二十歲那年成為了一名傳統意義上的修女，為教會工作，母親也因此得到了在教會開設的療養院中養老的機會，每個週末張阿姨都會去那兒看望母親。早年頂著烈日在海邊幹重活使得年近花甲的母親皮膚極為粗糙，身形佝僂，雙目也幾近失明，仿佛起了皺的乾屍。她絲毫不嫌棄，不只是因為那是她母親，更是因為在人命如草芥的動蕩年代，還能活著就已經很慶幸。

這樣的話題對於一個孩子來說顯然過於沉重了。

基督教義告訴她眾生平等，她過去三十五年的經歷使她不得不開始懷疑這句話。她覺得或許只有在神的高度才能這麼想，人是不會認為自己和其他「眾生」平等的。人之所以沒有天敵，或許是因為擁有高級智慧，或許是因為高度進化，或許是因為擁有「靈魂」。基督教義裡說，上帝只給了人類永恒的靈魂。基督教義裡還說，人類能支配其他動物，是造物主給了他們這項權利。這似乎與「平等」相悖。

哪怕科學和神學有一萬種理由將人類與其他動物區分開來，與此同時，即便科學家和神學家，他們也羞於當眾直接說出「人就是比其他的生物高級」這種話。

「眾生平等」最大的意義可能是成為動物保護主義者的四字真言，然而他們對「動物」的定義是狹隘的。他們保護的僅僅只是諸如貓、兔、狗這類他們認為可愛的動物而已，而對經常被作為食物的雞、牛、豬，以及令人生厭的蟑螂、蚊蠅不聞不問。或許把他們叫做「可愛動物保護主義者」更貼切一些，至於何為可愛的動物，自然也是由這群人自己來判定。其餘的，便和植物一樣活該被宰殺，被消滅。當然，植物是否也應當包含在「眾生」裡，那又是另一個問題了。這麼看來，可能只有神道教一類的泛靈論教義能夠在這一問題上邏輯自洽。

《利未記》裡耶和華教導信眾如何將牛羊開膛剖肚獻祭給祂，而祂對人類降下懲罰的方式，並不比祂所教的屠宰手法更仁慈。或許在神的眼裡，人和其他萬物相差無幾，都一樣的不可愛，都一樣的卑劣，卑劣到都分不清誰更卑劣一些，因此達到了一種可悲的「平等」。

她又想到，《出埃及記》中，每個以色列人無論男女老小，給耶和華的贖命錢只有半舍客勒，這麼說，人與人之間還是平等的。可神的視角過於高傲，一般人很難有這種境界。絕大多數人還是不接受眾生平等的說法，甚至認為人和人之間也是不平等的。

他們中的一部分人竭盡所能將自己的吃穿用度水平拉升到極致，或許正是為了證明他們高人一等，然後從旁人艷羨的目光中尋求滿足感，維護他們可憐的自尊，時刻提醒著他們有多麼「與眾不同」。而另一部分人，自打一出生就生活在社會的底層，任憑一輩子努力也翻不了身。這些人最後往往被逼無奈，只好尋求各式各樣的宗教作為安慰，寄希望於耶和華口中的天堂，以此說服自己碌碌無為的一生依然是有意義的，然後就在無邊的寂寥和空虛中等待著死亡，等待著極樂世界的入場券。乍看之下，這和所謂的「精神勝利法」並沒有什麼區別。

張阿姨實在是想不到如何回答。

王傑沒有得到答案，遠遠地看了一會兒陷入沉思的張阿姨，就轉身回到客廳玩去了，不知是否已把這個問題拋諸腦後。

之後，王傑似乎著了魔一般，每週都會帶來兩三個或大或小的哲學問題，只不過使用的是小孩子的語言。有些問題張阿姨感覺自己尚能解釋，另一些連自己都找不到答案。她開始驚訝於這個孩子看待這個世界的角度之多元，提問之犀利，大多數時候還帶有縝密的邏輯。童言無忌，她也不知道是不是自己過度解讀了。

她並不為發現自己的無知感到羞恥，哪怕是在一個孩子面前。

這個世界本身就過於複雜，無論選擇了哪個切入點，都會牽扯到各種互相糾纏又容斥不清的意識形態，哪這麼容易就說得清呢？更何況這些問題很可能並沒有絕對正確的普適性答案。隨著文明的進步和觀念的改變，可以預見的是，看似更接近絕對正確的觀點將層出不窮。

張阿姨想起了自己也曾經用科學理論向神父質疑過《聖經》中故事的真實性，卻被一句「你年輕，不懂」駁回。年長的人總喜歡仗著閱歷嘲笑年輕人的觀點，等到社會發生變遷，那些年輕人取得了社會的主導權後，他們又將反過來嘲笑長者們的迂腐。千百年來科學與宗教的博弈便是最好的例子。

不過，如果現在人類所認同的科學有朝一日將全面替代原來所信奉的宗教，科學實際上就成了一門另一種形式的、影響力空前的宗教。科學換了種方式來解釋這個世界，將會比宗教更接近於真正的邏輯自洽，甚至有可能無限地趨近於所謂的真理。

她多年後曾經回到過位於印尼雅加達的故鄉，小時候的教堂已經變成學堂，牧師也變成了講師，只有孩子們好奇純潔的眼神還一如從前。

她感到欣慰，又有些擔憂，更遠的未來是否也會有什麼新的東西取代科學，使得現在的科學在那個時代的人眼裡，也變得像如今的宗教在自己眼裡一樣荒唐可笑？

第三章　雙生之三

一

2028年6月8日黃昏，濱海灣金沙酒店原址。

金沙酒店原本是坐落於新加坡濱海灣的地標建築，由三座高樓以及它們支撐著的一個船形平台組成。如今，它的下半部分結構已經沉入水下，只有位於頂部那個狹長的船形平台得以幸免。相比於不遠處的CBD那些只能勉強露出幾個尖角的銀行大樓來說，這已經是個不錯的結果了。

從黃昏到午夜，將有大量新加坡市民們通過小型遊輪從馬來西亞、印尼等地的多個難民臨時安置所來到這裡，向在七年前那場迅猛地震中逝去的親人們寄托哀思。海面上漂滿了由各種語言寫著祈福話語的海燈，燈光是溫婉的暖黃色，在無數人的淚光中，隨著海波緩緩遠去。

平台上的人黑壓壓一片，卻靜得出奇，只有窸窸窣窣的低語。放飛孔明燈的活動今年首次被允許，船形平台的船頭部分起了個高一米左右的平台。在這裡，無數白色蠟紙做成的孔明燈小心地護著中心澄黃的火光，隨著輕柔的海風離開那些心碎之人的指尖，像是手心中一簇被吹散的金箔，飄忽漫天，又終將消失在最後一抹血紅色的晚霞中。

海面上起了薄霧，天空和海面都有星星點點的光亮暈開，閃爍，漸漸黯淡，直至消失。此刻，天是被撫平的海，海是被吹皺的天。

距金沙酒店二十公里外的一艘平底採砂船上，陳厚正坐在船頭，踢著微涼的海水，面迎帶著鹹味的徐徐海風，癡癡地看著太陽逐漸隱沒於海平面上。

七年前的地震，源於印度洋板塊和亞歐板塊接壤處密集的地殼運動。早在地震發生的五年前就有一些周邊國家的地震預測機構檢測到異常地殼活動，提出預警，然而新加坡不處於地震帶，歷史上經歷的地震屈指可數，大多數民眾不以為然。另一方面，就當時的科技水平而言，對於地震預測的精確度仍然算不上高，政府怕引起不必要的民眾恐慌導致資本外流和社會動蕩，也盡可能不宣傳這些消息。

2021年6月8日凌晨4點32分，絕大多數人還在睡夢中。印尼爪哇島附近的十五座海底火山接連噴發，緊接著就是劇烈的地殼運動。馬六甲海峽底部直接被撕開一個長達五百多公里的口子。

屬於倖存者的共同記憶是這樣的：先是從大地深處傳來嗡嗡聲，有些在凌晨就開始工作或者上夜班的人，最先警覺。約莫十分鐘後大地開始上下劇烈抖動，幾名居住在南海岸的居民聲稱南方海平面上出現閃光，空氣中彌漫著硫磺的味道。抖動持續了大約五分鐘便停止，許多居民穿著睡衣來到街上，大聲呼喊著「地震了」，總算是把大多數人從睡夢中驚醒。約莫半小時後，街上的人群見沒有進一步的地震跡象，漸漸散去。就在這時，大地開始猛烈地晃動，幅度大得人們連站都站不穩。

首先受災的是位於市區附近的住宅區。這些住宅由於當年建築抗震水平比較低，下方又是複雜的城市地下管道系統，在地震剛開始就有了不同程度的下陷和開裂。第二波晃動來襲時，更是成片地塌陷和傾倒，其中最高的丹戎巴葛中心大樓直接攔腰折斷。如果來到震後的市中心，你將分不清哪裡才是原來地面的高度所在：有些地下結構高高穿出地面，有些地上的建築深深陷入地底。

位於新加坡島中部的自然保護區水系豐富，地震導致地下水位暴漲，整個自然保護區以東的大片地區被突如其來的泥石流覆蓋。西部主要分布著製造業的工廠，凌晨時段幾乎沒有人，而且危險的油氣行業早在幾年前就全部遷出本土了。除了幾處壓縮氣體儲藏罐發生了泄露和一些無人廠房小規模坍塌失火以外，沒有什麼嚴重的災情。

西北方向的蔡厝港地區地廣人稀，是主要的港口區之一，那天凌晨剛好有一艘貨輪正在靠港，在劇烈的海浪衝擊下偏離航線直接衝進港口。整個卸貨區大批集裝箱像紙盒一般被壓扁，大型吊車也是東倒西歪，發出震天巨響。所幸當時值班的人不多，而且港口離住宅區有將近兩公里，沒有造成嚴重傷亡。

大地震同時還觸發了新加坡地底深處一個地質斷層的錯位，形成一個楔形的斷面，斷層以上的陸地部分便開始滑移和下陷，導致國土總體海拔以一天一米多的速度下降。這一過程並不劇烈，持續了兩個多月，絕大多數驚魂未定的人只認為是餘震和地下水位上漲罷了。海水入侵愈發嚴重，百分之八十以上的房屋不是毀壞坍塌就是被水淹沒侵蝕而搖搖欲墜。除了北部的兀蘭地區情況稍好以外，其他所有地區的基礎公共設施盡數被毀。東部地區的難民占絕大多數，都在警方應急行動組的組織下往北部集中。中部的武吉知馬山由於地勢較高，暫時被用來安排剩下的南海岸和西海岸難民。這只是權宜之計，按照一些研究部門的計算，三個月內，整個新加坡島將全部沒入水下。

國際援助很快就到了。首先是馬來西亞全面開放關卡，為難民提供庇護。由於新馬大橋已在地震中毀壞，難民撤離只能靠政府徵用的大批漁船來回擺渡，效率並不高。中國方面則取消了在南海的亞太地區聯合軍演計劃，將幾艘最先進的巡洋艦以及剛開始服役的福建號航母派來災區，進行緊急撤僑。以美國為首的其他聯合國成員也提供了大量的物資和救災隊伍，但由於災區建築密集，救援難度極大，收效甚微。正在舉辦的洛杉磯奧運會也因此推遲。

這次地震達到極為罕見的芮氏 10 級，三天後引發的海嘯也將印尼的整個爪哇島夷為平地。據不完全統計，光新加坡本土就有一百多萬人死亡或失蹤，受災人口達到五百萬，直接經濟損失超過一百萬億美元。而遮天蔽日的火山灰導致很長時間內東南亞的天空都如同《吶喊》中描繪的那樣陰暗發紅，整個赤道區域的國家種植業幾乎都被突然的氣候變化摧毀，有的地方還爆發了大規模饑荒。

千百年來，文明的進程從來不會因為局部的災難而終結。哪怕受災的地區是一整個國家，只要復國者猶如星星之火，形成燎原之勢只是時間問題，人類的歷史正是因此而得以生生不息。

大地震發生的兩年後，各方財團再次進入這座被淹沒的熱帶小島所在的海域，一個全新的城市在廢墟上破土重生。

如今，原新加坡南海岸，也就是聖淘沙島所在的地方，一座底部長寬都超過兩百米的四棱柱形高塔正在修建。目前這座方塔露出水面的部分只有八十多米高，厚重的混凝土外墻上一個孔洞也看不見，更別說窗戶了，遠遠看去活像一個骨灰盒。看似其貌不揚的灰白色混凝土中添加了納米材料，大大地提升了混凝土的各項性能，尤其是承載力和抗衝擊力就比之前的傳統混凝土高出十倍。這些混凝土還有自修復能力，面對日夜不斷的海水侵蝕，兩百年內自重減少不到千分之一。

這座塔名叫星洲燈塔，外形參考了為數不多的文史資料中記載的亞歷山大燈塔外形，採用三段式設計。現在的船隻很大程度上已經不需要燈塔引航，它的修建，似乎暗示著這個位於世界海上貿易十字路口的島嶼，經過災後重建，依然有著重新成為世界第一大港的決心。

為了達到 961 米的設計高度，這座塔採用框筒結構，整個建築主要由中心的一根巨大的柱子支撐，這也是目前世界範圍內超高層建築所使用的最可靠的結構之一。同時，這座高塔的地基深入地下 50 米，這也是人類建築史上對淺層地下建築的又一次偉大嘗試。

隨著建築高度的增加，當星洲燈塔的實際高度達到 320 米，也就是海平面以上約 170 米的時候，外墻材質將開始由鋼筋混凝土逐步替換成改良合金鋼材，以達到減重的目的。當高度進一步達到 640 米的時候再逐漸由鋼材換成高強度聚合物。燈塔邊上有兩個像海上石油開採平台一樣的建築，上面搭載有萬噸級起重機，負責輸送建築物料。目前的建築高度下，物料尚能利用這兩個平台供給，等到高度再高一些，曾經應用於修建哈利法塔的爬升架技術，將在這一浩大的工程中投入使用。

距離星洲燈塔五公里左右，也就是原本市中心和牛車水的所在地，另一座名為九龍塔的建築也已經完工，陸續有居民與商戶遷入。約十公里外的北部地區，由於地質條件較為穩定，一座750米左右的高塔繼承了所在地克蘭芝區的名字，靜靜地矗立在暗流湧動的海水中。

中西部，更廣闊的那片海域裡，有些塔基已經成型，微微露出海面。它們的周圍漆黑一片，海水甚至折射不出天空中皓月的一絲微光。在往下深入上百米的海底，還有幾個相似的工程正同時開展，星星點點地散落在覆蓋著斷壁殘垣的廣袤海床上。百餘台海底重型機械正晝夜不分地工作著，發動機的聲響經過海水的過濾，變得渾厚低沉，猶如深海巨獸的鼾聲，消散在無邊的夜色中。

天色漸漸暗了下來，夜色微涼，陳厚從腰間解下那件洗得發白的帆布外套，披在肩上。

陳厚已經年滿14週歲了，身高卻只有一米五出頭，體重估計只有吃飽飯的時候才能過40公斤，過於稚嫩的面孔也與年齡顯得有些不符。

「猴兒，吃飯了！」一位四十多歲頭髮灰白的中年男子端著兩個坑坑窪窪的不銹鋼碗，步履蹣跚，踏著吱呀作響的甲板走向船頭。

「猴兒」是陳厚的外號，取自他名字中的「厚」字。陳厚管那名送飯的中年男子叫「老陸」，他不知道老陸的真名，老陸也從未對身邊的人提起過。他只知道，自己「陳厚」這個名字也是老陸起的。

令陳厚感到困惑的是，自己對七歲以前的生活只有片段式的零碎記憶，穿插在一些很長很長的夢中。那些虛實難分的畫面裡最常出現的人就是老陸，而具體發生的事情，他卻一件都記不清。

據老陸說，他兩歲半的時候生了一場大病，病因不明，癥狀表現為經常高燒不退直至意識模糊，並伴隨嚴重的嘔吐和腹瀉。尋遍各大醫院無果後，無奈之下陳厚的父母只能借助低溫休眠手段，絕大多數時間都將陳厚置於休眠艙內，使其處於睡眠狀態，營養攝入和代謝廢物排出都由連接著休眠艙的體外循環系統代為完成，以此延緩病情的惡化。

陳厚對自己的父母幾乎沒有印象，每每想到他們，腦海中都只有兩個面孔模糊的輪廓。多年來，和他朝夕相處的只有老陸。老陸是負責這一療法的醫生，對他進行日常檢查。陳厚每天只有四個小時左右的自由時間，可以出休眠艙和老陸進行簡單的學習與交流。僅僅依靠每天寶貴的四小時，幾年下來陳厚還是掌握了基本的語言表達能力，並對自己所在的這個奇妙世界有了最基本的認識。

這談不上多美好的一切，都在七年前那場地震發生時戛然而止。

關於那場地震陳厚同樣沒有什麼具體印象。

他只記得自己醒來時天已經亮了，老陸正抱著他在一大群人中往前走。他感到有些冷，卻發現自己連說話的力氣都沒有。幾分鐘後他的眼皮越來越重，又陷入了沉睡。再次醒來時已經是深夜，他發現自己正躺在一張簡易的行軍床上，頭上是一塊兩米見方的條紋防水布，兩個角由桿子撐著，另外兩個角綁在樹枝上。老陸正趴在他的床沿，像是睡著了。他覺得自己嘴裡有很奇怪的感覺，肚子也咕咕地叫，就輕輕拍了拍老陸。老陸突然觸電似的抬起頭，把陳厚嚇了一跳。他模糊記得，老陸的眼睛是濕的。

起初陳厚並不知道怎麼咀嚼食物，此前長時間呆在休眠艙裡，靠注射葡萄糖維生，牙齦有些退化，幾乎只能喝湯。由於過於虛弱，他甚至都不能下地行走，連排泄在內的一切都需要老陸幫忙。

陳厚以為沒有了那個神奇的休眠艙，自己的病很快就會復發，可能活不了多久。他對死亡沒什麼概念，覺得可能就像每天二十四小時都在休眠艙裡度過，連那四個小時的自由時間都沒有了吧。可他同時又對周圍的一切事情感到好奇，稍微恢復了一些體力後就一直纏著老陸說話。幾天後他才漸漸理解諸如大地裂開了、房子倒了、人們逃跑，這一類簡單的事實。

陳厚擔心的事情終究沒有發生。他不僅沒有再次生病，反而恢復得很快，一週後就能下地和住在附近其他簡易雨棚裡的孩子們玩耍了。

又過了一週，陳厚、老陸和其他人一起上了一艘渡船，去往位於新加坡海峽峇淡島上的一個難民營。難民營的條件相比之前要好一些。食品依然是罐頭食品，種類卻多了不少。簡易藍色帳篷不僅遮風擋雨，表面特製的塗層還能反射熱量，保持內部的涼爽。

這樣的日子並沒有持續太久。

幾天後，有一群混雜著軍人和防暴警察的隊伍來到這裡，將難民們分成幾個組，每天檢查登記一組人的個人信息。與此同時，這些被登記信息的人們，每天都有一部分被帶走幾個小時。他們當中的絕大多數當天就能回來，極少數人再也沒有出現。周圍的人議論紛紛，有人說是難民中有罪犯和間諜，有人說是某種傳染病正在流行，被感染者需要隔離。

老陸似乎聽到了什麼風聲，在檢查即將輪到他們所在的帳篷的前一天晚上，不知從哪拿來一個背包，裝滿食物和水，帶著陳厚連夜跑向了離難民營足足有五公里的海邊。

是夜，暴雨傾盆，海風鹹澀，他們也並不孤獨。

海邊的沙灘上早已停靠著五六艘小舢板，每艘小舢板上都有二三十個人，無一不帶著大包小包的生活必需品。這些人說著幾種不同的語言，彼此之間交流不便。在接下來的一個月內，他們都在峇淡島西北方向十幾公里左右的一個無人小島上定居了下來。

根據老陸的說法，這座也位於馬六甲海峽的島叫飛星島，不過卻位於印尼和新加坡的爭議海域。島嶼的面積很小，也沒有什麼重要自然資源。大地震後兩個國家的內政外交都一地雞毛，根本無暇顧及這座小島的歸屬。

在之後的幾年內，陸續有新的成員加入進來。島上的人有些以捕魚為生，有些每天前往民丹島的種植園或砂礦從事簡單的體力勞動，賺取微薄的生活費。老陸和陳厚選擇了後者。島上生活條件簡陋，甚至比不上之前的難民營，但島上的人似乎無處可去，日復一日地在這裡生活，多年來鮮有人離開。

後來陳厚才知道，這些島民絕大多數地震以前是新加坡島上的罪犯或黑戶。當時印尼方面受新加坡政府所托正在盤查每個難民的身份，於是許多人連夜逃跑來到這裡。陳厚曾幾次問起老陸他們為什麼也要逃跑，老陸每次都顧左右而言他。

陳厚所在的這艘平底採砂船就是老陸和陳厚每天往返民丹島的交通工具。兩年前，上面加蓋了一間八平米左右的木質船屋。比起一到晚上就蚊蟲紛飛的島內，住在船上顯然舒服得多。平時這艘小船停靠在小島北面一個小海灣裡，如果遇上強熱帶風暴，或是遠遠的有人看見疑似海警的船隻，就會和其他小船一起拖上岸，藏進島上的密林中。

夜幕降臨，陳厚和老陸結束了又一天的勞作，開著輕快的小船回到飛星島北灣。天色昏暗，隔著很遠就能看見各個船塢已經亮起了燈，幾十艘小船正停靠在這些船塢邊，沿著弧形的海岸線排開，隨波浪上下微微浮動。每一艘船上都承載著不同大小風格的船屋和不同種族的家庭。

這時，平靜的海灣開始喧鬧起來，空氣中充斥著各種語言交織而成的呼喊，多數是在呼喚丈夫和孩子回船上吃飯。沙灘上孩子們的笑聲由遠至近傳來，伴隨著幾句責罵和訓斥，還夾雜著一些調皮孩子的哭聲。不久，天上最後一抹深藍也消失在西邊密林層疊的樹梢之中，化成了深邃的紫黑色。海灣漸漸安靜下來，只剩下家長裡短的談話聲和餐具碰撞的叮噹聲，混雜著四周時遠時近的蟲鳴，讓這座小島在無邊的海水浸潤中顯得不那麼寂寞。

二

2028年8月9日午夜，來自印度洋的水汽遮蔽了天空，不見星月。飛星島漆黑的北部海灣突然亮起一點豆大的黃燈，那是一間船屋屋檐上的掛燈。只見一艘小船正從海灣的最外側悄悄離港。其他船上的居民都還在熟睡，海灣四處彌漫著輕微的鼾聲。島嶼靜得可怕，甚至連平日裡惱人的蟲鳴也消失了。

二十公里外的新加坡島上，國慶慶典正在進行。老陸熟練地掌著舵，注意力卻不由自主地被遠處各色射燈和音樂吸引。距離他第一次經歷新加坡國慶已經過了近40年，他卻從沒有機會親臨現場觀看晚會。新加坡政府每年都會抽取一些市民參加慶典，但更多的機會，則留給了社會名流和各國媒體，導致一般新加坡國人反而很難獲得資格。十年前，邀請的各國網紅數量甚至超過了邀請的本地公民數量。

今年晚會的選址和往年一樣也在金沙酒店頂部的船形平台，畢竟那是如今唯一一塊能夠舉辦露天晚會的場地了。

霎時，零點的鐘聲響起，絢麗的煙花劃破夜空，將晚會推向了高潮。

老陸熄了船燈，保持著離新加坡政府新規劃的「海岸線」十公里以上的距離，遠遠地繞行新加坡海底廢墟的西岸和南岸海域。兩個小時後，老陸把發動機也關閉了，任由小船漂在西北部原蔡厝港地區的海域裡，隨即回船屋叫醒了陳厚。兩個人靠手划動船槳，使船貼近海上的一個浮標。最後，老陸用纜繩把船栓了上去。

蔡厝港地區原本是早期移民的墳地。新加坡的社會構成主要是華人，他們對於祖先安息之地極為尊重。修建高塔勢必要挖掘相當大一片區域的海床，在一片「對先人不敬」的抗議聲中，蔡厝港地區的高塔修建提案終被否決。

五分鐘後，小船底部的海水一陣翻騰，一艘潛艇悄無聲息地緊貼在小船旁邊，潛艇艙蓋僅僅露出海面一米左右。伴隨著氣體從縫隙中溢出的「呲呲」聲，艙門開啟，圓形的艙門口向外散發著白光，猶如海面上突然出現了滿月的倒影。

這艘潛艇從外觀樣式上看應該是改裝自二戰時期的蘇聯潛艇。它通體黝黑，表面看起來極為光滑，卻絲毫沒有「黑得發亮」的感覺，陳厚把船燈湊近了也不能在上面映出燈影。海面一片漆黑，要不是異樣的海浪聲，和那口發著光的「深井」，老陸和陳厚都很難發現它的存在。

直到多年以後陳厚才知道這是一種叫「碳納米管黑體」的塗料，這種材料對米波、毫米波、厘米波都有顯著的吸收作用。要不是會導致機體過熱，它完全可以成為如今隱形飛機表面納米塗料的替代品。能用在眼前的這艘潛艇上，想必是利用了海水的降溫能力。這也意味著這艘潛艇在絕大多數傳統技術手段下都是隱形的。

「那……現在幹什麼？」陳厚發問。

老陸指了指「光井」示意陳厚進去。

「那你呢，你不去嗎？」

「我在這看船，等你出來了，再換我進去。」老陸沒有看陳厚，抬了一塊木板橫搭在小船和潛艇艙門之間，說道：「踩的時候小心點。」
在陳厚的印象中，老陸從沒有這麼嚴肅過。
「這是去幹什麼？」陳厚不依不饒地問，絲毫沒有踏上那塊木板的意思。今天傍晚老陸讓他六點就早早上床，他本以為又是哪種海魚產卵期到了適合半夜捕撈。沒想到現在魚沒撈著，倒等來了一艘潛艇。
「去了就知道，我都處理好了，進去該幹什麼會有人告訴你。」老陸一巴掌把陳厚往木板方向推了個趔趄，「快點，再晚就來不及了。」
看來是沒有討價還價的餘地了。老陸把木板死死卡在船舷，陳厚蹲坐在木板上，雙手抓住兩側，緩緩向潛艇挪去，最終消失在了潛艇艙門的大洞裡。在陳厚爬下直梯踏上潛艇內部地面的那一刻，潛艇艙門「啪」的一聲自動關上，波濤的聲音瞬間消失，一切歸於寧靜。
陳厚從沒見過潛艇內部的樣子，但他一眼就看出來這並不是一艘普通的潛艇。
從這艘潛艇奇異的外表很難想像到它內部的光景。潛艇內部的空間極為狹長，勉強夠兩個成年人並排通過。陳厚的腳下是一條考究的維多利亞風格花紋地毯，頭上每隔幾米就嵌著一盞十厘米見方的米黃色小頂燈，照亮整個走道。兩邊的魚雷架已被拆除，露出弧形的內壁，上面貼著有細小花紋的墻紙。他的身後是一扇緊閉的門，按照方位來看應該是控制室或是魚雷發射台之類的地方，怎麼想都不是他該去的方向。
往前走了幾米後，空間變得寬敞了許多，這裡的裝潢讓陳厚想起看過的一本雜誌裡關於私人飛機的圖片：兩邊是六張固定的酒紅色真皮沙發椅，可以獨立調節朝向，上面還有複雜的按鈕，應該是自帶了按摩的功能；再往裡有一個吧台作為隔斷；從左側繞過吧台後，是左右兩排長條形的沙發，中間是一張帶有懸浮式杯架的長桌，似乎是一個聚會廳或是會議室。這兩個房間的設施都異常乾淨整潔，若不是經常打掃，就是很久沒有人使用過了。

再往裡面，有一扇老舊的木質小門虛掩著，門上新打了蠟，卻仍舊掩蓋不了上面被刀斧劈砍和煙熏的深深痕跡所散發的中世紀風格，仔細一看門的上半部分還有一幅破損的聖母抱聖嬰浮雕。

「進來吧。」門的裡面傳來一個男子深沉的聲音，伴隨著幾聲咳嗽。

陳厚推開門，門軸發出「吱呀」的一聲。房間並不大，大概三米寬五米長，牆上滿是現實主義畫作，多數都反映了早期華人移民下南洋打工的艱苦生活。還有十餘幅裝裱過的畫斜倚在一面牆上，畫面朝裡，看不見內容。這裡的牆面上也有和外面一樣的細小花紋，陳厚仔細一看，那些細小的花紋是由一些剃刀、剪子之類的元素構成，甚是詭異。房間正中央有一張十九世紀歐式雕花長凳，上面端坐著一個壯年男子，五官扁平，顴骨很高，昏暗的燈光下能隱約能看到襯衫下的肌肉線條，和陳厚單薄的身體形成鮮明的對比。男子正微仰著頭欣賞牆上的畫作，畫上是一座大莊園，距離莊園大門的不遠處便是波光粼粼的海面。

「我的祖上原本是一個剃頭匠，後來下南洋受貴人指點發了家，成為一代大商賈。之後回到中國，在南方一個小島上建了這麼一個大宅子。」男子沒有轉頭，自顧自地說著，「家父在上個世紀末再次下南洋，白手起家，大半生之後終於在馬來西亞擁有上萬畝的種植園。中美貿易戰後，低端製造業紛紛往東南亞遷移，日後無論是開發成住宅用地還是商業用地，都是一本萬利的生意。可惜啊，該死的地震，把這一切全都毀了……」

言罷，男子起身，招招手示意陳厚跟上，往靠裡的一面牆走去。牆的右下角是一幅一人多高的南洋老街景，畫面上是幾個挑著擔走街串巷的華人商販。男子在畫框側面按了幾下，畫作便向左滑開，露出一個豎井，豎井裡是掉漆鐵皮製成的簡易螺旋樓梯往下延伸。

樓下的空間原本應是水手們的休息室，現在只留下一張張雙層鐵架床，上面整齊地擺放著各種叫不出名的機器，角落裡還有一個堆滿了各色瓶瓶罐罐的紙箱。牆面新刷的白色油漆還有殘留的味道，地面上嵌有厚重的金屬板，踩上去沉悶地咚咚作響，似乎下面還有一層空間。或許是得益於近乎強迫症的物品擺放方式，也可能是門口那台吸塵器的功勞，整個空間看起來整潔有序，儼然一個小作坊的模樣。

「右手大拇指，指面朝下，伸進去。」男子指向一個上半部分為藍色半透明塑料，下半部分為灰色金屬結構的機器。機器的前側有個小開口，男子用自己的右手先比劃了一番，之後用鑷子從旁邊一個裝滿無色溶液的棕色玻璃瓶裡夾起一小片三厘米見方的透明薄膜，平放了進去。機器的旁邊還有用於固定手腕的支架和綁帶。

陳厚遲疑了一下，照做了。

男子把陳厚的右手手腕牢牢固定住，又在小開口內的指甲蓋上方和拇指兩側塞滿了醫用棉花，使得指面能夠緊緊地貼著那片冰涼的薄膜。

「等下會很疼，你叫多大聲都可以，但是再疼手都別動，明白了嗎？」

陳厚對未知的痛感有些警覺，不禁打了個激靈。男子並沒有耐心等他的回答，直接開動了機器。按下頂部的開關後，機器開始嗡嗡震動。陳厚先是感覺到拇指有些發燙，緊接著就是強烈的灼燒感傳來。他緊閉雙眼咬緊牙關，盡量不讓自己叫出聲來。同時左手死死地掐著右小臂，由於用力過猛，整個上半身開始微微抖動，左手關節也已發白，他發出粗重的喘息。豆大的汗水不斷地從他的頭皮、額頭和鼻翼滲出又滑落，其中或許還夾雜著幾滴眼淚，陳厚甚至能夠聽見它們接連滴落在地面上的聲音。

大約一分鐘後，手腕上的綁帶被解開。拇指指面並沒有像陳厚想像中的那樣血肉模糊，反倒有些發白，而且像被打磨過一般變得異常光滑，那層透明薄膜似乎生成了凝膠狀物質覆蓋了整個指面。不過末梢神經持續傳來的疼痛沒有因此而休止，陳厚疼得有些頭暈目眩，捏著手腕轉著圈蹦跳起來，全程只是大口吸著氣，愣是沒有發出一聲慘叫。

「五指張開，手心朝上，放在桌上。」男子下了命令，一把攥住陳厚的手腕，小心地把透明薄膜從指面上揭下，像是在對待一件藝術品。

「就保持這樣的姿勢別動。」

之後，男子走向另一個將近兩米高像冰箱一樣的機器，裡面有個半寸見方的平台似乎剛被絲桿頂起，表面覆蓋一層灰白色的膠質。每過幾秒，膠質上面沾的殘餘溶液匯聚成滴，滴回下面的容器中。男子取了另一根扁嘴鑷子，動作比剛剛更輕，輕輕挑起膠質的一個角，慢慢往另一個對角提拉，從平台上將其剝離了下來。

那層膠質最後來到了陳厚的指面上，觸感冰涼。切除了邊緣多餘的部分後，男子又抄起手邊的罐子給陳厚的新指面上噴了一層漆。

「這個是色素，接下來的三個月內會被這個指紋膜慢慢吸收，不然這幾天你就會有個白色的拇指，傻子都能看出來不對勁。」男子似乎刻意避免著眼神交流，「哦對了，你今年幾歲了？」

「剛滿 14……嗞……週歲。」盡管陳厚已經盡量發音清晰，手指的疼痛使他不可避免地帶著吸氣音。

「那指面大小應該不會有多大變化了。之後要注意，不要碰酸堿，注意避免嚴重的機械性損傷，採血樣也不要用這個指頭。」男子邊說邊瞇起眼，湊近陳厚的拇指，用一個紫光手電筒往上面打著光，從各個角度仔細地查看，反覆確認是否有瑕疵。

「這層指模比人體皮膚堅韌不少，日常使用沒問題，哪怕是幹一些粗活重活，甚至是拿銼刀銼，理論上都沒什麼問題。要真是被刀之類的利器割破了，哪怕一點點，那個破口是不會像你的真皮膚一樣愈合的。要想恢復，就只能整個重做了。」男子回身從抽屜裡拿出一支藥膏和一瓶噴霧，裝藥膏的鋁管和噴霧的瓶身都是純白的，一個字也沒有，估計是自製產品，「之後的三個月裡，早晚各噴這個噴霧在指頭上一次，如果有發癢、發紅或是腫脹的現象，就在患處塗這個藥膏。這層膠質最後會跟你的真皮層完全長在一起。」

說罷，他又遞給陳厚一張白色名片，上面除了一串紅色的數字什麼也沒有。

「如果真的不小心破壞了，就通過這個衛星電話號碼找我。衛星電話號碼普通手機是打不通的，至於怎麼打，這就是你自己的事了。」

「這……有什麼用？」陳厚用食指輕輕搓著新指紋，手感有些奇怪，像是在搓一塊橡皮。

「有什麼用？你認真的？」男子睜大了眼，露出難以置信的笑容，像是一個孩子被激發了好奇心，話漸漸多了起來，「這可是我的絕活，都來到這了居然不知道？哦……明白了，幫你預約的人沒告訴你。」

「剛剛老陸直接就讓我……」

「算了算了，」男子擺擺手，打斷了他的話，「這是你的新身份。」

一張淺紅色的新加坡公民身份證連同幾張 A4 紙大小的文件被甩到桌上。身份證上寫的名字是「李智」，上面有和陳厚長相還算相似的一個孩子的照片，還有一枚指紋圖樣。那枚指紋，不用多說，顯然和剛剛移植到他右手拇指上的那枚一模一樣。

「新加坡政府的身份指紋庫其實錄入了四枚指紋，兩只手的拇指和食指都有記錄。但是包括海關在內的所有機構，都只需要識別出其中一枚就能通過，所以實際上移植一枚假指紋就夠了。」男子似乎正因他的機智一臉得意，「不過當然了，錢給夠的話，你就是要換掌紋我也能辦到。」

陳厚將那張身份證翻來覆去看了幾遍，偽造身份這類事情對一個孩子來說實在是太過於超現實，他不禁面露難色，勉強地把它理解為「改了名」。

「不用擔心，這張身份證是真的，屬於一個在地震中失蹤的，和你年紀相仿的孩子。最妙的是，他此前是在孤兒院長大的，而且小孩子長相一般差別不太大，就算冒名頂替的話風險也很小。畢竟這麼小一個國家，要真遇上親戚還是比較麻煩的。」

說到這，男子輕嘆了一口氣，「這可憐的孩子，這麼多年了還是失蹤狀態，估計是沒躲過那劫。」他突然低頭看向陳厚，在他肩上用力捏了兩下，「也多虧了這幾年失蹤人口這麼多，重建身份檔案時可以鑽的空子就很多了。」

陳厚這才反應過來，記憶中自己並沒有這樣一張所謂的身份證，難道自己原本是新加坡島上的黑戶？難道老陸不遺餘力地走旁門左道，就是為了幫他拿到一個合法身份？就這個房間的設備和這艘潛艇神出鬼沒的樣子，估計辦這件事情也不太容易，陳厚也不知道老陸哪來的渠道。

「好了好了，那幾張文件是李智小朋友的基本信息，什麼時候出生啊在哪個孤兒院啊什麼的，大概記一下就可以丟掉了。」男子擼起袖子看了看手腕上的一塊方形黑色電子表，再次打開了通往螺旋樓梯的門，示意陳厚離開實驗室。「這會兒估計也快到了，快走吧。」

陳厚將身份證和文件揣進上衣口袋，右手握拳，將大拇指包裹在其他四指的內側，生怕破壞了這來之不易的新身份。大拇指的痛感漸漸退去，多少還是有些發麻。

打開潛艇頂蓋，陳厚終於又聞到了大海的氣息。眼睛還來不及適應黑暗，他就感覺自己被一雙大手抓住肩膀提起，然後重重地放在了堅實的地面上。等他好不容易站穩，便發現有些不對勁：他所在的水泥平台通向面前的一座高聳入雲的建築，這應該就是新加坡剛興建完畢的其中一座高塔。這座塔抬頭望不到頂，周圍也沒有射燈襯托，黑漆漆地聳立著。陳厚只能看見塔頂的航空警示燈，像是巨人攝人心魄的獨眼，透過稀薄的雲層，閃爍著幽幽的紅色光芒。

提起他的是一個南亞彪形大漢，渾身散發著刺鼻的體味，還來不及對高塔發出驚嘆，陳厚就被他推搡著往前走。

「不對，老陸呢？」陳厚突然想起不對勁的根源，大漢似乎聽不懂他在說什麼，依舊自顧自地往前。陳厚急了，轉身從大漢的臂彎裡溜過，往回跑去。

水泥平台直接通往大海，周圍沒有任何像是沙灘一樣作為陸地向海洋過渡的地段，反而像個不高的斷崖，下面直接和海水相連。之前那艘潛艇已不見蹤影，看來回去是不可能的了，陳厚無助地望著茫茫的海面。

突然，遠處的海平面上一道炫目的閃光迸發，瞬間點亮了整片漆黑的海水和天空，爆炸中心還映襯出幾個浮標的剪影。奪目的火光隨波浪起伏時隱時現，像風中的殘燭一般搖曳，似乎隨時會被海水吞噬，卻又絲毫沒有減弱消失的跡象。在火光的照耀下，濃煙滾滾上升。海面波濤洶湧，海水放肆地拍打著水泥堅壁，發出此起彼伏的喧囂濤聲，隱沒了炸裂的聲響。

那好像是……我們的船……老陸……

陳厚被眼前的一切震驚得甚至忘了哭喊，任由那抹刺眼的黃色火焰在他的瞳孔中張狂地翻騰。

他雙腿一軟，向海水中栽去。背後一雙大手及時地兜住他，努力地幫他恢復平衡。

火焰熊熊燃燒，沒有收斂的意思。在它的上空，烏雲開始聚集，一場雷暴就要來了。藍紫色的電光如鎂光燈般在雲層後撲朔，伴隨著驚雷，默默記錄著這一切，又好似一條隱忍著胸中萬鈞雷霆的銀龍，狂躁地翻騰著，以一種無人能懂的肢體語言，宣告對這片大海的主權。

第四章　高塔之一

一

也不知是幸還是不幸，陳厚，現在應該叫李智，一到了這個熟悉而又陌生的國度，就稀里糊塗地找到了一個可以供他棲居的地方——「環球海使」。這是一家主營海底打撈業務的小公司，隸屬於全球最大的海運公司「環球海運」。

那個兜住他，使他不至於跌落海裡的南亞人，名字很長，他只記得最後兩個音節是莫山。李智的英文和中文都有日常交流水平，甚至還會幾句簡單的印尼語和馬來語，這是他在過去的七年裡，和飛星島上的那群遊民打交道學到的。印度人的英語發音實在是不敢恭維，好在莫山作為李智這一組人的監工，發出的指令無非就是「開工」、「休息」、「收工」這一類，多聽幾次也就習慣了。

李智就住在他進入的那一座高塔裡，這座高塔在蔡厝港和兀蘭地區的中間，位於新加坡西北偏北，名叫克蘭芝塔。克蘭芝地區是二戰時期的集中營所在地，後來改造成各種養殖場，地勢平坦，地震前也鮮有高大建築，因此也是第一批被提上造塔日程的地區，如今這座高塔已經完工三年有餘。

讓他感到意外的是，縱使塔高聳入雲，那天晚上進入電梯後，反倒是往下行。李智記得自己那天晚上全程呆滯，很久都沒從那場爆炸中緩過來。就這樣渾渾噩噩的，他被帶到了一間宿舍門口，莫山從宿舍旁邊一個泛著霉味的儲藏櫃裡拿出了一套還算乾淨的被褥，丟到了房間裡的一張床上，之後告訴他明天六點會有起床鈴，就離開了。

李智在那張硬的發澀的硬木床板上輾轉反側，上鋪那個人鼾聲震天，體味、腳臭味以及一種說不上來的腥臭攪亂了他的思緒。

也許老陸那時候已經被另一艘潛艇接走了。

也許老陸跳海逃生了，這麼劇烈的爆炸，一定有人去檢查情況的，說不定就得救了呢。

也許……

李智突然想起，船上能引起爆炸的東西只有油箱和蓄電池。蓄電池只有一個小箱子那麼大，負責給船上的風扇、燈、燒水壺等簡單電器供能，平時靠船頂的太陽能板充電。油箱雖然還挺大的，但是老陸和他平時都會很小心的檢查。更何況，老陸不抽菸，如果是意外，火源又是哪來的呢？最重要的是，爆炸應該是發生在小船的中段，火焰燃燒最猛烈的地方就在那，但是蓄電池和油箱一個在船頭一個在船尾……

李智感到自己的記憶出現了偏差，即便這是幾個小時前剛發生的事情，任憑他如何回想，也想不起爆炸發生時的具體細節，火焰到底是從船的哪個部分開始燃燒。

難道是魚雷？或者有誰偷偷裝了炸彈？

李智感覺自己的想法越來越不切實際，任憑他怎麼思索都沒法給出一個令自己信服的結果。他唯一的期冀就是老陸能夠死裡逃生，運氣好的話，或許幾天後，他就能在這裡看到老陸。

胡思亂想了一夜後，已經是凌晨五點左右。平時這個時候他和老陸已經準備出海，熱帶的天空也應該漸漸起魚肚白，房間裡還是漆黑一片，時刻提醒著他的舊生活已經遠去。

兩個月後。

時日已近年底，熱帶的高溫絲毫不減，沒有四季變化的地方容易讓人忘卻了時間的流逝。經過密集的訓練，李智的臉上已經有了一圈明顯的潛水鏡形狀的曬痕，瘦小的身板也變得壯實了一點。

這兩個多月裡老陸依然沒有出現，他盡量克制著自己不去想。更何況，每天長達六個小時的下潛訓練使他正值發育期的身體到處酸痛，把他折磨得寢食難安，回宿舍後更是沾床就睡，根本沒有多餘的精力。

今天是屠妖節休假，絕大多數印度員工都到海平面以上的樓層參加聚會和一些紀念日活動，晚飯期間的食堂人數反而寥寥無幾，絕大多數都是華人面孔。由於南亞人身材較為健碩，打撈工作有時候需要十幾個小時高強度連續作業，因此備受青睞。每年的這個日子，也是公司人手最少的時候。

監工莫山一臉不情願地端著三種顏色的咖喱走過來，環視了一圈，最後在李智身邊坐下。不需要交談也知道他對假期被安排上班感到非常不滿，而且一定是有緊急打撈任務來了。沒辦法，李智所在的班子是少有的全華人班，十二個人分為六組，全是華人，由莫山全權管轄。這種特別的日子又遇上緊急打撈任務，他們人員最齊，是不二之選。

果然，和李智簡單地交談之後，莫山又換到了其他的同事身邊，逐一交待了一些事務。任務於晚上七點開始，地點在芽籠。

為了保證能見度和作業安全，絕大多數打撈活動都在白天甚至是正午進行。少數緊急任務或是某些地區海域僅在夜間開放的特殊情況，才會出現夜晚作業。芽籠位於新加坡中部偏東，市中心東北方向五公里左右，原本是小吃街和紅燈區一類的地方，同時也是僅次於唐人街的新加坡第二大華人聚集地。

芽籠地區的東北方向不到一公里就是原巴耶利峇空軍基地，兩年前在原址上新建的海上空軍基地剛剛投入使用。出於國防安全考慮，芽籠所在的那片海域一直處於軍方管轄範圍內。也正是由於這個原因，芽籠地區也沒有高塔項目，七年來一直覆蓋著波瀾不驚的海水。準確來說，空軍基地往東，一直到同樣是在原址上新建的新樟宜機場地區，都沒有任何露出海平面以上超過一百米的建築物。因此，算上南部星洲燈塔區域目前被政府規劃為進出口貿易區和海關，新加坡如今有了東空港，西海港，南商港的格局。而在三者之間，便是旨在打造未來都市的「塔林」項目，也就是那些鱗次櫛比的高塔們。

乘坐輕型打撈船出發前往作業地點的航程上，同事之間開始出現的關於任務的傳聞。有人說這次任務申報了好幾年，從五年前打撈公司剛剛被新加坡政府批準營業就開始申報了，直到今天這片海域的作業申請才剛剛被批準。也有人說是有個富商包養的一個情人死在了那裡，想找一些遺物寄托哀思。總之從花邊新聞到國際局勢都能成為對這次任務內容猜測的佐證，彷彿整個世界都是為這次任務而生，可能只有這樣天馬行空的探討才能讓他們暫時麻痹自己，說服自己日復一日的枯燥工作始終意義非凡。

莫山聽不懂中文，除了在討論激烈處用英文喊上幾句「安靜」以外，更多的時候只是在甲板上，望著船尾的海面被劃開，向兩邊翻湧出雪白的波浪，伴隨著嘩嘩的聲響擴散，最後悄無聲息的隱沒在遠處海面。

這是莫山隻身一人背井離鄉下海謀生的第十六個年頭。十六年前的屠妖節，他由於不滿父母要他輟學打工供弟弟妹妹上學的決定，和父母大吵了一架，還掀了桌子。他決定為自己的未來而活，離家出走，三天後在人員紛亂的小港口裡找到機會混上一艘運送木料的船，偷渡來到了新加坡。當時年少的他缺少地理常識，並不知道自己具體到了哪裡，走了多遠，只聽那些海員談起，西邊太陽落下的地方，就是家的方向。

傍晚時分，晦暗的晨昏線再次掃過這片海域。藍紫色的妖艷霞光開始在海面上蔓延，追逐著這艘不算輕快的小船，在高塔之間狹窄的海面上兜兜轉轉，仿佛兩個不諳世事的孩子。兩側在建的高塔猶如巨木一般投下大片的黑色倒影，而頂部尚未完工的結構在海面上則有如樹影斑駁。爬升架張牙舞爪，仍不知疲倦地工作著，修長的懸臂如枝條一般伸展，懸吊著的成捆鋼材如樹葉一般搖擺翕張，「塔林」二字在此刻顯得無比貼切。

無數庸碌的人類就在這鋼鐵叢林中苟活著，像螻蟻，像蠕蟲，這些巨樹或許能屹立千百年，而他們卻不行。他們中的一些幸運兒哪怕拿著一紙所謂的產權證，也只意味著他和他們的後代能當上99年或是999年的租客。更準確的說，這些一脈相承的人們也僅僅只是一種停留稍久的過客。他們深刻又無奈地知道，這些高塔每壯大一分，都與他們無關，甚至也與他們的子孫們無關，他們世世代代存在的意義也不會因為高塔的繁榮而變得更加崇高。

而那些好奇的外來者，那些從世界各地慕名而來，想在幾天內一窺他們生活方式的人；那些過客中的匆忙者們，如烏合之眾般紛至沓來又四散而歸，像季風，像洋流。也只有這些人，方能在短暫的旅途中擠出些時間，抬頭仰望這些玻璃巨樹們，由衷地為這些在陽光下能折射出七彩光芒的人造結構發出讚嘆，卻不知道他們瞻仰的是別人的樂園還是牢籠，又或是別的什麼東西。

二

到達芽籠地區的時候，太陽已經完全沒入海平面以下，夜幕如黑旗獵獵往天邊一招，驅散了最後一抹暮色。月明星稀，這裡的城市夜間光污染影響不算嚴重，天空恢復了少有的深藍色，幾縷薄雲飄渺不定。縱使隔著幾公里的海面，依然能看見白象塔正散發著迷離的燈光。

白象塔沒有九龍塔宏大，在外觀上卻可與之媲美。它的塔身大面積覆蓋著一層白色陶瓷，晶瑩剔透，並混入了鑽石微粒，無論是白天還是黑夜都閃著晶瑩的光芒。塔高與九龍塔相近，塔身更瘦，使得整座塔遠遠看去顯得更為清秀高挑。塔頂設計參考了印度教神廟中常見的繁複雕像群，為首的則是象鼻神甘納許，象徵著智慧和財富。因此，「白象塔」三個字從此便取代了塔的原名以及所在地「小印度」的名字，就像「九龍塔」取代了「牛車水」一樣。

此時微風漸起，九龍塔火焰般的輝耀也只能淪為背景，靜靜地襯著白象塔，任它猶如身著彩色紗麗的褐髮少女於月下婀娜獨舞。

政府批下來的打撈時間只有兩個小時，從八點到十點。這也就意味著十點前船隻必須離開芽籠海域。根據此前的勘探結果推測，這次任務一個半小時左右便可結束。作業地點在芽籠一座建築物的頂層，廢墟結構穩定，有大片的玻璃窗可供破窗進入。

「開工！潛水員準備！」莫山用力拍了拍手，催促著，掌聲在這空無一人的海面上顯得特別清亮。包括李智在內的六位水下作業員早已提前換好服裝，打開頭燈，三人一邊分坐在兩側船舷上。坐在李智身邊的水下作業員是個基督教徒，已經開始在胸前比划十字。除他們之外的另外六位船員，則擔任他們各自的海上聯絡員，正在對他們身上的電子設備做最後的檢查工作。

海底的情形遠不如地面上的那樣好預測，特別當預測對象是不知侵蝕程度如何的海底建築物時，準確度將大打折扣。因此實時掌握各個作業員在水底的動態，並在遭遇緊急情況時由海面上的人員制定緊急計劃，對保障潛水員的安全非常重要。有人將潛水員成為聯絡員的眼睛和手，將聯絡員稱為潛水員的大腦。二者之間需要絕對信任，高度協調一致，有時候甚至需要一點心有靈犀。這麼看來，二人一組的分工搭配與二人一間的住宿方案，讓他們真正實現彼此朝夕相處，似乎是一個絕妙的增加同事間協同度的點子。

和李智搭檔的聯絡員叫姚錫，是個胖子，一米七不到的身高卻有著一百七十斤的體重。他的父母都是馬來西亞華人，多年前來到新加坡務工並入籍，因此他算是個二代移民。新加坡二代移民成年後原則上需要服兵役兩年，地震後也是如此。姚錫今年剛 18 歲成年，正為這件事而憂心忡忡。

三年多以前姚錫剛來的時候還是個身材勻稱的小夥子，大地震後本應在新加坡政府和馬來西亞政府合辦的臨時聯合高中繼續就讀，卻因為父親於地震中受傷失去了右臂的行動能力，母親從事的餐廳服務員工作又被機器人逐漸取代，不得不輟學打工補貼家用。這樣的故事在這些倖存者們之中不算太淒慘，知道的人也並不太多。

水下作業員的工資比聯絡員的高出不少，公司內部禁止談論相關話題，大家也彼此心知肚明。不僅如此，水下作業員往往會在打撈的過程中「順手牽羊」一些物品。畢竟出得起打撈費用的人非富即貴，打撈服務又是按件計費，大量價值相對不那麼高的東西就這樣被所有者選擇性「捨棄」了。寶石、金器等物件是最容易被私吞的，特別是鑲嵌有翡翠、瑪瑙一類寶石的小件金首飾，由於方便攜帶與藏匿，是不二之選。

這並不意味著水下作業員是人人爭搶的肥差。

姚錫當年剛來的時候就是水下作業員。在目睹了一場意外後，他受到了嚴重的心理打擊。

那是一次懸賞頗高的任務，目標是一位富商的腕表收藏，那枚腕表世上只此一枚，是那位富商在一次慈善拍賣上獲得的，據說價值高達五千萬美元。經過勘探發現打撈任務並不複雜，公司便只派了六人出海。

腕表在一個密封保險箱裡，保險箱靠近一座高樓頂層豪宅的窗口。不幸的是，打開保險箱的時候由於保險箱防水，且內部體積較大，瞬間的壓力差導致水流快速湧入，被擠出的大量氣體頂開了保險箱門，震飛了開門的作業員。那個可憐的人碰巧被拍在了一面脆弱的承重墻上，那堵墻看似堅固，實際上內部鋼筋已被海水侵蝕殆盡，裡面長勢正盛的微生物群落直接在墻體內部掏了個大洞，幾乎已經是一面空心墻。撞擊剛發生的時候，大家只能聽見一聲悶響，以為沒有什麼後續影響，便繼續工作。僅僅十五秒後，誰也沒有想到，大範圍的坍塌瞬間發生。姚錫那時候在廢墟外負責看守水下通訊中轉設備，看見大量氣泡湧出後，也以為是氧氣瓶泄露之類的普通意外，沒想到通訊設備裡傳來了不止一個人的哀嚎。

為安全起見，組長勒令他原地待命。姚錫只能眼睜睜地看著昔日的好友就要到達廢墟入口逃生成功的時候，突然被鋼筋刺穿了身體。還有一個隊員在慌亂中眼疾手快抓住了隨著水流沖出來的那個目標腕表，卻冷不丁地被一塊飛來的水泥塊砸斷了小臂，殘肢還死死握住那塊腕表在海水中打著旋，徑直飛到姚錫面前。姚錫那時候才知道海裡的鮮血在潛水燈照耀下依然是黑色的，而且由於水壓過大，鮮血並不會噴湧而出，而是像煙霧一樣慢慢擴散。

回到總部後，那個雙手戴了不下十五枚金戒指的委托人非常高興，在他看來任務圓滿完成。根據合同，無論搭上了幾條人命，都不會增加他所需要支付的傭金。打撈公司這邊也只是舉辦了簡單的追悼會。這些年這種追悼會已經不是新鮮事，辦得一年比一年簡單，鮮花變成了塑料花，連儀式也從一小時縮短成了半小時，參加追悼會的人眼淚更是一年比一年少，更多的只是嘆息。

當然，姚錫並沒有勇氣放棄在這裡的工作機會。

哪怕是如此高危的行業，也依然有幾萬個人在他背後虎視眈眈，等著任何一個人位子讓出來，馬上頂替。他們並不是沒看見高薪背後的風險，也並不是不害怕，更不是僥幸心理作祟，他們只是沒得選。至少，通過各種社交媒體見識了光鮮亮麗的上層生活後，這些人自以為沒得選。

自那以後，或許是出於對死去隊友的愧疚，又或許是有心理創傷，姚錫申請成為海上聯絡員，暗暗發誓在自己力所能及的範圍內，不再讓自己的搭檔犧牲，哪怕任務失敗也在所不惜。由於打撈經驗還算豐富，並承諾不索要心理創傷賠償，公司破格批准，正式轉崗文件剛好就在李智被莫山帶來的前一天下達。根據聯絡員潛水員兩人一間的宿舍分配原則，李智就理所當然地被分配到了他的房間。

以上這些事是姚錫有一次失眠和李智夜聊的時候說的。

在最初的一個月裡，李智經常被姚錫半夜的尖叫或是啜泣驚醒，並且眼睜睜地看著他通過暴飲暴食緩解壓力，三個月裡暴增了超過五十斤。好在清醒的時候姚錫人還算隨和，大多數時候寡言少語，偶爾又喜歡當眾講各種各樣滑稽又誇張的玩笑話，不知他是不是在兩種極端的來回切換中方能尋找到內心的平靜。

姚錫本不願意再去回憶，為了勸說李智盡早和公司解約，至少申請調崗，便極力壓抑著自己的情緒和嘔吐反射，生動完整地把這段夢魘一般的經歷講了出來。

「下水！」莫山大手一招，伴隨著幾下水花聲，水下作業員們悉數後仰入水。頭頂皎潔的月光瞬間從視野中消失，一個轉身，面對的便是深淵。

深水淹沒他們，他們如同石頭墜到深處。

今夜月光充沛，李智抬頭看見許多發著熒光的水母正在朝著海面游去，層層疊疊，根本分不清到底哪些是有毒需要遠離的品種。

下潛很順利，那棟四四方方的大樓除了有些傾斜之外，還算保留完好。李智將一個茶杯大小的超聲波破窗器貼在一面玻璃上，又往玻璃上擠了一些膏狀物塗抹開。半分鐘後，這些膏狀物開始膨脹成粘稠的凝膠狀，覆蓋了整個玻璃表面。李智按下破窗器上的圓形按鈕，輕微的一陣振動後，玻璃上出現了均勻的白色網狀裂痕。

下水的六個人中，有一個人需要在外面看守通訊設備，另外五個人魚貫而入，開始在大樓頂層的走廊之間搜尋起來。

李智剛一進入這個樓層就有一種異樣的感覺，他根據打撈任務前分發的建築平面圖裡發現，這個樓層按照本來的規劃應該是寫字樓的格局，也就是一個個的工作間，分別租給不同的客戶、工作室、公司等。眼前的殘垣保留比較完好，清晰地呈現出在地震發生前這裡的樣貌：絕大多數房間都被打通，只留下必要的承重墻，顯然整個樓層的使用權都被某個機構所包下。各種儀器設備東倒西歪地堆在墻角，應該是大樓的傾斜所致，銹得不成樣子，上面長滿了海葵、珊瑚和一些不知名的貝類。這些儀器已經看不出原本的模樣和功能，數量龐大，模樣不同，甚至還混雜著一些類似手術台和牙科診所躺椅之類的大型物件。

這應該是某個相當大型的科研機構，李智心想。

根據委托人提供的資料，目標物是硬盤組，存放在服務器機房裡，位於樓層東面的走廊盡頭，而如今這棟樓在地震中向東傾斜了三十度有餘，機房的位置在更深處，正混雜在李智眼裡的那片充滿未知的漆黑之中。

潛水員們紛紛打開胸前和頭頂的潛水燈，並在沿路上一些比較牢固的地方貼上了近小臂粗的熒光棒，幫助他們在深淵中辨別方向。走廊盡頭就是一閃合金大門，門縫已經銹出了十厘米寬的一條窄縫，門板也向裡略微凹陷。門板外堆著磚石瓦礫和碎玻璃，還有五六塊巨大的混凝土塊，看起來足有幾百公斤重。

「蔣縱橫。」李智朝後方招了招手，一個塊頭足有他兩倍的人靈活地操縱著噴氣背包，往李智身邊漂來。

「指揮部，我是李智，目標門口有六塊混凝土塊，重量目測四百千克以上，現申請讓蔣縱橫使用『泰坦』作業服將其向兩邊推開，請指揮部查看墻體施工數據，分析計算墻體強度是否允許。」

「指揮部收到。」是姚錫的聲音。幾秒鐘的靜默後，傳來了消息：「經計算，安全系數為∞，混凝土塊挪移行動已批準。」

那個叫蔣縱橫的潛水員身上名為「泰坦」的作業服要比李智他們的臃腫不少，這不只是因為他本人的體型壯碩，更是由於其潛水服中遍布著眾多電致伸縮纖維。這些纖維在通電後能夠產生五十倍於正常人肌肉收縮的力量。

少頃，幾個混凝土石塊就被推到了兩邊。

機房門的滑軌銹住了，在經得指揮部同意後，蔣縱橫又扒住門縫，用蠻力把合金大門扒開約半米寬。此時，背包上的電池模塊就閃起了紅光。

「船上有備用電池，上去換吧，我們在這等著。」李智拍了拍他的肩，「稍微快點，只剩下不到一個小時了。早知道應該多帶一塊電池下來的。」

蔣縱橫點點頭，開啟背包的噴氣功能，沿著熒光棒勾勒出的來路，加速向上浮去。

李智取下固定在頭盔上的強光手電，伸入門縫裡，左右掃視，試圖看清機房內部的構造，思考下一步計劃。這實際上是個非常危險的舉動，視頻記錄儀視角有限，指揮部可能並沒有發現，也沒有作出警告。另外兩人警惕地扶著被扒開的門，生怕它突然合攏，把李智的手臂夾斷。還有一人始終在李智身後，如果有危險發生，他準備隨時把李智從門口拉開。

機房的格局非常簡單，那些服務器之類的設備原本應該在整個機房的正中央，由於建築結構傾斜，現在都堆積到東面的墻上。李智隱約能夠辨認出那兩個委托人描述的「30寸行李箱那麼大的硬盤，一共四組」，靜默地安放在那堆早已報廢的服務器旁。

「李智，我這邊出了些問題，備用電池沒電，估計是昨晚輪班的那些設備維護員沒注意……」通訊器那頭傳來蔣縱橫焦急的聲音，背景裡還有莫山的印度語咒罵。

李智打量了一下半米寬的門縫，試著把頭往裡探，勉強能通過。他用頭盔兩側的激光發射器射出兩個綠色的光點，打在那個硬盤附近，比對了一下：硬盤的寬度和長度應該勉強允許通過門縫。

「縱橫，你先換上我們的那些普通容量的電池，然後下來，估計門縫再大一點就成，用不了多少電。然後順便從船上的絞盤上拉根牽引繩下來，再帶上四卷繩網。你回來扒開門後，你和其他三個人一人一卷帶進去兜住那四組硬盤，然後一起拉出去。」李智回頭看了看隊友們，又看了看門縫，「估計我們幾個，也就我這小身板能先進去看看具體情況了。如果有其他需要，五分鐘內我會通知你。」

「你自己進去嗎？這有點太危險了吧……要不我問一下莫山？」還沒等縱橫答應，姚錫的聲音就又出現了。可能過於著急，經由通訊器裡傳來的聲音裡滿是口水音。

「行，你調我的記錄儀視頻給他看，裡面的空間結構很簡單，比較空曠，也沒太多雜物堆疊，應該……是比較安全的。」李智其實心裡沒底，和姚錫夜談的恐怖故事再一次出現在他的腦海裡。他從潛水服口袋裡掏出那份委托人提供的建築平面圖紙，又對比了一下眼前所看到的景象：至少在他現在的角度上看，確實是一個空曠的機房，除了那些服務器金額硬盤以外，只有四壁了……

不對，平面圖裡的房間和眼前的房間結構乍看起來一樣，四四方方，但是眼前所見，按照比例來看，要比圖裡要窄上不少。考慮到海水折射和建築的變形，也不應該差這麼多，這個門又確實是在中間……

李智把潛水燈的燈光往南北兩面牆上探了探，牆面反光透著熟悉的金屬質感，一陣刺骨的冰涼從後腦勺直通到尾椎骨。縱使潛水服搭載有體溫保持技術，也阻止不了他渾身肌肉的僵直。

「李智，我問了一下，莫山說可以，縱橫那邊也沒問題，這就下水。不過你可千萬小心，有什麼情況隨時匯報。」姚錫不安的聲音再次傳來。

李智沒有回話，雙手輕輕一撐，如一隻看見獵物的鷹，穿過那道門縫，直挺挺地俯衝向機房內部。很快，他的潛水燈散發出的最後一抹光亮，就從那些在門縫口面面相覷的隊友們視野中消失了。通話頻道也不再有新的指令傳來，一切又歸為沉寂。

經過簡單的摸索，李智很快就發現了北面牆上的凹槽，這面金屬大門完美地嵌在牆裡，從外側看來完全融為一體。門並沒有上鎖，李智也沒有找到任何鎖的結構。或許是用了磁鎖，斷電後磁力就消失了。

借由潛水手套上的磁力和摩擦力，門還是以那種熟悉的方式側向滑開，由於建築整體傾斜的原因，所需的力量比想象中大不少。使他感覺陌生的是從門外向內看的視角：一張圓角四方小桌被焊死在房間正中央，那個帶玻璃罩的躺椅，也就是他曾經賴以維生的休眠艙，就在房間的一角。玻璃罩已經被砸碎了，碎片散落在休眠艙周圍，估計用的是一旁已經嚴重變形的金屬凳子。承載著營養液的罐子空了，泄露出來不少，卻一直被封閉在這個空間裡沒有擴散出去，導致這裡的海水反而顯現出一種淡淡的粉色。墻面、天花板、地板異常乾淨光滑，沒有任何腐蝕的跡象，更找不到任何海洋動植物生活的痕跡。考慮到這裡充斥著大量的營養物質，確實很不尋常。整個房間都漂浮著灰白色如煙霧般彌漫的雜質，手電筒形成的光柱因此格外清晰。很容易推斷這些雜質的主要來源是南面墻上的櫃子，裡面的紙製品連同周圍墻上的畫，都已經被海水泡爛，破碎成脆弱的纖維，只有一些精裝書的人造皮革封面還能勉強維持形狀。眼前面目全非的景象並沒有使他感到震驚，即便和夢裡出現過無數次的場景完全不同。

李智腦海中關於七年前甚至更早的記憶逐漸清晰起來。

還是當年的模樣，這就是……我稱之為家的地方。

原來就在這裡……在這海底……

我回家了……

三

雷闖今年30歲，已經在莫山手下「自告奮勇」看守通訊機器三四年了。除了莫山以外，他是組裡年紀最大的員工。

這些年通訊技術的革新使得傳輸速率快了幾十倍，那僅僅只是在水面以上的情況。在水裡特別是幾十米甚至幾百米以下的海裡，要和海平面上的人聯絡，要麼在潛水員身上栓著有線設備，要麼只能在淺海近距離傳輸無線信號。無法避免的是，二者都會被深海廢墟中各種奇怪的結構限制：有線設備限制潛水員活動範圍，無線信號在海水中衰減嚴重。而看似最為完美的水下量子通訊設備原型目前只有美國和中國的軍方開發了出來，短時間內還沒法商用。

因此，主流打撈公司在執行任務時會從船上往作業地點所在的深度沉入一個通訊中轉設備，由一個潛水員將其固定在可靠的廢墟結構上並看守，其他潛水員通過短波無線電和這個中轉設備通信，中轉設備再通過有線的方式把信號輸送到船上的計算機等設備，反之亦然。

雷闖覺得自己一輩子到現在都在盡力規避風險，卻依然多災多難，如今甚至不得不從事這樣一份高危工資維持家用。他自打出生以來，先後經歷過3次芮氏七級以上的地震，5次航班迫降，其中兩次是水上迫降，7次火災，6次搶劫，2次龍捲風，甚至還當過一次銀行劫匪的人質。每一次他都在事件發生的第一現場，卻又每次都奇跡般脫身，他堅信這一切不是上天的眷顧，而是由於他自己強烈的求生欲。

經過詳細的數據統計和盤算，他發現在他這個員工級別，工資差別不大，因此事情較少危險係數也相對小的水下通訊設備管理員崗位性價比最高。這個崗位的晉升機會不如那些出生入死的多，甚至可以說是沒有晉升機會，他也心甘情願。

雷闖的工作內容無非就是保證通訊設備信號中轉站在水下正常運行，並且沿著那條連接母船的線纜上噴灑一種24小時後自動降解的信息素，用於驅散夜行海洋生物。其餘時間就是來回調節信號接收的頻段，因為建築物內信號干擾依然嚴重，通訊頻率經常不穩定，水下作業員們每進入一個新的區域甚至只是越過一堵新的墻，就要重新校準一次頻率，並重新適配一次音頻解析算法。

雷闖終究是個懶人，這類簡單的重複性工作對他而言實在是浪費生命。於是他用了一年時間，終於把水下會遇到的各種狀況摸清楚，自己寫了個腳本，幫他完成在通訊設備屏幕上的一系列操作。因此，在腳本完成後的日子裡，包括今天晚上，他 90% 以上的時間都在打盹，只有偶爾有特殊命令才會心不甘情不願地動動手腳。充分利用工作時間恢復精力，對他而言是一種對資本家的反向剝削。

盡管如此，雷闖可能是第一個發現李智的音頻信號出了問題的人。

哪怕是打盹的時候，他的聽覺和觸覺也異常靈敏。或許是海裡缺少其他類型的刺激干擾，也可能是聽說了那個被鯊魚襲擊的前輩的故事，導致他此後打著盹也能緊繃神經。

最初，他只是察覺到通訊設備裡少了一個人的聲音，本以為是那人剛好沒有說話，隨後發現連呼吸聲也少了一個，又以為是濾波器參數設置的問題。腳本自動調校了兩分鐘仍然不見好轉，他終於睜開眼檢查腳本運行的狀況，發現腳本正在瘋狂來回匹配李智的通訊頻道，卻回天乏術，無論怎麼調節頻率都不能讓那個頻道傳出任何聲音。

他剛想向船上匯報，就遇到了剛從建築裡出來換電池的蔣縱橫，縱橫告訴他李智等人在裡面等他。於是雷闖覺得可能不是什麼大問題，或許是頭盔裡內置的麥克風沾多了口水，也可能是磕碰著了。反正根據他的經驗，水下作業的音頻視頻每次都有完整保存起來，卻從來不會有人看，畢竟無論是打撈公司還是委托人，都只在意作業的結果。

然而，真正讓他的注意力從這個小異常上轉移開的，是一種不祥的預感。

在近百米深的海裡，理論上海水的運動速度都非常穩定，特別是夜裡，小魚群幾乎不可能出現，大的魚類早就被信息素驅散了，根本不可能出現什麼擾動。

他真真切切地感覺到好像有人在他背後隔空發力，將他整個人連同通訊設備往前推了一下。他四處看了看，紅外攝像頭偵測範圍內裡什麼大型生物的跡象都沒有，只有遠處的幾個光點一動不動，那是他隊友們的潛水燈。

他顧不得請示莫山，打開頭盔上的強光燈筒就往四周掃。

這樣的行為很容易對夜行海洋生物的節律和行為產生影響，原則上是不允許的，既然紅外攝像頭裡顯示沒有什麼體型可觀的生物或魚群，他覺得莫山不會太計較。更何況，他的作業記錄視頻裡9成以上的圖像都是純黑一片，幾年來根本沒有人檢查過，當然也就不會有人知道他的不規範操作。

強光燈使海水的能見度到達了十米左右，四周還是什麼都沒有，那抹帶來安全感的光亮終究還是在更遠處被更多的海水吞噬吸收。

不，我的感覺應該不會錯，哪怕真的是神經過敏了，也是小心為妙，雷闖心想。

此時，和剛剛推背感相同的感覺又一次傳來，只是這次力道大得多，而且是迎面而來。

好像更近了呢。

讓他感到緊張又絕望的是，視野裡依舊空空如也。

他開始腦補自己或許早就已經身處一個漆黑的巨口中，這張巨口的直徑大到他都看不見邊緣，可能屬於某隻古老的受了核輻射污染而體積暴增的深淵巨獸，可能屬於滑齒龍、巨齒鯊或者某種未知水怪。

他似乎同時聽見了水裡有一種低沉的嗡嗡聲，或許是巨獸的鼾聲，或者是巨獸打了個嗝。

他還懷疑潛水服裡的保溫系統出了故障，使他感到脊背發涼。

他掏出裝有信息素的瓶子，渾身上下塗了一遍，又往手臂所能及範圍內的海水裡也灑了點。他覺得自己就像是被拴著腳脖子沉入深海裡的釣餌。

在剩下的整個任務時間裡，雷闖都像個鋼管舞娘一樣，用自己能利用的所有肢體部位緊緊纏住通訊中轉站的線纜。根據他看恐怖電影積攢的經驗，雷闖還很快養成了三秒猛一回頭的習慣，反复確認身後的視野盲區裡沒有異樣。

除了漆黑如煉油的海水，他終究什麼也沒有看見。

第五章　高塔之二

一

2035 年 2 月 13 日上午，三體塔。

王傑從大地震中倖存了下來。今天他穿上了長袖襯衫和黑色布質西褲，揣著一個透明的塑料文件夾，裡面裝著他早起去圖書館打印的 20 份簡歷，大步疾走趕往位於第二平台的招聘會場。

他不知道這種源自十九世紀貴族的服裝為何依舊有這麼多人追捧，至今都還是正式、優雅、成熟的象徵。反觀帶有最新防污防塵科技的透氣面料，為日常生活帶來了無數的便利，卻始終難進大雅之堂。

他對 14 年前的那場地震沒有任何印象。地震前夜的那次體檢如之前幾次一樣，讓他精疲力竭，陷入一種介於昏迷和熟睡之間的狀態。

最先發現他不見的是王霞，就著凌晨微弱的天光，職業本能使她哪怕在逃跑，也不忘清點人數。王霞清點了三遍之後確認了王傑不在逃難隊伍中的事實，馬上徵求了主事的意見。達善福利院的房子地基在前幾年就略有下陷，可能和附近開挖新的地鐵線路導致的地下水下滲有關。在這麼迅猛的地震面前，誰也不知道返回房子的風險有多大。

令王霞感到驚奇的是，主事得知後似乎比她還要焦急。他趕忙讓張阿姨先帶著孩子們往空曠區域跑，一邊讓王霞和他一起去救生死未卜的王傑。

萬幸的是，他們返回的時候房子結構還算完整。墻面出現了幾條小臂粗的裂縫，整體來看變形並不嚴重。大家剛剛才從房子裡驚魂未定地跑出來，前門大開。主事已經是不折不扣的中年人，此時身手卻異常的矯健。只見他三步並作兩步跨過門前的階梯，可能是沒控制好慣性，一個趔趄撞上了右門框，金邊眼鏡從鼻梁處斷成兩截掉落，頓時口鼻出血。王霞驚叫一聲，下意識地跑上去撿眼鏡，主事卻連往地上看的動作都沒有，直接右手往門框上一撐，瞬間轉向，一路扶著墻小跑，搖搖晃晃衝向王傑的房間。

就在這時，第二波地震襲來，福利院一樓客廳的天花板幾秒鐘之內就全部垮塌，整個房子在劇烈的側向搖晃中漸漸傾斜。剛到門口尚未入內的王霞沒站穩，直接從台階上跌了下去，幸運地躲過了墜落的門梁。她也顧不得其他，起身就往王傑房間的窗口跑去。房子有向前門這邊傾倒的趨勢，王傑房間的窗口在房屋的另一邊，應該能爭取一些時間。

由於畏懼房子突然倒塌，她沒有緊貼著墻面跑，而是選擇了一條離墻面距離兩米左右的路線，奔跑的同時還不忘轉頭看看墻面有沒有往她這壓來的跡象。剛轉過第二個彎，還沒跑到窗前，她就聽見了玻璃破碎的聲音，一雙血淋淋的手從窗中探了出來，橫亙在她面前，王傑正以一種詭異的姿勢攤在這雙手上，著實嚇了她一跳。王霞雙手接過王傑，只見主事撐著窗框，嘗試著先把一條腿跨出來。殘留的玻璃渣子在他的腹部劃出小口子，白色背心已經滿是血跡。

突然，一聲清脆的爆裂聲，房子加速傾頹，王霞下意識往後退了兩步。只聽見主事發出淒厲的慘叫，似乎把剛剛積攢的所有苦痛一起釋放了出來，和來自地底的隆隆聲一起消散在滿是煙塵的空氣中。等王霞回過神來，窗框以下的墻面已經完全倒伏，把主事沒跨出來的另一條腿死死壓住。墻面的上半部分碎成一塊塊不規則的水泥磚，埋住了主事的上半身，只有折斷耷拉的右手和血肉模糊的半張臉還勉強可以分辨。

「快帶他走！有他就能……」主事花盡了最後一絲力氣，向王霞叫喊。王霞還沒來得及聽清最後幾個字，又是一聲哼嚓巨響，整個二樓樓板從中間斷開，以一個V字形直直插向主事所處的瓦礫堆，兩側的墻面也向中間聚攏，徹底將其掩埋。對此她也無能為力，只好悻悻離去。

地震後，王霞和王傑與張阿姨的隊伍失散，兜兜轉轉到了馬來西亞一個難民集中營才再次遇見彼此。親人罹難的事情在這裡已經不新鮮，離別遠遠多於重聚。得知主事去世的消息，張阿姨和孩子們紛紛無法克制自己的眼淚。

❁

幾個月後，孩子們根據年齡被分配往各個馬來西亞的公立學校繼續學業。兩個阿姨就去了他們所在的學校當雜工，以此換取住在學校宿舍的權利。特殊時期人員混亂，學校管理也變得嚴格，他們自然不能像以前一樣朝夕相處。不過，得知兩個阿姨也在學校裡，而且不時還能見到幾面，多少能給劫後餘生的孩子們一些心理安慰。

災情穩定後，新加坡政府就宣布，所有新加坡籍適齡兒童都能在馬來西亞得到涵蓋了小學到大學本科的免費教育。同時，大大放寬外國人工作準證和永久居民的申請條件，一旦復國，歡迎這些人和新加坡公民一起回遷。

由於地處馬六甲海峽，而且國際貿易政策寬鬆，新加坡再一次得到了國際範圍內各大財團的青睞，獲得了大量注資。在議會提出了「塔林」計劃後，全世界各大房地產開發商覬覦已久的機會終於來了。為了進一步吸引投資，新加坡政府還將一些高塔的高層部分利用政策收歸國有，預先賣給私人或是企業，光是這項收入，就超過了建塔的成本價。如此規模的高塔放在今天，在世界範圍內仍舊寥寥無幾，哪怕賣的是天價，不管是出於炒作還是真心為了站在東南亞之巔，買單的大有人在。此外，在原南海岸附近，還規劃出了大大小小的50多個港口區域，以99年的超長租期租借給許多東西方國家，成為國際免稅港，以此換取他們對長期購買並持有新加坡國債的承諾。

2030年後，新加坡港口貿易再次興起，吞吐量重回世界第一，港口租借條約開始顯現出它們的無限潛力。大小貨輪從原本聖淘沙島，也就是如今高達961米的星洲燈塔的位置，呈放射狀向各個方向密密麻麻蔓延幾千米，頗有些海上萬國來朝的氣勢，又像是無數匍匐在巨大圖騰柱下的渺小信徒，為他們所信仰的貿易自由日夜祈禱。

根據學制以及持續擴大的人才需求，享受國家提供的免費本科教育的學生，四年的本科課程被壓縮到三年，暑假也因此被取消。尚未滿21歲的王傑比想象中更早地開始為就業發愁。

他身處的三體塔坐落於新加坡國立大學肯特崗校區舊址上。

三體塔得名於三體問題，外觀上是三座直徑196.5米，高890米，呈等邊三角形分布的高塔，外牆被蜂窩狀的金屬網格覆蓋。塔直徑和塔高數字取自1965年8月9日新加坡建國的日子。三個高塔之間在海拔300米、500米、700米處各設有一個等邊三角形的超大平台，將三座高塔彼此連接，由下至上分別命名為第一平台、第二平台和第三平台，象徵著弗洛伊德提出的本我、自我、超我。三座高塔的頂部有向中央斜探出的巨大懸臂，三個懸臂的末端各支撐著一個圓盤，這三個圓盤能將它們所正對的一定範圍內的空氣降至零下幾十度。三個空心金屬大球，在這個人造的極寒區域中，借由超導磁懸浮現象作無規則運動。如果有雲掠過此地，則會遇冷化作細雪，洋洋灑灑飄落，還來不及觸碰到第三平台，就被風吹散，化得無影無蹤。

2030年，政府將各個公立學校和私立學校的教育資源經過重新整合後，在剛剛竣成的三體塔內建立了「新加坡聯合大學」，成為了新加坡境內唯一一所高校，向全新加坡常住人口及其親屬開放。新加坡聯合大學將所有的學院歸為政治、經濟、科技三大類，分別入駐三座高塔。而政治、經濟、科技三者之間複雜混沌的關係，也在冥冥之中和塔名遙相呼應。可以預見的是，未來很長一段時間內，整個新加坡絕大多數的人才都將來自其中。換句話說，這座塔在很大程度上承載著新加坡的未來。

今天舉辦的是這一年裡規模最大的招聘會，幾乎所有新加坡聯合大學的畢業生都會參加。自從全球經濟於2033年正式進入蕭條，小公司難以為繼，紛紛被大公司吞併。兩年來，新媒體文字工作者就像是一個個投機者，宣傳的主調都是「就業難」和「失業潮」，各種鮮紅加粗的標題如溢血刀疤一樣擠滿了各個社交平台，一篇篇「爆款文」的最後往往還會「貼心」地推薦幾本成功學書籍或職場指南。且不論這些書籍中的論調是否正確，對那些病急亂投醫的「虔誠」讀者來說，哪怕字裡行間只是虛偽地寫滿了「心誠則靈」四個字，它們依然是最好的安慰劑。在紙媒完全消亡的年代，這種靠販賣焦慮博得眼球，再給點希望引流穩賺一筆的模式反而被一衣帶水地繼承下來，大行其道，像極了多年前那群身披道袍蹲在街邊，一邊說你印堂發黑，一邊教你逆天改命的神棍們。

人都到這了，還能怎樣呢，難道還回去不成?王傑在會場門口徘徊了一會兒，整理了一下來不及充分熨平的襯衫衣領和袖口，鼓起勇氣向會場內邁出第一步。

會場裡冷氣很足，把王傑凍了個哆嗦。

二

三體塔的三個平台面積大致相同，每個都足有一個半足球場那麼大，每個平台上空都覆蓋著一片比整個平台面積還大的弧面玻璃。王傑抬頭仰望，能遠遠看見縮成指甲蓋大小的第三平台。而位於三個角落的三座大樓，經過玻璃穹頂的折射，扭曲著向中心匯聚，給人一種壓迫感和緊張感。身處這樣的場景，王傑感覺自己猶如井底之蛙。

包括王傑在內的姍姍來遲的學生剛剛從第二平台的一角進入，通過狹長的走道到達會場最中心，然後便動彈不得。分布在平台最外圍的一圈咨詢窗口早就擠滿了應屆畢業生，王傑只能踮著腳尖，透過人頭和人頭之間不斷消失又出現的間隙，分幾次方才看清那些公司的全稱。絕大多數公司他聽都沒聽過，好在招聘會場按照企業類型將他們分為政商和科技兩個大類，分別安排於平台的其中兩個角落。

王傑曾經懷疑商用6G技術的普及和虛擬現實的應用會使得現場求職變得不再必要，就眼前所見，顯然用人單位不這麼想。在攢動的人頭上方，幽靈一般飄渺的全息投影畫面正誇張地播放著每一個參會公司的宣傳片，光怪陸離。無論是夕陽產業還是風口行業，都巴不得在這一天將所謂的形式主義發揮到極致。

逼真的汽笛聲響徹整個招聘會現場，前方的人群傳來一陣騷動。只見一艘萬噸級遠洋貨輪的全息影像從三米多高處的空氣中破冰而出，越過人群的上方，引起一陣驚呼。

影像經過王傑頭頂時，他甚至被這真實得可以看見船體剝落的油漆以及每一片冰渣的全息影像震撼得下意識蹲下躲避。船舷上醒目的藍白色logo告訴在場的所有人這是一艘來自世界上最大的遠洋航行公司「環球海運」的貨輪。不出意外的話這艘貨輪跑的是穿過北冰洋的航線，然而隨著氣候變暖，這種破冰的情節在北冰洋每年也只有一兩個月可以發生了。

幾秒鐘後，那艘貨輪的身影很快就消失在一陣冰雪風暴中。應聘者們的體感溫度似乎也隨著風暴影像的出現降了幾度，甚至還有人打了噴嚏。緊接著浮現出的「環球海運，連接世界」口號在文案和氣勢上，相比於剛剛磅礡大氣的全息特效，反而略顯平庸。

王傑今天特意早起，來到招聘會現場之前先花了兩個多小時將各個參會公司的基本情況都了解了一遍，初步篩選出了十幾家意向企業。

盡管如此，在現場的氣氛下，企業方還是有一種飄渺的高姿態。王傑絲毫感覺不到所謂的雙向選擇，覺得自己更像是雲遊四海不知將去往何方的化緣僧人，一無所有只剩一件敝體爛衫，叩開一家一家的大門，詢問施主可否給口飯吃。

他針對每一家企業單獨進行細節調整而成的十幾版本的簡歷，一份都沒有發出去。所有的企業今年都只收電子簡歷，上傳簡歷前往往還會要求取得讀取求職者社交媒體內容的權限。據說有了大數據和人工智能的加持後，社交媒體便成為了分析了解應聘者人格、性格以及能力的最好數據庫。而求職者在用人單位面前越是赤裸，越有利於他們做出全方位的評判。這樣的舉措自然會招致反感，可這麼做的企業反而年年增加。當大多數人迫於就業壓力「默許」了這種行為，少數嘗試在這一場景下捍衛隱私的人反而成了「理應」被驅逐的異類。

王傑的手機已經有五年沒換過了，甚至都用不上 6G 網絡，上傳簡歷時的進度條仿佛猝死者的心電圖，毫無波瀾地看不到盡頭。他開始想象在 HR 的信箱裡，蝗蟲一般的求職郵件遮天蔽日地湧過去，持續整整半年。然後這些簡歷會進入一個碩大的黑箱，結合社交媒體內容，經過人工智能層層篩選，倖存到最後可能比投胎還難：畢竟精子只需要游得快，而求職者完全不知道人工智能 HR 選人的具體標準是什麼，可能連人工智能自己也不知道。更何況在過去幾年內，有些企業聲勢浩大地參加了招聘會，收了幾萬份簡歷最後卻一個人也不招，像是歌舞伎町一番街兩邊玻璃櫥窗裡搔首弄姿的舞娘，哪怕再充滿誘惑，觸手可及終究只是一種錯覺。

外面的世界變化之快，遠不是這群象牙塔裡接收著二手知識的大學生們所能想象的。最前沿的科研成果從在研究室裡出現到依托企業的資金落地，甚至比在大學裡靠學者教授和傳播這一成果本身還要快。這就導致奮戰在行業第一線的企業科研人員，才是真正掌握了主導世界變革的力量。

另一方面，隨著科技的發展，屬於「基礎知識」範疇的課程越來越多。如果不適當提高全民受教育水平，很快這些科技在普通民眾眼裡就會和魔法無異。對於科技的恐懼進一步就會催生各式各樣的陰謀論，造成對國家和政府乃至科研機構的不信任，社會秩序和國家體制就會瀕臨崩潰。如果不加控制，周遭世界的變化速度，將遠遠超過人類的道德、倫理的發展速度。落後的心理建設水平和先進的科技水平勢必帶來尖銳的矛盾。由於人的智力和腦力終究有限，尖端科技終有一天會超出自然人窮盡一生所能學習理解的範圍，就像歷史變革的車輪一樣無法阻擋。

在所謂的「科技奇點」出現之前，能做的只有延緩這一天的到來。

根據去年在中國深圳舉辦的 20 國首腦參加的的人工智能峰會，絕大多數世界大國政要都同意了「需要根據企業規模大小強制規定雇傭員工的比例」的結論。涉及物流、流水線等原本勞動力密集型產業的企業，在人工智能和自動化的時代獲利最大，峰會提出的《世界人工智能深圳共識》顯然是針對他們而設立。《深圳共識》所觸及的企業利益實在太大，大量企業在其頒布之後直接將總部移至摩洛哥之類的沒有簽署《深圳共識》的小國。更多的企業就算沒有直接搬遷，也蠢蠢欲動。經濟危機的恐慌在人們心中還沒過去，於是有的政府便開始投鼠忌器，認為《深圳共識》嚴重阻礙了本國經濟的發展，故意消極執行或者幹脆置若罔聞。最後，《深圳共識》便和之前形形色色的各種峰會所簽署的那些涉及環境、自由貿易、降低貧富差距的條約一樣，變成了一紙空談。

那些提前嗅到危機的人們早已作鳥獸散，逃回了相對落後的第二、第三世界，趁著自己僅有的生存技能在那些地方還沒過時，最後撈一筆「續命錢」。這或許也可以說是一種變相的「先富帶動後富」，只是最終是否能「共同富裕」誰也說不準。隨著城市的擴張和發展，人口暴增的現象反而有所減緩，但這並不是一種退化。

如今能夠決定一個城市可居住人口多少的，早已不是它的面積和經濟體量，而是維持它正常運轉所需的最低人數，而這個駭人又真實的數字在逐年遞減。多出來的那些人，則被冠以「無用階層」的殘酷名號，被不斷的邊緣化。對於這些人來說，哪怕給他們一份低賤的工作都是一種仁慈。他們的高度可替代性使得他們人人自危，連罷工抗議的底氣和權利都沒有，就像是被夯實的泥土，在瞬息萬變的社會風向的來回錘擊下，變得越來越卑微，任憑最後一絲生存空間被壓榨殆盡。最後，他們就變成緊實的大地，發揮最後一點可憐的用處，極不情願卻無可奈何地背負著踩踏在他們之上的人，用一種反襯的姿態時刻提醒著他們何為「活著」。然而那些被承載著的人根本不會低頭往下看哪怕一眼，甚至還會嫌棄塵土污染他們高貴的足，仿佛土地生來就應該是土地，而他們生來就應該這樣「腳踏實地」地活著。

按照時間安排上看，招聘會才剛剛過半，現場參加的學生已經走了不少，大多滿面愁容猶如喪家之犬。這是他們第一次卻不會是最後一次感受到這個社會的惡意。

「就業形勢不好」這句話已經被連續用了十幾年，然而更多的人只是用來掩飾自己大學時代的渾渾噩噩和無能。對於這些大學生中的精英們來說，他們的自尊心告訴他們，如果連他們都找不到工作，只能是「這個社會出了問題」。

王傑也是他們中的一員，自己一門熱門課程沒上過，就意味著待遇稍好的崗位都與他無緣。三年勤工儉學攢下的錢並不足以讓他讀全日制的研究生課程，還好學校有白天工作，晚上上課的「半工半讀」模式可供選擇，拿到學位的時間會拖得很長，可總比沒有好。

王傑甚至懷疑，八成以上的研究生，讀研的動力並不是熱愛並願意投身科研，而是為了就業的時候起薪高些，職業發展順些，甚至只是想在象牙塔裡再避世三年，所做出的一個他們認為性價比較高的決定。也正是有這樣一個具有一定人數規模的群體存在，短期內人才市場上的人數確實少了一些，讓就業難的恐慌來得不那麼快。明眼人皆知，這種方法治標不治本。很有可能等這些大學生以為自己終於破繭成蝶，才發現在他們沉睡的這幾年裡，天羅地網已經收緊，哪怕擁有了飛翔的能力，「自由」也只是夢一場，自己燃燒青春熬來的美麗翅膀除了用來顧影自憐外，根本毫無用處。

這時，他的右口袋裡傳來一陣猛烈的振動，王傑掏出手機一看，是一個號碼無法顯示的來電。對手機打電話、發短信的功能需求早在聊天軟件群雄逐鹿的十年前就已經消失了。如今絕大多數人都用上了智能眼鏡、智能手環之類的可穿戴設備，撥號、打字在這個時代更是屬於反常行為。王傑正要接起，卻發現對方已經掛斷。

估計是惡作劇吧，王傑心想。

他剛要把手機放回口袋，突然感覺右手手心有些異樣。一張白色的卡片緊貼在手機的背面。王傑翻來覆去看了幾遍，沒有在上面發現任何字樣，只是卡片的一個角摸起來似乎比其他地方更粗糙和硬一些。他好奇地搓了搓那個硬角，忽然感覺一陣刺痛，右手大拇指滲出血來，猩紅色迅速在卡片一角向中心擴散。他趕忙鬆開，在拇指上卻又看不見明顯的傷口，只能看見一些小如毛孔的細小紅點。

過了約莫半分鐘，卡片的正中央出現了一些紅白相間的條形碼似的花紋，王傑不知道那些紅色是否全都來源於自己的血。他用手機攝像頭掃了幾次，都沒有結果，既不是什麼網址，也不像蘊含什麼其他信息，如同隨機生成的一樣。

王傑很早就聽說過「血色真相」這個組織，卻從沒想過有一天他們會找上自己。

三

「血色真相」是一個無政府組織，有人將其稱為「新聞界的恐怖分子」，也有人稱之為「新聞自由鬥士」。沒有人知道這個組織是什麼時候創立的，也沒有人知道它的領導者是誰，規模有多大。

2029年的12月31日午夜，時代廣場聚集了數十萬人，正在等待新年的鐘聲敲響。

隨著時代廣場戶外廣告屏上的倒計時顯示出大大的11：59：59字樣，歡呼聲瞬間達到高潮，與掌聲、口哨聲交織，戶外全息投影技術肆無忌憚地漫天鋪灑煙花。

當人們準備使用各種電子設備記錄下這一刻時，才發現所有能稱之為「顯示屏」的東西都同時出了問題：從環繞時代廣場的數百個大小不一的廣告牌，到每個人身上的手機、手環、智能眼鏡等電子設備，無一不是一片鮮紅。更糟糕的是，這些設備的屏幕無法用包含關機在內的任何正常操作關閉，整個時代廣場都淪陷在「來自地獄的火光」之中。

人群開始騷動，歡呼變成了咒罵，掌聲變成了哭喊。沒受到影響的虛擬煙花，在此刻似乎也只剩下惱人的爆裂聲。「天佑美國」之類的祈禱聲此起彼伏，懷著各種信仰的人在此刻都開始求助心中的真神，以求內心的片刻安寧。

所幸，這一現象只持續了五分鐘。事後官方對此的說辭是「技術故障」，一些花邊媒體把責任推給知名黑客組織「紅客」。親身經歷過這一切的人們根本不買賬，整個跨年慶典在無盡的恐懼中散場。

自那以後，以美國為起點，同樣的現象冷不丁地就發生在其他國家的地標上。從上海黃浦江沿岸到埃菲爾鐵塔再到倫敦塔橋，類似的情況都曾上演。每次這種情況出現過後，該國所有人的隨身智能設備都會收到新聞推送。推送的內容可長可短，大多是該國名人政要的醜聞。諷刺的是，這些醜聞的主角在推送出現的前一天，都會以各種各樣的方式收到一張純白的卡片，像是一種宣言，一種挑釁。

可悲的是，無論這些國家的防火墻、言論管制、網絡審查做得多好，都無法阻止這些推送的投放。它們會在任何電子屏幕上冷不丁地出現，如果你直接點了關閉，它就會將屏幕再次變為紅色五分鐘，然後再次出現，之後每次紅屏的時長翻倍，直至你點開它。所有的流氓軟件、網絡廣告在它的面前都不值一提。除非你使用的是出廠後就完全沒有連接過網絡的「原初」設備，否則無法幸免。但如今這個時代，又有誰能真正脫離網絡活著呢？

不過，很快有專家發現，「血色真相」並不會攻擊政府部門和涉及公共安全的設備，只泛濫於民用設備中。有人因此將其與阿桑奇的「維基解密」進行比較，奉其為新時代的「信息平等」。更多的人堅信「血色真相」是某個由頂尖黑客組成的無政府組織，想要用這種方式對平民進行煽動和洗腦，宣揚他們的無政府主義。

◈

王傑搜索了一下，發現網上並沒有太多有關「血色真相」組織「白卡」樣式的信息，只有一些模糊化處理的新聞圖片，真真假假。他感覺自己手上的這張卡片似乎要比那些令人不安的「白卡」構造更複雜一些，他甚至懷疑這張白卡並不是來自「血色真相」組織。畢竟自己無論怎麼看也是個名不見經傳的小人物，無論是在學校還是在這個國家都是，哪怕這個國家很小。

那張卡片很快就被王傑折彎，隨手丟進了垃圾桶。畢竟，人類會本能地遠離傷害過自己的東西。

第二天，「血色真相」的推送如期而至。

這次的推送與往期不同，戲謔諷刺的文風消失了，幽默生動的漫畫消失了，就連標題上慣用的加粗字體都消失了。這並沒有關係，光是標題的「基因選擇嬰兒名單」這八個字就已經足夠吸睛。

推送點開後是長長的一大串鏈接，每個國家、地區都有自己獨立的鏈接。王傑皺了皺眉頭，出於好奇小心翼翼地點開了東南亞專區。東南亞專區和其他專區不同，多了幾行聲明：由於2021年地震導致部分地區數據不全，因此東南亞專區內為不完全名單。

名單不長，王傑反覆翻看了幾遍，忐忑的心情被向上滑動的名單慢慢抽離，直至完全排淨。名單上沒有任何一個他身邊認識的人的名字，仿佛在他面前的只是一堆字母的隨機排列組合。

這份名單卻依然稱得上是一枚「深水炸彈」，或許海面風平浪靜，海底卻早已風起雲湧。一個由於容貌出眾而成名的新加坡籍女藝人的名字赫然在列，而且是在名單的第一位。所有點開推送進入東南亞區的人，可能對其他的名字都感到陌生，卻絕對不可能忽略「琳婭」這個名字。

❁

王傑今天沒課，醒得並不算早。等到他賴夠了床，依依不舍地收起手機，已經是十點半。看看自己椅子上搭著的皺巴巴的襯衫，以及一條褲腿外翻的西褲，王傑又想起了昨天在人才市場上的迷茫和局促。

他決定讀研。

助學貸款金額對他來說很大，他認為這是值得的，他相信自己學成以後會有個光明的未來，至少，不會比現在更糟。

研究生入學申請表上關於助學貸款的選項框被點選，像一隻死魚眼睛上的黑點，冷冷地和他對視。

王傑摁滅了顯示器，決定出門散散心。

第六章　高塔之三

一

三體塔外的高塔還是那些高塔，高塔裡住的人幾乎也還是那些人。

自從大量人口正式擁有一些塔內空間、地皮和設施的產權，不是只像以前那樣臨時居住後，高塔裡階層分布的格局相比於從前要清晰得多也殘酷得多。

位於海底大陸架以下，也就是大地震前所謂的地面以下，是塔基所在地，供給整棟高塔日常電力的發電站就坐落在這裡。電力主要來自基於海底可燃冰和煤礦的火力發電，另一部分由塔周圍海面上的浮標陣列收集太陽能和潮汐能來提供。發電站的上方，位於海床往上十幾米範圍內的樓層，是海水淡化廠，用以保證高塔的淡水供應。

海床以上海平面以下的部分，有大約二三十層樓高。越靠近海底承受的海水壓強越大，而最靠近海面的幾層，是承受海水腐蝕和海浪衝擊最嚴重的部分。為了保證高塔的穩定性，這部分的建築結構中，外牆都由厚厚的水泥覆蓋，外壁直徑也比高處大得多，實際可用面積卻並沒有更大。居住在這些樓層的居民都是來自原來的社會底層，也就是「無用階級」。

這幾年監管不嚴，為了省下住宿費用，經常有五六個底層工人為了節省開支，擠在一間不到10平米的房間中，私人空間全靠幾條布簾隔出來。這些底層工人一般負責高塔裡數以百萬計的公共設施和機器人的維修和保養。哪怕是這種簡單的工作，政府都花了很長的時間和很多的資金對他們進行培訓，使他們得以混口飯吃。無論是他們的住所還是工作地點，都在海平面以下，而且往往在同一座高塔裡，連塔間公共交通都用不上。

政府沒有禁止底層居民到海面以上的樓層中去，但只要不是休假，這些人都盡可能地將工作時長延長到 12 個小時以上，以求獲得更高的收入，極少機會去感受所謂的碧海藍天。他們往往自嘲自己是人類進化史上最偉大的退化，回到了「穴居人」的時代。

少部分運氣好的底層人能夠到海平面以上的地方工作。他們自命不凡，而且往往都經歷過極為嚴苛的家庭教育，想方設法地在有生之年，背負著父母的期望，把自己「無用」和「賤民」的標籤撕掉。他們將借由父母好不容易積攢下的微薄資產，和命運的不公做著抗爭，拼命往中產階層靠攏。這在父母和子女任何一方看來都是一場你情我願的劃算交易，至少他們表面上都這麼告訴對方，更不用說還打著親情的名義。無論如何，這依然是一場「買保險」性質的長期投資：投資人希望創業者成為他們未來的保障，而創業者則希望投資人成為他們暫時的錢包。

這些滿腔熱血的人堅信他們和大多數懶惰底層人的歸宿終將不同，一定能夠通過自己的努力在海面以上找到屬於自己的位置。而那些依然窮苦的父母可能一輩子也只能是一廂情願的付出者，直到死去的那天都沒能看到自己孩子的回報。

這又有什麼關係呢？那些孩子也會有自己的孩子，他們會把自己未竟的夢想強加給新一代的追夢人，「到更高的地方去看看」的共同夢想就這樣薪火相傳，生生不息。然而在外人看來，那些上個世紀八九十年代在流水線上揮汗如雨的男女，和那些男女如今在逼仄格子間裡焦頭爛額的孩子，都處在他們各自所屬時代的社會結構裡的幾乎同一個位置，沒什麼區別。社會就像是一座不斷往上加蓋的金字塔，同時有一張名為「技術革新」的血盆大口不斷啃噬著最底部。金字塔越蓋越高得益於科學經濟的發展，與絕大多數人的個人努力關係甚小。不過那些為了往上爬而付出的努力並不是沒有意義的，畢竟在這樣的變革洪流下，不進則退，誰都不想成為下一個落敗者——「你只有拼命奔跑，才能停留在原地。」

光靠衣著舉止和消費水平確實很難把中產階級和這些想成為「新中產」的人區分開來，每個人出門在外都是光鮮亮麗的樣子，只有目睹了他們的居所才能發現一些端倪。中產階級一般工作十到二十年後能擁有一套面積雖小，功能還算齊全的房子，而那些從底層來的人往往在人生的很長一段時間裡都是租客，房間更為雜亂。這麼看來，或許對於這一階層的「歸屬感」才是「新中產」們日夜追求的終極目的。

事實上，哪怕是這兩種較為「體面」的人也只能生如蜉蝣一般，在水面附近沉浮不定，得過且過的當個渺小的寄居者。只要經濟形勢一動蕩，或是親人重病，他們隨時都會被拖回深淵。至少，他們都暫時不再需要和父母或是愛人擠在狹小尷尬的「籠子」裡，能夠堂堂正正地成為「直立人」，如果偶爾不加班，還能沐浴一下傍晚殘存的陽光。

然而，百分之九十五以上的新加坡居民，在生命的大多數時間裡，對這些高塔的尺寸都沒有直觀的概念，他們最多只能大概估計每座塔的層數和大概的占地面積。一年中大多數時間，那些嘗試眺望塔頂的人的視線，都被印度洋水汽凝結而成的厚厚雲層隔斷。全球變暖帶來的常年高溫加劇了海水蒸騰和雲層形成。只有極少數天極度晴朗的情況下，能夠看到在視線盡頭縮成一點的塔尖，如果在夜裡，他們將有幸能看見那裡有紅色的信號燈閃爍。

「我們都在陰溝裡，連仰望星空的權利都沒有。」一名《海峽時報》的社會觀察員這樣總結。

剩下百分之五左右的居住在頂層的人士自然是所謂的社會精英。他們認為他們的巨額財富都是源於自己的智慧和勤勞，他們顯然覺得只有自己才配得上「智人」的名號。

他們居住的樓層和中產階級並沒有很清晰的界限，只是大概以雲層為界，可他們心理上的階層分界線可比海平面的位置還要精確，與非他們同類的「下層人民」的心理隔閡更是比雲層厚得多。他們在和同為精英的人談論這些「異類」時從不壓抑優越感，當真正面對「異類」本人時，又喜歡以「運氣好」自謙，順便還加上一句「我當年和你一樣」、「你也可以」之類的鼓勵，笑容也顯得格外親和。而他們的潛台詞則是在揶揄下層人的愚昧和懶惰，並不去在意這是否是事實，也不會去思考自己的起點是否與他們相同，他們是最忠實的唯結果論者。

雲層以上的「天空之城」有自己獨立的商業、娛樂區域，各項用度、裝潢標準自然要比樓下高出不少。曾有一位富豪提出要在東海岸三座高塔之間的高空建一個使其彼此相連的有20個足球場大的三角形人造平台，用於建立「空中莊園」，引發了那些居住樓層位於平台位置下方的中產居民們聯名抗議，認為這一設計剝奪了他們的「光照權」。好在由於建築水平限制，縱使開出了五十億美元的價碼，工程依然無人敢接，只好作罷。

如果只能用一個詞來形容上流社會的生活，那就是「精致」，或者是「極致」。對於手握大量資本和權力的他們，單純的奢侈已經不能滿足需求，只有在這個島上乃至這個世界上最為稀有的東西才符合他們的品味。除了水電和互聯網沒法選擇以外，這些精英都在極力隔絕和雲層以下的世界的聯繫。

就以食品為例，幾年前流行著吃格陵蘭島永凍港附近僅存的無污染漁場的新鮮海魚做的料理，從捕撈出水到上餐桌不能超過20小時。富人們認為只有這種來自大自然的食材才是有靈魂的。如今實驗室裡由細胞培養而成的人造肉技術已經普及，成本低，產量大。這些肉在母本細胞篩選階段就極其嚴格，能夠保證遠比天然肉類健康和安全，而且也根據品質和工藝複雜度不同推出了適應各階層市場的產品，還是始終無法獲得頂層人士青睞。

相比之下，就在去年，新一代人造水果問世，不僅富含水果本應有的營養成分，還有比天然水果更好的口感，並且能夠根據個人味覺偏好和健康需求定製糖分和各種維生素的含量。同樣是打著健康安全的旗號，由於人造水果剛剛商業化，產量稀缺，一些頂級流量明星的食用便成為了最有效的宣傳手段。很快，精英階層自認為精致的人們也成為其擁躉。而生產人造水果的實驗室也非常聰明，並不著急擴張，反而限制產能，維持著自己的高端形象。似乎在精英的眼裡，這些水果依然有著靈魂。只是這一次，靈魂的授予者「湊巧」從上帝和大自然變成了科學家和實驗室。

這種刻意將自己和下層人區分開的風氣也不可避免地蔓延到了出行方式上。

現在連接各座高塔的公共軌道交通系統，是基於原來的新加坡地鐵線路規劃而建造的。它的形式依然和地鐵、輕軌一類十分相像，只是軌道全線都加上了隔水罩，並且完美嵌入各個高塔之中，無懼海水和風力的侵蝕。

這些高層人自然不願意去擠充滿了底層人的公共交通系統，於是基於連接各個高塔的真空管道而設計的「雲端交通系統」應運而生。這些管道懸於幾百米高空，通體透明，僅供能容納 12 個人的膠囊車廂來回高速穿梭。

雲層以上無新事，這類雙重標準現象廣泛存在，只不過換了一個又一個載體，唯有「稀缺」和「昂貴」這一屬性是這些載體的唯一共性。仿佛有一面無形的大旗，在只有他們看得見的雲端之上揮舞著，告訴這些人何去何從，而這群由一個個自認為「品味獨具」的人，所聚集而成的烏合之眾，也心甘情願地被這種虛無又多變的價值觀奴役著。

一陣顛簸驚醒了打著盹的王傑。周圍開始出現窸窸窣窣的議論聲，音量逐漸增加，直至出現表示讚嘆的驚呼，不少遊客模樣的人興奮地眨著眼，連連觸發著智能眼鏡上的拍照功能。王傑知道這漫長旅途的地下部分已經進入尾聲，終於迎來了為數不多的處於海面以上的時光。

原本的公共軌道交通設計是一條緊貼著海平面的全透明觀光線路，可惜設計者錯誤地估計了全球變暖和海平面上漲的速度，導致現在只有在紫色線路有難得的一段高於海平面的軌道，這裡的車廂也就成為了僅有的觀光車廂，頂部加上了透明天窗，兩側的窗戶也被加高加寬。

窗外的色調從一片漆黑過渡到深藍再到淺藍，王傑能夠感覺到車廂經由一個坡道抬升，緊接著就有光由上至下透出來。包裹著列車行進軌道的大直徑強化玻璃外殼，兩兩之間幾乎是無縫連接，最大程度保證了乘客的視野不被遮擋。

今天是難得的好天氣，或許是上週的三場大雨耗盡了對流層的積雨雲。天高雲淡，海水也因此剔透起來，略帶一絲神秘的碧藍色，這讓王傑想起了白象塔一樓寶石市場裡成色極佳的拉長石。他向窗外遠眺，幾座高塔猶如承天之柱，又像童話裡粗大的豆莖，扶搖直上，好像要通往雲端的巨人國度。

須臾，幾只白鷺和海鷗緊貼著海面飛過，轉眼又扎入海中，開始覓食。它們來自曾經的武吉知馬山山頂，雖說是山頂，如今也只是露出海面的一小塊陸地。那裡被改造成了國家公園和自然保護區，每天的上島人數也被嚴格限制，絕大多數遊客只能乘坐遊船或者郵輪從旁邊經過，匆匆一瞥上面紛飛的白色魅影。

地震導致的火山煙塵在過去的 14 年裡逐漸散去，卻還是使得全球氣溫升高了整整一攝氏度。海平面附近的魚類已經很少見了，僥倖生存下來的種群都不得不潛入更深的水下，並在最短的時間內適應新的水壓和新的生活方式，或是遷徙到溫帶或寒帶海域。盡管如此，超過80%的淺海魚類還是消失了，曾經在東南亞泛濫的野生羅非魚也已經完全看不到了，如今海產品供應幾乎全靠近海養殖。至於地球上存在過的最大動物——藍鯨，最後一次被人們發現也是五年前的事了。藻類植物以及各種浮游生物終於找到機會開始復興，牠們多依附於高塔底部的水泥塔墩附近，向四周瘋狂蔓延擴散，將海水染成紅色或墨綠色。然而大多數時候，人們目光所能及的海面僅僅只是一汪裹挾著各色塑料垃圾的無邊鹹水而已，從顏色上看，著實絢麗，可你很難說服自己面前的一切曾經是豐饒的生命搖籃。

輕軌停在了九龍塔的地下一層，多年前政府統一規定以輕軌線路所在樓層為地下一層。一方面是怕樓層編號麻煩，另一方面輕軌線的起伏不大，海拔幾乎沒什麼變化，這樣由樓層數字幾乎可以直接推算出海拔高低，當然也能順理成章地推斷出對應樓層聚集的人群階層高低。

九龍塔所在地原本是新加坡牛車水一帶。曾經的新加坡華裔以及華人移民占多數，在設計競標時，特意選中了一位美籍華裔設計師的作品。該塔的外壁由九條形態各異蜿蜒騰雲而上的中國龍巨型浮雕構成。浮雕在靠近海面以及海面以下區域是整片大理石鑲嵌在水泥外壁上後雕琢而成，雲層以上部分也採用類似的辦法，只不過材質換成了含鉛玻璃。為了讓兩種材料之間的變換自然，中間過渡區域的材料為玻璃與石材交替使用，二者用量逐漸從石材為主變成玻璃為主。遠遠看去，這些玻璃和石材表面光滑，被雕刻出龍鱗、龍爪、祥雲的圖案，雕工細致，甚至能看見龍鱗上的生長紋。塔頂是九個龍頭聚首的地方，設計成九龍戲珠的樣式。由於結構複雜，只滿足了外觀需求，龍頭所在的那部分樓層並沒有設立任何設施，最高層的住宅及配套設施設計於龍頸處。天氣晴朗的時候九條水晶般剔透的巨龍似從海中躍出，攀雲而上。塔頂端的龍珠由九百九十九個切面構成，將陽光來回折射，熠熠生輝，猶如點睛之筆為九條遊龍增加了幾分神韻。夜晚的九龍塔高層燈火通明，金光閃閃，猶如衝天龍焰自漆黑的海水裡升騰不絕。

人流從輕軌站出口處分為了兩撥，王傑跟隨右側行色匆匆、亂中有序的人流進入了上行區。左側更大的一股往下行區湧去的嘈雜人流顯然是工作日趕赴水下樓層的工人們。人群中也不乏西裝革履卻一臉疲憊，只能被推搡著前進的虛弱白領，他們剛剛結束了通宵的加班，又一次幸運地看到了新一天的太陽。

二

王傑在出車廂的那一刻才想起來今天是情人節，了然一身的他不宜出門。

最近幾年他能感覺到自己比同齡人老得更快：頭髮變灰變稀疏，眼角皺紋變多，體力視力下降，甚至有時候還有關節疼痛的毛病。他覺得自己的身體素質已經算是個中年人，他的同學們也總是用「未老先衰」來取笑他，他花了很長時間才學會用自嘲排解。這種情況下，他連找工作都會由於形象問題被拒絕，更別說找女朋友了。

傳統婚姻理念已經被上個世紀九十年代出生的那批人質疑，並在所謂的 00 後、10 後甚至是 20 後年輕人之間逐漸消亡。戀愛這種基於人類動物性的行為，還是被荷爾蒙和多巴胺驅使著，始終存在著。當然，這裡的戀愛是廣義的戀愛，無論性別，無論長短，甚至無關物種。

然而婚姻在如今似乎僅僅只是一種形式。

年輕人在享受著愛情帶來的甜蜜和安全感的同時，普遍拒絕接受生育壓力。放在以前，無論是來自家庭還是社會偏見的壓力，早就會把這些新婚夫婦們壓垮，好讓其屈從於一個個「好子女」、「好丈夫」、「好妻子」之類的名號，並不得不接受伴隨這些名號而來的參雜諸如「孝道」，「人類發展規律」之類字眼的道德綁架。令人欣慰的是，依然有一群態度強硬的人，他們背井離鄉，遵循自己內心的聲音，只和原生家庭保持著一絲必要的聯繫，以追求最接近於理想化的自由。他們中的不少人追崇所謂的「開放式關係」，而且與薩特波伏娃這樣單方面的開放不同，他們的開放都是雙向的。

隨著愛滋病、梅毒在內的各類性傳播疾病開發出特效藥，能將病毒複製控制在很低的速率，以至於可能直到宿主人類生命週期結束時都無法在其體內形成一定規模，因此開放式關係在年輕一代口中很少再和「危險」、「骯髒」之類的字眼掛鉤。這樣的療法和藥物在世界上的絕大多數發達國家都被納入了醫保，新加坡也不例外，在這裡原本就合法的性服務行業也在這樣的浪潮下被進一步正常化。在某些特定的領域，年輕美好的肉體提供的計時服務，已經取代了金錢的角色，成為了新的一般等價物。

「年輕的時候大家都是拿時間和精力換錢，穿著衣服和沒穿衣服又有什麼區別？來錢的快慢才是區別。」一個常年出入於各種高檔公寓的女郎如是說。

曾經有不少議員質疑這種藥物的發明是在變相鼓勵年輕人濫交，言辭之激烈，聽起來更像是在懊悔他自己錯過了這樣一個美好的時代，對著風韻不存的伴侶已經提不起興致，只好對這些年輕人嫉妒得雙眼發紅。他們可能忘了，當年自己的父母也正是如此妖魔化網絡遊戲的。站在性開放的對立面，阻礙醫學成果惠及大眾，就等同於成為道德和人性的敵人，哪怕是那些觀念整體還算保守的人們也不會支持這樣的觀點：中東地區某個宗教國家，由於取消了性病治療的醫保，激起了人民的「自由主義」風潮，衝破封鎖占領各大醫院、藥房。保守的社會觀念已然不能禁錮他們，更不要說那些僅存在於經書上的教義了。

在這樣一種婚戀觀的驅使下，關於「網戀」究竟算不算是一種戀愛形式，心理學家和哲學家們已經辯論了許多年，最近幾年爭論的聲音小了不少。

靠著出神入化的算法，來優化自己的外貌和聲音已經是十幾年前的古董套路了。所有視頻或是語音聊天軟件，都有專門的人工智能算法自動修飾你的用詞、語調、停頓和微表情，甚至能夠通過對方的社交媒體自動分析對方的人格，並提供合適的語料和話術，把每個人都塑造成健談、幽默、知性的「百搭」型對象，以此增大互相吸引的幾率。

王傑對這樣的現象感到困惑，他不知道網戀虛假到如此地步，還有什麼意義。那些平台的使用者本質上是在和算法戀愛。王傑終究是一個沒有經歷過網戀，甚至都沒有談過戀愛的人，對此並沒有話語權。軟件的用戶數據統計同時又清楚地告訴他，有大批的男女樂此不疲。他甚至感覺，如果算法有人形，算法和算法之間的般配程度一定比用戶和用戶之間高得多，算法之間可能還會發展出柏拉圖式的關係，哪怕是看他們吵架一定都精彩萬分。

或許這些網戀者根本就相信能夠通過這種形式開展一段美好的親密關係，他們清楚的知道軟件裡活躍的那個人不是真正的自己。又或許他們真正感興趣的並不是網絡另一邊的對方，只是樂於觀看兩個參雜了自己人格倒影的人工智能之間的觀念碰撞、人格博弈和情感糾葛。這和幾十年前，那些在沙發上看脫離現實的偶像劇裡的分分合合，就以為親身經歷了愛情來來去去，因此哭得死去活來的年輕男女們的迷惑行為，沒有什麼區別。

新加坡的結婚率已經連年下跌，政府曾經推出很多舉措促進婚育，收效甚微，如今已經不再加大優惠政策的力度了，只靠著不斷吸引新移民來填補人口的流失。生活成本的年年攀升，使得長期在此居住的新移民感到不太划算，婚姻和生育也因此成為了奢侈品。那些結婚後開啟生兒育女副本的人們總是熱衷於分享養娃生活，致力於用婚姻契約和自己的下一代粉飾太平，彷彿只要這兩樣東西還存在，自己的感情生活就不算太糟。運氣好的話，還能享受一下那些依然在苦覓愛情的人們的艷羨目光。

「我至少還有些讓人嫉妒羨慕的東西」，他們總是這麼安慰自己。

也有相當一部分年輕人在生理和心理上都奉行著所謂的「低慾望」生活，在社會的夾縫中艱難求生。

這看似是一種前衛的選擇，但他們其實別無選擇。

為了對抗浮躁的金錢社會帶來的心理壓力，克制慾望是一種「兩權相害取其輕」的無奈妥協。好在飛速發展的經濟和還算過得去的薪資水平之下，使得新加坡成了所有在發展中的國家的年輕人，選擇短期內下海爭取第一桶金的最佳去處。無數人前赴後繼地選擇將青春揮灑在這裡，等到而立之年，再攜帶一筆相對可觀的積蓄離開。

在王傑看來，眼前這些十指交扣、勾肩搭背的情侶們，就像是一對對遷徙而來暫棲的候鳥。他們終究要飛回世界各地，面對來自家鄉的眾多躍躍欲試的求偶者和競爭者。因此他們必須趕在繁殖季前喂飽自己，為未來殘酷的配偶爭奪戰提前儲存能量。而他們的愛情結晶，也很可能要踏上同一條道路。這樣的遷徙，從兩百多年前新加坡開埠後就世代發生著，效仿著，傳頌著。

這樣的輪迴，一次就是半生。

對於廣大打拼著的普通人來說，在進入婚姻市場前，能獲得這樣增加自身價值和手中籌碼的機會，終究算是幸運的。

婚戀市場終究也是市場，每個人既是買家，又是商品。同一件商品在不同買家眼裡的價格有高低，是因為不同的買家所關注的商品特質不同，這些不同的特質在不同買家的價值觀和評價體系中的權重也不同。所謂的「般配」，無非是雙方彼此都認為對方的價值高於自己，從而使得雙方都覺得彼此的價值交換是一樁「雙贏」的生意罷了。在這樣的看似雙向選擇的公平市場裡，自從自由戀愛的觀念出現以來，卻有一種名為「美貌」的屬性，始終炙手可熱。

可惜，如果說由於軟件算法的改進，「線上的美貌」已經一錢不值，那麼隨著醫美的發展和普及，「線下的美貌」也在持續貶值。

美貌原本是需要運氣和後天不斷的資金投入才能保持的高貴屬性，如今卻可以明碼標價地獲得。由此引發的「全民整形」風潮勢必帶來全民審美的嚴苛，關於「自然美」和「人工美」孰優孰劣的討論也被放上了台面。一些整容業發達的國家甚至在婚檢中加入了「整形鑒定」一項，據說具體的方法和二戰時期區分猶太人和日耳曼人的種族鑒定手段有著異曲同工之妙。

「如果我現在的美貌是人工手段獲得的，你還會愛我嗎？」這句話成了如今男女之間互相試探的金句，當然更多地出自女性之口。不過男性們也不必感到為難，反問一句「人造鑽石能不能代表我們的愛情」，把思考的機會重新交回到對方手中。

至於那些天生麗質的人，自然不希望美貌被相對廉價地得到，否則便是埋沒了他們投胎的本事。他們享受著美貌帶來的人際交往福利，卻為了凸顯自己擁有美貌之外的價值，虛偽地撇清自己如今的成就和美貌的關係。他們高舉著「外貌平等」、「萬般皆美」的旗幟，一邊嫉妒著那些天然更美的人，一邊看不起那些天然不如他們美的人；同時，他們還喊著「接納本我」的口號，站在道德制高點鄙視並批判那些通過醫美手段獲取勝過自己的美貌的人。大方地承認自己外貌上的自尊心受到了挑戰，對他們來說實在太難。在外貌的競技場上，他們既是選手，也是裁判，他們認為自己對「絕對的自然美」擁有定義權和唯一解釋權，畢竟只有吃過葡萄的人才有資格評價葡萄的酸甜。

就連那些原本應該坦然接受自己美貌，並且承認美貌給他們帶來的社會經濟效益的明星和藝人們，如今也在輿論壓力下身陷囹圄。他們之中幾乎所有人，為了維持人氣和流量，延長自己在娛樂圈裡的保鮮期，都多多少少曾借助過醫美手段，來滿足粉絲們對於其外表上「凍齡」甚至是「逆生長」的病態幻想。仿佛衰老這種人類正常生理現象就不應該在他們身上存在。或者說，他們被強行剝奪了衰老的權利。

可悲的是，現在粉絲們為他們找到了新的標桿——「絕對的美貌」。

自那以後，每當一個明星被扒出整過容，且先不論真假，他或她先前的成就和才華就會被暫時地無視。如果公關處理不妥，相當一部分昔日的粉絲就會瞬間變成落井下石製造輿論的主力軍。對其所有的關注點都會轉到「整過容」這個已經可以被稱為「行業潛規則」的事情上，經由網絡傳播無限放大，並且作為一個鮮明的遭人唾棄的標籤，和他們的名字永遠聯繫起來，哪怕死後都不能洗脫。運氣較好的藝人，粉絲減少大半，可能還能夠苟延殘喘幾年；運氣不好的，可能就此被奪取了吃青春飯的碗筷。

而那些放任自己衰老，拒絕人工幹預，堅持使用傳統護膚保養手段的人也好不到哪裡去。隨著年齡的增長，終究有被新人們代替的一天，如果是女性，可能這一天還會來得格外快。經過「美貌打假」漂洗過濾後，倖存者寥寥無幾，人人自危，連去做烤瓷牙、身形矯正、脫毛、激光治療近視等對於普通人來說再正常不過的行為，都戰戰兢兢。哪怕是前額多了幾縷碎髮，也有可能成為別有用心者控訴其植髮的證據。

不僅如此，那些靠著才華上位的人也並不能在這場追求「絕對真實」的獵巫行動中倖免。

一年多以前就有一位日本鋼琴家和機器人公司合作，打造了一個可以讀取並實時模擬他彈琴手法的機器人。之後的一次演奏會中，在不告訴觀眾的前提下，鋼琴家偷偷用機器人在後台彈奏的聲音同步替換掉自己的演奏聲，並在演奏會最後揭曉答案。他本想用此來探討諸如「忒休斯之船」一類的問題，他想知道一個鋼琴家除了高超的彈琴技法以外，是否還有其他價值。然而這樣的「行為藝術」不僅沒有帶來「創新」、「前衛」之類的美好字眼，反而使觀眾感到被欺騙。從此那個鋼琴家的聲譽一落千丈，僅僅三個月後便自殺身亡。

他的遭遇，生動地詮釋了「互聯網是有記憶的，又是健忘的。」這句看似自相矛盾的話。

「既然美麗終將會逝去，不如趁著年輕豪賭一把」，在這種心態下，有大批的人妄想著通過整容自我包裝後一步登天，最後除了欠下經紀公司一大筆違約金外，在這個夢想「觸手可及」的演藝圈裡，什麼都沒能留下。

可即便如此，造星的浪潮也不會輕易退去。

王傑剛出九龍塔輕軌站五分鐘，就聽到了不下二十遍「琳婭」這個名字。他甚至都開始懷疑是否是壓力過大導致了幻聽，過了好久才確認聲音來自周圍人的低語。

他異常敏感地想聽清那些人在討論什麼，是否和今早的那份名單有關。直到他走到了九龍塔最中心的區域才發現，這裡早在上個月就為琳婭的出場造了勢。過道已經有些擁擠，漫天的全息應援牌和特效上下漂浮，還毫不意外地出現了各種各樣的代言廣告。

琳婭今年剛滿十八歲，在粉絲和非粉絲的眼裡，都是一個容貌近乎完美的人。

她的五官無論是單獨來看還是組合起來看都具有很強的美感，在臉上的分布和大小比例也非常巧合地符合各種黃金分割，而且有極高的對稱性。俊俏的臉型讓她獲得了「小費雯·麗」的稱號。

四肢和腰腹部的肌肉線條若隱若現，身材卻沒有一味地追求纖細，維持著13%左右的體脂率。胸部和臀部的隆起程度也並不迎合歐美的以大為美，只是比同體型的亞洲女性稍微豐滿了一些。這樣明顯的亞洲人長相，卻又不乏立體的五官和性感身材，讓眾多亞洲粉絲們對她的亞洲人身份保持認同感的同時，又感到「不尋常」、「耐看」。

在琳婭十三歲那年宣布踏進演藝圈之前，媒體絲毫沒有曝光過關於她的任何消息，甚至在她出道以後都沒能挖出任何一條關於她過去的信息。似乎這個罕見的美人就這樣憑空降臨在了地球上。而十三歲之後，則有專門的團隊在各個社交平台上分享她的每日生活，以及記錄一天天的容顏變化，從未間斷。

這種刻意的存證，令人不禁覺得有些欲蓋彌彰。

然而最為火爆的衍生產品當然還是來自十幾年前就已經出現的網絡直播和vlog領域，只是如今有了虛擬現實的加持。

隨著6G網絡的提速和可穿戴式設備的普及，僅一厘米厚，300克不到的全景眼鏡成為了人們休閑娛樂的新寵。搭配著從面部到腳底一應俱全的觸覺反饋體感設備，全向行走墊，以及可以將人抬起、旋轉的大型機械臂，再加上強大的視覺算法，在任何場景下和這樣的一位美人進行一對一的約會不再是什麼遙不可及的夢想。哪怕是嗅覺和味覺這一類以前不可模擬的東西，都被可以釋放微電流的舌膜唇膜貼片和可以合成並釋放多種氣體的「氣氛艙」實現。這麼一來，那些說起來有些羞恥的「舔舐少女淡淡奶香味的肌膚」之類的誘人情節完全可以實現。

王傑猜想，琳婭眼中自己所謂的「約會對象」，可能只是一個穿著綠色服裝，頭上戴著全景攝像機，渾身上下布滿傳感器的「人形自走攝像機」，她還要滿臉笑容地在鏡頭面前表演，一次次地撅嘴吻向那塊綠色軟矽膠製成的「吻壓數據採集器」，頓時感到有些可笑。

曾經，虛擬現實和體感這類技術首先被用於第一人稱射擊類遊戲，類似的約會遊戲也是在虛擬人物上先實現。由於「恐怖谷」效應，虛擬現實越貼近現實，人類的潛意識就越傾向於去尋找它和現實中不同的地方。哪怕那些角色只有一個眼神不像真人，體驗都會大打折扣。用戶不斷地提出嚴苛的需求，各大設備廠商也是在這樣的壓力下不斷推陳出新。

然而，就目前的技術下，虛假終究是虛假，虛擬世界終究不能滿足人們吃喝、排泄的基本生理需求。而那些虛擬的偶像、女友，在用戶們回到現實的那一刻，無一例外地都要消失。回歸不如意的現實，直面糟糕的生活，本身已給他們帶來了極大的心理落差，一想到那些人物不是真實的，這些低慾望社會和享樂主義造就的巨嬰們就更加難過了。

「琳婭」這個形象長盛不衰，無非是她擁有現實中的載體，更重要的是這個載體也和常人一樣會長大，會吃飯，會上廁所，也會變老。當然這些巨嬰用戶是不希望也不可能希望看見她慢慢變老的，他們努力不往這方面想。哪怕琳婭真的老去，也不妨礙他們調出以前的體感數據存檔，無數次地重溫她年輕時候的容貌和身材。更何況，誰也說不準會不會有下一個乃至千千萬萬個新的「琳婭」出現。

琳婭的人氣似乎並沒有受損，她的經紀公司第一時間公開譴責了「血色真相」組織。今天晚上八點，她將在九龍塔中心區域的懸浮舞台帶來一場「真愛音樂會」，這是她在整個東亞以及東南亞地區各大城市三年多以來巡回表演的最後一站。

演出的場所是在公共區域，懸浮舞台會在上下二十層樓的範圍內來回穿梭，設置了站立觀看區和坐席的地方更是有 30 層樓之多，依然不足以容納數量龐大的觀眾。還不到中午，就有不少沒有搶到坐票的人開始排隊等待站立觀看區的開放，將整個演出場地圍得裡三層外三層。王傑知道，只要演出區域一開放入場，這些人就會像蝗蟲一般湧入，擁擠著互相踩踏著，搶占最好的位置，猶如抱住了那些數量稀少的最為飽滿的稻穗。

他下意識地避開人流，低下頭轉身去往別處，心想：這無非就是新時代的「面包與馬戲」。

第七章　螻蟻之一

一

金勇久偷瞄著屏幕右下角，心裡默默倒數了十個數後，終於盼到了下班時間。

此刻，他正在自己家裡的書房，緩緩伸了個懶腰，卻不敢離開書桌半步。若是往常的日子，「下班」僅僅意味著他能夠享受短暫的半個小時晚飯時光，之後又得投入到工作中，直到午夜時分。

發達的遠程辦公省下的通勤時間並沒有被加到睡眠上，反而全數回饋給了公司，就像當年「移動辦公」的概念出現後所發生的一樣。金勇久知道只要他頭上的「效率監測頭環」偵測到他注意力不集中，那個計算剩餘休息時間的計時器就會開始倒數。

在剛剛過去的六天內，金勇久刷牙洗臉的時候都恨不得能在梳妝鏡上回覆郵件，排泄都用椅子掏洞後安裝的尿壺解決，這讓他工作時全程屁股都不需要離開椅面。他甚至想過為這樣的椅子申請一項專利，連宣傳語他都想好了：「一把真正提高辦公效率的椅子」，直到後來他在癱瘓病人用品店裡看見了同款才作罷。

而他所做的這一切，無非是想多留些時間，在情人節這天的晚上能夠多陪陪自己的妻子。

程序員的日子無論是過去還是現在，都沒有變得更容易。

曾經有一群樂觀又無知的程序員天真地以為，只要開發出了一個幫程序員寫程序的人工智能，就可以徹底解放雙手，過上躺著賺錢的日子。如今他們中的絕大多數實現了其中的一半：躺著加班，卻賺不到錢。金勇久把這些人統一歸為「IT民工」，他認為這些人如果目光短淺到發出這樣的言論，說明只是在幹最底層的工作：把別人寫好的代碼進行整合。這類工作毫無創新可言，就像是那些只會砌墻的工人民工，和肆意揮灑靈感的建築師有著本質上的不同。

實際上，幫助程序員解放雙手寫底層代碼的人工智能早在七八年前就如他們所願出現了，這也是「IT民工」下崗潮發生的時間。那些湧入行業風口，經過培訓機構速成上崗，或是零基礎轉行的人，漸漸地也少了，曾經的鐵飯碗終究也有漏底的一天。

金勇久的工作就是開發這樣的人工智能，他絲毫沒有覺得因此造成的大規模下崗有什麼不妥，更不會內疚，也沒有憐憫，甚至連惋惜都沒有。在他看來，那些能被淘汰掉的人都是不勤於學習的低價值的人，早晚都會被淘汰。各行各業都是如此，從幾次工業革命的機械化、自動化就可見一斑，如今終於輪到了信息化和人工智能帶來的第三次工業革命。他認為正是靠自己的聰明才智和勤勞刻苦，敢於跳出舒適圈，才保住了自己的工作。他當年好不容易拖家帶口，從本世紀二十年代中期經濟瀕臨崩潰的韓國逃了出來，才避免了和以前的同事一樣淪落，過著住地下室看不見陽光的悲慘生活。

危機感並沒有因此而遠去，他的同行們總能想出各種各樣形象的段子來互相鞭策：

「如果人工智能的目的是在模仿猴子尋找香蕉，那麼一定需要有一群真正的猴子用來給人工智能提供訓練集，這就是底層程序員的工作，他們在向人工智能展示什麼叫香蕉。而更高級一點的算法工程師，無非就是另一群猴子，他們在用一種抽象的語言教人工智能如何更快地找更大的香蕉。等這個人工智能最後取而代之，把他們找香蕉的工作完成的又快又好，這些猴子似乎忘了自己從此以後可能一根香蕉也拿不到，卻還在拍手叫好，甚至覺得自己是世界上最聰明的猴子。」

金勇久自然也不認為自己現在的生活是足夠幸福的，畢竟他已經連續五個月沒有出過家門了。

一切無法用進化心理學解釋的人類行為，都可以被歸因於社會壓力。人是社會性動物，比其他一切動物都要「社會」得多。勇久的兩個大學同學，由於付不起首爾高昂的房租，便學起了一些中國古代的隱士們過起了隱居生活。諸如隱居這種脫離社會的事情，一開始尚能作為一種非常規手段，使得一部分人尋找到內心的平靜。可惜，自從隱居避世的風潮在一些有著廣袤山地的國家掀起後，連續的厄爾尼諾現象和極端天氣，就使得那些想要回歸自然的人又不得不投入相對安全的城市的懷抱。他那兩個大學同學，沒有考慮到韓國國土面積狹小，本來就沒有多少可供他們躲藏避世的地方，匆忙選擇了漢拿山白鹿潭旁邊的一座小木屋作為根據地。而他們的隱居計劃在三個月後冬季剛剛到來時就全面崩潰：冬天光照不足，太陽能板收集的能量根本不足以維持取暖的需求，山路被大雪封鎖，所需物資完全運不進來。

從地勢低平的河口沖積平原到高聳入雲的喜馬拉雅山脈，都不可避免地被氣候變化踐踏蹂躪了一遍。馬爾代夫、斐濟群島和夏威夷群島成為了三大「當代亞特蘭蒂斯」，土地全部沒入水下；喜馬拉雅山脈開始出現一種介於雪崩和泥石流之間的地質災害，受災範圍可達三百多公里；宏偉的三峽大壩，在北半球的夏天快要結束之際，也不得不暫時屈尊當幾週的水下景觀；船隻已經可以從非洲東南的莫桑比克海峽進入東非大裂谷直達地中海；富士山失去了它的雪頂，相關的旅遊紀念品製造商開始考慮是否應該更改設計。就連北冰洋的海冰，也已經成了富豪們不惜斥重金購來，做成冰球丟進威士忌裡的稀罕物件。由於海水污染，它並不比淨化後的自來水乾淨，但它價格夠高。可能在他們眼裡，連裡面可能存在的塑料微粒嘗起來都別有風味。

金勇久向來是不允許妻子和孩子進入他書房的，哪怕是送飯也只能送到門口，然後敲門示意。在經歷了被兒子出於好奇突然開門的驚嚇後，金勇久甚至在一夜之間就養成了隨手鎖房間門的習慣，後來乾脆把智能門鎖的權限只給了自己。

這麼做不是沒有理由的，現在正是他的「放鬆時間」。

金勇久伸手打開了右手邊最下面的抽屜指紋鎖，取出他的私人窖藏：利他林和地西泮，兩種如今在程序員之間幾乎已經無人不知的精神類藥物。

他五年前便發現自己已經老了的事實。

最初的身體狀況變化並不容易察覺，只是稍稍覺得糖和咖啡因對他這個不惑之年的身體已經漸漸地沒有用了。他逐漸加大劑量，再到後來把咖啡和功能飲料混起來當水喝，一天能喝掉整整兩升。這下好歹是不會上班精神渙散了，但下班後，過度亢奮的中樞神經依舊讓他叫苦不迭，神經衰弱、失眠和頭痛接踵而至。後來經過同事的「指點」，金勇久找相熟的醫生開了利他林和地西泮的處方。從此以後，上班前一片利他林，幫助他集中注意力，下班後一片地西泮，幫他緩解精神緊張，當然必要的時候還會加上一兩片安眠藥。

多虧了公司對員工的福利制度，只需要上傳處方單，他就可以用很低的價格定期從公司診所拿藥。好景不長，很快大家就發現了這個「技巧」，藥物出現了短缺。公司也發現了這一情況，便禁止公司診所售賣所有精神類藥物。

新加坡工會暗中調查服用精神類藥物特別是利他林的員工，發現他們比其他員工更加高效，持續工作時長也更長，更受雇主的歡迎，一點都沒有病人的樣子，於是很快就發現了其中的貓膩。考慮到此類藥物對普通人來說獲取難度很大，而且長期服用會有很強的副作用，工會認為這是一種不正當競爭且違反人道主義。政府和工會商討後很快就把這類藥物列為禁藥。

自那以後，為了得到這些藥物鋌而走險的人不在少數，讓人不禁想起那些倒賣低價抗癌藥，中印來回跑的藥販子們。經過相關部門的數據統計，平均每年非法流入新加坡的各類精神類藥物有一千噸之多。

金勇久自然也有自己拿藥的地下渠道。幾年下來，他絕望地發現，就連這些藥物有時候也開始不起作用了。特別是每次假期停止服用了幾天後，往往需要一週甚至兩週的緩衝，才能讓身體進入吸收藥物的最佳狀態，他因此有些抗拒休假。

年初的時候他聽說有一種手術可以在大腦皮層裡植入7個芯片，分別控制不同區域的神經遞質分泌速率，從而有效提高認知能力，或是抑制大腦活動。就像是給大腦裝上了開關，隨時可以在休眠和全功率運轉下切換。有一些傳聞還說，該項目已經快要進入臨床試驗階段了，而且只要肯再多花上幾十萬美刀，從技術角度上完全可以在芯片上解鎖觸發大腦獎賞機制的功能，分泌多巴胺，這也就意味著能夠全天候無限制地獲得各種快感。有些人因此認為，人類終於找到了永恒的快樂源泉。

無論消息的真假，勇久都為這項技術的出現感到擔憂，他沒想到電腦全面取代人腦的時代還沒到來，就有人迫不及待地想將人腦變成電腦一樣的存在。最近一段日子，他又開始有些期待這項技術真的存在，內心深處的另一個他覺得，如果有一天藥物真的對他失效，這樣的技術或許是他唯一的救贖。

房間外傳來了開門的聲音，今天妻子下班早了一些。

「九龍塔那邊好幾層樓都擠得滿滿當當，每個人都滿嘴『琳婭琳婭』的，真是搞不懂這些小年輕，一個長得稍微好看了點的小姑娘有什麼值得追捧的。」房間門的隔音不好，妻子的抱怨顯然是說給他聽的。

「哦我知道，琳婭的音樂會嘛，從上個月開始網上就到處都是營銷廣告。不過話又說回來了，當年在韓國，你年輕那會兒不也是哪個組合帥追哪個？演唱會門票到現在都還攢著，收集的那些周邊都快比我衣服還多了。」勇久打開房門，單手扶墻，頭微微有些發暈。估計是地西泮開始起作用了，「更何況了，沒有她，你哪來的工作啊。」

「什麼呀，當年吸引我的是他們的人格魅力，其次是才華，然後才是長相。工作什麼的，換個明星服務也一樣，她也只是我們公司的其中一個客戶而已。等等啊，打住，今天這種浪漫的日子，我可不想拌嘴。我先做飯去，你趕快把尿盆倒了，一開門臭死了。真不知道一天關著門幹什麼，當熏香使呢？」

勇久尷尬地笑了笑。他打心底為自己能娶到這樣一位賢惠的妻子感到幸運，每天晚上都能吃到用有機食品打造的晚餐。他一看那些個頭和形狀都極為規則的蔬菜，就知道又是鄰國馬來西亞垂直大棚培養的產物，而那些肉塊則一定都是人造肉。地震導致的漫天火山灰散去後，環境污染和氣候變化依然讓種植業、農業和畜牧業都大受打擊，馬來西亞西南部的千里沃野仿佛就在一朝一夕之間變得不適合任何形式的耕種和居住。好在其政府在立體農業領域傾斜政策，吸引了大量的投資，才讓人民免於挨餓。

晚飯很可口，情話很溫柔。

就在夫妻二人難得的一起收拾碗筷的時候，兒子晚自習下課後也回到了家。這個三個月後就滿十五週歲的男孩晚上九點半依然精力充沛，讓金勇久開始有些懷念自己年輕時候的身體狀態。

溫馨的飯後活動是一家三口一起進行的。他們選取自己感覺最舒服的姿勢攤在又長又寬的沙發上，戴著虛擬現實眼鏡，調到了各自喜歡的頻道。

今天沒有有趣的綜藝節目，反倒是有一半以上的頻道都在直播琳婭的「真愛音樂會」，視角各不相同。金勇久不斷地用手勢切換著頻道，等到終於找到直播火星殖民的頻道，手腕已有些酸痛。

NASA於2033年人類登陸火星的計劃如期進行，有不少政客將這一事件視作政府為了讓民眾注意力從經濟下行中轉移所使的手段。

飛船經過520天的長時間飛行，直到2035年年初才成功著陸。這次登陸行動是由中國、美國帶頭，聯合其他世界強國合作完成的，目的是為被稱為「人類後備計劃」的火星殖民做準備，參與國共享所有的成果。和這次登陸一起進行的，還有舉世矚目的小型含氧生態系統試運行實驗。生態系統設置在一個透明的氣密大棚中，大棚的內部景象將24小時不間斷地向全球各個國家進行直播。這項實驗將持續一個火星年，第一批登陸火星的宇航員們離開火星後，一切後續實驗操作都將由地球上的科研人員遠程操控完成。一旦實驗成功，標誌著人類在火星上自給自足、建立殖民地將成為可能。

勇久知道頻道裡播放的這些畫面有十幾分鐘的延遲，這絲毫沒有減弱他的興致。大棚裡的馬鈴薯和紅薯長勢喜人，整片澱粉植物試驗田都點綴著嫩芽，二十年前看過的電影《火星救援》裡的情節一步步地在這裡實現。一旁的藻類植物培養槽已經棄用很久了，為了不污染其他實驗區，宇航員們並沒有去沖洗黏滿了藻類殘渣的棕黃色內壁，而是用氣密薄膜臨時包裹起來。另一邊的蕨類和苔蘚類植物生長區則更是一片欣欣向榮。他並不知道在火星上種這些不能吃的植物有什麼用，至少這一大片充滿生命力的顏色真真切切地感染著包括他在內的九千多萬個，站在同一視角觀看著這一切的異鄉人們。

他不知道這些人是否也像他一樣，在這個片刻，是個身邊有家人相伴的孤獨者。

勇久抬起頭，透過大棚的穹頂望向太空，原本應是透明的穹頂有些發灰，估計是14個小時前剛剛發生過的那場沙暴所致，他還是很快就找到了地球所在的那個光點。他盯著那個光點，恍然間像是在與幾千萬公里外的另一個自己對視。一時竟分不清這究竟算故鄉望他鄉，又或是他鄉望故鄉。

他知道這個光點上居住著近一百億人口，以及無數的其他生命，美麗富饒。他同時也感到，這顆迷人的藍色星球，比從35億年前出現第一個生命體起至今中的任何一個時刻，都更像是一顆死星。

他的妻子，此刻應該還在VR紀錄片裡領略僅存的地球自然風光。

他的孩子，應該正在和某位遊戲主播互動，觀摩一場發生在某顆虛構星球上的戰鬥。

他們一家三口從未如此親密過，也從未如此疏遠過。

這個世界還會好嗎？

那邊的世界呢？會更好嗎？

午夜剛過，即將進入快速動眼期的勇久感覺到了妻子起床的動作。

最近兩個月輪到她上夜班，這個點正是她的午睡時間。只要地球還在轉，每個小時都是新聞發生高峰。做公關工作的人在任何時候都可能會遇到突發情況需要跟進，因此被迫養成了隨時待命的淺睡眠習慣，相處久了的伴侶也難免受到影響。

勇久幾乎是本能地從床上彈起來，從床頭保溫櫃裡取出萃取了12個小時的曼特寧冰咖啡，為她斟上滿滿一杯。那是他開始嗑利他林之前屢試不爽的「靈藥」。這種又濃又苦的黑棕色液體的原料，原產於蘇門答臘島，因為那場大地震導致的火山灰遮天蔽日長達半年有餘而幾乎絕種，只有埃塞俄比亞的咖啡研究所還有小範圍種植。

來自大自然最後的天然咖啡因饋贈可不能浪費，金勇久把大部分的工作獎金都花在了這裡，這是他和妻子在這個階層下沉的世道裡最後的體面。

二

窗外，是灰色的濕氣，霧靄，烏雲。

遠處，是更多的濕氣，霧靄，烏雲。

這是秋本嵐在這套房子裡終日所能看到的唯一景象，晝夜更替於它們影響甚小，只是明暗會有些許不同。

屋主是一個娶了白人妻子的美籍黑人。他們養了三隻泰迪，名字有些黑色幽默，分別叫馬丁、路德和金，牠們才是需要秋本嵐照顧的對象。她對那位一百年前的黑人民權運動領袖了解不多，只聽說過那句「我相信手無寸鐵的真相與無條件的愛，將在現實世界獲得最後的勝利」。

三隻泰迪都和她很親，每當秋本嵐抱起其中的一隻，另外兩隻就會以迅雷不及掩耳之勢衝過來，各抱住她的一條腿，用下體歡快地懟著她的腳踝。一想到當年自己第一次來到這，錯用廁所裡的狗毛梳梳頭，還以為是什麼高級貨色自己用不慣，甚至還誤食作為狗糧的牛肉乾和牛奶，秋本嵐總是會心一笑。

她知道自己和以前不一樣了。

以前是中產家庭的母親，現在是新貴階層的僕人，她有時候確實感到有些錯亂。單從吃穿用度上看，她並不能想明白自己的孩子和眼前的寵物狗，究竟是誰在這個世界上更高貴？倘若他們有機會相見，在對方眼裡誰又更像是「苟且」地活著。

三年前，嵐的母親重病，每個月都要掏出一筆不菲的生命維持費用。她的丈夫因此提出離婚，帶走了年幼的孩子，甚至使用手段將二人名下房產提前轉移到了比特幣這類不可追蹤的虛擬資產裡，一下子打碎了她通過婚姻跨越階層的美夢。

曾經，嫁給一個有房有顏的高收入男人，是她人生最大幸事。在她的整個社交圈裡，對此的論調都是「撿到寶了」。婚後，她也一味地向丈夫妥協，成為了家庭主婦，照顧老人和小孩的起居。有人曾經提醒過她，應該有一些自己安身立命的本事，否則遭遇變故生活便難以為繼。她起初對這般委婉的勸說不以為意，如今那些原本只應存在於都市傳說和言情電視劇中的情節再次上演。

只是這次，她不是端坐在熒幕前，而是被攪碎在故事裡。

好在打理家庭事務和照顧老人小孩，在這個物慾橫流卻人情冷漠的社會裡，還算是有些用處。對絕大多數人來說，誰還沒有父母，誰還沒有孩子呢？如果都沒有，那也一定會有寵物，孤獨的現代人總需要有這樣那樣的情感依托。不過對待這些「情感依托」，總有一些人只願意在自己需要他們的時候花費心思。至於其他時候，他們更願意拿自己的時間換錢，再拿錢去購買這樣那樣的東西去彌補他們之間間歇性缺失的「陪伴」。

願意為這類「陪伴」服務付款的人大都覺得自己是天生的感情經營家：錢給人自信，給人安全感，因此錢能帶來情感上的幾乎一切滿足感。對於他們的伴侶，無論是父母、丈夫、妻子、孩子，還是寵物，無非對方心情不好多給點錢，心情好就少給點錢。無論是親情、友情還是愛情，在他們眼裡都和期貨、股票、不動產一樣，明碼標價，有漲有跌。有跡象表明，物美價廉的智能機器人保姆產業正是由這些人推動的。

而有一些人，則深諳愛和陪伴的缺失所帶來的痛苦滋味。他們中有人有著不幸福的童年，有些人則正在度過孤獨悲慘的晚年。對於聘請秋本嵐這樣的「真人」來陪伴自己，或是陪伴自己的家人，他們並不吝惜錢。在他們看來，她的服務比禮物更溫暖，比金錢更多功能，甚至覺得她比他們自己考慮問題都更加周到。既然實在騰不出也不願騰出時間，本著兩權相害取其輕的原則，聘請這樣一個人是最佳方案。

秋本嵐豐富的經驗和還算年輕的容顏，再加上這些「準上層人」的圈子不大，幾年來口耳相傳後她的時薪水漲船高，如今已達到了誇張的一千美金一小時。甚至在這個價格下，照顧的對象還不是「人」。

這群出手闊綽的富豪們更像是在拍賣一件「實用主義藝術品」，誰最終買下她，陳列在自己的某一套房產裡，哪怕是幾分鐘，幾小時，誰就擁有了讓人艷羨的權利。當然，像她這樣的「藝術品」在每一座高塔的高層裡同時還有很多，有管家、有律師、有廚師、有醫生，還有富豪們身邊如走馬燈般更換的性感女郎。他們被稱為「僕人階層」，稱呼並不好聽，但擁有的收入羨煞一眾小布爾喬亞。

最近幾年，僕人階層人數的增長速度大大加快，彷彿為那些做夢都想跨越階層的人打開了一扇窗，或者只是一個通風口，包括秋本嵐在內的不少人因此嗅到了來自上層的金錢和夢想的芳香。這些僕人感謝好運的同時，還要感謝在富豪中普遍存在的不安全感。他們大多不相信那些聲稱能保護信息安全的技術手段，他們認為機器不能被買通，卻可以被攻破。哪怕投入再多資金進行加密，敏感信息也有泄露的可能。然而只要價碼合適，買通一個僕人非常容易，他們的那些危險的秘密就得以在僕人的大腦中保留。只要嚴格限制這些僕人的行為，拒絕酒精和致幻劑這類讓人失去理智的物質，就能保證絕對的安全。至少科幻小說中鼓吹的「吐真劑」和「大腦皮層意識讀取」之類的技術，在當下還見不著萌芽。當然，這些「僕人」的存在另一方面也滿足了富豪們的優越感。再怎麼向電路板和顯示屏聲情並茂地宣揚自己的高貴，半導體中的電子空穴遷移速率也不會起一絲波瀾，還不如雇傭幾個人每天陪在身旁，無時無刻無聲無色地提醒自己總是高某些人一等。而年輕有魅力的異性「僕人」，更是不二之選。

嵐想起自己前夫曾經有一整個展示櫃的人偶模型，形象大都是各種衣著暴露的女孩。從裝扮上來看，她依稀記得有護士，有女僕，有舞女，有女教師，還有更多的人偶她也不懂是什麼裝束風格。她猜想，或許所謂的「成功人士」也有這種相似的收藏癖好吧。

就在這時，她感覺到有一個黑影從她左眼餘光處快速向下掠過。她下意識地想打開窗戶，突然想起來在這麼高的樓層，窗戶都是焊死的，空氣循環全靠每層樓的中央空氣淨化系統。更何況，就算她打開窗戶，黑影也早就穿透雲霧，變成一個不可分辨的黑點了。

她隨即在智能家居管理系統上登陸屋主為她設立的保姆賬戶，調出這套公寓的玻璃外墻監控視頻。霧氣濃重，連攝像頭裡的影像都無法分辨出那是什麼東西，只能看見一片模糊的暗紅色。紅外攝像頭給出的結果要清晰一些，能夠看出那團紅色包裹的是一個一米多長的物體。

那好像是個人。

嵐被自己的第一反應嚇了個趔趄，抱著她腿的馬丁和路德也被她這突然的動作，驚得往後跳開一個多身位。她有些後怕，腦補起了恐怖電影裡腦漿爆裂的鏡頭。

在「準上層人」之中，也就是這些居住在厚厚雲層裡的人，自殺率在逐年攀升，這或許是終年看不到陽光導致抑鬱的緣故。這群可憐人，一方面被真正的上流社會拒之門外，另一方面又不屑於與中產階層為伍，經常只能獨來獨往。

秋本嵐並不能確定這個墜落的人是否也來自於雲層，還是更高的地方。可她知道，不出幾個小時，那些無孔不入的被稱為「熱點獵人」的媒體人，就會用各種合法的不合法的手段，在虛擬空間和現實空間裡，像蒼蠅一般把這棟樓包圍起來，仿佛是在圍攻一塊剛被丟棄的腐肉。

夜晚很快就來了。

白色射燈的掃蕩讓雲層忽明忽暗，仿佛有閃電在其中肆虐。透過雲層都能看見遠處海面上有無數紅的藍的燈光，那是新加坡海警。上一次使用這麼大陣仗，還是為了搜捕一個靠勾引富婆和利用龐氏騙局，斂財千億後潛逃的酒品銷售。

她看了看左手手腕上寬大的智能手環，現在正好七點半，下班時間到了。

「真是奇恥大辱！連有潔癖帶個手套都不行。」就在這時，男屋主的抱怨聲傳來，隔著大門聽起來依然清晰。

女屋主脾氣要好些，語氣多少還是透著不滿，「今天不知咋的，突然一堆警察圍在進入高層區域的地方，檢查每一個要上樓的人。音樂會明明是在樓下啊，樓下這麼多吵鬧的低素質的人不管，反倒管起我們這些體面人來了。」

屋主夫婦經營著一家本地輕奢品牌，而今天琳婭演唱會投放的廣告，自然也有他們家的，估計是去實地檢查了一下廣告投放情況。像他們這種高層房產擁有者，才有權在大樓中使用單人垂直交通系統，也就是磁懸浮高速電梯。而秋本嵐這種居住在中產區卻來上層工作的人，需要由雇主提前登記並錄入指紋、虹膜等信息，才能夠暫時使用這些能夠通往上層的、象徵著上層人紙醉金迷生活的膠囊狀金色電梯艙。

秋本嵐在門口用傳統日式禮節和屋主道別，這對夫婦很喜歡這種帶有異域風情的道別方式。

三隻泰迪此刻正在爭搶著一隻舊布偶，一路衝撞到了門口。

馬丁的體型和力氣比另外兩隻泰迪都要大一些，很快就占得了優勢，一個猛烈的甩頭就搶過了布偶，躲到了秋本嵐身後。路德和金也先後從兩邊包抄過來，和馬丁再次展開爭奪。很快，那個穿著紅裙子的娃娃就被撕成了兩半，馬丁和路德面面相覷，看著對方嘴裡的部分，一時不知如何是好。

布偶對牠們的吸引力隨著它的破碎很快就消失了，沾滿灰塵和口水的殘片毫不留情地被吐到地上。

「哎啊你看，真是不省心。讓你照顧牠們真是為難你了。」女屋主下意識伸手想從地上撿起被泰迪們丟棄的碎片，卻在半空中停住了，或許是覺得在秋本嵐面前這麼做有失身份。秋本嵐也看出了她的心思，顧不得髒，先一步撿了起來。換做往常，她沒有先用幾張濕巾墊著，是不會這麼做的。

「我下次來給您帶個新的。」她尷尬地露出一抹真誠的假笑，把手背到身後，手心向下，五指微微聚攏，使得那兩片玩偶不至於掉落，也不至於沾到手掌心。

「好嘞，那該多少錢我加到服務費裡，麻煩你了。」女屋主也僵硬地蠕動著兩邊的蘋果肌，扯出了一個還算標準的笑容。

「應該的，應該的。那下次需要我的話隨時聯繫？」

「嗯嗯，好的，路上小心。」

「好好，再見。」

「嗯，再見。」

這一套冗長的相互道別滿是中式禮儀的味道，也不知兩個屋主是不是受了這裡廣大華人群體的熏陶。

出於禮貌，等到最後連門縫也徹底消失後，秋本嵐才直起腰板轉身離開。她隨手就把破碎的布偶丟進走廊的真空壓縮垃圾槽，關上蓋板後，伴隨著一陣強勁的氣流聲，那團垃圾就被吸進了幾百米以下的九龍塔地下垃圾處理廠。

「玩具而已，既然壞了，那就換一個吧。」秋本嵐拍拍手，想拂去沾上的灰塵，卻還是感到一陣濕黏：狗口水實在是有些噁心。

她焦急地看了眼沒戴智能手環的那隻手腕上鑲了鑽石的手表，心裡盤算著是否還有時間去做個理容。

在往下幾十層樓的地方，還有人在等著她呢。

三

周翀是所謂的「香蕉人」，生於美國，有純正華人血統，卻奉行著西式生活。

他比秋本嵐小了整整 10 歲，說不清自己到底愛不愛她，但至少清楚地知道自己確實貪戀她的身體和優渥的零花錢。

他對此感到矛盾：從小接受的精英教育告訴他不應該成為這樣的人。

今晚的音樂會門票是秋本嵐送給他的戀愛一週年禮物，這樣的禮物讓他有些受寵若驚，不只是因為門票高昂的價格。

他特意為此挑選了一下午衣服，並提前去做了造型。當然，他還不忘戴上各種租來的配飾：年輕時，原始資本積累尚未完成之前就購買奢侈品，在他看來是很蠢的行為。不過他那塊繪有穆夏《黃道十二宮》微雕琺瑯彩的腕表除外，那屬於他的愛好，只不過這個愛好比較燒錢。

他的女伴兼金主穿的則要隨意很多，撞色皮裙加上奶白色蠶絲襯衣，普普通通，甚至都比不上那些屈從於「消費主義」的小白領。周翀略微有些不快，卻很快就被那主動迎來的溫柔雙唇和輕柔腰身一掃而空。

2031 年從紐約大學碩士畢業後，他認為經濟中心從西方世界往東方世界轉移的趨勢將愈演愈烈，於是毅然決然地來到有「新世界十字路口」之稱的新加坡。

可就在他畢業那年，金融行業和服務行業剛剛開始大洗牌。

會計和審計這對冤家的爭鬥上升到了機器學習的層面。所有的投資顧問、數據分析師、交易員等紛紛下崗，匯豐銀行甚至早在五年前就實現了管理層以下的無人化。原本以為那些依托於人脈和話術的行業，比如咨詢、銷售和中介，會晚一些被取代，卻由於趕上了大數據和用戶畫像的妖風，整個市場不可避免的變得透明化，反而比傳統行業更快地消失。股市成了靠信息不對稱牟利的最後溫柔鄉。

周翀覺得基金經理或許是個僅存的不錯的崗位。在招聘季一輪輪激烈的厮殺後，他勉強倖存了下來。

然而就在他入職的第二年，谷歌開發的股票智能交易軟件「AlphaStock」在僅僅三個月內就完成了從發布到正式商用的整個流程，仿佛早有預謀。

「AlphaStock」能夠基於從各種裝有谷歌服務的用戶終端收集的大數據，較為準確地預測用戶的投資行為。而股票交易市場，是一大群人的遊戲。「AlphaStock」經過不斷的自我優化，在預測一群人的投資行為方面，準確率比預測個人投資行為還要高，達到了96%。

這套系統暫時不對個人開放，只供一些大的基金公司做參考。這些大基金公司的理財門檻很高，普通人根本與它們無緣。不願逃離股市的散戶們終將成為被收割的韭菜，只是時間早晚而已。小的基金公司也很快血本無歸，被大基金公司吞併。「窮人只能靠勞動積累資本，富人則靠資本積累資本」，資本運作方式有史以來第一次如此割裂。

這些大基金公司由於採用同一套系統，做出的決策也幾乎相同，相當於是一個巨大的財富聚合體。他們當中的任何一個敢貿然行事，就一定會輸得一塌糊塗。而廣大散戶們自然也不死心，開始信奉投機主義，用各種玄乎的辦法「預測」人工智能的決策，結果大多輸得一敗塗地。同時，各類人工智能公司也是一片欣欣向榮，股價暴漲，沒人知道「AlphaStock」是不是在偏袒自己的同類。

從此，「AlphaStock」成了金融界的新信仰，沒有人敢忤逆它，也沒有人敢質疑它。當然，它不是第一個被人類創造出來，地位卻高於人類自身的東西：宗教如此，科學如此，法律如此，各種主義也是如此。只是這一次，「AlphaStock」從人類手中奪走了這隻魔筆，選擇由自己把自己的傳奇書寫下去。

沒有人關心這是不是一個新的經濟泡沫，所有身在其中的人都相信，財富會這樣一直無限增長下去，畢竟「AlphaStock」的強大深度學習算法就是為財富增值而生的。一批經濟學家開始發現自己苦心研究大半輩子的理論模型在這樣一個強大的人工智能面前一無是處，一名年邁的諾貝爾經濟學獎獲得者甚至跳樓自殺。媒體對此這樣評論：「這是史上第一次有金融界權威人士在牛市到來時自殺。」

周翀就是在這樣的情況下失去了自己的工作，他這才發現「天之驕子」和「無用階層」只是一步之遙。

然而，上市公司和那些世界大國們顯然對這種財富運作方式不夠滿意。在這種大魚吃小魚，小魚吃蝦米的市場規則下，它們選擇成為刀俎。各種宏觀調控政策毫無徵兆地緊急出台，對行業資源分配進行重新洗牌，企業之間出現了秘密合作和假決策，一時間把「AlphaStock」迷得七葷八素。當然，這種「壯士斷腕」行為的代價是法幣的大幅波動。在這種情況下，原本已經奄奄一息的虛擬貨幣又有了抬頭的跡象。

周翀在上大學的時候接觸了中本聰的《比特幣：一種點對點式的電子現金系統》，很快就被這種「自由主義」和「無政府主義」的產物所吸引。如今，他也將和秋本嵐相處時攢下的錢都盡數用於投資比特幣。

他在左臂上用花體字母紋了一句幣圈某匿名投資者的話：一比特幣永遠等於一比特幣，只是法幣在漲跌。

已經九點了，暖場表演絲毫沒有結束的跡象，觀眾們的聊天聲也越來越大，甚至都要蓋過音響設備。周翀開始觀察自己的女伴：秋本嵐臉上並沒有一絲尷尬的神情，彷佛一點都不期待這場盛大的表演。周翀很欣慰她的注意力並沒有放在在場任何一位其他披金戴銀的男士上，而是遊離在面前的空氣中。這是他們每次長時間無交流時，他總要再三確認的事情。畢竟一年前，身無分文的他也是在另一團同樣擁擠的人潮中和她邂逅的。

「我估計琳婭小姐還在調整，昨晚我看她從凌晨兩點到五點翻身了 69 次。」坐在前面的男人開始和旁邊的男性友人攀談起來。周翀一聽就知道他們是琳婭「生活直播間」的 VIP 用戶。

只要琳婭一回到住處，直播就會直接上線。除了廁所和衣帽間外，每個房間從不同角度分布著近一百個大大小小的隱藏式攝像頭，以及 12 個主攝像頭。雲端算法會根據主攝像頭的信息對房間進行實時建模，如果琳婭挪動了什麼，雲端存儲的房間三維模型也會實時變化。而觀眾們可以通過他們的 VR 設備訪問雲端的這個模型，360 度無死角地觀看她的日常生活。這項服務按分鐘收費，價格不菲，依然得到了大量有著偷窺癖好的觀眾支持，帶來穩定的流量和資金。而更多的免費用戶，則會在幾個主攝像頭的畫面之間來回切換角度觀看，來滿足他們把明星「拉下神壇」的心理快感。

然而誘人的服務並不只限於此。只需要繳納每天 10 萬美元的會員費，堅持一個月，就能成為

VIP用戶，在接下來的一個月裡選一天與琳婭「同床共枕」一晚。

經紀公司並不會傻到讓自己的藝人與粉絲如此親密地線下接觸，這樣會破壞她在粉絲們心裡的神秘感。然而，先進的傳感器技術硬生生地撕開一塊灰色地帶。

琳婭住所裡的床上、被子上、枕頭上都密密麻麻地布滿了傳感器，琳婭睡覺時做的每一個動作都能實時反饋到雲端。而VIP這時候也不需要礙事的VR眼鏡了，只需要穿上薄薄一件同樣布滿傳感器的緊身衣，躺在經紀公司定制的一張床上，使用同樣定制的被子、枕頭，就能擁有實時反饋。而VIP用戶這邊做出的動作也同樣通過床上用品，會給予琳婭反饋。據那些極少數的VIP所說，體驗極其逼真。

這個項目剛推出的時候，預約已經排到了十年後。而琳婭一開始似乎並不適應，VIP們能明顯感覺到她的裝睡。後來每次睡前都喝下一杯經紀公司提供的「助眠茶」後，便睡得安穩了許多。

「到底什麼時候開始啊？」終於，附近一個聲音粗獷的男生失去了耐心，他的女伴似乎被他突如其來的叫喊驚嚇，一臉嫌棄地盯著他。周翀又瞥了秋本嵐一眼，她還是眼神空洞，姿勢也沒變，猶如巴黎聖母院鐘樓上神情憂鬱的石雕，沒有被這聲驚叫打擾。

就在這時，懸浮舞台亮起，人群中爆發出了歡呼，長時間等待的不快好像就憑空消失了，仿佛在夾道歡迎一位獨裁者，只要看見琳婭向他們揮一揮手，便是莫大的榮耀。

然而，琳婭沒有出現。一位身著燕尾服的主持人清了清嗓子，暗示觀眾們安靜。人群也確實如他所願地安靜下來。

「大家久等了。」他這麼開頭，頓了頓，發現觀眾們依舊靜悄悄地，等他繼續說下去。

「我非常抱歉地通知大家……」他又停了停，似乎在試探，或許是為了節目效果，欲揚先抑。

周翀並不關心。而其他人也不買賬，開始嘆氣，發出諸如「到底還要多久啊……」的抱怨。

「由於琳婭小姐身體不適，今晚的演出臨時取消，不好意思耽誤了大家的時間。至於退票事宜，請關注主辦方的後續通知。」燕尾服男在說這句話的時候語速明顯變快，快到只能算勉強能聽清這句話的意思，至於用詞是否得當，在場的所有人並不在意——他們的憤怒比那些字句來得更快。

應援牌、熒光棒、周邊，還有各種不值錢的私人物品，如箭雨一般朝著燕尾服男飛去。他左右閃避，頭頂的智能舞台燈卻追著他不放，時刻高光標出他的位置，仿佛為這些投擲的物品增加了激光制導功能。在場所有人的語言能力都消失了，連咒罵也不存在，取而代之的是各種各樣的喊叫。幾十萬人退化成揮舞肢體和棍棒示威的狒狒和猩猩，圍捕著中間這個披著黑色皮囊落入包圍圈的受驚獵物。他們並不急於撕碎他，因為這樣也不能緩解他們的憤怒。他們攻擊他，恐嚇他，捉弄他，折磨他，看到獵物越是可憐無助，他們的內心便痛快一分。

用於接應燕尾服男子的樓梯終於連上了舞台，他終於抓到了通往生門的繩索，得以逃離。在場的獵手們意猶未盡，失去了玩物的他們呆在原地，不知如何是好。又過了幾分鐘，這些人方才恢復了最基本的語言和行為功能，狒狒和猩猩得以重新變為人類。這場返祖的鬧劇，一個多小時後才完全收場。

周翀和秋本嵐依舊留在座位上，外人會以為他倆都在互相等待著另一個人先起身，只有仔細觀察過周翀不時右瞥的眼珠，才能看出端倪。其他坐席區空空如也，他倆就這樣看著眼前一樣空空如也的舞台，仿佛在欣賞著一出純黑的默劇。

在場沒有任何一個人發現，周翀的臉上出現了一絲詭秘的笑容。

第二天早晨，周翀是被助眠眼罩弄醒的，著實有些諷刺。

這個為了職場人快速進入淺睡眠狀態而設計的眼罩連接了他的移動設備，正發出刺激著眼眶的微電流，提示他移動設備上有緊急消息。

昨晚乾澀的翻雲覆雨後已經是凌晨三點，他本來還指望著早起為枕邊人做頓愛心早餐，等他起身一看，身邊床上早已餘溫不存。

床頭櫃上的智能手環發出炫目的紅光，像是一塊燒得火熱的烙鐵。

在此前三番兩次打斷他和秋本嵐清晨的交歡後，周翀對「血色真相」恨之入骨，哪怕換了最新款的穿戴設備也無濟於事。更為無奈的是，手環的眼球追蹤功能過於強大，如果傳感器發現他沒有硬著頭皮逐字讀完這些惱人的文字，過一會兒手環就會發出震動和嘯叫，讓人不得安寧。

這次的報道沒有標題，內容是一份又一份的醫學報告，出自一個他沒聽說過的荷蘭醫學機構。

第一份報告有關一場持續了三年的人工受精，供體來自於各大洲的知名精子卵子庫。人工受精得到的受精卵經過人工誘導發生減數分裂，之後再與其他生殖細胞融合，往復多次，最後得到了一個可發育成女性的受精卵。周翀根據自己停留在高中的生物水平對此略作思考，很快就理解了這是怎樣的一種操作——在受精卵中引入兩人以上的基因。這樣的後代不僅親子鑒定對其幾乎無效，而且一定程度上算是一種基因篩選：每一次減數分裂後都對生成的兩個新生殖細胞進行重新選擇，就能完成一次次低效笨拙卻有效的，重新搭配染色體的機會。從最後基因測序的結果上看，這場人工受精最後達到了不可思議的七人混血。

第二份報告則是一篇新聞簡報，說的是一個出生在發達國家保守家庭的 26 歲未婚女性，突然從小鎮上失蹤了一年，人們後來找到她時發現她已經部分失憶，體檢後很快又發現她已經懷過孕並且已經生產。這樣未婚先孕的消息不脛而走，她的家人認為她讓家族蒙羞，她的父親在一次酗酒後用碎酒瓶將其捅死。

第三份報告是一名女嬰的出生體檢，出生時間是2017年春天。周翀並不能看出那些體重、心率之類的數據是否正常，只覺得附帶的照片上皺巴巴的嬰兒皮膚讓他有些噁心，想匆匆略過，可眼球追蹤傳感器偵測到了他的注意力渙散，又一次阻止了他往下閱讀。

之後的報告無一例外，都是三個月一次的女童體檢報告，只是內容比常規體檢詳盡得多，八成以上的項目周翀聽都沒聽過。從照片可以看出一個可愛的女童如何慢慢變成窈窕少女，周翀甚至第一次有了生個女兒的衝動，考慮到秋本嵐似乎有些不婚主義傾向，很快又打消了這個念頭。

最後一份報告停在女孩十二週歲那年的冬季，周翀對報告內容已經有些麻木，他開始學會了欺騙傳感器——只是左右晃動眼珠，腦子裡想著其他的事情，比如昨晚柔軟的肉體，以及為今晚準備的新情話。這一切，都被那張照片打斷：那是一張來自2029年的3D面部CT掃描圖，從骨骼、肌肉到肌膚，各項信息都可以調取、查看，並以三維形式顯現出來。周翀發現自己對三維模型中那幾條勾勒出鼻梁、臉頰的曲線走向無比熟悉，這種熟悉感來自於他每週在朋友家偷偷進行的小癖好：和琳婭的VR虛擬約會。

報告的後面，是負責複雜人工受精的生物公司、負責體檢的醫院和琳婭經紀公司的信息。可以看出，經紀公司和生物公司同屬於一個母公司，而且這兩家公司都是2016年突然成立的。除此之外，那家生物公司則每年都和醫院開展著數個科研合作項目。

報告直到最後也沒有明確的結論性的語句，這樣的設置已經足以讓人浮想聯翩。

周翀感到有些迷幻。

他小時候就聽說過「造星」這個詞，自己也差點因為混血兒的長相被一個主攻亞太市場的美國經紀公司挖去做童星。只是，他從未想過這個詞可以如此的貼切和直白，他很難將這麼一位集萬千美好於一身的女子，和基因定向選擇，和可能存在的人身控制聯繫起來，像是現實版的《楚門的世界》。可剛剛所見到的這魔幻的一切，卻和那些明星們虛假的流量一樣的真實。

他覺得這個世界彷彿突然就只剩下這偌大的房間，房間裡只有這偌大的空床。

他就漂浮在這張床上，感覺世界從未如此安靜過。

過了許久，他開始翻閱其他的社交媒體。

現代人已經被信息爆炸的時代慣壞了，只願意看到自己想看到的信息，閱讀自己想閱讀的觀點，而那些作為資訊獲得渠道的軟件，為了更高的使用率，也不得不深喑此道，利用智能算法不斷地滿足讀者的心理需求。就這樣，包括周翀在內的所有用戶，無形中把自己和另一群有著相同觀點的人封閉在一個相對舒適安全的「信息繭房」中，形成自己的小社會。而「血色真相」的出現，顯然從根本上挑戰並破壞了他這種人的訴求。

正常情況下，經過昨天的風波，今天的輿論一定又是分為兩派：一派人戴著粉色鏡片的眼鏡，主張藝人也是凡人，呼籲大家關心琳婭；另一群人戴著墨鏡或是變色墨鏡，則痛斥其「耍大牌」、「無視粉絲」。

當然，情況或許會更糟一些。「血色真相」的影響力逐年增大，這也並不是它第一次針對某一個藝人，或是某一個明星。它就像一把帶血的尖刀，直直地捅進每一個「信息繭房」中，就像市場裡的小攤販剖開一個個榴槤，甚至還會攪動一番，讓那些彼此粘結臭味相投的果肉們躁動起來，強姦著這些小社會裡所有人的觀點和獨立思考能力。估計此時，網上已經開始出現諸如「人造明星」、「紀公司的傀儡」之類的激烈言辭。

很難想象一個正常人如何能頂得住這樣的壓力，更何況是男權社會下的一個女人。

總之無論如何，如果沒有足夠高明的公關手段，琳婭的形象就會從今天開始崩塌，並很快從公眾視野中消失。之後那些原本屬於她的流量就會再次分散，然後重新聚集在另一尊新的女神像腳下。

不過，今天偏偏是個例外。

所有社交平台中，所有圈子、話題、博主，似乎都在關注同一個事件：

昨晚演唱會開始前，琳婭打開了其化妝室所在樓層的地震應急避難所通風窗，從九龍塔 150 層一躍而下。

周翀默默關掉了那個充斥著暴戾語言的界面，臉上並沒有什麼特別的神情，一切都在他的意料之中。

第八章　螻蟻之二

一

地震應急避難所通風窗仍舊開著，外面一片漆黑，只能感覺到氣溫很低，有濃重的濕氣往內湧，除此之外，就只剩下呼呼的風聲，又或許是一種人類聽不懂的哀嚎。

黃政富猛吸了一口尼古丁噴霧，隨即緊閉雙唇，屏住呼吸，任由那股檸檬茶香味的氣體在他的上呼吸道裡左衝右突四處流竄。

現在是凌晨三點，這是讓他保持頭腦清醒的唯一合法手段。

黃政富意料之中的是，這裡並沒有什麼線索。沒有指紋，沒有皮膚碎屑，甚至連空氣中也聞不到琳婭標誌性的香水味。

「血色真相」組織出現後，有些「專業人士」認為該組織使用了成熟的量子計算系統暴力破解加密數據庫，因此才能得到各界名流的隱私信息。其中，醫療記錄、金融記錄和讓人無處遁形的各種攝像頭是主要入侵對象。

對於這些數據庫保密性的不信任，世界各地的名流們就開始聯名抵制政府在高層辦公、住宅區域加裝攝像頭。少數人會在自己的私人區域安裝不聯網的攝像頭。購買和使用這類私人監控設備都必須向政府報備，否則便是侵犯隱私權的重罪，必要時政府執法機構可以通過適當的司法手段要求擁有者提供影像記錄。但在高層的公共區域發生的一切大小事件，則遠在這些監控設備的能力範圍之外。因此，這些年「體面人」中的犯罪率和出軌率反而增加了不少。不知道現在的這種境況，是更接近還是更背離了這些人所想要的「安全」。

在這所謂的「第一現場」走一圈只是例行公事，下一站便是琳婭的化妝間。據說，那是工作人員最後一次看見她的地方。

黃政富回到走廊時，背後就已跟上了數十位記者，他們舉著造型各異的3D攝影機，等著他推開琳婭化妝間的門。現場一點也不擁擠：記者們被一張早已支起的無形磁力屏障逼退到離門口五米開外的地方，他們如果貿然衝進現場，手中昂貴器材便有報廢的風險，哪怕真的能拍到幾張照片，獎金也不足以抵消修復器材的開支。

黃政富並不從政也並不富有，只是一個隸屬於九龍塔分局的警探。

他生於中國西南邊境，是中緬混血，身材精壯矮小，臉又瘦又長，無論做出什麼表情額頭上都會有明顯的抬頭紋，嘴唇和面色一樣黑裡透黃。他早年吸菸，就連牙齒也是黑黃色的。這樣的猥瑣長相也讓他在第一天到九龍塔分局報到的時候就被門衛攔住，以為是某個前來自首的犯人。唯一和警察氣質相符的只有那雙銳利的眼睛，當他發現什麼線索或是想到了什麼之後，就會瞇起來，留下柳葉形狀的一條縫，像是搜尋到獵物的鷹。

「現在安保系統都已經信息化智能化了，咱也還是不能退休啊。我還以為越高層的地方技術越發達會越安全呢。」蹲在房間一側的穿著黑色警服的男子操著清濁輔音不分的英文先開了口。

他是菲律賓人雷蒙多，有著一個大得和體型不相稱的啤酒肚，很難想象以他臃腫的體型之前是怎麼出的外勤。負責兀蘭塔地下城治安的他剛被調到九龍塔分局不久，作為黃政富的跟班進行為期兩年的進修。這是他這輩子第一次到上層來，對這裡的一切都感到新鮮。為了不失風度和專業氣質，只能戴上白手套東摸摸西瞅瞅，假裝對每一個物件都在進行細致入微的「檢查」。

「這裡整潔得不太像女孩子的房間，要是我女兒的房間有這一半整潔，我家那老婆子也不會天天收拾得一肚子氣了。」雷蒙多走向了房間裡唯一比較雜亂的梳妝台，上面的瓶瓶罐罐和上個世紀百老匯後台化妝室裡擺放的沒什麼區別。唯一讓他感覺不適的是其中的一個金色的眼影盤，蓋子上不知被誰用黑白兩色顏料畫滿了大大小小的眼睛，看著十分瘮人。

不得不說，化妝師也幸運的成為了少數絲毫沒有被機器取代跡象的職業之一，視臉如命的男女們總能很果斷地在冰冷的機械臂和溫柔的手臂之間做出選擇。

所謂的化妝間包含了梳妝台和試衣區域，縱深 8 米寬約 4 米，在寸土寸金的九龍塔高層商用區來說已不算小。根據之前調取的檔案，琳婭的經紀公司只是租賃了這個房間 30 年的使用權，一次性付清，對於一個吃青春飯的流量明星來說，算是很慷慨的投資了。

化妝間的牆面和地面都是純白色的，而且異常平整，所有的家具就是房間最裡的一個梳妝台，空空的牆面上甚至沒有一張掛畫或是衣櫃之類的東西，就像是剛裝修完還沒搬入家具的新臥室。只有進門後左邊的長牆上嵌著一面兩米多高三米多寬的多媒體顯示屏，平時和牆面的純白融為一體，若不是仔細觀察表面光澤，一般人很難察覺。

黃政富嘗試性地在屏幕上面點擊了幾下，處於休眠狀態的屏幕很快就被喚醒，像一面鏡子一樣照出了他的身影，神奇的是，鏡子裡的影像自動過濾了身後的雷蒙多，使得整個房間看起來空空如也，只有黃政富一個人。他皺皺眉頭，右手攤平手心向下，左手手心向上，拇指無名指和小指彎曲緊貼手心，食指和中指往上抬了兩下，像是在示意面前鏡子裡的自己過來。只見一個歷史列表在他的操作下彈出，上面是一條條形態各異的女士禮服三維圖樣。黃政富用手勢操控選擇了第一個圖樣，那是一條紅色的禮裙。他扭動左手手腕嘗試旋轉它，系統搭載的強大物理引擎使得裙擺也微微顫動，它絲綢般的光澤、褶皺和質感展現得極為真實，就像是有個透明人正穿著它，在一個巨大的玻璃櫥窗裡扭動身軀。他右手往右扇動，想切換下一條裙子，或許是動作不夠標準，那條裙子居然一下子「吸」到顯示屏裡他的身上，而他在那面顯示屏裡的影像也一下子變成了一個只穿了這條紅色禮裙的裸男，乍看之下還挺合身，只是禮裙背後那深深的 V 形開口露出了他左後腰上的刀疤，和背後蜿蜒扭曲的黑色燒傷結痂印記，實在是有些難堪。

「哎喲老黃，沒想到你還好這口？還好那些記者進不來，不然這可是個大新聞。」雷蒙多發出了豪放的笑聲，胸脯隨著笑聲顫動，人也一下下後仰，像是一隻法國鄉下不怕人的大肥鵝。

黃政富沒有理他，趕快退出了試衣模式，警服又一次回到了顯示屏裡的他的身上，他之前的猜想已經得到了驗證。

這是幾個奢侈品服裝巨頭聯手開發的一個名為「idress」的 AI 試衣系統。新用戶想要注冊使用，必須在專門的機器裡全裸進行全身掃描一次，之後每次使用該系統，無論是在門店還是自己家裡，任何一個地方採用該系統的設備都會通過人臉識別判斷身份，自動調用當時掃描的生物數據，真實還原上身的效果。而雷蒙多估計之前沒用過這個系統，因此他的影像不會被顯示。

黃政富曾經用過幾次這個試衣系統，第一次就是在選結婚禮服的時候。

黃政富原本是中國西南邊境小城裡的一個普通消防員。

在一場高樓火災中，他救下一位富家獨生女，可惜那位女子半邊臉還是毀了容，他的背也嚴重燒傷。直到今天，植皮和整容技術都還沒有發達到能完全還原她的臉。那位千金的父親是靠走私象牙、虎骨和象皮珠發達的，在中緬兩邊的海關都有內應，那場大火過後鄰里都傳言這是報應。

幾個月後，那位還處於植皮手術恢復期的千金不知出於何種考量，居然死皮賴臉地想要和他結婚，並四處散播謠言，說是他求的婚。

黃政富生來面目猥瑣，縱使五官沒有明顯的異樣，無非是小眼睛、輕微齙牙和朝天鼻，組合起來就是讓人有一種說不出的不舒服。他上高中以後就得到了「卡西莫多」的外號，高中以前沒人這麼叫他是因為那時同學們沒讀過多少名著，身體也不如從小幹農活長大的他結實，只用「誒」稱呼他，仿佛他真正的名字和他的長相一樣不堪。

他的父母都是茶農，原本收入還不錯。山裡濕氣重，他的父親年老後患上風濕關節炎不能幹重活，只好把茶山外包給了別人，結果合同裡被做了手腳，祖祖輩輩傳下來的幾個小山頭直接落入他人之手，現在整個家就只能靠黃政富一人養活。

兩個老人家對這樁婚事倒是沒什麼太大意見，只說不管娶了誰，都要對人家好。

這樁莫名其妙的婚事最終還是成了，喜酒也辦得極有排面。那些前來參加婚宴的新郎的故友們，在頂層宴會廳裡吃著號稱「國宴」級別的滿桌佳肴，周圍是有頭有臉的巨賈政要，都陷入了一種想來看笑話，卻覺得自己才活得像個笑話的尷尬局面。

選禮服的時候他身上的燒傷還沒全好，掃描結果圖像上黑色的痂觸目驚心。反觀那時新娘那張經過植皮手術和真皮組織再生術的臉，表情有些僵硬，卻似乎更加正常一些。

婚後不久，或許是由於婚宴的過於高調，那位富豪鋃鐺入獄，但事發前就已把所有財產轉入女兒名下，並托人帶女兒和女婿移民新加坡。

據說，那天他的老丈人是笑著上的警車，一路都被由他帶領著一起走私「致富」的村民們簇擁著，嘴裡還說著：「反正這輩子就這麼一次了，當然要風風光光的。」不知道說的是那場婚禮還是這次入獄。黃政富只知道老丈人很快就在獄中因病去世，那時正是他和妻子在新加坡安下家後的第二個月。

等黃政富帶著妻子合法進入新加坡的時候，這裡的消防系統已經幾乎不再需要人工。由於身體素質不錯，黃政富謀了份警察的差事。和雷蒙多一樣，他也是從處理地下城裡的打架鬥毆開始，一步步走到了如今能過問一百多層樓裡的案件的位置。當然，他也明白自己妻子的巨額資產和社交圈，大大縮短了這一過程所需的時間。

在這個國家，身價千萬的人和身無分文的人使用的是完全不同的醫療系統、消防系統和教育系統，卻都歸同一個刑偵系統管。每每想到這，都能讓他難得有一絲平等的感覺。就算是警局裡，他的同事們關於「幫助有錢人處理案件更有利可圖」這點也達成了共識。於是大家拼命往上爬，就是為了能夠接觸住在高處的人物，辦起案來也多少有些勢利眼，身份不同的當事人享受到的同一個警員的服務態度也會不同。

雖然執法過程全程記錄，警局對個人行為作風也管得很嚴，除了一些表揚以外，並不允許接受私下的實物、金錢犒賞或是飯局之類的實質性好處。可誰也說不準哪天會不會因為辦事得力或救人於危難之中而攀上高枝，把他們從這份收入不高的差事裡解救出來。更何況，他們中就有黃政富這種「中過命運的獎」的活生生例子。

在這樣一個命運做莊的世上，誰還不願意當個人生的賭徒呢？

「還是不對，這個房間實在是空得不像樣。」黃政富喃喃自語，轉身敲了敲顯示屏正對著的另一堵長牆，又沿著房間的寬度來回踱了幾趟步，「而且，這邊的牆也太厚了，整個房間好像比在外面看要小一些……嗯，大概窄了有十厘米。」

他聯繫總部的技術員調取施工記錄，並沒有找到任何關於牆體加厚的記載。

九龍塔150層的商用房間分布在內外兩個環形區域，環形之間是走廊，走廊兩側是房間門，外環的外壁就緊貼著高塔的外牆，內環的內側就是電梯間和各種管道系統。而內環區域也不是完整的環形，而是被四條徑向直廊沿著東西南北四個方向等分為四個區域，像是被橫豎切了兩刀的蛋糕。西北、西南、東南這幾個區域往往被分割成一個個不足20平米的小房間，出租給各種小明星的工作室。而整個東北區域都歸琳婭的經紀公司所有，琳婭的化妝間就在內環的東北區域最靠北走廊的那間，其他的房間是會客廳、攝影間等。平時都在同一層樓裡工作，這些明星同行們難免相見。黃政富就這樣被圍困在一個頂級流量明星曾經生活過的空間裡不到十分鐘，他已經能感受到這層樓裡的那種滲透在整個通風系統裡的令人窒息的氣氛。

這個國家近些年自殺案件頻發，其處理已經高度流程化。

從這麼高的地方往下跳，屍骨無存是很正常的事情。現場勘察和海面搜尋一定程度上都只是流程所需而已，為了給家屬有個交代而不得不做的一種「無用功」。只要12小時的調查期限一到，沒有任何明顯疑點或線索的話，調查和搜尋就會停止，當事人的檔案就會被蓋上「死亡」或「失蹤」的電子戳，從此封存。

琳婭沒有任何記錄在案的家人，巨額保險費歸屬於經紀公司所有。這些保險並不是最近購買的，即使數額巨大，騙保的可能性並不高。更何況，琳婭的明星生涯才剛有騰飛之勢，昨晚的「真愛演唱會」無疑是擴大整個亞太區知名度的最佳營銷手段。經紀公司和琳婭之間沒有任何的利益衝突。

黃政富依然對所有的經紀公司都抱有一種本能的反感。

只要一有新的可炒作對象出現，這些公司就會像螞蟥一樣吸附上去，開出各種看似優厚的條件，只為了簽約。像是一個中世紀放血療法的忠實擁躉，在說服一個健康的人做放血保健，讓他或她至少留下一隻螞蟥，最好是那隻最大最肥的，這樣對他們的身體健康更好。而等到當事人明白過來的時候，早就已經被榨取得什麼都不剩。而脫離這種「依附」所需的違約金，無異於要他們在自己已經被吸得乾癟的身體上，再剜下一塊肉來。

他認識的一個算是業界翹楚的韓國律師，從業二十五年已經接受過上百起關於藝人違約後經紀公司索要天價違約金的案子了。讓他感到可惜的是，這個律師每次站的都是經紀公司的那方，因為更加有利可圖。遇到名氣比較響的藝人，只要幫公司勝訴一次，光是傭金就夠普通工薪階層賺大半輩子。

一次酒後閑談中，那個律師透露出自己曾經間接地逼死過一個藝人，最後「成功」地取得了她的保險金用於支付違約金，還主局拍賣了藝人來不及從公司宿舍轉移出去的所有私人物品。

「你根本不能想象那些可以被稱為『遺物』的東西，居然可以這麼受歡迎。」

到最後，那個正值青春年華的女孩，打拼了十五年，甚至付出了生命，卻一分錢也沒給父母留下。

那個律師也曾自問這麼做是否正義。

「資本是沒有良心和道義的。但良心和道義，本身又是什麼呢？」他對黃政富說，無數個夜裡他總是這麼質問自己。說罷，那位律師仰脖灌下了那杯已經在他手上搖晃了好久的威士忌，嘴喝了一半，領口喝了另一半。

那是黃政富第一次知道眼前這個平日裡精英模樣的人，臉上居然能夠涕泗橫流，並同時露出一種虛無荒誕的苦笑。他本以為要成為這類人，前提就是已經沒有了任何情感，只剩下對一切人和一切事物的冷眼相待。

「差不多了，今晚就這樣吧。」黃政富示意雷蒙多和他一起離開。

「就這樣？咱們什麼都沒發現啊？」

「這堵牆厚了點，估計是為了加強隔音效果特製的。然後門口地上有一片水漬，不知道是哪個缺德記者的水瓶灑了。除此之外，我是沒看出什麼來。要不你說說看？」

「我……我第一次上來，連高層電梯要刷指紋都不知道……我哪知道有什麼奇怪的，看什麼都覺得新鮮。」

黃政富轉了個身，刻意背對著門口，遮遮掩掩地又吸了一口噴霧。在公共場合靠此提神，對於一個警探的形象不是什麼好事。

「什麼都沒發現，就挺好。你以後就明白了。」

二

第二天臨近中午的時候，黃政富再次出現在了九龍塔 150 層，這次他將前往另一個房間。

「咖啡還是茶？如果你要奶茶這兒也有。」聲音綿柔悅耳。

黃政富婉拒了面前這個面容姣好的女人的好意，哪怕這樣的示好在他看來無比自然。

他面前的是琳婭經紀公司請來的公關，準確來說，這個韓國女人只是一個公關團隊的門面，這種事情在大公關公司裡並不新鮮。此時，不知道有多少人正在通過她身上穿戴的設備監聽他們的這次談話，又有多少人通過她耳朵上的無線耳機和 AR 眼鏡下達著指令或是幫她的每一句話措辭，甚至她的一顰一笑，都有可能是背後龐大團隊討論後的旨意。

「黃先生這次來，是需要向我們了解一些什麼信息嗎？」

黃政富沒有第一時間搭話，而是稍稍琢磨了一下這位公關小姐杯裡咖啡的香氣。如果不是這家公關公司的員工福利很好，就是眼前這個人品味非凡，偏愛這種算得上奢侈品的曼特寧咖啡。此前黃政富只有在參與妻子的社交圈活動時，才能見到這種發酸發苦的飲品。他只知道這種咖啡豆的年產量是按千克計算的，以及，在飲用時忍著苦味維持臉上的笑意對一般人來說是莫大的難事，眼前這位女士顯然已經習慣了這點。

「啊是這樣，這時候搜救的海警收隊了，我們九龍塔警署本來吧，也準備按照普通自殺處理。」黃政富掏出薄片狀的手機，打開那個在早上八點吵醒他的頁面，說道：「關於『血色真相』組織，您應該很熟悉吧，畢竟每次他們一出手，最先被折騰的就是你們公關。」

「確實如此。」這位朴小姐放下咖啡杯，保持著禮貌的微笑，如果不去想這是她作為公關職業訓練的結果，很容易把她溫暖親和的笑容和清純的校園時代女生聯繫起來。

「昨天先是出現了一份名單，今早又針對貴公司的藝人給出了一份詳盡的報告。我想知道貴公司對這怎麼看。」

「如果黃警官您是想問這份名單的真實性的話，只能說根據我們已知的信息，並不能下定論。如果您想問那份醫學報告的真實性，我公司承認是真實的。只是，報道中基因編輯這個說法欠妥。」

「哦？怎麼說？」如此爽快的承認在黃政富意料之外。

「相信黃警官您略作調查就能知道，那是一家注冊於荷蘭的生物醫藥公司。」朴女士打開手中早已準備好的文件，那是一張約一毫米厚 A4 紙大小的半透明薄膜，只有上端 3 厘米的區域有密密麻麻的不規則黑色線條，那是印刷而成的集成電路。

這張薄膜實際上是一張可以顯示黑白二色的柔性墨水屏，只允許寫入信息一次，不可後續更改。它能夠吸收周圍可見光和各種短波的能量，維持墨水屏的基本顯示和滑動翻頁的功能，因此也不需要電池或是其他電源。這樣的一次性存儲媒介查看或是簽字都很方便，既便於物理存檔，又便於通過特質的讀取掃描設備變為電子文檔儲存，避免嚴重的數據庫崩潰導致的資料流失風險。

「您可能不知道，當年這家機構就位於之前的新加坡芽籠地區，荷蘭只有他們的一個數據管理部門。當然，芽籠那的舊址現在已經在水下了。大地震之後，該機構就遷回荷蘭重建。」她掏出另一份文件，同樣也是一張薄膜，「至於那場所謂的『基因編輯』，實際上是一場臨床研究性質的實驗，是和國立現代醫學研究所合作的，換句話說，也就是得到了政府的批準。這是當時新加坡衛生部簽署的相關文件。」

距離地震已經14年過去了，很多重要政府檔案依然長眠於水下的無數硬盤裡未能恢復，而且大多已經徹底損壞，是否真的有這份文件已經很難查證。這家公司似乎很早就準備好了這一切相關文件，像是早就知道他要登門拜訪。

他大致翻看了一遍這份文件，裡面大概說的是一對患有多項遺傳病的美國夫婦，想要一個健康的孩子，便採取了人工受精的方法。可能是切身感受過遺傳病給自己帶來的苦難，他們要求自己的孩子必須不能帶有任何醫學上已知的遺傳病基因片段，無論是顯性還是隱形。

在2017年，基因片段剪切替換技術已經存在，但由於「人類基因組計劃」研究尚未完成，因此對受精卵內的基因片段進行定向篩選，依然是很難達成的任務，實驗時長很可能要拖到五年甚至十年，這對夫婦顯然等不起這麼久。因此採取連續受精並減數分裂的方法，有些賭概率的味道，可只要每次減數分裂後都能通過測序選取基因缺陷較少的那個細胞，足夠次數之後確實能達到一樣的效果。如果運氣不太差，整個過程可以在三到五年內完成。

以上這些都是黃政富今早聽警局裡做 DNA 檢測以及族譜溯源工作的研究員說的，他頂著睡意聽了半天，才勉強懂了個大概。昨晚深夜調查過於疲憊，他本來請了半天假打算睡個好覺，被「血色真相」吵醒後便睡意全無，索性硬著頭皮來找線索。

「這份文件是在 2012 年簽署的，難道實驗那時候就開始了？」

「是的，如此多次的減數分裂再受精實驗沒有先例，不過兩次三次的還是有的。根據該機構草擬的研究計劃，需要三到五年的時間。琳婭是 2017 年出生的，時間上沒有衝突。我們可以保證這份文件是真實的。」

「看來是一個現代醫學成全不孕不育夫婦的勵志故事呢。」

「確實如此。」

「似乎，琳婭的那些粉絲們不這麼想。」

「我們沒有『血色真相』那種技術和手段，能夠讓每個人都聽我們說話。『血色真相』版本的故事傳播更廣，即便片面，也已足夠生動，足以引人遐想。網民們只相信他們願意相信的，而這一切的前提是這個故事被他們知道。」

黃政富點點頭，想起了當年那些譏諷他的親戚們，固執地認為他貪戀錢財娶醜妻，無論他怎麼解釋都沒法改變。

「這是流量時代的悲哀。」朴女士這麼總結道。

「大致的情況我已經了解。謝謝您的分享。」黃政富起身，和朴女士握了握手，他發現那雙白皙的手已被汗水浸濕。

朴女士取下無線耳機和影像記錄眼鏡，標誌著這場對話正式結束。對黃政富而言，這是他最喜歡的時刻，真正的好戲才剛剛開始。

「我知道你們這種大型公關公司都會事先對委托公司進行調查，只是迫於某些原因，或許是高額傭金，或許是業務往來，或許是利益糾纏，你們只能說他們想說的東西。」他沒有放開她的手，而是繼續搖晃著，像是在感謝朴女士幫了他一個大忙。

朴女士見眼前這位警官起身，顯然認為會談已經結束，這一問使她措手不及。

她下意識用另一隻手摸了一下耳朵，那是尋求背後團隊幫助的操作手勢，這才發現耳機和眼鏡早已取下。這也意味著，除了他們兩人，沒有人會聽到或是看到他們接下來的言談舉止。

「沒猜錯的話，這間會客室是你所代表的琳婭的經紀公司準備的，想必這間房子的所有墻上也都裝了振動監測陣列，咱們的所有肢體運動和說話產生的空氣振動都在他們的監控之下。」

朴女士對這突如其來的陳述有些吃驚，但立刻又專業地擺出了友好的笑容。

「我昨天調查琳婭化妝間的時候，覺得墻厚有些奇怪。今早帶著管線探測儀去檢查了一遍，才發現這個可憐的女孩原來一直活在這種隱秘的監控之下。」

黃政富從口袋裡掏出了一個巴掌大小的顯示屏，對向房間的空白墻面。透過這個屏幕，原本一片空白的墻內的管線便都顯現出來：墻面裡布有密密麻麻的點陣列管線，除了地板以外，包括天花板在內的每一面墻都是如此。

朴女士顯然沒有想到這點，她本以為耳機和眼鏡就是她身上全部的監控設備。一想到現在依然有幾百雙眼睛盯著自己，頓時笑容變得僵硬，渾身汗毛直豎，手臂也不聽使喚地顫抖起來。

「這麼年輕，應該當公關不久，心理素質還不太行。」黃政富看見眼前這位用詞老練的女子手足無措的樣子，感到反差巨大，甚至覺得有些有趣，「不用害怕，咱們可以說話，我帶了信號干擾器，他們現在只能聽見一片蒼蠅一樣的嗡嗡聲。」

說罷，黃政富從懷裡掏出個白色的小盒子。

她有聽說過類似的監控技術。上次公司裡她的好閨蜜，就是在公關工作結束後，私下答應了對方共進晚餐的要求，剛走出會客室沒幾步就被公司叫走，當晚就丟了工作。

「而至於檢測動作的傳感器，我不知道你們韓國的禮節是什麼樣的，反正我們中國人告別時握手寒暄幾句是很正常的。咱們繼續握手，假裝我現在正感謝你的配合，明白了嗎？」

朴女士點點頭，依舊不敢出聲。

「委屈你了，咱們現在還不能出去。這個干擾器在小房間裡有效，空曠空間就不一定好用了。鬼知道這層樓有多少這樣的墻。」

朴女士的額頭上開始滲出汗珠。

黃政富的這一番解釋，還不足以給她安全感。如果這個干擾器失靈，或是效果不佳，她只要說錯一句話，葬送的可能會是她的高層居民身份。大公司背後的勢力盤根錯節她早有耳聞，她有自己的家庭，不願意冒這個險。

「關於這位琳婭小姐，我來和你講講另一個版本的故事。」

黃政富知道自己表演的時候到了，不由自主地瞇起了眼。

「其實，經過你們公關公司的調查，並不能找到任何關於那對美國夫婦的身份信息，甚至琳婭的身份也沒有與任何其他人掛鉤，就像是一個憑空出現的孩子。經紀公司拒絕給出更多信息，你們無奈只能忽略。」說到這黃政富突然停下，揚起嘴角，露出他抽菸導致的黑黃牙垢。這些信息是他幾分鐘前假裝看了眼手機，偷偷發消息托衛生部的一個官員查的，十分鐘不到就出了結果：沒有任何關於那對美國夫婦的信息。那個官員曾經為走私精神類藥物的行為打掩護，黃政富抓住了這個把柄後便和他成為了「好朋友」。

凡是需要委托公關公司出面進行的會談，背後一定有一個要圓的謊。這個謊可大可小，但都需要公關公司組織安排去收集處理或是掩蓋一些線索，在最短的時間內編好一個合情合理的故事。一流公關公司的高明之處就在於，你明知道它說的是假話，卻無從反駁。

然而既然要圓謊，這些「消災人」自然得知道要圓的是哪個謊，以及這個謊言背後的千萬縷線索通向何方。換句話說，它們會知道相當一部分的真相。

不過，一個聰明的公關公司出於為客戶保密的需求，善於將信息碎片化為一個個微小的任務，交給數量龐大的員工來處理。畢竟僅靠手裡唯一的一塊拼圖，幾乎不可能還原事情的全貌。

黃政富不知道面前這個女人知道多少，此次會面之後，謊言隨著時間的推移只會愈加完美，現在是他唯一能夠窺探真相的機會。

「假設你剛剛所說的有一部分是真的，更可信的故事應該是：琳婭的經紀公司委托那家荷蘭生物醫藥公司『造』了一個長相、身材、聲線都趨於完美的女孩，並在她身上傾瀉了大量的資金和資源，希望造就一個超級巨星，或者說，種一棵活生生的搖錢樹。」

朴女士從剛剛開始就一直避免著和面前這位黃警官有任何眼神交流，這樣哪怕這次談話被公司發現，哪怕它們掌握了影像資料，都可以說自己是被強迫留下的。為此，她甚至多次嘗試把被握住手抽回，卻始終沒有得逞。

她的這一切表現都被黃政富看在眼裡，他暗暗加大力度，把這位女公關白皙的手攥得有些青紫。

這一招他在各種性別和年齡群體中都屢試不爽，適度的肉體疼痛是攻破對方心理防線的重要環節。

「然而，出於某些原因，這位可憐的琳婭小姐得知了真相，至少是一部分真相。總之，她有了不得不逃離這裡的理由。」

黃政富說話幾乎沒有換氣，保持高語速的同時，盡量咬字清晰，並使用簡單句式，不給對方過多思考的時間，更像是把句子拆成一個個字，硬鑿進對方的腦子。

「據我所知，『血色真相』推送涉及的當事人在推送前一天一定會親手收到一張白色卡片，我翻遍了她最後出現的化妝間，沒有發現。這只有兩種解釋，要麼她隨身帶走或者處理掉了，要麼卡片被別人發現了。換句話說，可能有人早在今天以前就知道琳婭的身世要敗露了。」這句話完全是他即興發揮所作的推測，不過從朴女士的表情上看，效果還不錯。

「海警們沒有找到她的屍體或是衣物，這個可憐的女孩比你小不了幾歲，生死未卜。你想想，當一個生活被他人完全控制的人，發現自己是一個傀儡，自己的生活就是一場事先安排好的表演，會發生什麼樣的事情？這時候，控制她的人，發現她即將覺醒，又會發生什麼？」

朴女士臉色煞白，緊閉雙唇，鼻翼翕動，喉嚨裡已有哭腔，她選擇閉上雙眼，希望止住眼淚。她不知道自己是在為那個與自己看似無關的女孩害怕，還是更為自己現在的處境害怕。這次公關工作她是被公司強行分配前來的，原本和這家經紀公司有第三方雇傭協議的前輩剛好在休假。哪怕眼前這個黃警官說的僅僅只是他的猜測，可萬一委托自己前來的公司知道他們之間發生過這樣的對話，自己又將處於何種境地。

她終於低下頭，豆大的淚水滴落到他倆緊握的手上，是熱的。

「別低頭太久，久了就不像我在道謝了，把頭抬起來。」黃政富語氣一轉，突然溫和了起來，「你放心，我做過很多次實驗，這個干擾器的屏蔽效果很好。沒有人知道剛剛我們說了什麼。」

「在沒有確鑿證據的時候，我沒有資格要求你和我回警局，這是你們這些住在高層的公民該死的特權。剛剛說了這麼多，你願意和我換個地方談談嗎？」

「換個絕對安全的地方。我需要你的同意。」黃政富補充道。

他這才收回了虎口的力道，並用另一隻手蓋住了朴女士的手背，輕輕揉搓著，「如果有人問起剛剛這場談話，你就說是我對文件有些疑問，多聊了幾句，不是什麼大問題，於是你就沒有和公關團隊實時直播交涉過程。好麼？」

朴女士依舊只是點頭，只不過呼吸已順暢了許多。畢竟經過專業訓練，情緒很快就恢復正常，除了發紅的眼睛以外，絲毫看不出來半分鐘前曾經哭過。

這個叫朴新善的女公關所知道的關於琳婭的背景並不算多。

她有自己的信息渠道，卻也只能查到那場「基因編輯」所使用的資金並不來源於國立現代醫學研究所，也不來源於任何一對美國夫婦，而是輾轉多次後最終指向這個經紀公司的前身，20年前一個名為「紅樓夢」的亞洲網紅孵化機構。

「紅樓夢」曾經以半欺詐半要挾的方式讓中韓兩國的多名藝人簽下合同，而後便開始壓榨他們。由於支付不起合同中的天價違約金，幾乎很少有藝人敢離開。後來，不平等合同的事件被一個假扮成應聘藝人的臥底記者曝光後，這家機構便將目光伸向東南亞，換了個名字繼續營業。

來自「血色真相」的那張白色卡片，並沒有像黃政富所說的那樣消失不見，而是那天深夜被他在那個畫滿眼睛的眼影盤的底部暗格裡找到了。至於為何會藏在那裡，他不得而知。當時他沒有作聲，悄悄地用兩根手指把它抽出，掃進了自己的長袖警服裡。警服的袖口附近有個特製的暗兜，曾經被他用於通過握手，神不知鬼不覺地向高官行賄。

卡片鋒利的邊緣估計曾經刮破了琳婭的手指，本應是純白的卡片表面被染上一層淡淡的紅色，幾行模糊的文字因此顯現出來。等到黃政富第二天早上起床再看時，卡片表面就已經被氧化而重新回歸白色，文字也已消失不見。他嘗試用自己的血想讓其重新顯現，卻未能如願。

他沒有向任何人提起卡片上文字的內容。

上面寫的計劃看起來很絕妙，只是以他的知識，並不能明確地判斷可不可行，也不方便向別人查證。盡管如此，黃政富還是由衷地敬佩起這張卡片背後的那個組織或是那個人，以至於他此後再收到「血色真相」的推送，也不覺得那麼惱人了。

琳婭「生前」最後所穿的那條紅裙子，兩天後的一個清晨在海面上被發現，她的檔案因此被加上了「已死亡」的記號。某些陰謀論者覺得這一切就是個騙局，絕大多數人還是接受了藝人壓力過大而自殺的悲傷「事實」，琳婭的經紀公司因而股價大跌。數以百萬計的人們紛紛趕在平台下架前重新登陸琳婭的約會遊戲，為那個虛擬的她獻上一束鮮花，最後再看一眼這個在最美年華裡凋謝的女孩的笑容。

至於黃政富是怎麼找到那張白色卡片的，這得歸功於他曾經從在那個品牌工作的好友手裡了解過同款的眼影盤。

那是個小眾品牌的限量款，用過的人不多。只有以一種特定的順序輕輕按壓邊緣上的幾個特殊點位，才能將暗格打開。那個好友告訴他，可以把存有私房錢的離岸賬戶的銀行卡藏在暗格裡，哪怕有天眼影盤被發現了，就順勢當成是送給老婆的禮物。等哪天她不在家了再從暗格裡把卡取出來，換個地方藏起來便是。

是的，銀行卡這種落後於時代的產物最近又開始被重新啟用了，甚至有些人特意申請了不帶有網上銀行功能的賬戶，來保護自己的資產不至於如其他私人信息一樣，被以「血色真相」為代表的「量子時代黑客」所盜取。

「有錢人的想法真是花里胡哨呢。」

黃政富當年沒有買下那個眼影盤，因為他並沒有這方面的需求。

他的銀行賬戶是妻子給他辦的，配套的實體銀行卡上面搭載了有定位功能的納米芯片，據說是為了放丟失。哪怕以他的生活習慣實體卡根本毫無用武之地，他的妻子也要求他每天隨身攜帶。

那種被人時刻監視的感覺，他再熟悉不過了。

兩天後，黃政富和朴新善又見面了，這是一次沒有事先計劃的見面。

朴小姐的屍體先是在清晨的海面上被發現，然後直接就近轉移到了克蘭芝分局的法醫部。人送到時，身體已經發腫，整個臉也已經毀容，顱骨變形，應該是生前經過了嚴重的毆打和酸蝕。要不是鎖骨上的飛鳥刺青，黃政富在DNA檢測報告出來之前都無法確認面前這個女人就是幾天前還見過面談過話的重要證人。

果然，那地方隔墻有耳、有眼，鬼知道還有什麼。

其實他根本沒有屏蔽聲音信號的技術，就算有，也不可能幾個小時之內就拿到。官僚主義的本質就是拖延，任何方面都是如此。那個白色小盒子只是他出門前順手拿的妻子的首飾盒，一個用來套話的道具而已，他也沒想到那個女公關真的那麼容易就相信了他。

當天上午，他以身體不適為由請了病假，將這起案件連同琳婭小姐「失蹤」的後續處理全權交給了雷蒙多，再也沒有過問。

第九章　螻蟻之三

一

2042年10月19日，中國東南沿海的一座二線城市。

今晚是電競之夜。

這個節日是為了紀念1972年10月19日《太空大戰》成為史上第一個電競比賽項目而設立的，那一年也被稱為電競元年，如今已經70年過去了。

賀元龍打開電腦，握住那枚用記憶材料製成的電競鼠標。這枚鼠標是上個月剛出的限量款，能根據用戶手型變換外形，甚至還能自動調節手和鼠標間的摩擦力大小，對他這種手心容易出汗的人來說再合適不過。此前，他的鼠標已經換過不知道多少個，現在卻依然像是握住了一位三十年老友的手，眼眶不禁有些濕潤。

十年前觸屏時代和VR時代全面到來後，網絡遊戲的操作方式劇變，傳統鍵鼠外設廠商幾乎絕跡，過去一些特殊款式或是和遊戲聯名推出的鼠標甚至成為了絕版收藏品。好在及時轉型做體感遊戲設備的雷蛇公司在這場變革中活了下來，還保留著世界上唯一一條流水線，用於生產符合當年電競標準的外設。

賀元龍生於世紀之交，也就是2000年1月1日。出生那晚產科醫生是看著中央電視台的報時，掐著分秒在他母親肚皮上開的刀，為的就是讓他成為21世紀第一秒出生的孩子。剛好2000年是龍年，他因此得名「元龍」二字。長大後他才知道，當年這種充滿儀式感的手術在中國還有幾萬台。

他的家鄉說大不大，說小不小。在那個年代，光市區就有50多萬人口，那些土生土長的本地人好像跟誰又都能攀上關係，使得這五十多萬人之間任意兩人都很容易結識。賀元龍的家庭成分很簡單，祖輩生活在農村，父輩生活在市區，父親是政府機關公務員，母親是小學老師，這樣的搭配在那個年代很是普遍。出生在這樣的家庭，基本上就意味著人生前 22 年直到大學畢業那天的軌跡已經定下了。

可他偏偏是個天才，至少，在老師和長輩們的眼裡如此。

由於家庭原因以及地方政策的支持，賀元龍不滿五週歲就上了小學，並在小學、初中、高中各跳一級，年僅 14 歲就進入了一所中國知名高校的少年班，成為了這個國家那一年入學的年齡最小的大學生。

四年後，他的大學畢業典禮和成人禮在 2018 年 6 月底的同一天舉辦。本應秉承著「學而優則仕」的原則找到一份好工作的他，卻令人意外地在招聘會上屢屢受挫。背負著名校畢業生和天才少年光環的他，認為自己在社會上也理應受到優於常人的待遇。這本沒錯，但他眼中的所謂「常人」，盡是和他在同一校園裡朝夕相處的同學們。

大學是他第一次遠離家人的控制，也是他第一次發現除了成績以外，對一個人能有其他的評判標準：文藝、體格、社交、科研，任何一方面表現突出都能招致周圍人的艷羨和欽佩。

他發現自己身上的光芒消失了。

他開始沉迷網絡遊戲，晝伏夜出，逃的課是上的課的兩倍還多。他的面頰開始因為不按時吃飯而凹陷，身體和精神因為長期熬夜而萎靡。好在父母給了他一個靈光的腦子，只需要考前突擊三天，甚至是一晚上，他也能拿個 70 分左右的成績。

四年後，這樣一個人畢業即失業是合理的，但賀元龍覺得這是由於「現在不是找工作的好時機」，便在家休息了一年，終日與外賣和遊戲作伴。他的父母一方面認為孩子已經成年，應該讓他自由發展；另一方面，他們也知道自己的勸說除了徒增孩子對他們的厭惡情緒，並沒有其他益處：處於成年初顯期的他們比青春期叛逆的時候還要聽不進建議。同時，他們礙於面子，也不敢讓親戚們知道曾經的「天才少年」在家啃老，總用「孩子在準備考研、考證、考公務員」為由搪塞。

賀元龍倒是自得其樂，他很快就發現自己在遊戲方面的天分，憑借著自己幽默風趣的語言風格，嘗試成為了一名遊戲主播，竟然還小有名氣。他的父母這輩人是不會看網絡遊戲直播的，更何況他去異鄉讀書的這幾年，正是身體第二次發育的時候，容貌體態乃至聲線都有不少的變化，散落在世界各處的故友們很難在網上認出他來。

轉眼十年過去了，時間來到了2029年。

他在十年間如履薄冰，始終保持不觸碰互聯網直播的紅線，成了圈裡少有的「元老級主播」，可他最擅長的MOBA類遊戲早已過了火熱的時段。他幾次嘗試轉型，卻只是一次又一次地向粉絲們證明自己根本不適合其他類型的遊戲：技術不好，卻又生性好勝，輸了難過的時候還不能在直播鏡頭前言語發泄。他也是到那時候才體會到了那句：當你把愛好變成了事業，你就失去了這項愛好。他發現別人打遊戲好像都是為了娛樂，只有他是為了謀生，以至於再後來，他一打開那個熟悉的遊戲界面就想吐，卻還要嬉皮笑臉假裝「津津有味」地一天玩十幾個小時。每次下播關掉屏幕，他總感覺天旋地轉。

「唉，明早九點又得開播了，我又要被遊戲玩了。」

這種話是不能讓粉絲們聽到的，他只能苦笑著向另一個同為主播的好友抱怨。

好在，銀行卡裡實打實增長著的數字能給他慰藉，雖然已經沒有最初的幾年那麼多了，但這些年攢下的積蓄，一年有三百多天宅在家裡的他根本花不完。父母看他賺了數目還算可觀的錢，也不打算去詳細了解他賺錢的方式，相信自己的孩子心裡有數，總算是變相認可了他的這種新興謀生手段。

哪怕是遊戲裡叱咤風雲的英雄，也要考慮成家的人生大事，生在這種傳統家庭更是如此。賀元龍的父母很早就加入了幫子女相親的中老年人俱樂部，愣是把自己的兒子包裝成名校畢業、事業有成、內外兼修的社會精英。靠著還算乾淨的外表、難得講究的著裝和遊戲裡插科打諢的嘴皮子功夫，常人見他第一面的時候也確實無法拆穿。

他從戀愛到結婚只花了半年，新娘是個本地女孩，他覺得他的父母似乎比他自己還要更喜歡這個女人一些。而他們結婚的理由無非就是「合適」兩個字，最多再加上個「門當戶對」和「聊得來」。

在蜜月期環遊世界半年後，他就再次投入遊戲直播事業，一年後又有了孩子。為了降低生活成本，他拒絕了妻子到家鄉附近的一線城市發展的要求，理由無非是那句能讓懵懂少女們激動萬分的「我養你」。好在妻子賢惠，理解丈夫所從事工作的特質，將一家三口的生活打理得井井有條。

轉眼又是十多年。

不惑之年的他能明顯感覺手部的反應速度已經大不如前了，這本是衰老過程中的正常現象，可他的粉絲們不會理解他，甚至他自己都不願原諒自己的某些拙劣操作。

「電子競技『菜』是原罪。」他的新粉絲們譏諷他。

因此，他曾經追逐過新的風口，投身移動端遊戲。很快他就發現這壓根是個偽命題：遊戲的吸引力最終還是要依托於玩法、畫質帶來的體驗，而這需要強大的硬件設備支持。隨著「宅文化」的繁榮，手機所需要有的日常功能反而在減少，各大廠商研究的方向是如何讓手機變小變薄，方便攜帶，最後紛紛走上了研究可穿戴式設備的道路。得益於中國日漸強大的無人物流系統和各種雲服務，這個國家的大部分年輕人工作和生活都幾乎不再需要出門。如今，雙休日在家裡聯機玩一整天遊戲才是年輕人最時髦的社交方式。

轉型失敗還不是最嚴重的問題，體感遊戲和 VR 遊戲的出現，才是在正面給了他這個在遊戲圈裡浸淫多年的元老級人物致命一擊。

如今幾乎所有類型的遊戲都被做成了第一人稱視角，代入感極強，而水平高超的玩家無一例外都是身材健壯的年輕小夥子。無論是冒險類、MOBA 類還是射擊類遊戲都是如此，而唯一沒有被第一人稱化的是棋牌類戰略類的「燒腦」遊戲，而這恰恰是他的短板。那些新世代遊戲的直播方式同樣也允許觀眾借助 VR 設備以第一人稱視角觀看。觀眾和主播的互動方式也從簡單的刷彈幕變成了可以借助體感設備擊掌、擁抱甚至是接吻，一些靠身材性感成名的女主播因此人氣大漲。

在這種情況下，誰還會去看一個四十多歲的油膩中年男子打一款過時的遊戲呢？觀眾們使用直播平台觀看直播是按照分鐘計費的，這也是主播的主要收入來源。本來這十年來婚禮、買房、撫養孩子就花掉了不少錢，剛結婚那會兒投資股市又被「AlphaStock」割了韭菜，他的資產急劇縮水，最近兩年還失去了直播這個唯一的收入來源，賀元龍不可避免地陷入了「中年焦慮」。

他到現在才發現，自己除了打這款特定的遊戲，什麼也不會。

賀元龍雙擊了桌面上第二列從上往下數的第三個圖標，打開了那個熟悉的遊戲界面，大大的遊戲名首字母懸浮在加載界面的中心，依舊閃耀著炫目的藍光，鮮艷得就像二十多年前從校長手裡接過畢業證書時，大禮堂穹頂外的那片天空。

人工智能在這個遊戲上早已全面碾壓人類，不僅因為人類的反應在程序的眼裡實在是太慢了，還因為人類的決策和行為習慣看似自由，實則完全有跡可循。而那個人工智能在人機大戰之前早就分析過了它對手們的上萬把對局，形成了五個電競選手從操作習慣到決策模式的一個完整的程序模型，並依據這個模型訓練了幾十萬次。在此前一場人機大戰中，那五名從世界各地集結而來的職業選手，號稱代表了這個遊戲的世界頂尖水平的隊伍，被人工智能毫無懸念的3比0橫掃。

賀元龍聽說過這種通過分析大量實戰數據來預測選手的每一個遊戲操作的技術，他記得好像叫做「機器學習」。他覺得這個名字有歧義，不知道是在表達人工智能是傻乎乎的機器，需要向真人玩家學習，還是在表達那些傻乎乎的玩家是被用來提供訓練集數據的機器，人工智能正在向這些「機器」來學習，他覺得後者更貼切些。

不管怎麼說，今晚有一場惡戰在等著他。

電競之夜活動的主辦方在半個月前找到他，邀請他和另外四個主播，其中還包括一名職業選手，一起參加一場比賽。比賽的對手主辦方並沒有透露，他問遍了認識的圈內人也沒人承認。好在他們五個人對這五個神秘對手的態度是相同的：

在中國，沒有人能比我們幾個更有資格代表這個遊戲的頂尖水平。

晚上六點整，比賽正式開始。

賀元龍用回了大學時起的遊戲ID「尼古拉斯·阿龍」，他的隊友們嘲笑他的ID聽起來像是個四線城市理髮師。他對此並不在意，只是想借此機會懷念一下自己的青春罷了。

今晚的對手有些難纏。這些對手對於遊戲的理解和常人不同，在角色選取方面就不是一味地搶那些公認版本強勢的角色，甚至進入遊戲後也不採用常見的幾種開局方式。之後的打法更是越來越詭異，每次雙方交戰過後，對方總是略輸一籌，卻很快就能通過運營將劣勢挽回，因此局勢始終不上不下。

這個遊戲的平均時長在 40 分鐘左右，賀元龍和他的四個隊友們畢竟是老牌職業選手，集中注意力的時長比常人要久。即便如此，當遊戲被拖到超過一個小時後，他們五個人都不同程度地感覺到有些體力不支。

眼看著己方就要轉為劣勢，一名隊友申請了暫停，以身體不適為由要求休息十分鐘。賀元龍也是久旱逢甘霖一般，得空活動了一下血管略感不通的手臂，又順手從冰箱裡拿出一瓶功能飲料。

他已經很久沒有這麼酣暢淋漓地戰鬥過了，感覺自己彷彿回到了 20 歲，回到了那個汗臭、腳臭和泡面香氣混雜的大學宿舍。

在開局一個小時二十分鐘以後，本來形勢大好的對方突然專攻為守，節節敗退。賀元龍一行人燃起了希望，本想乘勝追擊，卻遭遇對方的伏擊而潰敗。

開局一小時三十分鐘後，根據這個遊戲的機制，此時爆發的戰鬥只要任何一方以微弱的優勢勝出，所產生的收益將呈指數型增長。

決戰時刻終究還是來了，在開局一小時四十分鐘左右的一場團戰中，賀元龍幸運地成為了場上 10 個角色中唯一的倖存者。此時其他四個隊友和五個對手的角色復活時間長得離譜，他才得以在接下來的一分鐘內憑借一己之力推掉了對方的基地。

然而，比賽為五局三勝制，這才剛剛開始。

第二局遊戲中，賀元龍感覺包括自己在內的己方隊員操作水平明顯下滑，好在對方似乎也是如此。他覺得這次真的是遇上了旗鼓相當的對手了，甚至有些惺惺相惜，賽後說不定可以交換一下聯繫方式多切磋切磋。

和第一局的情況類似，這局遊戲也是又臭又長。賀元龍在漫長的復活等待時間內，抽空看了看直播間的彈幕。線上觀看這場比賽直播的人比他預計的要少，五個頂尖水平的職業選手和主播，在這麼一個特殊的節日的總人氣，甚至還比不上這個遊戲最火熱的時期，他們之中任何一個人的粉絲數量。

這個遊戲是他們這一代人的青春，也僅僅只是他們一代人的青春。如今這代人大多數已上有老下有小，或許是大家真的都老了，累了，連緬懷青春的力氣和空閑都沒有了吧。

「阿龍，你在幹什麼呢？基地裡是有你家祖墳啊？待那麼久？」

隊友的咆哮聲讓他回過神來。

他們早已不是血氣方剛的年輕人，可情緒上來時依然會難以克制。這要是換做往常不直播的時候，他早就開始破口大罵或是在鍵盤上運指如飛，多年積攢的文采會在一分鐘之內密集傾瀉出來。然而現在，他連聽到這樣粗鄙的咒罵都覺得親切，也可能是他們早已明白，遊戲就是自己生活的另一面。就像現實生活也會有不如意的時候，在遊戲裡使用任何過激的語言，發生的任何事情，都是可以被理解和原諒的。

如果幾條原本一見面就互相撕咬的流浪狗，有一天突然發現彼此已經是這個城市裡最後的同類了，可能連舔舐留在自己身上的那些牙印和傷口裡滲出的血時，都覺得是甘甜的吧。

好在在他走神的幾分鐘裡，對方的攻勢似乎也緩和了許多。或許是對方的紳士風度，又或僅僅只是他的錯覺。

第二局遊戲的結束方式和第一局類似，在開局一個半小時之後他們再一次以微弱的優勢鎖定勝局。看到那個令人欣慰的勝利畫面時，賀元龍已經大汗淋漓。

只要再堅持一下，再贏一局就夠了。

中場休息時，他到衛生間洗了把臉。凝視著鏡子裡比過去任何時候都顯得更為蒼老的自己，原本年輕時長滿痤瘡的地方，已被鬍茬和深淺不一的皺紋取代，深陷的眼窩使他的表情顯得格外陰沉。

第三局的局勢和之前一樣焦灼，卻沒有像他希望的一樣發展。經過一個多小時的苦苦等待，他們始終沒有等到對手的致命失誤，自己的注意力開始渙散，手指和手腕開始麻木，反而失誤頻出。這次對手沒有給他們機會，在一場團戰中毫不客氣地團滅了他們，並一舉推平了基地。

沒事，還有兩個賽點，加油。

這樣的心理暗示並沒有給賀元龍帶來好運，他們很快以同樣的方式輸掉了第四局。至此，雙方已經鏖戰了七個多小時，電腦屏幕右下角的數字顯示已經快凌晨兩點了。

賀元龍是個夜貓子，越晚上越精神。

他的直播時間從晚上十點才開始，凌晨四五點結束，這已經是過氣主播們能拿到的最好時間段了。這也讓他平時有大把的時間睡覺，給自己恢復精力。

今天的戰鬥之夜情況有些特殊，很可能是他重回公眾視野最好的機會。因此他只睡了六個小時，中午十二點就起床開始打排位賽練習，保持手感，直到比賽開始前一個小時才去吃了頓飯。

他本以為今晚的比賽哪怕打滿五局，算上中場休息，午夜前怎麼也應該結束了，甚至還抱著賽後好好補一覺的心態。可照現在的情況來看，第五局結束的時間和平日裡他結束直播的時間估計相差無幾。而且這幾場比賽不比往常直播時所打的排位，他感覺自己已經精疲力竭。哪怕是大學時期精力最旺盛的時候，他一天玩遊戲的時間也不能超過十二個小時，不然會有很明顯的心力交瘁之感。

不過在他看來生理上的不適並不要緊，因勞累而導致的遊戲失敗才是他最不能容忍的。他對勝利有一種病態的渴求，因此會強迫症發作一般地要求自己必須贏一把才能去睡覺。絕大多數情況下，在接下來的兩三把遊戲裡他總能贏一局，但也不是沒有出現過好幾局連敗，以至於一直打到了第二天中午的情況。

今天的這場比賽發生在無數電競選手、遊戲玩家目光聚焦之處，更是他給自己這二十多年遊戲生涯的一個交代。或許勝利後他可以向直播平台要求漲薪，或許他的老觀眾們會因此回來，或許直播間的彈幕裡會有更多對他的讚揚，或許年輕人一代人會因此知道他的名字更看得起他，或許這個遊戲的熱度也能再多維持幾年……

他不能輸！

短暫的休息後，第五局比賽開始了。

已經是深夜，直播間的觀眾數量不減反增，或許是從其他直播間那裡聽到了風聲：這裡正在進行一場史詩級的大戰。

賀元龍正戴著暖手手套促進手部血液循環，並反覆做著握拳和攤掌的動作讓指腹肌肉充血，抵消因手套內溫度過於舒適而產生的反應遲鈍。他要盡量保持自己的每個手指關節都在最佳狀態。在他的左手邊又多了兩個提神飲料的空罐，他從來沒有在一天之內喝過這麼多，足足消耗了他冰箱裡三分之一的存量。

終於，他在這一局拿到了自己最為擅長的角色。二十多年來上萬的使用次數，使他對這個角色的使用可謂了如指掌。前幾局對手屢屢針對他，禁用了這個角色，現在難得放了出來。

勝利就在眼前！賀元龍按捺不住內心的狂喜，心跳開始加速。

拿手角色確實起到了效果，在前 20 分鐘，他就帶領著團隊拿到了一定的經濟優勢。隨著比賽時間的加長，他的隊友們狀態下滑得比之前任何一場比賽還要厲害，就連其中一個征戰了十幾年世界大賽的前職業選手，操作也出現了諸多不連貫的地方。

伴隨著下滑的操作而來的是每個人心態的浮躁。這五個人無一例外都可以說是這個遊戲在世界上僅存的幾個精英玩家，當對手的次數比當隊友還要多些，因此對彼此的優缺點都一清二楚。

「賀元龍你都優勢成這樣了，能不能讓點資源給我？」在遊戲中走下路的那名前職業選手第一個發出了不滿。

「啊不好意思，我差點錢就能合成關鍵裝備了。」

「每次都剛好差這麼點？上一把來下路遊走，什麼事沒幹成，倒是硬吃了我三波兵線，我愣是忍著沒說。三波兵線少說也有三百塊錢，你合成個裝備花個一千最多了，差三百塊錢到一千叫差一點？」

「上局是特殊情況，咱們得趕快推塔。」

「行，大主播嘛，說話當然聲音大。我要是敢再多說幾句，怕是你的粉絲們要來我直播間罵我嘍。哦不對，我忘了現在你已經過氣了，沒粉絲了哈哈哈哈哈。」耳機裡傳來陰陽怪氣的笑聲。

本以為爭論到此結束，賀元龍剛想松口氣，結果在中路突然爆發了一場小團戰。他判斷面對對方的這波推進應該採取避戰策略，於是在團戰爆發前就回了基地補給。可他的隊友們似乎認為他會取消回城，立即投入團戰，畢竟就賀元龍個人的裝備來說，確實領先對面不少。

「阿龍你特麼就是個孫子！」

「慫什麼啊？我真的搞不懂了？」

「吃這麼多團隊經濟，最後屁用沒有？」

「回基地看熱鬧？這麼關鍵的塔能拱手相讓嗎？還想不想贏了？你是演員吧？」他的四個隊友們紛紛死於對方的那波推進，根本原因是隊友間的疏於溝通，理論上每個人都各有過錯，但現在身為「關鍵先生」的他，顯然被隊友們給予了極高的期望。

「這波團明擺著就接不了！」他也有些慍怒。

「我們四個都覺得能接，你一個裝備比我們好得多的說接不了？」走上路的選手首先反駁。

「阿龍我告訴你，我打職業十幾年，就沒見過領先對面一整件裝備，還慫得跟狗一樣的人。你真的是讓我開了眼。」

「你嘴巴給我放乾淨點，之前幾局最後贏了心情好就算了。你再敢動不動罵人……」

「罵人咋了？你能咋地？順著網線來打我？對了，聽說你最近人氣不行啊，飛來北京打我的機票買得起嗎？是不是要提前半年，特意先找個午夜航班預定一下省省錢啊？」

「誒阿龍，你真別把自己太當回事，大家都是過氣主播，當年為了當平台第一，互相貶低嘲諷的日子已經過去了。現在，咱們的目標是一致的，就是要贏下這局。」

「對，有什麼話先憋著，先認真打！」

賀元龍沒有搭話，就當是默認。

又過了20分鐘，正常情況下遊戲在此時就應該分出勝負。基於前幾局的經驗，賀元龍依然在不緊不慢地積累經濟。本以為對方也會採取一樣的策略，卻被突然集結的敵方隊伍打了個措手不及，很快就陣亡，因此也丟失了中路高地，好在隊友們及時復活，拼死守住了基地。

謾罵和嘲諷再一次在耳機裡出現。

賀元龍自知理虧，默不作聲。看著暫時變成黑白的屏幕畫面，他感到有些喘不過氣來。

他一直想成為遊戲圈裡的一股清流，無論到了何種境地都保持儒雅隨和。於是他苦練技術，將自己的失誤降到最低。本以為這樣在遊戲裡就沒有人會對他出言不遜，後來他才發現，遊戲對更多人來說本來就是情緒的宣泄口。在遊戲裡大殺四方是他們釋放壓力的方式，而如果對手強於他，便會造成壓力釋放的失敗，甚至反而會加倍積攢壓抑的情緒。因此不管自己打得多好，只要隊友有一個人沒有得到好的遊戲體驗，自己就依然可能會成為那個「無辜」的出氣口。

他也曾有氣到砸碎鍵盤的時候，也有忍不住爆粗口的時候，但少之又少。更多的時候，他都以最大的善意揣度他的隊友，認為他們沒有惡意。然而曾經的隊友們都陸續離開了這個圈子，如果今天這一役他們沒能勝利，這個遊戲也沒有因此煥發生機，耳機裡的這四個人很可能就是他這輩子最後的隊友了。

真的沒什麼人還在玩這個遊戲了嗎？他一遍遍地問自己。

是的。他的內心一遍遍地作出回答。

一陣暖意從他胸口往四肢蔓延，後背甚至因此微微出汗。

角色在基地復活，畫面恢復彩色，他覺得自己的狀態來了。

忽然，他感到屏幕在輕微地晃動。

是不是地震了！他有些驚慌，卻發現手邊玻璃杯裡的水面紋絲不動，始終和杯沿平行。

他感到視線有些模糊，後腦勺的血管突突直跳。

啊，確實是有些累了。

二

聽到那陣由遠至近，明顯是衝著他來的腳步聲，賀元龍知道那群令他和妻子頭疼不已的保險人員又來了。

半年前，賀元龍由於過度勞累而暈眩倒地，是他的妻子聞聲趕來，把他送到了離家不遠的市人民醫院。經過一系列診斷，醫生發現他的所有生理功能都正常，只是由於顱內出血壓迫視神經，失去了絕大部分視力，只能勉強分辨明暗。不過好在為盲人群體而設計的「電子眼」已經普及，它能將光學信號轉換為神經信號，再通過視神經末端區域直接連接大腦，替代眼球的功能。這樣一套設備價格不菲，對賀元龍留下的積蓄來說還算能負擔得起。經過協商和咨詢，醫院方建議等他恢復出院後再進行「電子眼」的植入。

本以為花上一大筆錢換上兩隻假眼已經是最壞的情況，沒想到在接下來的三週裡，他慢慢對軀體失去了控制：所有肌肉逐漸不受控制，就連呼吸也得借助體外血液滲氧來完成，像極了全身截癱。奇怪的是，經過中樞神經和肌肉生理反射檢查，發現其功能一切正常。

以上這一切都是他親耳聽說的。賀元龍能感覺到自己的聽覺、嗅覺一切正常。他的喉嚨已經不能吞咽，只能通過胃管吃流質食物，嘴裡持續不斷的淡淡血味使他可以合理地推測自己的味覺估計也沒有問題。可他不能說話，也不能活動任何肢體，無法將自己的感覺告訴周圍的人：包括醫生在內的所有人，早就認定他由於大腦進一步受損，從失明患者變成了植物人。

他保持這樣的狀態整整兩個月後，有個粗心的實習醫生方才發現他的大腦還對周圍環境的聲音有應激反應。

那天那個實習醫生不小心將一個金屬盤子「哐當一聲」掉在了地上，嚇了賀元龍一跳，心電圖出現了劇烈的波動。那個實習醫生一開始以為是個巧合，或是自己出現了錯覺，沒和其他人說。為了確認，第二天那個實習醫生又故技重施，於是賀元龍再一次當眾嚇尿。當然這只是個比喻，他的身體早就已經沒有控制排尿的能力了。

他還有聽覺這件事情在當天中午就被醫生們知道了，醫生們很快也發現了他除了觸覺以外的其他感官也是正常的。壞消息是醫生們依然不知道如何讓他能夠控制自己的身體肌肉，他就像是一台失去了顯示屏的電腦主機，只能寫入，不能輸出。更無奈的是，市面上所有能夠讀取大腦皮層信號轉換為文字或語言的設備，準確率只有 60% 左右，就連簡單的肯定和否定回答都無法準確地分辨。就像是費盡心力把他這台臨近報廢的主機接上打印機，卻發現印刷出的都是猶如亂碼一般的不連貫句子。也有好消息，之後護士們給他扎針喂藥的時候，會好心地提醒他一聲，不過無所謂了，反正他也沒有痛覺，也無法抱怨。

很快半年就過去了，賀元龍是通過妻子每天朗讀的日記來得知日期的。

自從知道他聽覺尚存後，醫生們就提出了用這種持續性刺激感官的「玄學」方式幫助他康復，類似的還有每天做肌肉按摩防止肌肉退化，不過他感覺不到後者。他懷疑這些醫生根本就不認為這個辦法有用，萬一有用，他身上就發生了又一個所謂的「醫學奇跡」，對於醫生和醫院來說怎麼都不虧。這倒是苦了他的妻子，他能感覺到她的聲音一天天地變沙啞，卻風雨無阻一天也沒有間斷過朗讀。

每天晚上，他的妻子會和他說說話，他因此知道自從他倒下後，妻子開始重新求職，卻因為年紀太大屢屢受挫，最後只能拿著《注冊會計師資格證》去當個記賬員。就連這個崗位，還是國家為了保證那些「低技能」的人有工作為生而強制要求一些企業設立的。

賀元龍的隊友們半年以來只來看過他一次，這也是他們幾個線上的遊戲好友第一次線下見面。可惜，賀元龍並不能「親眼」見證這一刻。

據他的四個隊友所說，那場艱苦的比賽後來被證實是一個遊戲人工智能開發公司策劃的，目的是為了推廣他們的遊戲 AI 服務。事先保密就是為了測試他們開發的人工智能的操作能不能騙過對方選手和無數的觀眾，像是一種比較另類的「圖靈測試」。這些人工智能能夠最大限度地模擬真實玩家的行為，有了這項技術，所有奄奄一息的遊戲都有可能重新「火熱」起來。玩家們根本不知道這個遊戲裡有多少真人，老玩家們也不會因為遊戲熱度的降低而再也體會不到快樂。

這本是一件好事。

然而，由於賀元龍發生了意外，比賽被臨時暫停，並且再也沒辦法繼續進行。直播信號有幾秒鐘延遲，被及時截斷，觀眾們沒看到賀元龍倒下的畫面，只知道比賽是由於某種不可抗力取消了，比賽組織方也最大程度封鎖了消息。但和那家 AI 公司的商業合作推廣還是要進行，因此他們的對手是 AI 的事情最後觀眾們還是知道了。讓賀元龍感到欣慰的是，絕大多數觀眾們沒有認為人類組是怕輸掉比賽，故意用手段使得第五局遊戲強行終止。反之，觀眾們幾乎都在怒斥 AI 玩家的缺陷：為了獲得勝利而採取最卑鄙的手段，也就是靠增加遊戲時長，耗盡對手的精力，使對手水平下降來取勝。

據說，那家 AI 公司正在修復這項漏洞，並應用於最新的體感遊戲中，準備明年在另一款遊戲的職業賽場上和人類再戰一局……

無論如何，在他們五個人眼裡，彼此都已然是曾代表全人類出戰過的英雄。

賀元龍的丈母娘和老丈人在他住院的頭一個月裡來過兩次，看見原本風光無限的女婿成了這副樣子，本以為能一輩子錦衣玉食的閨女也成了護工，自然是有很大的心理落差。那時候還沒有人知道他聽得見，丈母娘和老丈人在他的病床邊大肆痛斥他靠打遊戲是「不務正業」，說他們「早就知道他不靠譜」，似乎忘了他們每年上百萬「心安理得」的開銷全是賀元龍靠打遊戲掙來的。

賀元龍的孩子也早已被他們接去撫養，他們第二次前來的時候賀元龍的父母恰好也在。「如果你們還想要這個孩子，那就代你們家的這個殘廢簽字，讓他和我閨女離婚。」他們的原話刺耳不堪，孩子儼然成了具有戰略意義的籌碼。

好在賀元龍的父母都是知識分子，懂法，對他丈母娘和老丈人的卑鄙手段不為所動。當然他們沒有離婚另一方面也是他的妻子依然堅信他能夠康復，甚至不惜與她的父母決裂，找機會偷偷把孩子送到了公婆家中，又托朋友輾轉送到外地讀書，此事才算告一段落。

入院一年後，意外傷害保險的理賠金額遲遲沒有下來。保險公司始終認定這次事件是由賀元龍自己造成的，因為他的四個隊友都沒有問題，而且賀元龍是自願繼續參賽的，不屬於意外。另一方面，由於醫院方一開始發現賀元龍其他生理功能都正常，也沒有任何肢體殘缺，因此只能理賠視力受損的部分。而重疾險的理賠屬於該公司的另一個部門管，那個部門的人更加強硬，認定他的這次暈厥不屬於「疾病」，屬於過度勞累導致的意外，類似於疲勞駕駛導致的車禍傷殘，因此拒絕賠償。事情最後鬧到了法院，而保險公司又以證據不足需要進一步調查為由申請訴訟延期，這一拖又要大半年。而直播平台方面認為這次「戰鬥之夜」非平台官方舉辦的活動，因此不算工傷，此外還宣布和賀元龍解約，無疑是雪上加霜。

就這樣，日子一天天地過去，妻子微薄的收入只能勉強支持她自己的日常開銷，而賀元龍每天的護理費就要花掉不少，很快就掏空了家底。

而就在昨天，也就是他入院的第六百天，保險公司突然聯繫到他的妻子，說是理賠方面出現了轉機。

通過那些硬底皮鞋的鞋跟磕在地上的頻率可以推斷，這次前來洽談的人數明顯比上次翻了一倍有餘。這種起源於十七世紀歐洲的裝束對氣質的襯托，依舊是金融和保險從業人員優越感的源泉。

「您好，是賀元龍先生的夫人吧，我叫李智。」

這個聲音有些陌生，賀元龍搜尋腦海中的記憶，始終沒有這個聲音在約半年前那次洽談中出現過的印象，應該是一個新來的人。不過這次周圍人多了很多，近得賀元龍能感受到他們身體發出的熱量，整個病房卻只有一個人在發出聲響，看來這個叫李智的人可能是他們的上司。

「李先生，您這次前來，有何貴幹。」妻子用詞毫不客氣，聲音卻有些無力，形成一種戲劇性的反差。沒辦法，昨晚接到電話之後她對這次毫無徵兆的會面焦慮了一晚上，今天還特意向單位請了假。

「首先聲明，我並不是這家保險公司的員工，也並非代其出面。這次來，是帶著您的保險業務負責人們，和您談一個三方合作項目。」

「我覺得不用談了，我是絕對不會再買他們的保險產品的。我們家的人都已經退保轉投其他家了。」

「哦不不，實際上這次的合作項目主要是關於這位賀先生的。嗯，請問，賀先生現在是醒著的嗎？」出於禮貌，這個陌生的年輕男人壓低了聲音。

賀元龍估摸著自己的妻子點了點頭回應了，於是開啟了接下來的對話。

「賀先生，聽你們這兒的醫生說，您聽力是正常的，那麼接下來的談話懇請您務必認真傾聽。」

賀元龍能感覺到這位男子說這句話的時候明顯把臉朝向了自己，聲音比之前清晰了一些，空氣裡也多了一些唾沫味。

「這裡是一份合約，我就請賀先生您的妻子代為過目了。」

賀元龍聽見一陣窸窸窣窣的聲響，材質震動時的聲音很奇怪，是軟的，不是平板電腦一類的東西，卻又不像是紙，更像是一張塑料薄膜。

「這是……」他的妻子顯然也有一樣的疑問。

「哦這個是薄膜屏，你按一下這裡激活，文字就顯現出來了。現在新加坡無論是政府機構還是企業，大都用這個代替紙質文件了。我本以為中國的技術會先進些，至少會跟得上。」

哼，臭顯擺。賀元龍心裡嘀咕了一句。

「新加坡萊佛士醫院遺體使用授權合約？我老公活得好好的，他能聽見能看見，怎麼就遺體了！你咒他呢？果然沒一個好東西！」妻子怒不可遏。

就連賀元龍自己聽見這份合約的標題也嚇了一跳。

他並不是沒想過這個問題。他在腦海裡早就計算了無數次：哪怕把父母和的房子按照如今的市場價格賣掉，再算上目前自己的所有資產，也只能維持他的護理直到今年，也就是2044年年末。到了那個時候如果他還不能恢復知覺，除非貸款，否則他的呼吸機被停掉是早晚的事。

想到現在孤身一人在外地上學，不得不自己照顧自己的孩子；想到每天照顧自己毫無怨言，不惜與父母斷絕關係的妻子；想到年邁的沒過上幾年好日子，只能靠政府養老金度過晚年的父母，他於心不忍。

要是沒有那場比賽，是不是他已經找到了新的直播風口，是不是已經開展了其他新的職業生涯？哪怕答案是否定的，也會比現在的情況好。他不能接受像一株盆栽一樣地活著，還是那種除了需要燒錢養護以外只會消耗氧氣一無是處的盆栽。

他已經四十四歲了，比起剛入行那會兒認識的兩個後來熬夜直播猝死的同事，他覺得自己已經算是幸運地多活了近二十年。犧牲他一個人的生命，不僅可以保證全家未來不挨餓受凍，給父母留下足夠的養老錢，還可以幫孩子留下一筆可觀的教育基金。

他想到了自己當年能夠在遊戲中大殺四方，很多時候是另外四個隊友拼命保護他才換來的結果。他一直以來都在遊戲裡擔任主要輸出位置，享受著全方位的保護和最多的資源。現在，現實終於給他機會，讓他可以犧牲自己保護一次別人了，這又何嘗不像是一種輪迴呢？

賀元龍回想起自己的大學時代過於頹廢萎靡，錯失出國留學看看大千世界的機會，完全是咎由自取。他不想讓自己的孩子由於資金問題也帶著一樣的遺憾長大、變老。啊，對了，現在好像不是只論分數的年代了，要申請好的高中、大學還需要各種社會實踐、課外活動、做志願者，還要培養各種興趣愛好特長，這也需要不少錢。在他印象中，自己的孩子並不像他一樣在學習方面天資過人，也還算腦子靈光，難得的是他十分勤奮刻苦。賀元龍已經有點記不起自己孩子的容貌了，聽妻子說，他轉學會耽擱一年學業，算起來應該還是初中二年級。這可是為高中打基礎的緊要關頭，他的孩子值得擁有他所能給的最好資源。

想到這，他不禁暗自在腦海中嘆氣。

唉，哪怕能再看孩子一眼都好啊。可惜再過幾個月，剩下的積蓄可能連一隻「電子眼」都裝不起了。

「夫人您先別急，用詞不當可能是翻譯的問題，請您先看完整份合約也不遲，最好讀給您的先生聽一下。如果有任何疑問，可以隨時問我。我向您保證，這份合約很公平，而且根據我在他們保險公司了解到的狀況，對於你們來說無異於雪中送炭。」那個男子不緊不慢地辯解，語氣堅定，似乎胸有成竹。賀元龍分不清他的口音屬於哪裡，像是家鄉人，在一些特殊音節上卻又混雜著一種很奇怪的發音方式，讓他想起了那些普通話不過關的鄉村教師。

接下來的一個半小時，賀元龍是在妻子帶著哽咽的朗讀聲中度過的。

這份合約的主要內容其實很簡單易懂：新加坡萊佛士醫院將提供後續五年的生命維持及護理服務。轉院後，第一年的費用由保險公司承擔，就當是變相結清保費；一年後的部分由萊佛士醫院承擔。這五年之內，家屬可以隨時探望病人。而且，在這五年內，無論病人處於何種狀態，只要能夠付清截至付款當日，萊佛士醫院承擔的那部分費用，就可以隨時把人帶走。如果是極端情況，比如家屬在第一年內就反悔的話，因為萊佛士醫院尚未繳納任何費用，家屬可以把人直接帶回，家屬方也沒有任何經濟損失。

合約的重點其實在後面：五年期限一到，會進行一次健康狀況檢測。如果病人依然處於在法律上的無行為能力人狀態，這份合約便視為病人家屬授予了萊佛士醫院對病人執行安樂死的權利，並且擁有將遺體投入科研使用的權利。如果病人能在法律上被視為有行為能力人，可以自己決定不被安樂死，但除非家屬能夠結清醫療費用，否則將被無限期置於「休眠」狀態，並且繼續累計費用，直至病人生命週期自然結束。如果去世當天病人家屬還沒結清費用，之後院方依然擁有將遺體投入科研使用的權利。

至於什麼是「休眠」狀態，那名叫李智的男子解釋說，就相當於僅僅只保留了大腦最基本的功能的植物人，這點功能不足以讓他進行複雜的思考，卻比昏迷要高級一些，更像是陷入了夢境。

「那這種『休眠』和廢人有什麼區別？」他的妻子感到不滿，「能算是有自我意識嗎？」

「不能。」那名男子直截了當，「它最大的意義就在於給你們始終保留了贖人的機會，同時又保證病人不會因意識清醒而陷入抑鬱或其他心理障礙。畢竟如果你們只是籌款慢了幾年，也不會希望領回去的是一個心智受損的人。」

賀元龍心知，如果想要最大化延長他的生命，接受這份合約，確實也是沒辦法的辦法了。

而且五年之後，能準確讀取意識的東西就該出現了吧？法律上對有行為能力人的定義想必也會與時俱進的，賀元龍試著安慰自己。

「你們這就是赤裸裸的買命！」他的妻子顯然被激怒了。

「是的。」那個男子的聲音始終冷靜得出奇，「更像是在買一種『生命期權』，只是我們用來向你們支付的不是現金，而是我們的等價服務。你們夫妻二人都是知識分子，想必明白我的意思。」

雙方陷入了沉默。

「話又說回來了，」約莫兩分鐘後，男子再次開口，「以你們的經濟實力，如果不接受這份合約，估計連接下來的這一年都堅持不下來吧。」

「你胡說……」賀元龍的妻子下意識地反駁，語氣的綿軟卻出賣了她，像是被當眾扯掉了遮羞布一樣尷尬羞恥，又毫無辦法。

「如果你們不放心的話，」那個男子頓了頓，「第一年萊佛士醫院可以免費為你們提供在新加坡的吃住，你們可以在第一年裡時刻陪伴賀先生，並監督我們的服務。一年後，你們要繼續留在新加坡也可以，費用自理，而且就像合約裡說的一樣，可以隨時探望。」

然而這些追加條件也並不能改變賀元龍成為一件「期貨」的本質。

更令人絕望的是，按照合約裡的估計，萊佛士醫院的每日護理費用，是現在這個醫院的十倍有餘，而且隨著新加坡通貨膨脹率每年增長百分之一。

不出意外的話，哪怕簽了這份合約，也僅僅只是將他的壽命延長了五年，之後他要麼毫無意義地死去，要麼毫無意義地活著。

雙方再次陷入了沉默。

這時，那名男子似乎又掏出了另一張「薄膜屏」。

「當然了，這裡其實還有另一種合約。不過它針對的情況比較特殊，處理方式也比較激進，適合那種經濟情況非常糟糕的家庭。我個人認為您的家庭情況應該還沒有到這種地步，但我還是建議您過目一下。如果有必要，也可以分享給您的先生。有什麼不明白的我也可以進行解答。」

這份合約的條款明顯比前一份霸道得多，它的合約期限只有一年，這一年之內的養護費用依然由保險公司出，只是家屬不能將病人帶回。而一年後如果病人沒能成為法律上的有行為能力人，就將被安樂死，就像是被判了一年的死緩，遺體依然有權被醫院方投入科研。與前一份合約不同的是，一年後，病人家屬將得到一筆不菲的錢款。如果稍微節省一點，足以讓賀元龍的妻兒父母在這座小城裡餘生衣食無憂。

賀元龍甚至有點被第二份合約的「慷慨」感動，心裡一陣苦笑。

當「人體盆栽」的這一年多裡，他早就思考了無數次關於生命的意義。

所謂神聖的生命，說白了就是一段可長可短的「活著」的時光。絕大多數人此時正在這樣的寶貴「時光」裡為自己創造著新的財富。可對於現在的他來說，苟且維持這樣的時光反而需要消耗自己以及家人之前所辛苦累計的，本可以用於為他們改善生活的財富。

假如他的家庭年收入除去日常開銷，剩下的部分能夠維持他一年的生命，他的家人一定會不假思索地這麼做。如果只能維持半年呢？可能就需要拿出積蓄，可能是父母的養老金，可能是房產以及孩子的教育基金。如果只能維持一個季度呢？可能會去找親戚朋友借錢，又或者去找銀行，哪怕是借一個這輩子可能都還不上的數額。

那如果只是一個月呢？一天呢？

賀元龍不太想承認，心裡卻明白時間和金錢之間就是有一種殘酷的「匯率」關係，這個「匯率」也總有一個讓人崩潰的極限值。「年輕時拿命換錢，年老時拿錢換命」的黑色幽默毫無徵兆地在他身上應驗了，只是比他預料的要早來了好些年。

就算賀元龍認為這份合約可以接受，他的妻子又怎麼向孩子解釋爸爸去哪兒了呢？又怎麼向自己的父母解釋這種交易？

難道要說她為了錢，為了他們生活得好一點，便以一個非常難以拒絕的價格售出了他的生命？可如果不這麼做，難道一天天地只為了保持那虛無縹緲的康復的可能性，連所有家人都要被拖入泥淖？

哪種結局聽起來都不算高尚。

人類無比崇高的道德感，往往就在這種時候，卑鄙地將所有可能的選擇都歸於不義。而在這種情況下，人類貪婪的本性又使得他們關注失去遠過於關注擁有。正是這樣，人類才在人生的無數次選擇中，一次又一次地親手給自己戴上鐐銬，負重前行，卻仍不能換來哪怕一秒的心安理得。

「對不起，關於這兩份合約，我們需要時間消化。信息量有些大，我們……不能現在做出決定。這種決定……實在是太難了……」賀元龍能聽出自己的妻子已經累了，哪怕現在還不到午飯時間，本應是她一天中精神最飽滿的時候。

「當然可以。下週一我會再來一次，期間有什麼問題可以隨時聯繫我。」男子很爽快地答應了。

稀稀拉拉的腳步聲漸行漸遠，耳邊傳來了充滿絕望而克制的啜泣聲。

第十章　螻蟻之四

一

2041年12月24日格林尼治時間17點59分，南太平洋。

船尾處的海水翻湧出白花花的海浪，向兩邊退散；另一邊，是數百個膚色各異睡眼惺忪的乘客。在其中一部分乘客眼裡，姚錫是得到了耶和華的指示，如同摩西一樣分開海水，將他們從困苦的生活中帶出來，領往「流奶與蜜之地」。

血紅色的太陽在海平面處緩緩升起，比往常所見的都要慢一些，像是在等待著什麼。這艘貨輪好像也知道自己終將躲不開朝陽的光輝，反而顯得有些不緊不慢。

「女士們，先生們，激動人心的時刻就要來了。」

姚錫閉上眼，擠出眼眶裡的最後一滴眼淚，面對著太陽伸開雙臂，宛如裡約熱內盧科科瓦多山頂的救世基督像。他一動不動，任憑耀眼的光束貼身掠過自己，勾勒出他健碩的十字架一般的體廓，並在甲板上放大、拉長，最終映入幾千對飽含著期待和不安的瞳孔中。

悠揚的汽笛聲忽然響起，甲板上的所有人都下意識地捂住雙耳。姚錫卻覺得這個綿長的單音優雅而美妙，仿佛來自一架中世紀大型教堂裡的管風琴。

「我宣布，我們的『方舟』剛剛跨越了國際日期變更線。現在的時間是2041年12月25日早上六點整。錯過了你們苦苦等待的平安夜可能是一種遺憾，現在，聖誕節到了。不出意外的話，我們能在2042年到來之前到達新加坡！」

人們面面相覷，約莫十秒鐘後，甲板上開始出現零星的交談聲，很快便消失在清晨微拂的海風中。又過了不到半分鐘，《奇異恩典》的飄渺旋律漸漸從各個角落出現、匯聚，不同語言混雜的歌聲在人群之中彌漫、穿梭，直至匯成一股聖潔的河流，流淌過每個人的心頭。

十四年前，姚錫和李智先後遞交申請，終於得已轉入母公司「環球海運」，卻被分到了不同的船上。

「環球海運」的船隻並不總是有明確的目的地，姚錫只知道他所在的「方舟號」沿著各個大陸的海岸線，在四大洋上跑著非常普通的貨運路線。如果有經過港口，則會購買食物的補給，路過美國的時候，「環球海運」在美國的分部甚至還負責更換了一次作為動力源的核燃料。

有趣的是，船隻完全是由總部遠程控制駕駛，連船長自己也不知道下一次停靠會在哪裡，所有的指令都是由總部直接向駕駛系統下達，船上的活人和機器們要做的只是遵守總控制室發出的指令。他們就像一艘幽靈船上的乘客，被看不見摸不著的波和信號指引著，誰也不知道會被帶往哪去。

事情的轉機出現在他們出航的第十年，也就是2038年。

彼時，他們剛在法國尼斯港補給了食物，準備經由現在已經成了「東非海峽」的原東非大裂谷區域一路南下，繞過好望角之後前往巴西。東非海峽是一條新航道，很多非洲國家因此擁有了港口，帶動了經濟，也都派重兵維護港口治安。幾十年前經常出現的由於爭奪各種礦產而導致的小規模衝突也幾乎絕跡。按照原計劃，三個集裝箱的物資對這艘船上的一百多號人來說已經綽綽有餘，更何況，等他們到達南非的時候還能再次得到補給。

然而就在出航的前一週，總部突然調來了足有50個集裝箱之多的醫療用品，說是用於沿途援助賑災。姚錫在接下來的航程中翻閱了沿岸非洲國家的各大媒體，都沒有發現大規模的災荒發生，讓他很是奇怪。然而那些「賑災物資」卻是實打實地被發出去了，從服裝上來看，前來領取的有各個階層的人，一點也沒有受災的樣子。而總部也沒有設置太多領取門檻，僅需要花五分鐘做一個簡單的基因檢測——這是發達國家購買醫療保險時需要做的最基本的項目，只不過在非洲還不太常見。

最後，所有的物資在他們駛出莫桑比克海峽之前都分發殆盡。

這樣的事情並不是只有一次，類似地還發生在他們途徑中南美洲各國、穿過加勒比群島的時候。就在他們經過巴拿馬運河，按照計劃一路向西跨越太平洋，前往日本大阪的路上，總部卻突然控制「方舟號」掉頭，在紐約補給後立即前往地中海海域，再次通過「東非海峽」。

如果說之前的航行只是漫無目的，這次的指令就明擺著要他們走回頭路。這終究是來自公司高層的決定，他們沒有理由也沒有能力忤逆高層的意思。

等他們到達肯尼亞首都內羅畢的時候，新的任務便下達了，要求船員們找到居住在城市北部郊區的一名男子。根據公司提供的信息和照片，船員們僅用了4小時就完成了任務。之後，船上兩個談判專家模樣的人便出面與其交涉。

這兩個專家是跟隨著那批醫療物資一起來到船上的，一個是非裔另一個是拉美裔，估計自打出生以來就生活在歐洲，所有的行為習慣都和典型的西方白人無異。他們不僅有自己獨立的宿舍，有時候甚至可以把船長擠出船長室，直接和總部交流。

他們要尋找的男子當時正經營著一家五金用品店，似乎有很重的強迫症，店內各種類型的螺絲、螺母、墊片、鈑金件以及各式各樣的工具在他不大的店面裡被分門別類，井然有序。

談判就發生在這家五金店內，期間所有的船員都背著手在店門口站成一排，驅趕任何試圖靠近的人們。

第一次談判從正午談到了傍晚，姚錫站的地方離店門口很遠，哪怕他就在現場，以他的語言能力，在不借助翻譯機的情況下也聽不懂裡面的人在說什麼。不過從那兩個專家疲憊又失望的面色來看，顯然沒有得到想要的答覆。

本以為總部會就此作罷，要求他們前往下一個地點或者是尋找下一個目標，沒想到他們只得到了在船上駐紮待命的指令，看來是想打一場持久戰。

然而這場戰鬥結束得比想象中快得多。

就在一週後，那個男子年邁的父母被雙雙割頸，拋屍在五金店門前。兩個老人佝僂的身形像是兩管被過度擠壓而蜷縮的鋁管顏料，無聲地為大地染上猩紅。

據說，當地政府早就想拆遷這塊區域，建造新的工廠，然而這個男子的父母是當地工會主席，屢次煽動街坊聯合抗議阻撓，幾次談判都不了了之。這次，當地的黑幫毫無徵兆地突然加倍了整個街區的當月保護費，並要求三天內交齊。當時正是上旬，這片區域的人都是經營小本生意，很多人剛給夥計發完工資，沒有多少結餘，哪怕有，也早就投入到了月初的採購裡。男子的父親作為代表被大家推選出來向黑幫請求寬限，結果第二天一大早，便出現了這樣的慘況。

第二次談判是在慘案發生半個月後的一個晴朗晚上，姚錫記得那天銀河璀璨，橫亙天際，暗紫色的天空也格外深邃。這次談判的時長相比上次短了許多：僅僅兩個小時後，這個精瘦高挑的黑皮膚男子就正式成了船上的一員。

接下來的幾個月裡，陸陸續續有數百人登上了「方舟號」。雖然沒有明令禁止，這些新乘客之間也鮮有交流，不僅僅是語言不通，更像是彼此都有說不出的心事。

姚錫在五年前當上了「方舟號」的大副。而就在前年，「方舟號」再一次停靠新加坡，又送走了一批來自世界各地的乘客。剛滿 50 歲的老船長那時便向公司提出了退休，推薦年僅 30 歲的姚錫接任船長，沒有說出什麼理由。

姚錫接任船長後，按照總部指示繼續進行環球航行。他明顯能感覺到新乘客的人數增加速度比以往更快，船上的談判專家人數有時候甚至增加到了8人。不過他依然不知道談判內容是什麼，專家和新乘客們也絕口不提。有一次他偷偷把對講機藏在船長室的角落，就是想聽聽總部直接向那兩個專家下達的指令內容，卻很快就被反偵察能力極強的專家們發現，他只好以不小心遺落為由搪塞過去。

最近幾年談判的方式似乎也不再是像之前一樣多對一進行。專家們每到一個新的城市第一時間奔向的往往是賭場、妓院、醫院以及各種充斥著難民和偷渡者的棚戶區。每次駐紮一兩個月後，便會有各色人等分批次上船，男女皆有，年紀多是中年往上，偶爾也會有幾個年輕人。來自每個港口城市及周邊地區的新乘客少則幾人，多則數十人。

曾經有個祖籍中國廣東的男子從菲律賓馬尼拉的賭場裡被招募上船，那個男子叫姚梁松，他和姚錫祖上很早以前可能是一家。在一次上廁所時姚梁松遇到了姚錫，二人互相試探了幾句，便用粵語攀談了起來。

姚梁松告訴姚錫，自己原本是賭場的員工，好不容易工作了15年，向黑中介贖身拿回了護照，卻由於貪財，和在賭場當荷官的前同事合夥出千，想在回國前狠狠撈上一筆。結果那個荷官將消息透露給了老板，也因此借機上位成了老板的得力眼線。最後他在荷官和賭場老板設下的局裡把所有家當包括回家的路費也輸得一乾二淨。不僅如此，賭局結束後兩個打手架著他來到老板面前，他便在幫老板打工一輩子和斷一隻手之間選擇了前者。接受了各種慘無人道的虐待和心智摧殘後，很快，他就被老板改造成了一隻聽話的「寵物狗」。

而專家的出現，對他來說簡直是天降甘霖。他們提出從賭場老板處為他贖身，前提條件是時年40歲的他要前往新加坡，並在35年後需要自願接受「人體休眠」，如果在35年內不幸死亡，則需要捐獻遺體供科學實驗用。好處是 這35年裡他將衣食無憂，甚至還允許中國的親人來探望他。

至於35年後他的身體將作何用途，以及公司為何想要得到他的身體，姚梁松並不知道。姚錫直到這時，方才感覺揭開了這十幾年遠洋航行神秘面紗的一角。

他相信船上還有更多這樣苦難的人們，船員中也開始有各種故事流傳，只是編造成分居多，根據姚梁松所說，他們都簽了保密協議，泄密將會有很嚴重的後果。

讓姚錫沒有想到的是，這個「後果」來得如此之快：就在和那個廣東男人交談後的第二天，姚錫便再也沒在船上看見過他。

此時，正沐浴著清晨晦澀海風的姚錫轉過身，瞇著眼掃視著被他巨大身影籠罩住的人們，在心裡為他們默數著為數不多的能看見海上日出的日子。

和罪惡的奴隸貿易不同的是，這些人只管吃好喝好，等他們的生命週期自然結束，他們的「勞役」才剛剛開始。如果說奴隸是生前任勞任怨的牛，那這些人就是死後任人宰割的豬。

是的，這世上的所有人都不得不服從自然規律，向死而生。可惜他面前的這些人，不僅不能決定自己將如何活著，甚至無法決定自己將如何「死去」。

太陽已完全從海平面上升起，一如既往的明亮耀眼。海面正籠罩在萬丈金光之中，一如既往的喜怒無常。

二

2042年1月1日，新加坡南海岸。

伴隨著拖沓的汽笛聲，又有一艘貨輪進港了。

沙穆爾被這巨大的聲響一驚，手上那個裝著糊狀液體的棕黃色瓶子應聲落地，緩緩向前滾去。他並沒有立刻起身去撿，依然像一塊石頭一樣，倚靠在身邊那台巨大叉車的履帶輪上，面無表情地直視前方。

瓶子在東北季風的驅使下依舊向前滾動著，看起來似乎比沙穆爾自己還要更有生命力一些。等到它滾出十米開外後，猝不及防地遇上了側面開來的另一輛叉車，甚至都來不及發出爆裂的響聲，就被壓得粉碎，裡面的白色濃漿也噴得到處都是，像是一隻被捏爆的肥蛆。很快，就連那些標誌著它存在過的最後痕跡，連同它的身體一起，被寬厚的履帶無情碾過，徹底消失在厚厚的帶著黑色油污的沙礫之下。

就這樣，沙穆爾失去了他的午餐。

沙穆爾已經五十多歲了，來自孟加拉國，以前是一位鄉村英文老師，經由中介介紹來到新加坡做工。他四肢細瘦，卻有個久坐導致的碩大啤酒肚，哪怕以他的收入根本喝不起啤酒。

他的家鄉位於孟加拉國南部的博里薩爾區，下半年雨季到來時經常有洪水，窮苦的家庭條件使得他們並不能遷到北方印度境內的飛地去：那邊的人可以自由選擇是否加入印度籍，因此早已人滿為患。哪怕再窮的國家，也總有較為富有的人去掠奪更窮的人的生存資料。如今倒好，他所居住的小鎮早就被海水淹沒，和周圍所有的泥土、河流融為一體，再也不需要擔心會有洪水。他只希望，佛祖不要因為他無力讓長眠地下的父母擺脫鹹水的浸泡，而降罪於他。

他的工作技術含量並不高，無非就是開叉車把貨物從集裝箱裡送到傳送帶上。如今所有貨物的清關步驟都自動化了，由於貨物的包裝和樣式尚沒有形成世界統一標準，貨物從集裝箱內到港口內這一個步驟暫時還需要人工。整個港口除了水裡的魚蝦，這些叉車工們是唯一的活物。而他們每日三餐的配給，就是一杯又一杯含有各種人體所需維生素、糖類、蛋白質和微量元素的「能量飲料」。每天聞著腥臭的海風咽下這些乳白色濃漿的時候，他總會想到一些不可描述的畫面。由於常年三餐都不需要咀嚼食物，他的牙齒開始鬆動，牙齦開始退化，卻不敢向公司尋求理賠。上一個敢於這麼做的六十多歲老人第二天就被送去做體能測試，結果顯然不合格，24 小時內就被解雇了。他們這才發現資本家給他們工作機會是一種憐憫，他們和乞討者的差別只在於沒有磕頭而已。不過，他們來到這以後，在精神上就從來沒有把腰板直起來過。

說來可笑，當初他看上這份工作的一大原因正是它承諾包一日三餐。結果幾年來，餐食肉眼可見地降級：從最簡單的帶米飯的快餐，到肉丸子和菜丸子加土豆泥，再到現在的能量飲料，估計很快就要輪到生產更快成本更低的蟑螂蛋白和水藻的混合物了。沙穆爾是從一篇科幻小說上讀到的這種黑暗食材，他還記得當時小說裡配的插圖，看起來就像是一碗撒了細碎迷迭香的濃稠蘑菇湯。

又一陣悠長的聲響傳來，比之前的要近一些也更尖銳些。那些渾身皮膚黝黑，工作服也沾滿黑色泥沙的人們，如蟑螂般從各自隱匿的角落裡開始有了輕微的動作：有些人很快就起身，有些人開始罵罵咧咧。一個身影飛快地從沙穆爾身前掠過，那是和他年紀相仿的緬甸人皮歐。冷的流質食品總讓他腸道不適，每天午飯時間結束的時候，就是他的如廁時間，誤差從不超過一分鐘。好在每次他都能在十分鐘內解決，否則萬一超過了半個小時仍未到崗，就會開始每秒按比例扣工資，如果超過一個小時，他今天就白幹了。

沙穆爾則不緊不慢。他已經有些餓過頭了，中午沒有進食的影響一般在傍晚才會顯現出來。他搜羅了一下口袋，掏出了按天付費使用的手機，點開主屏幕上唯一的一個應用程序：新加坡多多彩票。哪怕他一個小時只能掙十塊錢，也會咬咬牙每週一和週四各買上一張一塊錢的彩票，這是他多年的習慣。少一塊錢並不會讓他的生活變得更糟，而這一塊錢能買到的那一丁點希望，卻是支撐他活下去的唯一動力。

剛剛靠港的是「環球海運」的船，船身上的大面積橘紅色使它在港口裡分外顯眼。船的吃水很淺，估計貨物量不大。沙穆爾已經在叉車上等了兩個小時，面前這艘船卻還沒有打算卸貨的跡象。遠處的星洲燈塔如一柄閃著寒芒的銅鐧，將天空一分為二。陽光透過叉車淺灰色的變色擋風玻璃，依然生猛，把他的眼睛扎得生疼。沙穆爾閉上眼，開始欣賞起視野黑暗中的那些變幻著的黃色的綠色的炫光。

幾分鐘後，他再次睜眼確認船的情況。就在這時，船舷欄桿上冒出一個芝麻大小的黑點，接著出現的是一排的黑點，綿延不絕，像是一串沒有盡頭的省略號，從船舷上傾瀉下來，而後通過艦橋徑直流進了星洲燈塔的中部樓層。

港口這裡空氣污染嚴重，天空早已變成了淡黃色。這樣的背景下，貨輪只剩下肅穆的黑色剪影。沙穆爾想起了古埃及往返搬運物料建造金字塔的工匠，又覺得那些黑點行色匆匆，更像是暴雨前搬家的螞蟻。

又過了兩個小時，太陽逐漸西斜，每到這個時候，這些靠近海邊的工人們總是最先一批也可能是這裡唯一一批會感到悶熱的人：狹小的叉車駕駛室在設計時就沒考慮安裝任何濕度溫度調節設備的需求。電子警戒線這才解除，叉車的動力模組開始上線運轉，海灘上彌漫著電池電機液冷循環系統的嗡嗡聲。

沙穆爾覺得左腿有些麻木，便將身體稍稍右傾，想騰出手來按摩一下僵硬的血液不通的左腿根部。已經是五點整，左兜裡的手機傳來一陣震動。

彩票開獎了。

沙穆爾顫巍巍地掏出手機瞄了一眼——六個數字對了五個。

他頓時感到頭暈目眩。

定睛再看，確實如此。

很遺憾不是頭獎，可不管怎麼說，金額已經相當於他十年的工資。他趕忙拍了拍身體另一側的口袋，那張薄薄的紙片還在，那是他通往幸福的門票。

他恍然覺得，菩薩和佛祖從來都沒有放棄過他，自己半輩子積的德總算有了回報。可能，好日子終於要來了吧。

午飯沒吃導致的饑餓感恰好在此時襲來。沙穆爾的左半邊身體和右半邊身體先後失去了知覺。他感覺自己先是變成了沉甸甸的石頭，然後又幻化成羽毛，就這樣輕飄飄地，向下墜去。

佛祖和菩薩確實沒有放棄他。

準確來說，沒有放棄他的是及時按下警報鈴的同事，當然還有偉大的現代醫學。

沙穆爾睜開眼後看到的是面前的三盞燈及其柔和的昏黃色光芒。

他只記得自己做了個很長的夢，也可能是很多個連續的夢，但他一個也回憶不起來。現在可能只是另一個夢又開始了。

他的第一反應是嘗試著活動身體，卻發現自己的左半邊身體已經失去了知覺，左臉也有些僵硬。

右半邊身體是正常的，從頭到腳都有一種酥麻的感覺。這種全方位的清晰感官反饋顯然比夢境裡的要真實得多。

「這不是夢，我還活著！」這是他的第一反應，畢竟在他的信仰裡，人死後應該被小鬼拉扯著去地府，或者坐在蓮花上，慢慢漂到菩薩那邊去，再不然也是靈魂出竅往上飛升。無論如何，也不會是躺著不能動的狀態。

激動之餘，他又嘗試用右手摸了摸自己的身體和面部五官，右手有些麻木，觸覺並不靈敏，能感覺到沒有什麼明顯的異樣。不僅如此，他還發現自己似乎正漂浮在一些液體上，這種特殊液體並不會讓人有濕潤的感覺，而且絲毫不會沾在皮膚上，也不粘稠，密度卻又比水大，倒更像是一張軟得不能再軟的床墊。

他的動作似乎觸發了什麼開關，面前的燈光一下子明亮起來，轉為了白色，讓他想起了正午時家鄉那條反射著刺眼陽光的博多河。

他能感覺到自己四周有人影靠近。他嘗試著用手往液面下方伸去，想撐一下容器的底部起身，卻發現自己根本摸不到底。想要翻身，可左半邊身體不聽使喚，右半邊身體也有些無力。

「別亂動，你會覺得沒有力氣是正常的，那些液體裡通了微電流，為了維持你身上骨骼肌的正常功能，讓你不至於長時間躺著而肌肉萎縮，特別是咱們這種年紀比較大的人更是這樣。」

沙穆爾這才發現面前多了一張扭曲的人臉，這種扭曲更像是因為折射，除非眼前這個人的臉天生就有半米多寬。他意識到自己可能在一個玻璃罩子裡，而且一絲不掛，下意識地伸手去遮擋自己的下體。

眼前這個男人頭頂沒有毛髮，下巴也沒有鬍鬚，甚至連鬍渣和毛孔都看不見，乾淨得就像是戴著矽膠做的人皮面具。除了眼角以外也沒有其他明顯皺紋，看起來一副三十多歲的模樣。這樣一個人卻自稱「年紀大」，實在是讓人匪夷所思。

「你不是第一個用這種眼神看我的人。」光頭男子似乎看穿了他的想法，「人造皮膚技術，我的獨創。實際上我已經七十幾歲了，身體確實是不行了，至少臉還可以是二三十歲的樣子。你沒見過也很正常，都是那些有錢人家的太太才用得上的技術。我當時急著測試和推廣這個技術，就先對自己試驗了一下。」

說著，那個男子有些自戀地摸了摸自己的臉，似乎對手感很滿意，最後他的目光落到沙穆爾緊捂的地方，「我是覺得效果剛剛好，可他們都覺得有些過了，像是假臉。」

「行了，先來和你說說你的情況吧。哦忘了自我介紹了，我是你的醫生，我叫班頁。」那個光頭男子指了指自己白大褂左胸部位那塊柔性屏上顯示的 BANGON 六個英文字母。

「你應該是能說話的。當然，你不必真的說出來，我的意思是，不必真的發出聲音，只要在腦子裡想一想你要說的話，這邊的語音助手會讓我聽到。」光頭男子把頭向左轉了 90 度，指了指自己耳根往下一點的位置，那邊有一個拇指大的閃著燈的裝置緊貼著，「不過，盡量別用太複雜的詞匯。」

「有這麼神奇的東西？」沙穆爾心想。

「神奇？科技而已。這確實是比較前沿的技術，估計再過個五年十年可能就普及了。」

沙穆爾一驚，自己的想法確實被這個男子聽見了。他這才發現光頭男子說話時嘴唇完全沒有動，像是使用了腹語，聲音卻特別清晰，哪怕他們之間隔著這樣一個看起來還挺厚的玻璃罩子，聲音卻像是在耳語一般親近。

「現在的科技這麼強了嗎？我在這多久了？」

「不久，大半年而已。」班貢似乎也看出了他的困惑，「哦對了，你的耳朵上也有一個和我一樣的東西，所以你才能聽到我想的話。」

「大半年啊……總感覺是個重要的時間節點，卻又想不起來是什麼。」沙穆爾嘗試搜尋自己的記憶，卻被一陣輕微的頭痛打斷。

「不用太驚奇。包括你我在內的人類個體，絕大多數行為都是由他們的大腦控制的。你想說每個詞語之前，都會產生獨特的神經元信號。只要能讀取到這些信號，就能知道你在想的對應的詞語是什麼，然後再把這些詞語合理地串起來，句子就出來了。」光頭男子兀自解釋著，完全沒有理會沙穆爾。

「頭……有點痛。」

「別去思考複雜的問題，這個信號讀取器還不算太穩定，對於語言交流困難的重症患者已經被批準臨床使用，但當你回憶一些圖像，一些感官體驗之類的複雜信息時，有可能會有輕微頭痛的不良反應。」

「腦子裡只能想要說的話嗎……就像是讀心術？」

「我不太喜歡這種奇幻小說裡才應該有的詞，不過可以這麼理解。」

「發生了什麼?我在哪裡?我為什麼在這裡?」沙穆爾想趕快弄清楚狀況。

他覺得面前這個人像是童話故事裡活了八百多歲的老魔法師，擁有著青春永駐的秘方，甚至還有讀心術和隔空傳話的能力，而自己很可能是他製作魔藥的某一味藥引，正放在這樣一口奇怪的玻璃坩堝裡小火熬著。

「嗯，很好，我一般把這幾個問題叫做『甦醒三問』。很有趣，所有長時間失去意識的病人醒來後問的問題幾乎都一樣。」光頭男子慢慢走向了沙穆爾的頭這一側，和他四目相對，像是在欣賞一具水晶棺材裡的屍體。

「簡單地說，你從一個還挺高的地方摔下來了。然後可能長時間缺鈣，有些骨質疏松，左臂左腿和整個左顱骨都有不同程度的粉碎性骨折。現在你在整個新加坡最好的私人醫院萊佛士醫院裡。本來我們醫院接收的病人有資產淨值門檻，你並不是我們的客戶群體，好在你的一個工友在你掉落的手機裡看見了彩票中獎信息……」

「彩票？啊……對，我說我忘了什麼，過了180天彩票該作廢了，這可咋辦啊。等下，你剛剛說有人發現我中獎了？」

「對，不過你那個工友也不是什麼好人。實體獎券好像是被另一個工友發現的。最後兩個人分贓不均，後者想昧著良心偷偷去領獎時被前者舉報了。後來，經過我們和博彩公司的溝通，他們願意將這筆錢由我們代為取出，用於支付你的前期治療費用。」

「同時，你沒有任何聯繫得上的家人，我們只能根據醫療道德裡『面對不確定性時，不選擇不可逆路徑』的原則，先把你治好。這麼嚴重的粉碎性骨折，估計全新加坡也就我們有醫治的條件。」

「粉碎性骨折……」沙穆爾想起了自己家鄉的老鄰居瑪讓。

在沙穆爾六歲的時候，鄰居瑪讓便繼承了父親的泥瓦匠工作。他是個長得十分帥氣的精壯小夥子，村裡姑娘一致的愛慕對象。不幸的是幾個月後瑪讓給一座土磚房修屋頂時不小心從二樓摔下來，醫生的診斷正是小腿粉碎性骨折。從此他的腿再也沒好起來過，拄著拐杖才能勉強站起來，平時只能和那些老婦人一樣幹簡單的手工活。本來經濟還算寬裕的家直接失去了主要收入來源，瑪讓的母親因此改嫁。又過了兩年，村子發生了百年一遇的洪水，大家都往高處跑，瑪讓的父親無力背他泅水逃跑，又不忍心拋棄自己的兒子，最後雙雙被洪水淹沒。

「是，以前粉碎性骨折的確是不治之症。現在不一樣了，甭管你骨頭碎成什麼樣，把舊的取出來，換新的就是了。比如你的顱骨，用的就是3D打印出來的陶瓷材料。不過，你手臂和腿上的新骨頭是用豬的骨細胞重建的，畢竟這部分的骨頭不能太重，不能太脆，還要允許有骨髓啊血管啊之類的東西在裡面生長，不然不出一年，整隻手都會壞死的。只是……豬骨成骨細胞不能釋放人體所需的骨鈣素，可能康復後你的反應會比常人慢一點。一點點而已，很難察覺，豬骨已經是目前醫學上最完美的替代方案了。」

光頭男子露出了誇張的詭異微笑，他矽膠似的臉皮一下多了好幾道不自然的褶皺：「別反感，豬是很聰明，很好吃，也很有用的動物。我也事先確認過了，你不是穆斯林。現在絕大多數器官移植都是先在豬身上培養，什麼心臟啊腎啊肝啊耳朵啊，我聽說有個可能有特殊生殖崇拜的人還移植過豬的海綿體，讓自己下面長了五厘米，粗了一圈。」

沙穆爾看著面前這個男子用手比劃著形容那個生殖器的誇張尺寸，感到有些不適。雖然大家都是男人，他的右手卻不禁捂得更緊了些。

「你現在應該左臂和左腿還沒有知覺，新骨頭和你的身體磨合需要時間，這段時間裡最好不要動，我暫時對你用了半身麻醉。別擔心，待在這個『康復膠囊』裡無聊是無聊了點，但是那些液體會通過皮膚滲入來保證營養供給，微電流可以讓你的骨骼肌、牙齦什麼的不繼續退化。啊對了，其實你這次的甦醒也是由我控制的，之後我會讓你重新進入休眠狀態，你可能會做一個很長的夢，等夢醒的時候你就完全康復，可以出來了。」

沙穆爾沒有說話。

他努力地默念並嘗試理解這些句子裡一個個生僻的名詞，他甚至開始懷疑醫生所說的「過了半年」是在騙他，自己其實已經來到了 50 年或 100 年以後的世界。

這裡的醫療手段實在是太像魔法。

他相信不管是哪個時代，醫生都不會是壞人，目的總是為了讓他康復。無論多麼複雜的建議，接受並執行總沒錯。

當他想再次開口時，一陣困意襲來，很快他的視野就回歸黑暗，所有的聽覺、觸覺也在一瞬間消失，就像是遁入了虛空。

等沙穆爾再次醒來，距離他發生意外已經過了整整一年。

康復的效果很好，從「康復膠囊」裡出來後的第二天他就能下地行走，投入工作。

他的工友們對他的恢復之快感到十分驚奇，沙穆爾口中描述的那種神奇療法，他們從沒有在別處聽說過。

出院半年以來，沙穆爾總會不時回憶起在治療完成的那天晚上，那個光頭醫生帶著一個皮膚黝黑西裝革履的李姓年輕男子出現在他面前，談有關費用的事。每次一想到這他就渾身冒汗，陷入一種恐慌和焦慮。

顯然，那是他打一輩子工外加中一次彩票頭獎都付不清的數字。

那天，他們用的是最傳統的語言交流，是那個年輕人先開的口。

「你覺得你還能活幾年？」那個自稱李智的年輕人微微歪了歪頭，誇張地咧嘴，像是馬戲團裡的小丑。

他看起來大概三十歲左右。沙穆爾心算了一下，如果自己的妻子沒有因難產而死，孩子應該也差不多有這麼大了。可這個年齡小他整整一輩的人，眼神和舉止裡卻有著一種和年齡不相稱的沉穩，更像是一位閱人無數飽經世故的長者，或是經過專業訓練的談判專家，只有豐富的面部表情尚如孩童一般無忌而張揚。

「啊？」沙穆爾一時間被那個年輕人問得有些懵。這樣的問題換誰聽起來都不會覺得友善。為了緩解尷尬，沙穆爾先伸出手以示禮節，李先生和班貢醫生卻都絲毫沒有去握的意圖，仿佛那隻手是透明的。

「這麼說吧，在這個平均壽命全球最高的國家，收入最低的20%人口，平均壽命甚至不到70歲。」他的木訥仿佛在那個年輕人的意料之中，李先生原本如湖面般平靜的眼神中出現了轉瞬即逝的鋒芒。

「那……我今年五十多了，可能再活個二十年？」沙穆爾懷疑在治療過程中是不是發現了自己患有什麼不治之症，面前這兩個黑白無常正在宣判他壽數已盡。不過他很快就不感到擔心，就算果真如此，他相信那個光頭醫生也一定有其他的魔法能將他治好。

「20年……不錯，是個樂觀的人。那這樣如何，我給你30年。這裡有一份協議，在這30年裡，我管你吃好睡好住好，按照這個國家的平均開支水平贍養你。如果除此之外你還需要掙點零花錢，也可以，我給你一份更好的更安全的工作。不過，如果你沒能活過這30年，在你死後，你的遺體歸我們所有。」那個年輕人說到這停了下來，似乎在回味剛剛這番話的措辭。

「就像是立好遺囑說死後捐贈遺體？」

「正是如此。」

「可是，那如果我活過了30年呢？」

「那麼，在你簽署這份協議的那一刻起開始計算，30年後，會強制讓你進入休眠狀態。至於什麼是休眠狀態，相信你已經在『康復膠囊』裡體驗過了。然後你被視為另一種『死亡』：身體死了，腦子還活著。你的身體依舊歸我們所有。」

「也就是說我30年後必死無疑？」

「從10年前開始，醫學界就已經全面使用腦死亡作為一個人死亡的判斷標準了，而新加坡法律也是基於這一點判定的。嚴格意義上說，你並沒有死，只是大腦不再能控制身體，像是植物人。而且，根據條款，這種『死亡』是你的自願行為，我個人更喜歡稱它為『擇日而亡』。」

「就像安樂死？可以這麼理解嗎？」

「差不多是這樣。整個過程不會有痛苦，你的大腦一直是休眠的，會被妥善保存，維持正常腦功能。我們要的只是你身體的其他部分。」

「痛不痛苦你們怎麼知道？難道你試過？」沙穆爾覺得面前這個年輕人不可理喻，居然能如此輕描淡寫地談論死亡這類話題。

「人在痛苦的時候腦電波是獨特的，進入休眠的整個過程的腦電波數據都是要向新加坡政府醫學部提交的。一旦產生了哪怕一絲和痛苦感覺相對應的腦電波信號，我們機構會被政府吊銷營業執照並且罰款。前陣子剛有個主營安樂死業務的澳大利亞公司出了事故被吊銷了執照。」

「這對你們有什麼好處？你們要我的什麼器官嗎？那30年後你們拿走就是了。」

「這很複雜，不好解釋，也沒必要解釋。你可以理解為需要捐獻整個身體以供醫學研究。畢竟現在新藥物層出不窮，願意接受臨床藥物測試的人也不多……總之，也算是為全人類做貢獻。」年輕人頓了頓，像是在思考接下來的話術。

「您仔細查看這份合約上的條款就能發現，無論從哪個角度看，這是都一筆非常划算的交易。對我們公司來說受益，對你來說更是如此。想想你現在的生活是什麼樣的，想想你未來三十年的生活可能是什麼樣的，再想想我給你的生活是什麼樣的。對了，你們公司的能量飲料好喝嗎？還是你真以為自己是天選之子，能再中一次彩票？」年輕人的口氣裡透著強烈的不屑。哪怕隔著足足一米，有幾滴口水還是噴到了沙穆爾臉上。

「不行，這樣我的命就不是自己的了，那我還算是個人嗎？」沙穆爾忍著脾氣，畢竟面前站著的，還有他的救命恩人，哪怕這兩個人似乎正在嘗試著把這條命再要回去。而關於他的疑問，答案也很明顯：他在這兩個人的眼裡本來就不算是個真正意義上的人，充其量只是一個不得已而背負了「命債」的罪人。

佛說「救人一命勝造七級浮屠」，他沒見過七級浮屠長什麼樣，至少知道建它確實需要花很多錢，那是他一輩子都賺不到的錢。

「你是小乘佛教的信徒吧。」，年輕男子對沙穆爾的情況十分了解，這讓他感到很意外：「小乘佛法主張『自度』，否定『人我』肯定『法我』。你之前體驗過的那種失去意識的感覺，不就正像你們所說的『空』？你只是肉身不屬於自己而已，不會妨礙你獲得精神飛升的。你的佛祖也不會怪罪你的。」

「更何況，來我們這裡治療是你們公司領導的決定，你沒有親屬，當時陷入了昏迷也沒有決策能力，從法律上講，應該本著盡可能救命的原則。」班貢開口補充，說完頓了頓，重新組織著語言：「要知道，你當時顱骨嚴重碎裂，已經傷及腦組織，普通的醫院根本做不了這種手術。多虧了我們，你才撿回一條命。現在，哪怕你簽了協議，也只不過是我們把你的這條命先無償借給你三十年，期間還倒貼生活費，三十年後你再還給我們，難道還不夠划算麼？」

此時年輕人再次接過話頭：「當然，我也很希望看到你有其他的償還方式。不要想著能夠逃跑，新加坡的電子安防是全世界最先進的。」

李先生的臉上也擠出了和光頭醫生一樣的皮笑肉不笑的表情，看著有些瘆人。

「你們這是趁火打劫！」沙穆爾這才反應過來，在那些所謂的公司高層眼裡，表面上是以自己的生命為先，可實際上自己就像是一件禮物，不，更像是一枚棄子，一袋垃圾，被丟到這個能榨取他剩餘價值的垃圾回收站裡。

是的，這兩個人看他的眼神，活像是強忍著惡臭去和垃圾打交道的廢品回收員。

「你還有半年的時間決定，拖欠醫療費用超過半年是要進監獄的。」看見沙穆爾臉上滿是無奈的憤怒，年輕人沒有收斂笑容的意思。

「克蘭芝塔的監獄，聽說設計參考了那個誰……哦對對對，那個邊沁提出的，名為『Panoptes』的環形牢房，據說是世界上最恐怖的監獄之一。那裡還因此有配套的旅遊參觀體驗項目，口碑還很不錯，不知道那些遊客是怎麼想的。」

年輕人沒有做出什麼多餘的解釋，乾脆利落地轉身離開。只留下左手執筆右手拿著協議的光頭醫生，原地等候沙穆爾的回覆。那份協議長得很奇怪，寫在一張半透明的塑料膜上，上面密密麻麻的文字讓他想起碼頭上四處飛舞的蚊蠅。

沙穆爾記得那天的自己比第一次從「康復膠囊」裡醒來的時候還要無力。他想起了《世界人權宣言》裡說的「有權享有生命」是人類最基本的價值，想起了歌德說的那句「誰不能主宰自己，就永遠是奴隸。」

「讓我再考慮一下……再考慮一下……」他將頭埋進深褐色的滿是老繭的雙手，濕潤而又溫熱的感覺不知是來自於汗水還是淚水。

沙穆爾最終還是簽了那份協議。

他很快就過上了令前工友們艷羨的衣食無憂的生活，住進了一個不算寬敞，卻可以看見陽光的房間。這裡的空氣比地下清新得多，他多年的鼻炎也逐漸好轉。他終日無所事事，可以看他喜歡的節目和書籍，或是終日在各個高塔之間閑逛，一次又一次地看日出和日落。從此再也沒有人催他工作，以前當碼頭卸貨工人的日子，仿佛是個很久遠的不太真實的故事。

他打拼了一輩子，終於在應該退休的年紀過上了普通人的生活。

當然，他對外宣稱這一切多虧他買的彩票中了獎。

他沒有說謊。

第十一章　螻蟻之五

一

正在讀這段文字的你，假如在大地震發生前造訪過新加坡，想必對位於金沙酒店東側，濱海灣花園裡的「擎天巨樹」留有深刻印象。

在那裡，十餘個樹形建築高 25 米到 50 米不等，主體部分為直徑約三到五米的圓柱，頂部有喇叭狀的開口作為「樹冠」，各種植物由下至上層層疊疊攀援依附。這些「樹冠」上還搭載了光伏電池，白天遮蔭，晚上照明，就像自然界真正的樹木一樣，是一個可持續系統。在高處，巨樹之間有步行棧道相連，上面可以俯瞰整個濱海灣花園，而所有的其他綠植在這些「巨樹」面前都相形見絀。不過，在那樣的視角下很難分清每一棵植株的具體位置，更多的是感覺四周一道道綠浪綿延不絕，向不遠處的海岸線湧去，直至和藍綠色的海水不分彼此。

現在請你想象一下，這些高處的樹冠在一夜之間瘋狂生長、延展，直至互相連接，甚至重疊，上面豐富的植被和光伏電池在天空中編織出一道幾乎不透光的屏障，綿延數百米。而你，正站在它投下的終年不散的巨大陰影中，仰望著這些彼此粘連的龐然大物，會是怎樣一種心情？

是敬畏？還是單純的恐懼？

假如再把這樣的結合體的體積放大二十倍呢？

無論你生於哪一個時代，想必都不可能感到舒適。

2049年3月21日，新加坡市中心，獅心塔。

雷闖正站在一面五米多高的透明聚合物幕墻前，瞇起眼，盡可能地向遠望去。

他左臂上的疼痛和無力感還沒消散，只能通過這種方式暫時轉移注意力。

這已經是本月第五次「日偏食」了，根據天色的變暗，雷闖可以想象雲層之後的太陽被慢慢吞噬的景象。

天上濃稠的雲霧如同火力發電站煙囪裡冒出的黑煙，將原本就不甚清晰的景致塗抹得更為污濁。北方的海平面附近，難得露出了細細的一條灰黃的色帶，那是遠處的天色，是馬來西亞土地荒漠化的結果。黑雲壓城，整個新加坡都陷入了一種令人窒息的緊張感。

幾公里外的星洲燈塔上，黃色的霧燈正在旋轉，像是《指環王》裡的索倫之眼，警惕地監視著四周有無異動。就在今年，燈塔信號燈模組的高度已經被調低了兩次。可就算是這樣，那兩道來回掃視的光束在以後的日子裡還是有幾率被日益增厚的雲層再次隔斷。而低處的海面更是看不清了，只能感覺到有黑色的波濤在起伏，仿佛翻湧的都是煉油。

2039年，中美兩國達成了共同研究並組建空間太陽能電站的協議，項目名為「宙斯」。一個直徑約三百公里的圓形萬噸級太陽能光伏板陣列在後續的八年內分幾次發射升空，並在赤道平面內的同步軌道上進行組裝。從地面上看，這個陣列視覺上的大小和月亮差不多，只是軌道平面更接近於黃道平面，也因此得到了更多遮蔽陽光的機會。每到春分和秋分前後半個多月，新加坡、印度尼西亞以及馬來西亞的部分地區就會被這個太陽能電站投下的巨大陰影遮蔽。因此，每年都能看到兩次分別持續一個月左右的不同程度的「日偏食」景觀。好處是這些日子裡會涼快些。氣溫降低帶來的濃重水汽聚集，也總使這片區域陰雨不斷，給在這生活的人們徒增不少抑鬱心情。

空間太陽能電站收集的能量最終會經由陣列上的天線集中，以高能微波的形式傳到地面。經過發電功率計算，產生的電力足夠一千萬人使用。然而，為了接收這樣的微波信號，需要建設一個巨大又多孔的金屬圓盤狀接收天線。考慮到波信號的擴散和損耗，這個接收天線越靠近地面，所需要的面積將指數級增加。在這樣的背景下，擁有數座高一千米左右的摩天大樓的新加坡，就成了首選的設置接收天線的國家。更何況，它恰巧位於赤道附近，人口也剛剛突破九百萬。

由於原先的通過在海面上設置浮標陣列吸收太陽能和潮汐能發電的方法需要大量的資金和人工維護，而早前在高塔底部建立的可燃冰火力發電站也被民主黨主導的議會抵制關停。新加坡政府在中美兩國同意全額資助的前提下欣然接受了成為「宙斯」信號接受點的提議，提出了「天穹計劃」，並於「宙斯」計劃開展的兩年後也正式開始建設。

這個大型接收天線的設計動用了整個新加坡的七座高塔作為基礎。政府決定參照地震前濱海灣花園「擎天巨樹」的設計，在每一座高塔的頂部延伸出數千條由記憶合金製成的樹形分叉金屬線。這些金屬線經過卷曲後送到塔頂，再進行通電加熱舒張，搭在幾公里外的另一座高塔上。幾萬條金屬線就這樣呈網狀縱橫交錯，每個節點都用絕緣的碳氟化物凝膠加固。

最後，七座高塔猶如七棵枝繁葉茂遮天蔽日的大樹，形成了城市新的天際線。哪怕在沒有被「宙斯」的陰影遮蔽的日子裡，新加坡的居民們仰望天空，能看見的也只是破碎斑駁的光點。

「天穹計劃」從三年前開始測試，去年正式投入使用。這片綿延數十公里，甚至覆蓋了新加坡周邊公海海面的「穹頂」，並沒有像大多數居民和那些專家們所期待的那樣為每個人都帶來福祉。反而有相當一部分居民由於一年有四分之一的日子幾乎見不到陽光而產生了一定程度的心理問題。

這還不是最嚴重的。

不知從何時起，有傳言說微波輻射會從接收天線的孔洞裡泄露，繼續向下傳輸，從而影響所有高塔內居民的健康。根據這些傳言的內容，受到過量微波輻射後的癥狀很多，包括頭暈、惡心、失眠、焦慮、精神不振、神經衰弱，還可能導致各種已知和未知的癌症。而且根據統計數據，高層居民反而受影響較小，發病的更多的是底層居民。

很快就有一些人依據所謂的「科學原理」發起了戴錫紙帽、穿鉛衣的風潮，並迅速擴張到全國。服裝品牌見有利可圖，也紛紛推出各種含有鉛質襯裡的「新加坡限定款」服飾，無疑增加了這些流言的可信度。哪怕政府和相關科研機構對此一再辟謠，對於微波輻射這一類處於大多數民眾知識盲區的「未知」恐懼來說，官方的辟謠更顯得欲蓋彌彰，他們更願意相信那些陰謀論調。

而凡事都要計算風險的雷闖，正是這些商家的目標群體。

他現在正裹著的大衣由鉛絲和蠶絲混紡而成，足足有五公斤重。頭上的「防輻射帽」像傳統巴拿馬草帽一樣有寬大的帽沿，主體是由鉛、錫、鋁三種金屬絲混編製成的，為了舒適，他不得不在帽子內側加上厚厚的亞麻里襯。

這兩件略顯滑稽的裝扮購置於他十年都不見得會進一次的某奢侈品牌專櫃，花掉了他年輕時需要在「環球海使」工作足足三年才能攢下的錢。不過他相信這些高端品牌的產品貴有貴的道理，一定比普通產品效果更好，唯一的副作用就是他懷疑自己有患上頸椎病和肩周炎的趨勢。

在他看來，這是為了健康而做出的一次性投資，而且要比購買意外險和重疾險高明得多。

即便如此，雷闖也沒有在窗前停留太久，他每天掐著表，只給自己五分鐘靠近墻面的時間，他不相信這些完全不含鉛質的聚合物墻體能夠為他阻擋住「致命」的微波輻射。

伴隨著用馬來語、英語、華語循環播放的提示音，電梯間的門開了，裡面稀稀落落地走出了幾個人。雷闖發現其中一個身材高大的男子裹得比自己還嚴實，從衣服材質來看，這個人顯然來自上層。這或許是那個人又一次為了讓自己在人群裡不那麼顯眼而做的失敗嘗試。

那個男人拖著兩個半人多高的巨大行李箱，徑直走到了雷闖的身旁。

「跟之前價格一樣，0.1 比特幣。」

「已經轉了，查收吧。」

「對了，下個月要漲價百分之十。」

「什麼？又是百分之十？不至於吧？我沒記錯的話距離上次漲價才過了三個月。這種對你們來說沒有成本的東西，賣得貴就算了，居然還一直漲價？」

「那你找別人買去。你每次都要這麼多，就連這些，我都是找好幾家分開取的。」男子拍了拍兩個行李箱，箱體發出沉悶的聲音，顯得很有分量。

「我說過了，要是取多了導致那些高層居民這個月超過了限額，被察覺是很嚴重的事情，我才不冒這個險。實在嫌貴，你可以選擇用回你們那種無限量供應的？」

「呸呸呸，無限量有什麼用？那種被污染過的髒東西，我是連碰都不會碰的。」

「隨你。反正能像我提供這麼多貨的，你找不到第二個。」那個高大的男人明顯不想浪費時間，主動結束了對話。

雷闖拖著那兩個行李箱回到位於九龍塔水下八層的家時，發現懷孕的妻子正坐在廚房的水槽旁氣喘籲籲一臉懊惱，周圍是散落一地的工具和各種零件。

「你這是幹什麼？」雷闖哭笑不得，他實在是不能想象一個柔弱的女人使用這些五大三粗的工具的畫面。不過，就從那些散落的零件上看，她的努力起到了一定的效果。

「還不是怪你，我都要渴死了！」

「出門前我不是特意留了一壺水嗎？」

「我剛剛吃完早飯吐了嘛，就拿來漱口了。你不是漱口也不讓我用自來水嗎？」

「那你好歹留點啊。沒事了沒事了，水來了。」他指向好不容易拖回來的兩個大行李箱，心想著裡面一百升的水估計夠他們倆五天的使用，自己如果省一點或許可以撐過一週。

「下次，你教我怎麼換濾芯好不好。不然萬一你出門太久，我又沒水喝了。」妻子接過雷闖遞來的一小袋容量在半升左右的「超淨水」，仰頭大口地喝了起來。

「跟你說了這不是女人幹的活，更何況你……」說到這，雷闖突然停住，有點愧疚地低下了頭，「抱歉啊，昨晚臨時被領導叫去加班，好像確實是我走之前忘了換了。」

「你們領導也真是的，好不容易週六，都不讓你好好休息。這倒好，你這會兒中午才回來，等下吃完飯上床昏天黑地睡一覺，馬上週一又要去上班。這不明擺著沒有休息日了嗎。」

「別生氣嘛。還好啦，也不會很累，就是敲敲打打擰擰螺絲什麼的，然後盯一下機器，沒有太多體力活，不會很累。更何況，這不有雙倍加班費拿嘛。」

「加班費再多也不能這麼拼命啊。我聽說啊，之前我那個同事，老公在IT公司過勞到生了重病。人最後倒沒事，但生病這半年裡公司給的都是最低工資，等好不容易恢復了，卻逼他辭職！表面上說他績效不行，那明眼人誰看也知道是嫌他快四十歲了，不如二十出頭的小年輕們有幹勁。還好這邊國家小，人口少，法律有辦法嚴格落實，最後拿到了全額的賠償。聽說要是在那幾個勞動力富餘的人口大國，不訛你一筆就不錯了。」

「好好好，我知道你為我好。你先坐下休息會兒，我去把濾芯換了，然後咱做飯，好不？」

雷闖小心地扶妻子坐下。他的妻子已經懷孕八個月了，隆起的肚子連那件鉛絲編製的圍裙都快蓋不住了。

這是他們離擁有自己的孩子最近的一次。

雷闖和妻子都生在非常傳統的中國家庭，兩個人在中國南方的一所大學相識，畢業後先後漂洋過海到這個小國謀生。一開始雷闖在「環球海使」工作，十五年後終於湊夠首付買下了九龍塔的這套房子。樓層數不高，面積也不到五十平方米，但周邊配套設施完善。

妻子宋寧寧是個跨國公司的小職員，工資比雷闖要低得多，除去每日開銷，每年能攢下的錢對於還房貸來說也是杯水車薪。為了不影響職業發展，直到35歲她都沒有要孩子的打算。看著身邊眾多為了孩子每天焦頭爛額，失去了所有私人時間的媽媽們，宋寧寧並不為這個決定感到後悔。對於生育雷闖一直是抱著「可有可無」的開放態度，也因此幫她頂著來自雙方家庭的壓力，然而雷闖始終希望妻子有一天能意識到孩子對兩個人的感情以及對家庭所帶來的意義和歡樂是不可估量的。

時間就這麼兜兜轉轉來到了2040年。這一年，雷闖36歲，宋寧寧35歲。

十幾年來海底值得打撈的東西也越來越少，業務縮水，很多時候「環球海使」的員工都沒有活幹。好在後來政府外包給他們維護海上太陽能潮汐能混合發電浮標的工作，才讓這個部門不至於被母公司直接砍掉。這個年紀的他體力上遠不如二十幾歲的時候，但也算海上作業經驗豐富，與人相處上更是有一套，於是慢慢升到了組長位置。

「宙斯」項目和「穹頂計劃」開啟後，根據雷闖老道的眼光和經驗，他意識到壓死「環球海使」的最後一根稻草來了。新的空間太陽能電站一旦建成，現在他們維護的這些浮標必然會被棄用，如此一來，他和他的同事們很可能在接下來的五到十年內被分批次裁掉。正在他急著尋找下家的時候，先前已經從「環球海使」離職的莫山幫了他一把。

關於當年李智和姚錫的離開，同組的其他人都懷疑是莫山在阿力克斯面前推卸責任導致的，之後也確實沒有一個人再和他倆取得聯繫，因此這種猜疑也無從查證。莫山幾經辯解無效之後，發現在工作中也開始使喚不動手下的員工，明白大家都和他賭著氣。決定辭職後，莫山依然沒有選擇回到位於南印度的家鄉。本著他這些年對於海水的親切感，他到了地下的海水淨化廠當了個機器維護部門的主管。幾年後舊下屬雷闖投遞的簡歷偶然被他看見，讓他感到很意外。這個小夥子在小組裡一直是一個最容易被忽略的人物，每次下水他都負責看守通訊設備。雷闖因此一直遊離於小組其他人之外，對莫山沒有多少偏見。

那時候距離 2033 年開始的經濟衰退已經過去了七年，剛剛開始有了復甦的跡象，新的工作機會開始出現。可惜宋寧寧所在的公司並沒有熬到那一年，她已經在家當了快一年的家庭主婦了。她覺得自己對這個家庭貢獻太小，以至於開始擔心雷闖會另找新歡。不過好在客觀條件不允許：雷闖在海水淨化廠裡的工作強度大，上班在崗時間很長，這是她從多個朋友那裡了解到的事實。雷闖除了週六有可能臨時有加班，其他時候也都是夜裡一下班就回家，隨便吃點東西倒頭就睡。難得的週日二人時間，有可能還要被用來補覺。

這時，她真切地感受到了孩子作為維護夫妻感情的工具，有多麼的重要。

作為醫學上的高齡產婦，她很快就開始後悔自己年輕時沒有早點做出生孩子的決定。第一次懷孕是在 2044 年，夫妻二人在懷孕前的四年裡學習了大量的知識，做了整整一年的備孕，還專門請公立醫院的醫生朋友定期上門檢查。

雷闖查閱了所有他能找到的關於優生優育的知識，甚至還去專門了解了「基因傷痕理論」：這項理論認為父輩早年生活中所經受的壓力和苦難會在 Y 染色體上留下標記，從而影響下一代的生理心理健康，其原理尚不明確。為此，雷闖謊稱自己有抑鬱症，在心理醫師面前表演了幾回，還編了一些童年的痛苦回憶，換來了不少抗抑鬱藥物。他從 2040 年就開始服藥，刺激多巴胺分泌，維持自己的精神壓力始終處於健康快樂的水平。

當然，這一切宋寧寧都不知情。

然而畢竟是在藥物作用下人為調節了大腦激素水平，身邊不少人都能感受到他的性格變化。一開始的時候雷闖甚至還會不分場合地無故傻笑到流口水，讓人摸不著頭腦。有時候吃藥晚了還會易怒、焦慮。宋寧寧還會嘲笑他，說他是個有「生理期」的男人。

「人生不易，我不想讓我的孩子太早知道這一真相。更不能把我受過的苦寫進一個無辜孩子的基因裡。」雷闖反覆告訴自己。

即便如此，他們的第一個孩子仍舊在四個月大的時候，毫無理由地胎死腹中。宋寧寧遭受了巨大的打擊，認為自己連作為一個女人好好保護自己肚子裡的孩子的能力都沒有。

經過很長一段時間的心理輔導，她才再一次鼓起勇氣，終於在三年後幸運地重新懷孕。

然而這一年，正是「宙斯」和「穹頂計劃」開始聯合測試的時候。

根據後來的官方生育率統計數據，新加坡和印度尼西亞的生育率在這一年都有比往年更嚴重的下滑。很不幸，宋寧寧也在這一年再次流產。

「這不是你的錯。」雷闖絞盡腦汁也無法想清楚問題出在哪裡。

最終，他懷疑是水質出了問題。

他乘職務之便，偷偷取了海水淨化後得到的飲用水送到新加坡聯合大學的一個實驗室進行雙盲測試。測試結果符合政府對於水質的要求，他仍然感覺不對勁。無奈之下，他只能購買了市面上最高級的淨水器安裝在家裡，希望可以減少家人因水質而遭受創傷的可能性，哪怕只是一點點。

幾個月後，淨水廠送來了一批新設備，由日本的一批專家專門負責運作，而且保密度極高，經過這些設備淨化後的水被政府稱為「超淨水」。由於淨化的成本很高，普通民眾每家每戶按人數定額供給，普通的自來水依舊是無限量供應。政府建議大家將這些「超淨水」優先用於和飲食、身體清潔相關的，對人體有直接作用的場合。

也就是在那時候，坊間開始有「微波泄露」的傳聞，然而對於微波輻射的危害具體有多大，新加坡人生活中受到的輻射量有多少，沒有人能給出準確的答案。政府一再擺出各種各樣的數據說明新加坡公民的生活環境沒有問題，更多人還是抱著「寧可信其有，不可信其無」的態度。

雷闖記得，自己從小就被父母教育要遠離微波爐，原因就是所謂的「微波輻射」。他也成了這些「恐輻」群眾中的一員，開始了從家裡門窗到身上服裝的全副武裝。他甚至還懷疑那些日本的設備，正是用於消除海水裡的「微波輻射」而引進的，因此恨不得在家裡能用到水的所有地方都用上超淨水。

這顯然是不可能的，超淨水配給基本上只夠正常家庭做飯和飲用。漸漸地，買賣這些「超淨水」的生意也出現了。由於普通人根本沒有合適的設備來區分二者，而且每個人都有需求，很難勻出多餘的水給別人，因此沒有形成規模，大多是親戚鄰里之間的借貸。

一次偶然的機會，雷闖在社交媒體上認識了一個叫周翀的人。周翀告訴他，居住在高層的那些富人們使用的都是「超淨水」，沒有限額，只是超過一定的用量後需要繳納高額的費用。而周翀有認識的人在高層住戶家當保姆，有很多偷偷取水的機會，只要取用的量不大，住戶一般不會發覺。

至於水質，雷闖抽查了幾次周翀送來的水，送到廠裡的超淨水檢測儀裡，都證實確實是合格的超淨水無誤。而周翀也特別小心，始終要求雷闖使用比特幣支付。

「這次一定可以的！」他打通了「水源」後，這麼安慰妻子。現在已經八個月過去了，母子平安。唯一讓他有所顧慮的，就是高昂買水費用的來源。

「誒，你手臂這怎麼又紫了一塊，感覺還有點發腫。我記得上個月好像也是這裡。」妻子發現了雷闖搭在她肩上的左臂的異樣。

雷闖有點緊張地把手收了回來，往下拉了拉袖口試圖蓋住。

「沒事，就……廠裡有個新來的，瘦瘦小小沒什麼力氣。我是他師傅嘛，修機器的時候我得幫他抬著一些比較重的零部件啊什麼的。沒事，可能就磕到了，也不疼。你要不說我都沒發現。」

「不過形狀倒挺好玩的，居然是三角形的。不行不行，還是要上點藥，我去拿。」妻子起身，步履蹣跚地向臥室走去。

雷闖沒有制止她，微微閉上了眼，感到格外的勞累。

二

2049年3月20日晚，獅心塔100層，萊佛士醫院總院。

王傑連打了三個哈欠，看著面前緊閉的安檢口，感到有些緊張。

每個月的20號是萊佛士醫院的「有償獻血日」。這並不是簡單的抽血，而是要提取脊髓造血幹細胞。起這個看起來比較正能量的名字，只是為了不一開始就嚇跑那些「潛在的優良供體」。不過，即便「取血」後恢復的過程極為痛苦，由於可以得到高額的合法報酬，前來申請當「獻血者」的人始終不在少數。

這些走上賺錢捷徑的「獻血者」是被人嫉妒的。他們總是每個月的同一天前往醫院抽取血液，因此得到了「奶牛」的綽號。然而賺錢的捷徑之所以被稱為捷徑，往往是由於能幸運地走上這條路的人不多：合格獻血者必須身體健康，還需要事先做基因檢測。

王傑左臂臂彎上的那塊三角形的紫色標記，正是標誌著他身體狀況良好的高科技塗料紋身，每次取血後都要重新補色。如果取血當日它的顏色發青，王傑就會失去這一次的取血資格。而基因檢測據說是為了淘汰掉基因缺陷較多的獻血者。根據他幾次「獻血」所見，這個國家拿到「獻血」資格的至今不過百人，每次前來的人數都在小幅增加。

「小夥子，等什麼呢？到你了。」排在王傑後面的一個老大爺拍了拍他的肩，示意他往前走，力道有些大，像是在炫耀自己不僅硬朗還完全符合獻血中心需求的身子骨。

王傑揉揉惺松的睡眼，這才發現安檢口的綠燈早已亮起。他全身上下只穿了一套淡藍色的紙質短衣短褲，排在他身後的所有男性也是如此，而旁邊女性隊伍穿的則是淡粉色。所有的私人物品早就在更衣間存放完畢了，因此眼前這個安檢口在他看來顯得有些多此一舉。

過了安檢口，他很快就根據地上的導航燈條找到了自己的床位。與其說是床位，可能說艙位更準確一些。眼前這個床位是橫置的膠囊形，上半部分棕色透明，下半部分是銀白色，裡面充滿了成分不明的高密度液體，有點像上個世紀心理實驗中用的「感覺剝奪水槽」。

王傑遵照指示脫下淡藍色的一次性紙質衣服，五分鐘後，終於讓自己穩定地漂浮在了那層液體上。他能感覺到左右兩面有水流緩緩流出，推動並保持他的身軀在液面的正中央，吸入的空氣裡也多出了一絲淡淡的甜味。緊接著，就是熟悉的酥麻感從頭到腳貫穿身體。再往後，他就什麼也不知道了。

他再次恢復意識的時候已經是第二天早上。

在「膠囊」裡時間過得尤其快，王傑感覺自己好像前一分鐘才剛剛在艙裡躺下。然而脊柱的疼痛和萬分清醒的大腦讓他知道，自己已經在這裡過了整整一夜。

王傑猜測其他的「奶牛」這時應該也恢復了知覺，他仔細觀察自己艙體的棕色玻璃罩，上面並沒有扭曲的移動人影，看來大家並不著急離開。萊佛士醫院允許這些「供體」們恢復意識後在艙體內休息到中午，而液體裡通入的微電流可以幫他們緩解疼痛。這並不是出於什麼人道主義，王傑查閱了相關資料，發現造血幹細胞提取後如果恢復良好，可以大大縮短進行下次提取的時間間隔，並提高下次提取的質量。

可他有更重要的事情要做。

他掙扎著扭動身體，艙蓋隨之自動打開。王傑咬著牙忍著背部劇烈的疼痛起身，雙腿已經幾乎無法站立。他隨意地披上艙位旁準備好的白色浴巾，把自己的身體挪上一米開外備好的全自動輪椅，按動把手上的按鈕，發出將他送回衣帽間的指令。

衣帽間裡空無一人，這也是這家高科技醫院裡除了廁所以外唯一沒有影像監控的地方。

王傑扯下浴巾，從衣櫃裡拿出一條半米多長的柔性貼片，順著脊柱從後頸一路向下貼合到尾椎骨。疼痛感在此時再次加劇，為了測試結果的準確度，他盡可能地保持著抬頭挺胸一動不動的姿勢，不讓脊柱有太明顯的彎曲。

又過了大約十分鐘後，他才慢慢挪動身子，換上自己的衣服，更衣室外也開始出現稀稀落落的腳步聲。

想到幾天後自己虛擬貨幣賬戶裡又將多出一筆錢，他感覺輕松了許多，不禁吹起了口哨，脊背的疼痛還是使他不得不一瘸一拐地挪進電梯間。

三十秒後，他到達了他在這個國家的真正歸屬地——地下城。

距離王傑拿到碩士文憑已經過去了十多年，可他的助學貸款至今依舊沒有還清。

原本抱著先靠「跨期消費」拿到學位，之後再通過高薪工作還款的計劃，在他研究生畢業的那年，於各大招聘會再次受挫之後，很不幸地破滅了。他的處境確實比那些本科生更好，拿到了不少公司的 **offer**，可從薪資水平上看，他的研究生學位帶來的收益實在是少得可憐：每個月比本科生多 **3%** 左右的工資。然而銀行貸款的利息遠比這點收益高得多，他每個月省吃儉用，依然存不下什麼錢。

那時候，經濟危機的餘波還未散去，縱使他滿腹學識，成績優異，在職場上依舊被長長的職位等級鏈牢牢地栓在最底層：在工程領域，工作經驗十年以上的熟練員工往往占到了總人數的 **90%** 以上。更何況新加坡政府為了增加 **GDP**，已經將退休年齡延長到了 **70** 歲，那些所謂的「老人」往往還能躺在冗長的職場等級鏈上再拿二三十年足以養家糊口的「高薪」。

可以說自打畢業之後的第一天起，他過著一眼望得到頭的日子。

畢業五年後，這種絕望的氣息已經積聚到使他喘不過氣來。眼看著自己就快要三十歲了，換做別人早就已經成家立業。王傑開始焦慮起來，只能漫無目的地騎驢找馬，尋找其他出路。

在 2042 年的最後一場工程類崗位的招聘會上，他遇到了尤金。

和王傑不同，尤金是以雇主的身份來到招聘會的。不過能表明他雇主身份的只有他金色的手環，尤金既沒有帶任何公司宣傳資料，甚至連個公司的名字也不透露給求職者。王傑看見他在招聘會的人流裡左右穿梭，看似完全隨機地找應聘者交談著，感到十分好奇，便多次假裝路過，偷聽他的談話。然而，他從頭到尾聽到的，除了工作內容是「技術支持」以及「公司業務高度保密」以外，沒有得到其他任何有用的信息。

尤金最後還是發現了這個在他身邊探頭探腦的小夥子，留下了王傑的聯繫方式。

兩天後，王傑便收到了面試的邀約。

那次面試並不是常規意義上的面試。王傑的郵件裡收到了一個軟件安裝包，以及一份詳盡的教程，關於如何偽造自己的 IP 地址，以及租借他國的大流量服務器，攻擊一些低級的非法網站，並勒索那些網站的管理員。為了打消王傑的疑慮，教程裡還附上了新加坡相關法律條文，證明在新加坡國境內攻擊他國網站並不犯法。更何況，那些非法網站的擁有者本身就做賊心虛，不敢向警方聲張。

「本次面試所得勒索金可以自行保留」這句寫在教程最後的話刺激著他的腎上腺，以至於磨滅他自己內心道德感的過程並沒有花掉太多的時間。

面試的結果很成功，他通過勒索得到了整整 1 比特幣的收入。

他通過郵件告訴尤金自己準備辭職，加入尤金這個處於法律灰色地帶的的勒索團隊。公司的回覆也很快，只不過署名並不是尤金，而是一個叫做「雄獅之心」的公司。他搜索了一下，網上並沒有任何相關的信息，只有一些新加坡本地求職論壇上的隻言片語。論壇中有些人猜測，這是「血色真相」在東南亞的一個分支——二者中文的首字母縮寫相同。

王傑並不在意真相如何，只要實打實的能夠賺取可觀的收入，他願意承擔一定的風險。

「這並不是我們公司的業務，這只不過是一個測試。恭喜你，你已經通過了。下一個任務會不定時地發送給你，請隨時注意查收郵件。」公司的回覆很簡短，王傑不知道自己是否已經算成為了正式員工。

「關於您的提議，組織的意見是，繼續從事您現有的工作有可能對之後的任務有幫助。但本組織並不希望幹預任何成員的選擇。」

郵件後半段顯然語氣上客氣了許多，甚至有點像是人工智能寫的自動回覆。現在幾乎所有企業客服都已經變成了這種腔調，讓人反感，可是對於雇主來說，這樣不受情緒左右而且永遠不會辭職的「員工」才是最理想的。

王傑感到有些失落，他本以為這個新的機會足以將他從生活的泥淖中拉出來。畢竟上一個任務的收入已經被他實打實地變了現，緩解了他的一些貸款壓力，而且至今也沒有任何人找上門來。

他只希望下一個任務趕快到來。

⁂

第二個任務姍姍來遲，王傑已經快忘記了這回事，查收郵件的頻率也慢慢地從一天三四次降低到了一週一次。終於，在一年半後，第二個任務來了。

這次的任務果然用到了他的「職務之便」。郵件指示他將幾個特製的指尖大的小球塞進特定的排污管道裡。他沒有給過這個公司自己住址信息的印象，那個由紫色凝膠包裹著的拳頭大的小球在收到電子郵件的第二天一大早，還是準時地出現在了他家門口，寄件地址是一個他聽都沒聽過的國家。

王傑上網搜索了一下，這個叫「綠洲」的國家位於十幾年前南太平洋海底火山噴發新形成的一系列群島上。火山運動穩定下來後，有一群來自世界各國的嬉皮士們聚集到那裡，宣布獨立成為一個國家，甚至還宣布將比特幣作為官方貨幣。在那裡，各種軍火、毒品以及暗網交易都是被允許的，甚至還支持人口販賣，任何行為都可以匿名且不受監管，成了真正的法外之地，也是很多無國籍者或逃犯的聖地。縱使絕大多數國家都不承認它的獨立，綠洲群島處於公海海域，任何一個國家都沒有執法權。而如果有人妄圖占領該島，宣誓對其的主權，則會被其他國家視為侵犯了那些島民的基本人權，而給予譴責。因此，為了這彈丸之地沒人想如此大動干戈。

這次任務的報酬居然有5個比特幣之多，王傑很快就照做了。

他在把那個小球放進管道之前，先托人用X光掃描內部結構並進行化學成分分析，確認裡面和郵件附件裡所描述的一樣沒有有毒物質或是爆炸物。

根據掃描結果來看，那個小球裡面是一群小機器人，可以依附在排污管道壁上一段時間，等到裡面的電池電量耗盡以後，就會自動從管壁上脫落，和那些被沖進馬桶的各種各樣千奇百怪的東西一樣，回到污水處理中心，經過過濾後被研磨機粉末化，再交由電化學降解部門，提取有用的稀土元素和貴金屬元素。整個流程和利用咖啡豆製造速溶咖啡別無二致。

之後半年裡的每一天，王傑都要負責接收小球裡的機器人傳回來的數據。他並不知道小球具體漂去了哪兒，根據接受信號強度推斷，應該是逆流而上去往了高層。而傳回來的數據都經過了加密，在他看來就是一堆亂碼，只能按照指示用郵件發回給公司。

也就是在這半年裡，陸陸續續有居住在高層的「上流社會」居民被媒體曝出聚眾吸毒或是使用違禁藥的醜聞。政府調查後第一時間剝奪了他們上層居民的身份以及居住資格，把他們分配到幾套位於地下城的房子裡。

王傑相信是那個神奇的小球起了作用，具體是通過尿檢還是其他的手段他並不清楚，但他認為是自己的所作所為讓上層那些「德不配位」的人得到了應有的懲罰，這使他感到了莫大的欣慰。

可惜的是，這些帶著污點「被貶」的人們，絕大多數手眼通天，都有著自己的人脈和手段，很快就去往某些能接納他們的國家。

只有極少數新晉的上流階層，還沒有足夠的資金和人脈可以找到下一個去處，只能接受重新成為「凡人」的事實。由於身份限制，這些人將不能從事任何上流階層的工作，這也就決定了他們只能重新和中產以及底層人打交道。這樣的巨大落差讓這些可憐的「下凡者」們大都患上了抑鬱症。根據官方統計，五年後，這群人裡有95%都用各種方式自殺了。對於這麼一個數據，無論身處哪個階層的人幾乎都達成了共識：一致拍手叫好，沒有任何惋惜。

王傑自然也是抱著相同的想法。

「中國的先賢孔子曾經說過：『德不配位，必有災殃』。這群人就是最好的例子。」他在自己看到的每一條關於此事的報導下面，用各種語言留下了一樣的評論。

距離第二個任務將近五年後，第三次任務才到來。要不是設置了特殊提醒，王傑甚至都已經忘記了這個「副業」的存在。

這次的取血任務讓他遭受了肉體上的巨大痛苦。即便如此，10個比特幣的報酬還是讓他欣然接受了。前陣子比特幣的價格大跌，可依然足以償還剩餘的助學貸款，更不要說萊佛士醫院本身還給了一筆「取血費」。想到自己即將從困擾十多年的重擔中解脫，身上的疼痛根本算不上什麼。

而且，他已經迫不及待地想要看到，這次又有哪些「神」，會被他這個催命惡鬼的所作所為拽住腳踝，拉回到地底的煉獄之中。

第十二章　牧場之一

2049年12月31日，獅心塔九十九層。

這個房間總面積有一萬平方米左右，連同電梯間、廁所等配套設施，幾乎占據了大半層樓。然而，現在其中只有十分之一的區域是亮著的，其他區域一片漆黑，不時閃爍著幽幽的鬼火般的藍光，像是某片不為人知的野墳。

這個大房間在知情人之間有個代號，叫「牧場」，而有權限進入這個房間的人彼此之間都用「牧民」相稱。唯一例外的是七十九歲的班貢，大家都叫他「牧場主」。每次有新的「牧民」加入，都會有老「牧民」向他宣傳二十年前「牧場主」是如何的有遠見，造就了如今「牧場」的富饒局面。

要是讓一個普通人猜測班貢的實際年齡，答案絕對不會超過四十歲，如果忽略他略顯佝僂的體態和慢條斯理的說話方式，這個答案可能還要再減少十歲。班貢緊緻的臉上一絲皺紋也沒有，像是個二十幾歲的年輕人。此刻，在那個亮堂區域裡參加「牧場二十週年年會」的老「牧民」們都知道，眼前這位「牧場主」對他自己的臉有一種執念。

十幾年前，利用幹細胞療法進行人體受損組織修復的技術剛通過美國 FDA 認證，班貢就在自己創辦的幹細胞療法私人診所裡，用自己的幹細胞培養了一批表皮細胞，分批次進行植皮，最終將面部皮膚完全換過了一遍。即便如此，這樣的「人造皮膚」老化速度還是很快，不僅平時要注意玻尿酸和膠原蛋白的補充，每五年還要全面換新。班貢絲毫沒有嫌麻煩的意思，反而還鼓動身邊的人也進行這樣的操作，甚至還乘自己首席醫師的職務之便，和萊佛士醫院進行了醫療美容方面的多項合作。一些觀念比較開放，對新技術接受度較高的上流女性，已經成了班貢的常客。而他這種全面大膽地擁抱新科技的精神，正是「牧民」們始終追隨他的最重要理由之一。

今天「牧場」裡來了一百五十多個「牧民」，比以往的任何時刻都要熱鬧許多，其中有三分之一左右是今年新加入的。

這些「牧民」們人手拿著半杯名為「永生之吻」的紅酒，它由特殊的人造葡萄果肉細胞發酵而成，酵母菌則提取自古埃及某個法老王陵墓裡的金酒杯。這些酒水的顏色是接近鮮血一般的紅色，香氣濃郁，口感偏甜，價格超過等體積的黃金。據說真正懂這種酒的人，能從它綿柔的口感裡讀出三千年前的人類對於永生的渴望。

班貢正混跡於人群中，熱情問候著每一個前來參加年會的老「牧民」，同時不厭其煩地和每一個新「牧民」講解「牧場」的運轉方式和業務範圍。他堅信這樣一對一的交流更符合這些精英人士的品味。這些人都希望自己被單一地區別對待，從而感受到自己的特別、被關注。為此，班貢還特意為每個人都設計了獨特的開場白。

酒過三巡，眾人彼此已經熟悉，興致絲毫未減，正是將年會推向高潮的最好時刻。

「我親愛的『牧民』們，在過去的二十年裡，出於保密的需要，我始終沒有向外界公開過任何關於『牧場』的資料。而你們，我的朋友們，是第一批從我口中得知它的存在，並享受它的恩賜的人。」

班貢只是用手指敲擊了幾下護目鏡的側沿，就將自己的聲音同步到了其他所有「牧民」護目鏡上自帶的顱震耳機上。現場頓時安靜了下來，他微弱的聲音在「牧民」們的腦海裡格外清晰。

「相信你們之中有不少人都想親眼看見『牧場』的全貌，親眼看看那些為你們提供每日營養的『奶牛』和『豬仔』們。更何況，就在這些年，你們當中甚至還有一些人，居然對『牧場』是否真的存在提出過質疑。」
班貢開始在會場的人群之間踱起步來，和藹中帶著鋒芒的目光落到了每一個人的身上。他經過每個「牧民」的身旁時，那些「牧民」大都下意識地後退了半步，或是不自覺地屏住呼吸。
「沒關係，對於新技術的懷疑和困惑，自古就有。在座的各位已經比剩下的那些鼠目寸光的人要明智得多。你們，才是配在金字塔頂端生活著的人。當然，這麼說是有點老氣了，咱們也確實已經生活在了各座高塔的頂層，踩著那些螻蟻們的身軀。」
班貢低下頭看著地板，仿佛地上真的有螞蟻一般，用力地跺了兩腳，還用腳尖點地使勁地來回碾了碾。
「我的朋友們，你們要時刻明白，這個世界上多數人的存在，天生就是為了少數人服務的。能者，就應當身居高位，享有更多的資源，才能發揮更大的價值，這是《馬太福音》裡告訴我們的道理。」
現場依舊沒有人說話，每個人的眼神都深信不疑，滿懷敬畏。
「沒有耶和華的傳說，以色列人就不再有信仰，被永遠奴役，怎麼可能安居樂業。於是他們愛戴神明、供奉神明、歌頌神明。」
班貢抬起頭，環視周遭，發現在場所有人的目光都向他聚焦而來，這正是他想要的效果。
「而神明呢?憐憫他們嗎?報答他們嗎?還是看著那些被宰殺的作為貢品的牛羊感到受之有愧呢？」他搖搖頭，像是在趕走一隻蒼蠅，「神明遺棄他們之中的不潔者，教化那些最為虔誠的人。只需要稍加等待，這些虔誠的人就會帶領其他人開始新一輪的供奉。他們理應知道，他們本就該如此虔誠。」
「我們不需要用福祉，去向他們交換那點可憐的供奉。我們的存在，對他們而言已是莫大的恩賜！」

班貢喘了幾口氣，緩和了一下情緒，剛想再次開口就被一陣呼吸道的不適打斷。他捂著胸口彎下腰，發出劇烈的咳嗽。他能感覺到自己的體力已經大不如前了。

有兩個老「牧民」試圖上前攙扶，卻被他毫不遲疑地推開。

他抄起手邊助手遞來的半杯「永生之吻」，一飲而盡，又抹了抹嘴，似乎馬上就恢復了不少力氣。

「相信經過我剛才向你們每一個人單獨所作的介紹，在座各位對『牧場』今日富饒到何等地步已經有些概念。然而，我更想向各位講講它的過去，也是我的過去。」

林康遭遇意外後，那位荷蘭來的專家也沒有過上多久的好日子。

僅僅半年之後，在那場席卷了全世界的學術造假的風波中，那個荷蘭專家的一篇關於基因療法治療癌症的論文被認為實驗不具備可重復性而撤稿，他本人也很果斷地在第二天就提交辭呈。——

屬於班貢的機會終於來了，他順理成章地以超長的工齡打敗了剩下的競爭對手，坐上了胚胎移植研究室的頭把交椅。他對這個領域一竅不通，卻早就從幾十年的耳濡目染中學到了「為官之道」：招募幾個高學歷有能力的手下為他辦事，自己只需要保證這些手下會繼續為他服務即可。至於手段，不外乎是一遍遍不厭其煩地勾勒出未來偉大的行業前景，以及偶爾給一些金錢上的甜頭。

在那場大地震中，萊佛士醫院舊址隨著時間流逝，最終還是陷入了海水中，大部分工作人員和病患都被及時地安全轉移。在東南亞其他分院安置了幾年後，他們中的大多數人作為第一批回遷人員，於2027年至2029年期間陸續回到了新加坡，工作地點也變成新加坡第一座竣工的高塔——「獅心塔」內的醫院新址。

班貢本以為生活正在回歸正軌，自己會這樣一直到65歲法定退休年齡的到來。然而就在2027年年初，他們舉家回遷新加坡後不久，妻子便查出了肺癌晚期。

他的妻子也是菲律賓人，早年作為女傭被中介帶到新加坡。每個禮拜的星期日，那是整個新加坡島上的傭人們難得的休息日。這些傭人們，絕大多數都是菲律賓女性，總是席地而坐聚集在各種公園樹蔭下、商場或廣場的每一個蔭涼角落，談天說地。其中有些年長的女傭尤其喜歡抽一種每支都加了半克左右大麻的自製卷菸，並向年輕女傭們售賣賺取外快。他的妻子很快也就成為了「菸民」，最嚴重的時候一個週日要抽掉七根，以至於每個週一早上經常神誌不清不得不請病假，也因此被辭退了幾次。有了被辭退的前科，再要找到新的雇主就會難得多，她遇到的後幾任雇主也一個比一個嚴苛。於是她只能變本加厲地通過吸更多的卷菸來撫慰一週的辛勞和心理創傷，形成了惡性循環。

班貢出於醫生治病救人的本能，嘗試以各種理由和方式制止妻子的這種行為。他的妻子始終認為「為了心理的健康酌情犧牲一點生理健康，是可以接受的」，此事最後也就不了了之。即便是他有讓家人定期體檢的意識，卻也無法阻止妻子的病情惡化下去。

他知道這一天早晚都會到來，只是沒想到居然這麼快。

那時，靠基因療法定製靶向藥物治療癌症的技術還沒有苗頭。但早在2023年美國一個醫藥公司就已經成功研發出了能夠抑制癌細胞增殖的注射藥劑。該公司宣稱，只要保持定期注射，就能將癌症患者的預期壽命延長10年左右。

然而，新藥的上市需要美國藥監局的層層審批。班貢好不容易靠自己的積蓄維持著基本的化療、放療等傳統手段，熬過了半年，終於等到了2027年12月美國藥監局批準該藥上市。這種剛上市的新藥宣稱對所有種類的癌症都有效，因此很快供不應求。班貢詢問了醫療圈裡他所認識的人，都沒能拿到哪怕一支新藥。等到新藥的價格降到了班貢能夠勉強支付的地步時，時間已經到了2029年年中。那時距離他的妻子過世，已有大半年了。

他痛苦、憤怒，他將發生在妻子身上的一切不幸都歸因於那個在他看來毫無道理的冗長繁瑣的藥物審批流程上。假如這個世界對新藥的接受度高一點，觀念開放點，摒棄那些過分的小心，或許就能及時地挽救更多的生命，或許自己的妻子就能夠再多陪自己十年。

❀

2026年的一天，班貢像往常一樣以醫院高層的身份不定期地在各個病房內巡視。他看見了重症監護室特殊病房裡六個已經使用了生命維持機整整一年，不見好轉，至今也無家屬前來認領的可憐人。

2025年年底，民丹島的砂礦發生塌陷，數名工人被埋。經過營救之後，淺井內的22名礦工只生還了八名，其中六名由於缺氧受到了嚴重的腦損傷變成植物人，剩下的全部遇難。經過調查，這座砂礦屬於非法開採，保護措施不足，使用的也非專業設備，工人們都是通過各種非法渠道招募來的黑戶。當時恰巧有新加坡海警在附近巡邏，第一時間就將六名生死未卜的礦工送到了新加坡的萊佛士醫院，由印尼方面出資醫治。

這一次的跨國援助行動在國際上引起了諸多討論，甚至被譽為是「對鄰國公民視如己出的典範」。幾個月後，印尼政府出現了財政危機，之前商定的用於維持六個工人生命的撥款被撤回。而出於人道主義，萊佛士醫院不能單方面停掉生命維持機，否則有可能會演變成政治事件，更何況總統換屆大選在即，媒體們正愁沒有什麼新聞可以炒作。在這種情況下，那六個病人變成了沒人管沒人顧，卻又不得不耗費大量錢財用以維持其生命的「釘子戶」。

也就在2028年，中國完成了世界上首例，使用幹細胞組織培養的方式，在豬身上培育人體肺葉的實驗。這是繼心臟、腎臟、肝臟、胃、腸之後，又一個人體重要臟器在豬的身上培育成功。

班賁讀到這則新聞的時候，第一時間就想起了那六個沉睡多時而且甦醒之日遙遙無期的病人，一個想法開始在他腦海裡浮現。

2029年年底，班賁以開私人診所為名，在萊佛士醫院樓下租下了一個一百多平方米的房間，將那六個已經長時間無人問津的植物人礦工轉移到了其中。他將這個房間稱作「豬欄」，而這六個礦工稱作「豬仔」。有趣的是，近一百年前那批千里迢迢下南洋謀生的華人勞工們，來到那時還是殖民地的新加坡，也曾被高高在上的殖民者冠以同樣的稱呼。

之後，班賁找到了一些家境優渥的想要一勞永逸治愈肝癌、肺癌的患者，以及做過腸胃部分切除手術的人；還有一些先天性心臟病患者，以進行「基因配型」為由，提取他們體內的幹細胞，逆分化為全能幹細胞，注入「豬仔」體內，再利用催化手段將其定向誘導分化，逐步培養成完整的器官。而這些器官，最後以匿名捐獻為由，移植到那些患者身上，而班賁自己會收取一筆高昂的「中介費」。這筆「中介費」，除了支付器官培育費用以外，絕大部分都用於聘請那些一定程度上願意背離職業道德和醫學倫理，對推動前沿醫學技術的發展有激進的態度和信仰，並願意在法律的灰色地帶開展此類臨床研究的專家學者們。到頭來，班賁自己幾乎分文未取。

專家學者們。

「我們做的一切，都是為了讓人類早日在病魔面前不再束手無策。」他這麼告訴那些新加入的

第一次實驗的整個週期於2031年完成，那個有先天性心臟病的14歲少年從此擁有了一顆和運動員一樣強大的心臟，而且術後絲毫沒有排異反應，恢復得很快，那顆心臟很可能就此陪伴他一生。

之後的另外五例病患手術中，這些在真實人體內環境裡培育的器官無一例外都取得了很好的效果。

班貢從來就沒有懷疑過自己是不是在做一件善事，在他看來答案是肯定的。在進行實驗之前他甚至還多次確認了那幾名礦工的大腦對於各個部位的刺激都已經沒有了任何腦電波反應，更不要說形成並感知痛覺了。不過出於職業習慣，他在手術前還是會先使用麻醉劑。

他覺得這樣充分地利用「閑置」的人體資源，為更多尚有康復希望的患者帶來福音，是他此生做過的最正當的決定。哪怕從醫學倫理上看，他的這套理念已經超前了太多，這並不能怪罪於他或是他所使用的技術，而應歸咎於倫理沒能及時地與時俱進。現在的醫學倫理，就像落後繁瑣的藥物審批流程一樣，都是早就應該被時代拋棄的東西。更何況，他的恩師木下十一郎曾經就用行動教導他，只要之後能夠拯救更多數量的人，即使曾經犯下再大的罪過都是可以被原諒的。

很快，這樣的神秘器官「供源」在上流社會中就傳播開來。為了盡量保證這一灰色產業的隱秘性，班貢從一個單純的新產業發起人，變成了需要和大量客戶線下偷偷見面的「銷售人員」。

隨著訂單的增加，他需要採購更多的生命維持設備、更先進的科研器械，而最重要的，是尋找更多的「豬仔」。

或許出於倫理道德的觀念，或親人血緣的枷鎖，導致很多植物人的家屬不願意將患者的身體捐

獻。有一段時間，班貢只能靠提高「補償款」的數額來說服那些家屬。而這部分額外的成本使得培育出的器官價格水漲船高。有時候他為了防止資金鏈斷裂，不得不故意騙那些急需器官移植的患者家屬「還沒有找到合適的器官供體，需要加大搜尋力度」，利用他們焦急的心理「敲詐」更多的「中介費」。

好景不長，基因療法治療癌症在30年代得到了空前的發展。而癌症早期篩查技術的推廣，也使得需要器官移植的人越來越少。大量的「豬仔」被閑置，在生命維持器裡隨著自然規律老化。班貢不得不將重心放到了開展新的業務上。

2037年7月，《柳葉刀》雜誌一個角落上的文章引起了班貢的注意。二十多年前學術界造假風波中，一位被懷疑接受了一名性侵兒童企業家的資助，而失去杜克大學醫學院榮譽院長頭銜並暫停教職的「方寧」教授。不久之後就解散了他的生物科技公司並恢復了教職，而且時至今日都始終進行著他之前關於「長壽因子」的研究。

這種蛋白質名為「GDF11生長因子」，早在二十多年前就被發現能用於延長小白鼠壽命。由於其結構極其複雜，很難人工合成，抗衰老的生化機製也尚不明朗。因此，很長一段時間裡，在大型哺乳動物身上始終沒有進行試驗。哪怕是要在小白鼠身上起效，要麼需要定期注射，要麼就得用基因編輯的方式使得小白鼠脊髓造血幹細胞擁有對應的基因片段，在製造血細胞時「順便」形成這種「副產品」。

班貢第一時間就聯繫了方寧教授，聲稱有辦法合成他所需的蛋白質，而且是可用於大型哺乳動物實驗的劑量。但生產方式保密，班貢還要求對方把學術成果和他共享。

方寧教授顯然沒有從之前的學術造假風波中吸取教訓，為了自己的科研項目，他願意承擔使用來源不明的資助。這也是班貢在醫學圈內多方了解後，果斷與方寧教授聯繫的原因之一。

仔細研究了方寧教授發來的資料後，班貢很快就將能夠生產出 GDF11 生長因子的 DNA 片段嫁接到了幾個「豬仔」的脊髓幹細胞 DNA 中。之後再通過體外培養使得這些細胞的數量具有一定規模，最後在「豬仔」的脊柱上鑽數個小孔，分次將其注入，逐步替代原有的脊髓幹細胞。很快，這種經過基因編輯的脊髓開始生長，並產生新的造血幹細胞，最終生成新的血細胞和作為「副產物」的「長壽因子」。

這一做法大獲成功，而且生產效率喜人，產量也穩定，遠遠超出了方寧教授原本計劃的數量。從小白鼠、狗再到猴子、猩猩，方寧教授幾乎在半年之內就對多種生物注射了這種蛋白質，甚至還讓班貢在一些「豬仔」身上做了實驗。

事實證明，這個神奇的「長壽因子」並不能像科幻故事裡的那樣讓人返老還童，但只要在人體組織中達到一定濃度，可以大大延緩組織的衰老。然而，「長壽因子」如果通過靜脈注射，靠血液循環到達身體各個部位，就像我們人體中也會自然產生的那少部分「長壽因子」一樣，是很難起到效果的；它的濃度始終在變低，最後到達具體的組織內部的時候，濃度往往不夠。更麻煩的是，如果一味提高靜脈注射的濃度，會觸發人體對外來物質的免疫功能，同樣廣泛存在於人體組織中的淋巴液裡的巨噬細胞會將其消滅殆盡。

因此，班貢和方寧教授只能採取多點注射的方法，直接用微針將 GDF11 生長因子定點注射到皮層組織中，跳過血液輸送的過程。這一方法意味著實驗過程會非常冗長且痛苦，遇到要求比較複雜，注射位點比較多的實驗對象，有時候需要整整一個月。

而人體表皮最薄、組織老化效果最明顯的部位——人臉，就成了最早的實驗對象。班貢為了說服之後的實驗對象接受注射，以身試法成為了方寧教授的第一個實驗對象。當時注射設備簡陋，作為注射液基底的凝膠略微不純淨，手術後班貢的臉腫脹了整整一個月，好在最後總算起到「年輕化」的效果。

最初的幾年，為了不聲張這種還不夠成熟的技術，他還對外宣稱自己突然年輕的臉使用的是「人造皮」。

而注射液的形態也極有創意：事先用脂質小液滴包裹住 GDF11 生長因子，偽裝成養分被組織細胞吸收，以免這種大分子蛋白質受到人體免疫系統的攻擊。而這些脂質小液滴事先被分散在液態水凝膠基底內，需要避光保存。由於這種注射液呈奶白色，班貢戲稱其為「牛奶」，而專門生產這些 GDF11 生長因子的「豬仔」們，也被更名為「奶牛」以示區分。

隨著 40 年代頂尖醫院裡「手術休眠艙」的逐漸普及，手術對象已經可以在這個無菌艙體內通有微電流的營養液裡進入深度昏迷狀態，同時維持正常代謝，哪怕過了一整年，都不會有以肌肉退化為代表的任何生理機能的減退。而醫生們，可以在這段時間內大膽地操控艙內的二十多隻機械手進行各種手術操作，這也就意味著複雜的全身注射成為了可能。

幾例實驗後，班貢和方寧教授發現這種注射液對於人體組織抗衰老甚至是年輕化的效果顯著，目前也沒有發現任何副作用和毒性。其中一個案例裡，這種注射液居然讓一位終身未婚的花甲老婦重新擁有月經和生育功能，使她成功地和一位二十歲的男模結合，並於次年生下了一個健康的男嬰。

沒有任何宣傳，「長壽因子」注射劑的傳說依舊不脛而走，很快就被渲染得神乎其神，尤其是在對死亡有著比常人更大恐懼的權貴群體之中。

班貢覺得，屬於他的時代就要到了。

◎

「我的故事呢，到這就算講完了。」班貢似乎意猶未盡，還沉浸在自己的奧德賽中，「而現在，台下的各位，你們就是追隨我的第一批『門徒』。」

「我現在需要各位思考一個問題：一個人被綁在鐵軌上，列車徐徐向其開來。這時候，你可以按下一個按鈕，讓列車改道，不過改道的鐵軌上被綁著五個人。除此之外你什麼也做不了。請問，你會按下按鈕嗎？」

「這不就是電車難題嗎？」台下一個滿臉鬍茬的壯碩印度人首先發話，臃腫的白色無菌服都不能掩蓋住他身上的肌肉線條，「我對此持功利主義的觀點，認為犧牲少數人造福多數人是可以接受的。所以我會按下按鈕。」

「名校畢業生果然不一樣。容我向大家介紹一下，這位拉吉曼先生從約翰·霍普金斯大學的商學院畢業，現在是『環球海使』美國分公司的運營總監，剛被派來新加坡分公司指導業務。」班貢對在場每一個人的履歷情況都了如指掌，「不過，拉吉曼先生，請仔細回想一下我剛剛的話，這和你所熟知的電車難題有些不同。現在列車是駛向一個人，你有機會使它碾過五個人……」

「這……無論原先躺在鐵軌上的人數是多是少，問題的本質是一樣的，都在探討是否可以由人的數量來決定價值高低。」拉吉曼先生似乎為之前忽略了題目細節的魯莽發言感到羞恥，急於掩蓋自己的失誤。

「你說的沒錯，微妙的地方就在於，無論是持功利主義還是道德主義的觀點，面對這道『變種電車難題』，結論是都應該不作為。前者認為五個人的生命高於一個人，所以不能按下按鈕。後者認為面對兩難問題時就應當『順其自然』。」

拉吉曼點點頭，其他的「牧民」們大致思索了一番也都表示認同。

「那麼我再問大家第二個問題：如果已經明確地知道，另一條軌道上的五個人是即將被執行死刑的罪犯，而原先軌道上的是一個慈善家，如果他死了，成千上萬人將流離失所生活得不到保障。請問，這時候應該按下按鈕嗎？我再強調一遍，列車現在駛向的是一個公認的好人。」

這下全場開始了細碎的討論，並逐漸激烈起來。沒有人能果斷地給出答案。

「尊敬的牧場主，」幾分鐘後，一個面部皮膚白皙的華裔女子舉手發言，她是在場的其中一位「新牧民」，「我認為，如果按下按鈕，就是侵犯了那五個罪犯的生命權，哪怕你因此救下了一個好人，也不能算是『積德』，是會有更大的報應的。而那個所謂的好人，按照中國文化裡的傳統觀點，我只能說他命裡有這一劫，並對此表示惋惜。因此，我想我不會按下按鈕。」

「嗯，典型的中國道家『無為』觀點，」大家能夠從牧場主似笑非笑的表情上看出他並不認同，班貢仍對這位女士表現出了贊許，「陳玲小姐，您的父親陳謀是一位德高望重的風水學大師，我和他有過一面之緣。當時萊佛士醫院中醫科的格局就是拜托他設計的。」

「您的觀點想必和在場的一些人是一樣的，無非是你用了中國傳統命理學說來為自己的選擇辯護，他們可能用的是其他信仰罷了。您的回答算不上錯誤，但希望您的理論能回答我的第三個問題。」

班貢微笑著向那位叫陳玲的女子望去，那個女子也點頭表示洗耳恭聽。

「請在場的各位也認真思考。我的第三個問題是：如果那個慈善家換成了你自己，這時候按鈕就在你手邊。按下它，你可以免於一死，代價是犧牲五個即將被執行死刑的罪犯。這時候，你按嗎？」

「按！」在場不少人不到一秒就做出了決定，聲音此起彼伏，沒有絲毫遲疑。陳玲小姐此時眉頭緊鎖，像是吃了蒼蠅一樣的難受。

班貢彷彿得勝了一般，臉上掛著狡黠的笑容：「我曾經聽過一個流傳甚廣故事：有一個僧人，晚上獨自打坐，蚊蟲叮咬也絲毫不動，認為自己普渡眾生，還說如果能夠餵飽那些蚊蟲，也算是善事。然後一頭老虎出來了，要吃他，他二話不說就跑了。」

「我在這沒有貶低任何宗教信仰的意思。我只是想表達，當一個人真的即將受到切身傷害時，只要這個傷害足夠大，此時任何道德約束對他而言都是蒼白無力，甚至可笑的。此時做出的任何決定，哪怕不被世俗所接受，它都是正當的，可以被理解的。旁人沒有任何資格對他的任何行為說三道四。換句話說，人都有利己的本能。故事裡的僧人，願意拿幾滴血換自己內心的平靜和積所謂的『德』。這個所謂的『德』就是他想要的利益，血是他願意為此支付的成本。而他卻不願意拿命去換『德』，無非是命的成本太高。那些站在道德高台上批判嘲笑此類行為的人們，如果身邊突然出現一隻老虎，想必他們也會屁滾尿流地從『制高點』上跑開。」

台下發出了稀疏的笑聲。

「在第二個問題裡，『臨刑的罪犯』和『慈善家』的比喻，以及第三個問題裡我將『慈善家』換成了各位，這並不是我的突發奇想。甚至這幾個『變種電車難題』也不是什麼虛無的假設，而是真真正正存在於今日社會中的現實。」

會場很快安靜下來，全場注意力再次集中到了班貢身上。

「這個國家，因為前些年的幾場工薪階層抗議，就開始對高收入群體加稅。這些稅收要是真的用來建設我們的國家也就算了，可偏偏有60%的稅金，都流進了窮人的口袋，還美名其曰『低收入人群補貼』。這些所謂的『低收入人群』之中，有好吃懶做的工人，有不學無術的痞子，有對社會毫無用處的他國難民。他們但凡勤勞一些，都不至於淪落到這副田地。我們之中的不少人就是活生生的例子，白手起家到現在身家上億。這充分說明了只要勤勞肯幹，總是有出頭之日的。」

有幾個企業家模樣的人，聽到這臉上便泛起了紅光，得意得就像學生時代被老師點名表揚了一樣。

「這些『低收入群體』享受著我們一手構建的如此美好的一個社會，享受著幾乎是世界一流的醫療系統。他們對此付出了什麼呢？勞動嗎？那一定點可憐的廉價勞動力，又能給予我們國家生產總值增添多少呢？足以配得上他們享受的這一切嗎？他們難道不是更像蛆蟲，生活的全部意義就是張開大口眼巴巴地等著每個月月底那筆『救濟金』準時流進他們嘴裡？」班貢張開嘴，仰頭向天，指了指自己的喉嚨。

在場的「牧民」們似懂未懂，零星地傳來一些笑聲，好像正在觀摩一場獨角戲。

「可他們做的可不僅僅是這些，他們侵吞著的可這個國家的稅收啊！這些稅收來自於我們的資產，這些資產本來可以用來完成更有意義更偉大的事業！說白了，他們在偷我們的錢！這些靠著社會救濟維持溫飽的人才是這個社會的蛀蟲。我們，是他們能夠活下去的唯一理由，我們施捨了他們工作崗位，讓他們能夠養家糊口。甚至我們上繳高昂的稅收最後大都是為了讓他們能過得更好。我們是他們的恩人，是慈善家啊，各位『牧民』朋友們你們明白了嗎？」

人群中開始竊竊私語，不少人頻頻點頭。

「最後，在某一天，死亡終於降臨到了他們身邊，他們即將接受死亡的審判。而他們是誰？他們只是即將死去的凡人嗎？不，他們是即將受刑的貪污犯、搶劫犯、小偷！他們最終是去往天堂還是地獄我並不知道，我只想在他們真正離開這個世界之前，讓他們可以為他們享受過的福利給予適當的報答，讓他們有機會為這個他們生活過的美好社會做出他們力所能及的貢獻，讓他們有機會贖清自己的罪過。這樣，他們才能離開得問心無愧。」

說到這，班貢話鋒一轉，換了一種溫和卻具有煽動力的語氣：「而我們，大善人們，慈善家們，我們的所作所為不應當只讓我們能夠獲得虛無縹緲的『來世報』啊。在我們還活著的當下，我們就有資格，接受這些人的供奉！」

班貢轉身，張開雙臂，彷彿一名正在審閱軍團的將領。

他背後原本漆黑一片的區域接連亮起了燈光，如同晨曦拂曉，上千個「手術休眠艙」成七列依次排開，延綿上百米。

現場的人群中傳來一陣歡呼和驚嘆。

這是在場的新舊「牧民」們第一次看到「牧場」的全貌。

第十三章　牧場之二

一

李智的舌頭還麻著，手指尖對紫水晶高腳杯的觸感也不夠真實，可能是戴著抗菌手套的緣故。他小嘬了幾口裡面的「永生之吻」，覺得沒有之前幾次的清甜，便沒再動口，想默默地等到體內麻醉劑的效果過去，否則實在是有些暴殄天物。

本來現在應該輪到他來向這些「牧民」們介紹「奶牛」們，關於他們的身世、結局。

這些參加晚會的貴族們都希望自己喝的酒，是在擁有最好土壤的葡萄莊園裡，於氣候條件最為合適那一年釀成，保存在溫度濕度最為適宜的酒窖裡，到了最為恰當的年份，才為他們斟來的。同理，他們也是最相信「上好的雪茄都是在古巴少女的大腿上卷成的」的那批人。因此，就算是「奶牛」，也有品相好壞之分。

舌頭的不利索使李智錯失了這次演說機會，只好繼續作為班貢的副手，只是在必要的時候為他補充幾句。李智的護目鏡和班貢的有著特殊的同步傳輸機制，能夠使得他倆進行無聲的交流，這個技術曾在各種談判中派上過無數次大用場。

「現在大家看到的是一位韓國男子，叫金勇久。出生在那個以整容為風尚的國家，我特意檢查了一下，他居然臉上一刀都沒動過。大家看到的這個帥氣臉龐和健碩的身材，都是純天然的，請放心。」班貢走到了第一個「手術休眠艙」前，開始介紹起來。

今天他打算介紹的幾隻「奶牛」都是精心挑選後的，因此也特意擺放在了最為靠近過道的位置。而那些體態醜陋，年齡較大的「奶牛」們，則被放在了遠處。

「這個韓國人也算是新加坡的一個外來勞工，只不過比那些真正意義上的『外來勞工』幹的活要高級一點，是個程序員。不過除了工資高點，我確實看不出有什麼區別。都是迫於生計只知道埋頭苦幹壓榨自己的家夥。」

「他的結局也就顯而易見了，大家從休眠艙罩上的電子銘牌可以看到，他去世的時候年僅 45 歲。死因是心肌梗死，送到我們醫院的時候已經太晚了，最終搶救無效腦死。簡單的說就是過勞死，這類事情以前新聞上報導很多，都是用來控訴企業壓榨員工的。後來和跳樓自殺之類的新聞一樣，實在是太頻繁太普遍了，慢慢的報導也就少了。現在的報導門檻，搞得好像不是個名人都沒資格用高調的方式結束生命。這位金勇久先生，也就只能在這裡還擁有一下姓名了。」

現場一些女性「新牧民」發出了惋惜的嘆息聲。

「不過好在我趕在其他身體組織壞死之前將他的身體進行了處理，通過大家所看到的這個休眠艙維持他的新陳代謝。他現在大概是 54 歲左右。不過他體內生產著『長壽因子』，因此看起來可能只有 40 歲左右。這也可以看出我們產品的效果。」

聽到這裡，那些剛剛發出嘆息的女性們突然兩眼放光，紛紛擠到休眠艙前端詳起他的面容，彷彿他真的是一個難得一見的明星，只是睡著了而已。

「現在他算是我們『牧場』裡的『明星奶牛』了，很多我們的女性老顧客，了解到他的信息後，都點名要他產出的『牛奶』。未來五年內的產量現在都已經被預訂光了，平均價格大概在十萬美金一劑。我保守估計這副身體還可以再生產 20 年左右的高品質『牛奶』，有想法的今天可以排隊預約，等下我還會公布牧場 20 週年慶的特別折扣。」

李智默默關掉了護目鏡上的顱震耳機功能，他無法控制自己瑣碎的思緒，怕打擾到正解說到興頭上的班頁。

2039年，李智成為了「牧場主」班頁的副手。而金勇久是他遇到的第一隻「奶牛」。

那天金勇久被送來時已經嘴唇發黑，身體冰冷，是典型的缺氧而死。他的兒子金智樓坐在搶救室外，冷冷地看著門上閃爍的用中文、英文、馬來文顯示的「搶救中」紅色字樣，似乎早就已經知道最終唯一可能的結果。

在他凌晨兩點起夜，如往常一樣為父親倒上一杯冰鎮的曼特寧咖啡，敲門詢問卻得不到回應時，就覺得大事不好。等到他成功破門而入，看到的是已經倒在地上，臉部痛苦扭曲著卻毫無反應的父親，手上還緊緊地攥著沒有標簽的藥瓶，白色的藥片散落一地。

自從母親朴新善意外身亡警方草草結案後，他的父親便四處奔波，打點關係，希望警方重新調查，幾年下來花掉了不少積蓄，最後還是不了了之。而隨著自己上大學的日子一步步逼近，金智樓能感覺到自己的父親壓力陡增。

新加坡聯合大學最終還是於2033年分裂成了兩個不同級別的學府。級別較低的那個叫做「新加坡理工學院」，專門培養不同種類的職業技能。另一個才是真正意義上可以頒發學士及以上學位的「新加坡大學」，教的知識更為系統，還有眾多和企業合作的科研項目可以參與，畢業後的薪酬翻倍。如果想繼續攻讀碩士學位、博士學位，或是出國留學，在這個小國裡，這是唯一的出路。

雖然官方沒有明確規定，但是申請進入新加坡大學的人，不僅需要高中的時候成績優異，家庭住址也是一大關鍵。

根據一些人背地裡收集的數據可以發現，那些成功就讀新加坡大學的人，家庭住址所在樓層的最低底線，最早是從海平面算起50層，現在正以每年5到6層的速度逐年攀升。而他的父親十多年前辛苦買下的房子，僅僅只是九龍塔81層而已。

當時他的父親哪想得到樓層高低能夠帶來什麼區別，便聽信了身邊一個中國朋友「九九八十一」的遊說，認為這個樓層的房子吉利，可以給子孫後代帶來好運。半個月後，那個朋友說81層的二手房源所剩無幾，已經有新的炒房組織攜帶大量資金準備衝入新加坡樓市，屆時價格必然大漲。他的父親一聽，果斷用韓國首爾市郊的房子抵押湊齊了首付，從那個「朋友」手裡以高於相近樓層市場價百分之三十的價格買下了這套房。

後來金勇久才發現，根本沒有什麼所謂的「炒房團」，真正的炒房者就是他的那個所謂的「中國朋友」。之後的幾年，隨著「塔林」計劃裡其他高塔陸續竣工，九龍塔的房價不升反降。

就在2038年，申請大學入學的最低「資格線」也已經來到了75層左右。增長有在逐年放緩，已經降到了每年3到4層樓，可兩年之後無論是金智樓還是他的父親都不知道是否還能「過線」。

然而，一百層以上已經算是富人聚集的「高層住宅」，要入住需要有足夠的身份地位以及淨資產。夾在85層和100層中間的「過線」比較保險的房子，被稱為「中產階層後代實現階級跨越的最後機會」，成了新的爭搶對象，而且比以往的任何時候都要更加激烈。各種房產中介們也都開始了「饑餓營銷」。金勇久發現，自己現在位於81層的房子貸款還沒有還完，即使用於抵押，所得的款項也付不起首付。

就是在那樣的情況下，金智樓開始提出下午放學後去打工補貼家用，同時他也發現父親開始延長工作時間。有時候從早到晚，他和父親的見面次數還趕不上送餐的無人車。再後來，他們父子僅有的交流就是在晚上金智樓快要睡覺的時候，叩響父親工作的房間門，道一聲晚安，在門口放下一杯精心準備的曼特寧咖啡，而門內的父親往往只是「嗯」一聲。

諷刺的是，現在看起來，當時的他們更像是在互報平安。

֍

「大家要理解，現在這些年輕人，能往外跑的都往外跑，家裡有能力送出國的也在盡早送出國去。剩下的那部分呢，算是那麼幾個運氣不好的了，當生命走到盡頭，往往都自我結束得很不體面。跳樓就不說了，幾百米高空掉下來，那種速度下，海面就跟水泥地沒什麼區別。有的呢，用最原始的燒炭自殺，渾身細胞嚴重缺氧壞死；上吊的，頭頸部嚴重撕裂或者斷裂，品相極差，自然不能拿來給大家使用。再剩下的呢，基本都有嚴重的先天性疾病，比如心臟病、糖尿病啊什麼的，生產出來的『牛奶』理論上是健康可以使用的，但大家多多少少會有些不舒服。作為醫生，我很能理解你們的感受，因此我也拒絕接受這樣的身體出現在我的『牧場』裡。」

用醫生的身份塑造親和力，「牧民」們看來很吃這一套，李智偷偷回頭看了一眼，不少人都露出了贊許的神情。

「我們再來看這具身體，它屬於一個五十五歲就不幸『去世』的碼頭工人，名字叫沙穆爾。其實說『去世』不太準確，他只是在碼頭卸貨的時候不小心跌了下來，整個左臂和左半邊顱骨都嚴重粉碎性骨折。」

班貢頓了頓，欣賞著眾人眼裡困惑的神情。

「你們一定在奇怪，為什麼這個人看起來面容和常人沒什麼區別？是的，他是一個碼頭工人沒錯，但是他的手臂和顱骨修復手術是我做的，用上了當時國際頂尖的設備和團隊。不過好景不長，他在那次手術之後，長了個腦瘤。沒記錯的話，三年後他就由於腦瘤壓迫腦組織而變成了植物人。他在這裡無親無故，根據政府的政策，應該執行安樂死。於是我允許他在「牧場」延續生命，仍然為這個世界創造著價值。至於腦瘤的問題大家不用擔心，這隻『奶牛』的大腦被事先摘取了，剩下的身體部分是完全健康的。」

班貢抬頭望向天花板，似乎在等待上空的什麼東西給他回應。

「我相信，他如果能夠知道這一切，也會感到欣慰的。」

֍

沙穆爾的故事李智再熟悉不過。

那天，他根據班貢的指示，硬是把自己偽裝成新加坡一家頂尖私人養老機構的擁有者，班貢反而成了他的商業合作夥伴。沙穆爾之前因為班貢做的那場手術，而欠下巨額債務，最後不得不同意李智的提議，簽下了一份「賣身契」。

在談判的途中，李智言辭刻薄，之後還故作高傲地離開，目的就是為了反襯班貢的親和善良。更何況，班貢還是救了沙穆爾命的人。然而實際上，班貢才是想誘導沙穆爾簽「賣身契」的幕後主使。

當然，這一切沙穆爾都蒙在鼓裡。他只能看到一個始終為他切身利益著想的醫生在為他出謀劃策。

至於沙穆爾真正的死因是否如班貢剛剛所說，李智並不清楚。

李智很早就知道，所有簽下協議的人實際上都是班貢未來的「奶牛」供應。這種「豢養人類」的想法，很可能來自於那些使人類從採集社會向農耕社會進化的遠古智慧。

據他所知，所有簽下協議的人都被送到了獅心塔的一個不對外開放的區域生活，每個月發放的生活費是中產階級中較為富有的家庭的水平。如果想出門閑逛，必須戴上特製的追蹤器，它能記錄這些人出門後看見的聽見的一切東西，而且實時定位。官方的說法是為了防止他們毀約逃跑，因此也沒有人提出異議。

不過令李智感到意外的是，他們中的少數人依然會工作，為自己掙額外的錢，用到生活娛樂等方面。可惜合裡裡也明確限制了他們的酒精攝入和脂肪攝入，以及不可沾染毒品。

至於賭博，新加坡的賭場是不允許當地公民進入的。近些年有一些「準奶牛」以外國人身份簽了合約，並跟隨李智的老東家「環球海運」的船來到這裡，他們便可以藉此進入賭場。

李智很清楚地記得，有一個簽了合約的黑人小伙攢了一年的工資和生活費，揮霍在賭場裡。結果運氣爆棚，翻了好幾番，最後甚至完全可以為他「贖身」，脫離那份「賣身契」的控制。

可惜他希望自己能帶著一大筆錢衣錦還鄉，向故鄉的人炫耀自己在新加坡過得很好。那筆錢如果拿來「贖身」，他幾乎就是身無分文地回去，顯然還未達到他想要的結果。最後，在所有人的意料之中，黑人在兩天後就把那一大筆錢全輸了回去。

類似的故事還有很多。

這些被豢養的人類中，有靠著一條浸濕的棉布捂住口鼻，就能在卡瓦伊真火山口採硫磺的礦工；

有不願意忍受家暴，寧願淪落芭提雅紅燈區的年輕女孩；有拒絕服強制性兵役，從戰亂國家逃難至此以逃避軍法制裁的中年人；也有幾個沒有伴侶也沒有子女的老嫗，互相照應，相約著一起在這裡度過最後的時光。

和他們原本糟糕的生活相比，這個有享受時長限制的溫柔鄉，又何嘗不是一個好歸宿呢？他們就像是在籠中的鳥兒，外人只嗅到竹編柵欄的縫隙中毫無自由的氣息，卻沒有聽見它們仍在歌唱：至少他們還可以歌唱。

有些簽下合約的人並不太幸運，不到十年就去世了，而且最後往往不是變成植物人就是血管瘤破裂導致腦溢血。李智懷疑過班貢是否對他們動過什麼手腳，但他更願意相信，這些人只是個例。可哪怕班貢真的下過什麼黑手，醫學知識匱乏的他也不可能看得出來。

不過李智明確知道的是，班貢當年在南歐難民營裡做過人類活體實驗，而且並不只是為他們注射「長壽因子」這麼簡單，也不是將他們的脊髓幹細胞逐步替換。班貢那時候想通過基因療法，靠病毒能夠將自己的遺傳物質與宿主細胞的遺傳物質結合並自我復製的特性，利用改造後的噬菌體病毒，將能夠生產「長壽因子」的 RNA 片段導入到人體細胞中。噬菌體可以在人體內自我增殖並再次傳播，只需要一次注射就可以持續不斷地「感染」其他細胞，最後將其他都變為「長壽因子」的生產者。

這種方法在「豬仔」身上成功過，可偏偏到了人體實驗這個環節失敗了，20 個被試很快就發生了激素分泌紊亂的癥狀，最後無一生還。當時給出的解釋是「豬仔」的大腦已經被事先摘除，腦垂體和下丘腦的激素分泌功能被「手術休眠艙」取代。而「長壽因子」可以穿透血腦屏障，對活的大腦組織，特別是腦垂體和下丘腦區域可能有侵害作用，目前具體機制依然未知。

然而，即便聽說過了再多的不那麼符合人道主義的故事，李智卻從未想過自己作為班貢的副手是否算為虎作倀，也無暇害怕和懷疑這個臉上常常掛著笑容的醫生是不是有一天也會對自己下手。

無論答案如何，他都別無選擇。

二

李智第一次遇到班貢是在24歲那年。當時的他已經在「環球海運」的船上滿世界航行了近十載。在此期間，他漸漸感到身體乏力、反應變慢，還有骨質疏松、牙齒鬆動脫落、視力減退和血壓增高的問題。不僅如此，他長出了不少白髮，臉上也開始出現皺紋。有次興沖沖地到了摩洛哥的一家妓院，想享受一番，結果那晚他卻怎麼也硬不起來，還被妓女嘲笑了一番。

李智滿世界尋醫問藥，幾乎走遍了世界上所有的沿海發達城市，也只能得出「早衰症」之類的結論。更讓他絕望的是，這種病是罕見病，目前發病原因歸納起來有十幾種理論，無論哪種都是無藥可醫。

當再次回到新加坡時，李智造訪了萊佛士醫院，「環球海運」公司同意為他這樣的優秀老員工出資進行專家會診。

會診並沒有得出什麼有用的結論，只不過是開了一些給普通老年人吃的保健品，以作權宜之計，補充鈣質，降低血壓血脂，甚至其中一個牙科專家還給他種了幾顆假牙。李智覺得自己像是一台即將報廢的機器，公司只想在有限的成本範圍裡對他進行小修小補，使他能多撐一段時間罷了，之後很快就會有其他人取代他的。

那次會診後，其中一個叫班貢的醫生私下裡給了李智聯繫方式，說關於李智的病情他有一些不同的想法。

當天晚上李智就聯繫了班貢，來到班貢的私人診所，也就是現在的「牧場」所在地。診所裝修精致豪華，樓層很高，能看見新加坡南部自由港不滅的燈火。

「你出生在新加坡，卻沒有什麼已知的親人？是在地震中不幸失蹤或者遇難了嗎。」

「算是吧。」李智沒辦法這麼容易就信任一個陌生人，全盤向他解釋自己和老陸的關係，就連「李智」這個身份，一定程度上都是偽造出來的，他可不想為治病而露陷。

「這確實很麻煩，會診的時候我們有提到，要是能研究一下家族遺傳病史，或者基因比對，可能可以找到方法，比如基因療法。價格昂貴，但是對很多已知的遺傳病都有幫助，特別是那種影響全身機能的遺傳病，往往罪魁禍首只是一個小基因。有時候神奇到打一針就能根治。」

「啊這個我有聽說，10 年代末期出現的技術，當時被稱為史上最貴疫苗。」

「沒辦法，研發新藥需要耗費數額龐大的資金，沒有足夠資金回流的話就不會有醫藥公司願意去研發藥物了。這也就是為什麼罕見病很少機構願意去研究，因為無利可圖。現在很多已經普及了的療法，最早當他們作為前沿科技出現的時候，都是只有錢人才用得起。等落到我們這種平民身上，都得等成本降下來，基本上是五到十年以後了。」

那時的李智還不知道，為何班貢說到這便紅了眼眶。

「話說，上個世紀兩次世界大戰產生大量戰爭遺孤的時代已經過去了。一般和平年代孤兒被送到孤兒院，身上經常會有原生家庭留下的東西。你是華人吧，你們華人好像很喜歡塞小紙條在一個小布袋子裡，寫上名字、生辰八字什麼的，然後掛在嬰兒脖子上或者塞進繈褓裡。你有沒有類似的東西，或許可以成為找到你原生家庭的線索。」

李智搖了搖頭。

「再不然，可能只能用基因普查了。可惜個人基因信息已經被政府在法律上納入了個人隱私範疇，行不通。主要都怪之前那家基因測序公司，和那些用人單位、企業搞什麼合作，靠基因剔除那些可能有性格缺陷或者高患病風險的應聘者，最後促使國會通過新版隱私法案。現在弄得我們這些醫生寸步難行，如果要給某個病人測序都得層層審批，更何況是建立全新加坡人的基因庫了，根本不可能。」

「真的沒有其他辦法了嗎？您今晚找我來，不會就是為了說這些吧？」

「我們醫生不是神，現在連你這個病咋回事我們還弄不明白。之前的基因分析感覺也沒什麼問題，就是染色體端粒莫名其妙的比同齡人短，大概就像是你一出生身體就已經是快 **40** 歲的衰老水平了。之前你年輕，生長激素分泌旺盛，掩蓋了衰老的現象。隨著青春期過去，這個問題才開始顯現出來。」

「嗯……你能不能告訴我你是在哪家孤兒院長大的？」班貢話鋒一轉。

「達善福利院。」李智對自己這個假身份的關鍵信息已經爛熟於胸。

「哦？達善福利院……有意思……」

「怎麼了？」李智有些緊張，不過他克制著自己的表情和動作，讓這句發問盡量自然。

「沒什麼，就是有個老同事，好像和那邊有些聯繫，經常見她往那跑。不過那會兒你應該還小。你是哪年出生的來著？」

「2014 年。」

班貢微微皺了一下眉，李智看在眼裡，心跳不由地漏了一拍。

「如果我任由病情這樣發展下去的話，大概還能活多久？」他嘗試岔開話題。

「你現在的身體狀況，大致相當於一個 50 歲左右的人，目前算是個健康的中年人，以後的身體條件就不好說了。如果後續衰老速度不變的話，護理得當注意飲食和鍛煉，估計再活個 40 年不是問題。」

「也就是可以活到我 64 歲。好像還可以接受……」

「醫學上是這樣沒錯，64 歲去世也不算是個很糟糕的結果。不過，你現在還年輕，我指的是目前實際的生命長度。環球海運是一家不錯的公司，但據我所知，和其他公司一樣，也不太把人當人看。」

「怎麼說？」

「你看現在這些大企業，都想更快地發展，還想降低成本。這種訴求從經濟學上是合理的，可這就要求企業裡始終都是年輕有活力的員工。換句話說，這整個社會都在要求我們和衰老鬥爭。」

班貢滔滔不絕，絲毫沒有要停下來的意思。

「你會發現，現在新加坡中產階層平均壽命已經破了八十大關直逼九十，然而一個員工大概三四十歲的時候，體力就開始下降，此時他將面臨第一次被淘汰。即便他僥幸逃過了，又或者他從事的不是看重體力的工作，等到了五六十歲，他的精力也會開始下降，這時候又會面臨一次淘汰。假設他是個幸運兒，在此之前就混到了管理層，等到七八十歲的時候，也會被認為觀念跟不上時代，被架空、剔除、邊緣化。最後，就在家裡或者養老院裡，默默等著死神完成剩下的步驟。」

「一代人的興替就這麼結束了，這規律幾百年來從沒變過。」班貢嘆了口氣，仿佛剛看完一部時間跨度極大的紀錄片。

「你認為我的時間不多了？」

班貢點點頭：「說白了，你的公司很快就會評估出你對他們還有多少剩餘價值可供榨取。等到你每年能夠產出的價值低於他們支付給你的年收入，離你被拋棄的日子就不遠了。」

李智咬咬嘴唇，沒有說話。

那天晚上的談話就這樣結束得毫無徵兆。

第二天一大早，班貢剛剛和幾個主任醫師開完會，回辦公室時看見李智坐在門廊上打著盹。

這次李智有備而來。

「我曾經找到個硬盤，裡面的資料是有關我的身體狀況的，術語很多我不太看得懂，我覺得一定和我的病癥有關。」

班貢對此並沒有感到驚奇：「硬盤，你是說是你的父母把它和你一起留在福利院的？我沒有冒犯的意思，只是這實在是有些匪夷所思，或者說，有點過於……賽博朋克了，對於那個時代來說。」

「我沒這麼說過，具體這個硬盤怎麼來的我得保密。如果這裡面的資料對治療我的病情有幫助最好，沒有的話，請您也遵從醫患保密協議，對於你所看到的裡面的內容保密。這個密鑰可以讀取裡面內容的備份。」

「這是自然。」班貢伸手接過那個兩厘米見方的銀白色密鑰，用拇指摩挲著它的金屬拉絲表面。

這時，班貢忽然想起了什麼，抿起了嘴，略微松了手，也停下了接過密鑰的動作，以至於李智都不知道他拿穩了沒有，也不敢撒手。又過了半分多鐘，班貢才一言不發地完全接過密鑰，將它鎖在了辦公室的一個小保險櫃裡。李智偷偷瞄了一眼，保險櫃的裡面盡是一些泛黃的紙質材料，如今已經極為罕見了。

「這樣，我這幾天看看，如果有什麼新發現，我會第一時間通知你。到時候咱們再商量下次見面的時間。」班貢似乎急匆匆地想要結束這次談話。

李智也不方便多問，他也不知道自己是否可以完全相信面前這個人。他只能祈禱班貢有崇高的醫德，那些他當年在蛇杖前許下的誓言依舊牢不可破。

班貢最終還是給李智帶來了新的希望。

他生產的「長壽因子」初步證明對李智身上的早衰癥狀具有緩解作用。只要定期進行全身注射，就能大大延長李智的預期壽命，預計最後可以與常人無異。

不過以李智的經濟條件，自然是用不起這麼昂貴的「長壽因子」注射劑。好在班貢恰好需要一名對他的產品具有強烈「依賴性」的患者，依附於他，加入成為他的助手，李智自然成了最佳人選。

對李智來說，這樣的結果還不夠好，但他已別無他法。

直到現在，他依然不能對自己向權貴們推銷「長壽因子」時產生的強烈厭惡感習以為常。在他看來，自己的所作所為無非只是一種高級的「以販養吸」罷了。

李智回過神來，發現班貢帶領著那群「牧民」已經走了好遠。

他並不需要跟隨人群，都能想象出這些富豪，面對班貢聲情並茂的宣傳時，兩眼放光的神情，一如幾百年前那群聽信了東方遍地黃金的傳聞，便開創了大航海時代的巨賈們。

新的時代，永遠是圍繞著舊時代的頂層人轉動的，千百年來一直如此。這些時代一個個都如此的不同，卻又如此的相像。

李智又抿了一口杯裡紅酒，原本麻木的舌尖上似乎開始感受到了一絲苦澀，他感到困惑。抬頭看了看遠處那群人肆無忌憚的笑容，李智心想，或許只有那些人下頜骨上那條含過金湯匙的舌頭，才能品嘗到這「永生之吻」的香甜吧。

第十四章　牧場之三

王傑感覺杯裡的酒和他來之前惡補的紅酒知識裡所描述的任何一個品種都不太像。

他此前已經熟記了雷司令、霞多麗、赤霞珠之間的區別，並且背下了20世紀以來各大酒莊的所有好年份，甚至還靠「雄獅之心」提供的味覺模擬儀勉強學會了區分高檔葡萄酒裡的果木香、丹寧香、柑橘香。可面對眼前這杯格外鮮紅的液體，他除了酸、甜、澀這類簡單的字眼以外，想不出任何貼切的形容詞。

因此，他自打進入這個房間起，就放棄了和其他人交談的想法，以免過快暴露自己身上來自下層的氣質。不過，只要他用「雄獅之心」提供的假身份成功進入了這裡，任務就算成功了一半。而另一半，則需要他適時地露出標準的微笑，讓隱藏在假門牙裡的微縮相機盡可能多地拍下在場者的容貌即可。

進入這裡之前，他身上所有的私人物品，包括各種首飾和眼鏡，甚至是隨身衣物都被要求脫下，全身消毒後更換上統一的白色無菌服和特製的帶顯示功能的護目鏡，方可進入房間。因此，除了沒有戴上口罩之外，這裡看起來就像是爆發了某種疫情，躺在一個個「水晶棺材」裡的就是那些不幸的患者。

王傑甚至還認真地給這種臆想的「疫情」起了個極為恰當的名字：窮癌。

這種病的特點是，你有可能意外患上，也有可能與生俱來。在現今的社會經濟體制下，一旦感染幾乎只能指望某些更大的意外擺脫，否則就只能眼睜睜地看著它傳染到你的至親，甚至是代代相傳。

王傑總算是在班貢帶領新老「牧民」們參觀「牧場」全貌之前就拍下了所有面孔。剩下的時間他則專注於一一確認所經「棺材」上的電子銘牌，生怕遇到一個自己認識的人。他漫不經心地四處走著，不知不覺已經脫離隊伍好遠。

「你好，我是李智，牧場主的副手。」

王傑被面前突然伸出的一隻戴著半透明塑膠手套的右手嚇了一跳。順著手臂往上看去，是一張遠比聲音要年輕的臉。他的面部五官完全符合東亞人的特點，眉骨顴骨以及頜骨勾勒出的輪廓竟和自己有幾分相似。面前這個男子要比他矮十厘米左右，即便在東南亞地區也算是平均線以下，從穿著的無菌服尺碼可以看出來骨架也比他要略小一些。

「幸會幸會，我叫李樂天，是一個新『牧民』，家父對你們的產品很有興趣，派我來了解一下。」

「哎呀，沒想到還是本家。敢問您是新加坡李氏還是香港李氏？」

「啊，我的身世沒那麼顯赫，祖上來自中國大陸。只是繼承了祖父一手創立的小地產公司，略有些家底而已，在這個富豪雲集的地方，根本不足掛齒。」

「別這麼說，我雖然屬於新加坡李氏，也只是一個偏遠旁支，和建國後一直處於權力中心的那個李氏也沒多少關係。也好，這樣交流起來壓力可就小得多了。」李智毫不拘謹，一副自來熟的樣子。

即便對方草草帶過，王傑也能感覺到面前這個自稱李智的人身份絕不簡單，否則根本不足以和在場這些勢利的權貴們打交道。更何況，從他嫻熟的用詞技巧和年齡來看，想必是從小就在家庭環境裡耳濡目染，接受了足夠的熏陶。

「敢問令尊貴庚？」

「過了正月，就差不多要辦六十大壽了。」為了偽造身份，「雄獅之心」提供的所有家庭成員關係和身份已經被盡量簡化且短期內無法辨明真偽，王傑只需要自然地說出來蒙混過去就行。

「您是家中獨子？」

「是啊，我們這代，剛好是中國計劃生育那一代。老一輩是舒坦了，我們可遭了殃。還好家父早年下海經商積累了些資產，換做普通一點的家庭，現在的養老的壓力能把人壓死。」

「啊，貴國的養老問題略有耳聞。前面那群人裡有不少都是中國人呢，這讓我想起了當年秦始皇派徐福帶領三千童男童女前往蓬萊島求不老藥的傳說，聽說日本人就是他們的後代。」

「傳說而已，不可全信。不過這個『長壽因子』真的有這麼神奇嗎？我還是有些懷疑。畢竟『牧場主』並沒有給我們活生生的例子。」王傑對中國歷史並不了解，反而覺得面前這個「新加坡李氏」後人對中國文化如此信手拈來有些奇怪。為了不露餡，只能岔開話題。

「其實我就是這種『不老藥』的使用者之一。我今年 35 歲了，您看我的樣子可能覺得和常人 35 歲時候差不多，其實我患有一種罕見的『早衰症』。最嚴重的時候我看起來像是個六十歲的老頭。我可以給你看看那時候我的照片。」

王傑的護目鏡左眼原本透明的鏡片上應聲出現了一張圖片。照片裡的老人鬚髮灰白，面部溝壑縱橫，身形佝僂。哪怕五官的確相似，王傑還是更願意相信這是面前這個年輕人父親的照片。

「你是不是覺得我在拿變老濾鏡之類的糊弄你。」李智哈哈大笑，「沒關係，你也不是第一個了。很難相信，可這確實是我。我現在這個樣子除了『長壽因子』以外還有醫美手段的功勞，但我還是可以很負責任地告訴你，它很有成效。如果你有需要，我可以讓你看看具體的醫學報告。你會發現我的各項體徵都從典型的中老年人水準恢復到了青壯年水準。」

「這聽起來很像《本傑明·巴頓奇事》裡的情節。」

「是的，我也很喜歡那部電影。不過不用擔心，青壯年的身體新陳代謝實在是太快，『長壽因子』能夠起到的作用微乎其微。根據我們目前的用戶反饋，『長壽因子』只能把人的生命體徵維持在30至40歲左右，因人體質而異。不過它並不能讓你做到『不死』。去年我們有個95歲的高齡客戶，以50歲左右的容貌去世了。電影裡那種逐漸變成小孩子再變成嬰兒，最後在啼哭聲中死去的情節是不會出現的。」

「哈哈，看來死亡和衰老是兩個不同的問題呢。不過，如果真的能夠維持青壯年的身體機能，也已經很神奇了。」王傑尷尬地笑了笑，「你剛剛說的那個客戶，死因是自然死亡嗎？」

「嗯，這個嘛……」

「難道不是？這個產品有什麼副作用嗎？」王傑眼中閃過一瞬的狐疑。

「其實老牧民都知道這件事，沒什麼好隱瞞的。不過我想先問一下，您關於端粒學說了解多少。」

「了解不深，有些基本概念。所謂端粒是染色體末端一些重複的DNA片段，起到保護染色體的作用。隨著細胞分裂，細胞內染色體末端的這些重複片段會不斷丟失，也就是說端粒會不斷縮短。當縮短到一定程度的時候，這個細胞就不能再分裂了。因此有學者認為，端粒長度是反映人體預期壽命以及人體衰老程度的重要因素。」

「基本正確，您如果對這個學說有了解過的話解釋起來就方便多了。我們生產的所謂的『長壽因子』，實際上是一種端粒酶，它是一種特殊的蛋白質，可以利用細胞裡的原料合成端粒上的那些重複片段，並在細胞分裂的時候接到染色體上去。」

「也就是說在分裂的時候染色體端粒並不會縮短，細胞可以一直保持可分裂的狀態，從而持續更新體細胞！」王傑腦子轉得飛快。

「你應該很快能聯想到，這種理論上可以無限增殖的細胞其實就是所謂的……」李智膁起眼，引導著對方的思緒。

「癌細胞。」

「沒錯。有相當一部分癌細胞能無限增殖，就是因為它們能自己製造端粒酶。不過我們生產的這種端粒酶比較特殊，它在人體中只能存在很短的一段時間，之後就會自行分解成多肽和氨基酸，被細胞當成普通的營養物質吸收代謝掉。」

「所以你們可以控制注射的量，使得它的濃度不會高到讓細胞無限增殖。」

「對，而剛剛我所提到的那個老人，他是我們的第一批客戶，我那時候還不認識牧場主，不知道那個老人是怎麼可以那麼早就用上這個『長壽因子』的。總之，他開始使用我們的注射劑的時候已經快八十歲了，估計對死亡的恐懼已經積攢到了一定程度。於是不聽勸阻，斥重金大量購買我們的產品，並且要求我們頻繁為其進行全身注射，說後果他自己承擔。」

「你們就照做了？」

「那時候『牧場』需要資金擴張，否則產能會不足。據牧場主說，那時候那個客戶幾乎買光了所有產品，價格非常誘人，牧場主把自己的那份注射劑都賣給了他。」

「可以理解。」王傑面不改色地說出這句話的時候，都不禁被自己冰冷的語氣驚得一顫，仿佛一瞬間認同了這個廣場一般的房間裡躺著的不是一具具冰冷的人體，而是一台台冰冷的機器。

「一開始效果確實很好。那個富豪一再追加全身注射劑量，身體也依然沒有出現什麼不良反應。最後，他幾天內打進體內的量足足有常人的十倍之多。」

「那癌症是怎麼出現的？」

「你要知道，人老了新陳代謝自然不比年輕人。我們當時對於人體所能代謝的『長壽因子』的量也只是粗略估計。我們看他的容貌確實變得年輕，以為他身體的代謝能力應該也能跟上，因此默許了他的這種行為。當然，他也確實是個我們想討好的大金主。後來我們才發現，他其實身體本身的肝功能、腎功能有些問題。我們只是讓他身體細胞能夠持續更新，並不能治療他體內原有的病變。肝和腎功能受損導致他身體的代謝能力變弱，多餘的『長壽因子』大量囤積到了組織液中，而不是被細胞吸收。而且那時候手術休眠艙還沒現在這麼先進，可以用超聲波振動微針進行無創注射，我們一開始用的是那種長針筒，直接穿刺到組織中。」

王傑聽到這不由地倒吸了口冷氣，仿佛那根細長的針戳進的是他的胸口。

「由於注射得不夠分散，以及細胞代謝慢，導致注射液不能順著其在組織液中的濃度梯度擴散到整個組織中。最後在一些針孔比較密集的地方就出現了小腫瘤。這些腫瘤小而多，分布在全身各個重要臟器，如果動刀子切除會造成很大的傷害。如果服用抗癌藥，比如現在最常見的端粒酶抑制劑之類的，會先被那個老人體內已有的大量『長壽因子』吸收中和掉。」

「就只能等死了？」

「不客氣地說，確實如此。最後那個老人渾身腫脹，除了臉確實變得年輕了，其他部位可以用觸目驚心來形容。」

「這麼說……這其實是一個失敗的例子？」

「也不全是，牧場主確實攻克了衰老的問題，唯一需要注意的只不過是劑量大小罷了。要知道，我們常說的『善終』，聽起來很圓滿，其實究其本源往往不是由於急症就是慢性病。代謝功能減退、器官衰竭、類風濕，這些最常見的死因無一不是源於細胞的衰老。就連癌症，說白了就是細胞衰老的過程中由於端粒過短失去保護作用而導致的變異。只不過醫學上認為，我剛剛說的這些，是80至100歲這個年齡段『自然』會有的病癥，因此叫它『自然死亡』。現在我們已經攻克了衰老的問題，距離攻克死亡只是一步之遙。」

李智沒有換氣，緊接著說：

「而且那件事情發生後，牧場便開始嚴格根據每個『牧民』的身體情況，定製合適的注射方案。」

根據身體情況？您指的是療程期間需要定期過來體檢？」

「如果有條件的話建議如此，不過更重要的是參考個人與生俱來的遺傳信息，也就是基因測序結果。根據該結果，基本可以確定下來95%的治療方案細節。敢問李先生您是否有帶來令尊的基因測序結果。當然，如果您覺得這屬於個人隱私不便提供也沒有關係。」

「沒有。我此次前來只是對你們的產品先做了解，畢竟提供延緩衰老服務的科技公司現在全亞洲大大小小也有數百家，總要有時間充分調研一下。如果此次考察後我父親滿意的話，我自然會向你們提供這些信息的。」

「理解理解。據我所知，中國對個人基因信息的管控很嚴，不允許私人機構測試。聽說有些保險公司根據基因信息降低高患病風險人群的保額，甚至企業招聘都靠基因信息來判斷一個人的智商和專注力，造成社會不公平現象。不過2030年後，中國卻強制醫院在每個嬰兒出生的時候就採集並保存了基因信息，存到了電子身份證裡。這操作實在是讓人有些……捉摸不透。」

「是的，確實如此。現在基因測序已經不是什麼複雜的技術了……國家幫我們保管基因信息，也不是什麼壞事。」王傑覺得自己之前臨時做的功課根本不堪一擊，關於近些年中國的時事新聞，他僅僅只來得及瀏覽醫療相關的版塊。

「其實提供基因信息越早越好，關於這個，我們其實還有一個考量。」李智稍稍壓低了聲音，「不知您是否聽說過萊佛士醫院的有償取血項目。」

「略有耳聞，你說的取血應該就是直接抽取脊髓造血幹細胞吧。這當時在中國的爭議很大，有些民間的私人機構也開始效仿你們，然後倒賣給國內外那些幹細胞療法的醫院。但很快也被國家管控得死死的了，私人機構不規範，經常造成血液病的傳播。」

「嗯，取血對機構的資質要求很高。如果取血過程中一不小心傷及中樞神經，就有高位截癱的風險。」李智再次接過話茬，「而且據我所知，中國主要的取血對象都是低收入群體，很多原本強力壯的年輕男子從此不再工作，只需要定期取血就可以養活一家人。為了來錢更快，他們沒等到身體完全恢復就急著進行下一次取血，久而久之身體就垮了。更誇張的是，聽說有些人都已經虛弱得下不了床了，他的家人居然還推著輪椅督促著送他繼續去取血，就好像他是一棵活的搖錢樹一樣。後來，中國才規定取血都得去專門的機構，這些機構對身體素質要求很高。本來是為了窮人的健康著想，可那些以這項產業為生的人反而覺得是政府斷了他們的財路。從這點上看，新加坡就要規範很多。」

王傑努力控制自己面部的表情，假裝李智在訴說一件與自己完全無關的滑稽故事。他手臂上的紋身似乎開始隱隱作痛，好在無菌服把他包裹得嚴嚴實實，對方看不見他額頭上冒出的細密汗珠。

「萊佛士醫院的取血項目對供體的身體素質要求只會比貴國更高。萊佛士醫院和咱們『牧場』有這方面的合作，我們可以在全世界範圍內，為像令尊這樣的客戶，尋找合適的脊髓幹細胞年輕供體。再利用這邊現有的『豬仔』進行個性化定製培養。生產出來的『長壽因子』注射後產生副作用的概率會進一步降低。」

王傑感覺自己的整條脊柱在此時突然疼痛了起來，攥緊的拳頭裡也漸漸滲出了汗。為了不表現出異樣，他把手背到了身後，同時用右手死死掐住顫抖著的左手手腕。

「就像人體冷凍？」他微微咬著牙問。

「李先生您是有些不舒服嗎？」李智察覺到了明顯的異樣。

「沒事，只是突然有點酸牙。」

「那就好，如果有什麼事樓上就是萊佛士醫院，我可以幫您聯繫專家。至於您剛剛說的人體冷凍技術，目前市面上所有的打著該旗號的公司，都是騙子。至今科學上還沒辦法解決低溫下人體內水分結晶，導致撐破或者傷害細胞的問題。但如果您想說的是，維持人體在一個低的新陳代謝率，並保持很長時間，比如一百年。以我們的現有技術，理論上可能做得到，只是還需要更多的研究。」

「你們的產品只能用脊髓幹細胞在這些『豬仔』內培養嗎？我聽說其他的公司好像都在用『細胞工廠』技術？」

「您的問題都很專業。」李智笑了，這個問題也沒有難住他，那種笑容更像是找到了一個聊得來的朋友。「其實細胞工廠技術也經過很多次的疊代才達到了今天的繁榮。一開始這項技術其實叫『細菌工廠』，被用於生產人胰島素，使用的是大腸桿菌，後來又改成酵母菌。而現在生產胰島素、人生長激素、腎上腺素等等，一般使用的是人工生殖庫裡篩選後的受精卵，在人造子宮內分裂過程中形成的胚胎幹細胞，這項技術因此改名為『細胞工廠』。您知道為什麼嗎？」

「這樣產品的生產環境越來越接近人體真實的環境。」

「沒錯，而且產量高、質量穩定，隨著科技的發展，生產成本也在降低。但是胚胎幹細胞的使用遭到了人權組織的強烈抵制。這些人認為我們提取胚胎幹細胞的囊泡組織等同於胚胎，而胚胎等同於一個人，因此使用胚胎幹細胞用於生產藥物便是侵害了『人權』。他們曾經也用類似的一套荒唐理論推進了 20 年代美國的《反墮胎法案》，認為胚胎的父母無權決定腹中胎兒的生死。」李智無奈地搖搖頭。

「科技發展的腳步是不可能因為少數人的愚昧而停止的。」李智略微提高了音量，使用著略帶有一絲驕傲的口吻，「既然胚胎幹細胞沒辦法簽署自願捐獻以供科學研究的同意書，我們就找活生生的人來簽。」

「你說那些捐獻脊髓幹細胞的人是合法的，那這些『豬仔』也都是自願合法地躺在這裡的？」

「是的，都有完整的正規的具有法律效力的文書證明。」李智點了點手邊一個休眠艙的電子銘牌，一份文書便浮現在二人面前，「其實使用胚胎幹細胞進行生產，效果肯定是要好於脊髓幹細胞。沒辦法，脊髓幹細胞是目前我們能使用的，尚未有法律限制的，全能性最高的細胞了。目前脊髓幹細胞的體外培養技術還不成熟，經常增殖不了幾次就不再分裂了，生產效率很低。這也是為什麼我們需要，或者說不得不進行這種體內培養。」

「他們簽合同的時候都是活著的？那為什麼不逃跑毀約呢？」

「其實……確實有這樣的現象。」李智被王傑這一問，稍顯尷尬，但還是做出了回應。「之前有個孟加拉籍的外勞，本來簽了合同準備支付他的醫療賬單。後來，也不知道他怎麼著的，突然想不開做傻事，卻自殺未遂。要知道，在新加坡自殺是違法的。死成了還好，萬一死不了還得繳一筆巨額罰款。那個外勞自然是給不出來，於是再次自殺，結果又未遂。後來，法庭判處他鞭刑 12 下，吊銷他的工作準證並驅逐出境，永遠不得再進入新加坡。」

「這樣就可以毀約了？」

「是的。合約關係到遺體捐獻的合法性，在有些國家遺體捐獻是違法的，特別是宗教信仰氛圍比較濃的國家。之前我們和他簽的合約只在新加坡境內有效，如果簽署人出逃海外我們是不能強行要求履行合約的。本來為了預防此類情況，我們扣押了他的準證，使他不能出境。但是驅逐出境屬於政府的強制性措施……」

「自那以後，我們的合約就只提供給沒有第二國籍的新加坡公民，因此現在不需要擔心此類情況了。」李智緊接著補充道。

「嗯。」王傑心裡偷偷為那個躲過一劫的外勞叫好，故作輕鬆地舒緩了一下肩關節，身體重心在左右腳之間來回變換著。

根據「雄獅之心」的指示，王傑應該盡可能套取更多信息：「那牧場主本人也在使用你們的產品嗎？我看他皮膚很年輕，身形還是略有些佝僂，微顯老態。」

「啊……牧場主。那個老頑固，據我所知，他自己確實是不長期使用我們的產品的……這並不是他不信任我們自己的產品。」李智兩句話之間銜接得很快，沒有給王傑絲毫質疑的機會。

「他只是覺得，身體上的衰老和死亡，是一個人一生必經的修行，是人生的一個重要組成部分。就連那張臉，其實他的初衷也只是測試自己新研發的技術，當時也找不到更合適的測試人選。」

「這種對於人生完整性的看法……很少見。他是個基督徒嗎？」

「我不太清楚，但我知道他並不相信天堂和地獄的存在。他曾經告訴我，他認為死亡是對一個人最終的審判，無論一生善惡幾何，都能在那一刻一筆勾銷。」李智說著，自然而然地回頭往牧場主的身影處看去，神情像是一個孩子在看著自己年邁的老長輩。

「他就不好奇未來的世界是什麼樣子嗎？不想再多看看這個世界？至少，看著牧場一天天壯大會讓他開心的吧。」

「很難說，」李智不好意思的笑笑，「有一次我曾經和他討論，如果不久的將來永生成為了可能，世界會變成什麼樣子。他說，『希望那時候我已經死了』。」

「什麼！」

「『希望那時候我已經死了』。這是他的原話。他覺得那並不是一個美好的世界。他說那時候人會覺得自己是神，可他們終究還是只擁有人性。

他還說人類的貪婪是沒有盡頭的，哪怕成了神一般的存在也一樣。到時候掌握金錢才能掌握人權，而掌握了科技就是掌握神權，而那些什麼都沒有的人就會退化為牲口……哦不好意思，扯遠了。」

「沒事，挺有意思的觀點。聽你這麼說，他可真是個有想法的人呢。」

「李先生您還有什麼想要了解的嗎？」李智迅速收起了輕鬆的神情，恢復了一開始談話使用的嚴肅姿態，讓王傑頓時有些不適應。

「說實話，我還是很難相信那個照片是您本來的樣子，效果有點……好得超乎想象。可……如果沒有更多的案例……恐怕難以說服我……的父親。」王傑把話題又引了回來，勉強將談話繼續下去。

「其實……像我這樣的案例還有很多。」李智將王傑帶到了右手邊的一個休眠艙前，「『牧場』裡的也並不都是『奶牛』，有一些我們收到的比較老的身體，會被用來做一些實驗，測試產品效果，然後針對性地對產品進行一些改良。你看那些大一號的休眠艙，裡面一般都是實驗體。和『奶牛』不同，他們需要盡可能地還原人體的各項功能，所以這些身體裡都有完整的大腦組織。」

眼前這個休眠艙是其他的兩倍大，能看到檢測身體機能的指標要比普通的休眠艙多得多，與其他休眠艙裡的人體不同的是，裡面的人體渾身上下都插滿了管子，不停的吞吐著各種顏色的液體。這讓王傑想起了某些蜘蛛：它們總是先將獵物捆起來，注入毒液將其內臟液化，等待一定時間後再吸取這份「液態大餐」。

「這個人叫賀元龍，之前是中國一個很有名的遊戲主播。我算一下……他最火的時候大概是您上學的年紀，我想您一定聽過他的名字。」

「我……我對電子遊戲一類的不太感興趣。」王傑有些支吾，他並不知道這個人的名氣大到什麼程度，也不知道自己撒的謊是否足夠掩蓋他對中國流行文化的無知。

「哦，這樣啊。不過沒關係。您肯定知道一般這類人都有很快的反應速度，手眼協調能力也高於常人。這位賀先生，很不巧地遭遇意外導致成了植物人。癱瘓在病床上的時間久了，他的手臂肌肉包括手腦神經連接都退化嚴重。我們因此在他的身體上測試『長壽因子』是否有修復此類退化並重新建立神經連接的功效。」說罷，李智把王傑領到不遠處的另一個大型休眠艙。

「這個老婦患有阿爾茨海默病，俗稱老年癡呆。我們在其身上研究『長壽因子』對這種病是否會有良性影響。我們會使用一定劑量的『長壽因子』，搭配一些激素，看是否能讓她的大腦皮層和海馬體恢復一定的功能。哪怕是稍有改善，我們的產品就很可能能夠作為一種藥物上市。不過我們的生產方式……要通過人道主義的審核還有些困難。」

「這個老婦是三年前剛被送來的，其實才六十多歲，老年癡呆卻很嚴重，不知道是什麼原因。根據和她一起來的閨蜜說，她們兩個原來都是幫教會工作的，我估計是修女一類的，沒有婚嫁，現在這麼虔誠的人已經不多了。她倆自從大地震後就相依為命了二十多年。」李智從系統中調出了這個老婦人的各項生理數據，檢查了一番。除了血壓、心跳、體溫之類常見的指標，其他的王傑一概看不懂。

「又過了一陣子，這個老太太就病危了。她的閨蜜送來了一份遺囑，裡面要求捐獻她的身體以供醫學研究，說是要什麼『回饋社會』、『感謝政府』之類的。」李智的目光沒有從那些密密麻麻的數據上移開，「我是真的沒搞明白一個老年癡呆的人怎麼能寫出那麼措辭得體的遺囑。但能收到這樣的身體確實難得，我們就簽了合同，因為老太太的精神狀態越來越差，最後就由她的閨蜜代簽。沒想到，她那個作為代理人的閨蜜，居然在簽合同當天突然提出要我們支付一大筆傭金，不然就寧願把身體送去火葬場也不給我們。還好當時『牧場主』已經申請下來一批關於研究阿爾茨海默病新療法的科研資金，才勉強拿到了這具身體。」

「我現在想起來，覺得她們之間『閨蜜』的關係都得打個問號。可惜，這個老太太直到停止呼吸的那一天都不知道發生了什麼。」李智依舊沒有轉移視線，只是淡淡搖了搖頭。

「我這邊有一份她剛去世時的資料，你可以通過對比現在她的臉，看看三年的『長壽因子』注射能大概起到怎樣的效果。」

王傑往休眠艙看去，面前這個「老婦」在他看來最多也就40歲，他正為「長壽因子」的神奇效果感到震驚，突然眉頭一皺，感覺血管一陣冰涼。

「等下，你剛剛說這個老婦人為教會工作？」

「嗯，她閨蜜說的，地震前好像在一個什麼教會資助的福利院裡工作。怎麼？你認識？」

「不認識……只是家父早年有下南洋經商的經歷，聽說和新加坡這邊的各個教會多少都有合作。敢問那個福利院的名字您還記得嗎？或者那個教會？」

「這……我就不知道了。打聽這些『奶牛』或者『實驗體』生前的身份對我們沒有好處，這個小國家裡經常有千奇百怪的人脈，你永遠不知道一個不起眼的小人物能和哪個大人物剛好認識。剛剛那些，你就當是我胡說的。」

「那她的名字……」

「哦名字還是有的，我看看。」李智熟練地在休眠艙的電子銘牌上點了幾下，彈出了一個帶有照片、生卒年月、姓名、性別、身高、體重的簡略資料欄。

「她叫王霞。」

王傑有些絕望地嘆了口氣。

李智似乎沒有察覺到他的情緒變化：「李先生，今天牧場主大費周章邀請你們來，還選在這麼一個特殊的日子，一定不會讓您帶著任何關於我們產品的疑惑離開。」

王傑看著眼前這個和他年紀相仿的男子臉上燦爛得有些詭異的笑容，感到有些不適，點點頭便轉移了視線，回望人群。「牧場主」正在遠處向他們招著手，示意幾個掉隊的人都跟上人群，似乎有什麼重要的事情要宣布。

人群已被牧場主帶領到了一堵巨大的牆面前。

「牧場」剛亮起燈的時候，王傑被震撼得還沒來得及思考，這一排列的「手術休眠艙」最終會以一種怎樣的方式在何處休止。他此前甚至想象過，這些盛放著一具具介於死與活之間的軀體的容器，會這樣一直排列下去，沒有盡頭。無論如何，都不應是止於這樣一堵平白無奇的牆。

他回頭向後看去，吃驚於自己不知不覺中已經從一棟建築物的內部走出了這麼遠的距離：剛剛舉行過酒會的金色廳堂已經縮成了指甲蓋大小，密密麻麻的「休眠艙」星羅棋布，像是在對他俯首稱臣，一瞬間讓他有種君臨天下般的奇妙錯覺。

牆的前面是整個房間最後一個艙體，呈三米多高的圓柱形，表面由透明材料製成，周圍光線不足，沒人能看得清裡面裝著的具體是什麼，甚至不知道裡面是否和其他「手術休眠艙」一樣充滿了不知名的液體。

「我們此次參觀的最後一站終於到了。」牧場主站在這個巨大的艙體和人群之間，手放在胸前，不住地搖晃著高腳杯。他的眼睛向下瞥，緊盯著裡面被自己來回旋轉的液體，神情故作輕鬆，卻更像是在掩飾某些強烈的情緒。

「由於牧場的高度保密性，我們不會向任何人透露我們客戶的具體信息。我也不建議各位向外透露。畢竟，稀缺的產品使用起來總是遭人嫉妒。當然，這種道理在場的各位一定比我更明白。正所謂『悶聲發大財』。」

現場傳來了幾聲嬉笑。

「那既然沒辦法拿出活生生的例子，怎麼樣可以向大家展示產品的效果呢？」牧場主抬起頭，掃視著在場所有人的眼睛，「我身邊有很多人都是使用者，我的助手李先生也是使用者。空口無憑，在場的絕大多數人以前並不認識他們，沒有親眼見過他們十年、二十年前的樣子，沒辦法對比。哪怕是照片、視頻也有造假的可能。」

「因此我需要一個特別的用戶，一個大家都認識的人。不僅現在認識，二十年前牧場還沒出現的時候就要認識並熟悉。不僅要熟悉臉，還要熟悉整個身體，這樣才能全方位地看到效果。」

圓柱形艙體內部從下至上漸漸亮起，王傑找不到燈光的來源是哪，看起來就好像艙內的液體本身會發光。豎直懸浮在艙體內的是一具裸體，曼妙的曲線勾勒出性感的輪廓。

艙體完全亮起，那是一張在場的所有人都熟悉的臉，面容安詳，好似睡著一般。

「這不可能！琳婭已經死了！」站在前排的一個矮小的日裔牧民激動地大喊。

「難以置信！」

「這是真的嗎？如果不是，那就是本世紀最大的騙局了。」

人群中迸發著無數種來自各種語言的表達吃驚的詞匯。

「牧民」們開始沸騰起來，無論男女，每個人都爭先上前觀望，只不過，男士更多著眼於脖子以下的部分。當然，那些帶著夫人或女伴一同前來的男士們比較不那麼明目張膽，一定是先用餘光確認了身邊女子的注意力是否在自己身上，再決定是否要往下多瞄上幾眼。

「這真的是琳婭嗎？還是只是和她長得很像的人？」王傑站在人群的最後方，並不能真切地看清楚艙內人體的容貌。

「是她。」李智的回答很乾脆，「說實話，我對她並不熟悉，只知道她是一個著名的藝人，前些年失蹤了。就連這些信息，都是我查了資料才知道的，牧場主拒絕告訴我任何有關她的信息。」

「有趣。」王傑饒有興致地看著那具裸體，這種超級明星的身體在普通民眾眼中總有一種神聖感，混雜著好奇，即便她並沒有比普通人多一隻眼睛或是多一條尾巴。

「她還活著？」出口的一霎，王傑就覺得這個問題愚蠢至極，但琳婭雪白的身體，鮮活得就像是隨時會睜開眼，使他無法克制自己的幻想。

答案在王傑的意料之中。

「活著，也死了，就和他們一樣。」李智指了指身後。

之後二人便是許久的沉默，和前面喧鬧的人群顯得格格不入。

過了約莫十分鐘，在場的人都沒有冷靜下來的趨勢，牧場主清了清嗓子：「琳婭小姐從失蹤到現在也有十五年了，期間我一直在對其使用我們的產品。女人的容顏，二十歲到三十五歲的變化想必在場無論男女心裡都有數。各位可以盡情上前仔細觀察她的容顏，她的身體，是否依舊如當年一樣年輕。如果不放心，請離開這裡以後自行尋找她留下的各種影像記錄比對。」

「請原諒我並不能向大家解釋為何她出現在這裡，我只能向各位保證，是通過合法途徑，也請大家不要聲張。作為報答，本次年會結束後，凡是一次性預購滿20年『長壽因子』注射服務的牧民，每年可以得到一次額外注射機會。而這次額外注射所用的『長壽因子』，將會由琳婭小姐的身體內產出！」

「真的嗎？這機會可太寶貴了！」

「牧場主萬歲！」

「天佑牧場主！」

歡呼後便是長長的自由參觀時間，所有人都絲毫沒有從琳婭的裸體旁離開的意思，都在激烈討論著。仿佛他們端詳的是一件百年難遇的藝術品，就像是米洛斯的阿芙羅狄蒂，又或是《世界的起源》。

「親愛的牧民們，我的朋友。」

許久後，牧場主再次提高了音量。聲音是從護目鏡的顱震耳機裡傳出來的，王傑還是感覺自己聽見了某些回音。

人群這才稍稍安靜下來。

「新年的鐘聲就要敲響，2050年即將到來，21世紀也將走入後半程。現在，請大家和我一起倒數，10，9，8……」

牧民們好不容易才將注意力從琳婭身上移開，加入一起倒數的行列。隨著倒數的數字越來越小，人群也越來越興奮，彷彿這幾秒鐘時間就是要比生命中的其他幾秒高貴。

就在這時，地板下方傳來微微的顫動，圓柱形艙體背後的墻面由金黃色開始轉為透明，最後消失。有幾個「牧民」伸手嘗試觸碰，卻發現空無一物。

「墻」的另一邊，是一個弓形的隱藏空間。這個房間裡也沒有燈光，其最外側的弧形墻面是全透明的，看起來空無一物，卻隔絕了如此高空處本該有的低溫和狂風。

「7，6，5，4……」

整個房間的燈光也由遠至近開始逐步熄滅。只見牧場主在最後一抹燈光消逝前轉身，徑直穿過原本墻面的位置，向那堵不存在的「墻」背後走去。其餘的人也默默跟上，人群開始安靜下來，連倒數聲都變得微弱，最後幾乎成了幾聲模糊的呢喃。

「3，2，1。」

霎時，從那面弧形全透明外墻的最左端到最右端，各色煙花四起，就像是精準地計算過了一般，恰好圍繞著這個樓層綻放。

在高塔外煙花爆炸的間隙，透過透明外墻的中央區域，可以看見遠處的九龍塔由上至下正向外噴射著金銀交替的熱烈火花。須臾，一簇簇火光從九龍塔周圍的海面以下呈螺旋狀一輪又一輪地竄起幾百米高，之後爆裂開來，形成一陣高頻的閃爍，將更高處密布的雲層照得透亮，像是正孕育著雷暴一般。一旁的白象塔則要收斂一些，幾百顆不知道由什麼材質製成的巨大圓球正散發著忽明忽暗的光芒，圍繞著塔身來回上下飛速旋轉，將塔頂的象鼻神雕像映得絢爛異常，像是剛在印度傳統侯麗節慶典中遊走了一番，被撒上了色彩濃艷的粉末。

唯一讓人感到不和諧的，是透明外牆良好的隔音效果：即使牆外看起來熱鬧非凡，房間裡始終一片寂靜。

「敬新的時代。」牧場主舉杯，立於透明外牆正中央的他，在眾人眼裡只剩下了黑色的剪影，甚至都很難區分他面朝何方。大樓外的煙火在這一刻似乎都少去了幾分光芒，杯中所剩無幾的液體逆著煙火的輝光，被映得黑裡透紅，如淤血一般深邃而又渾濁。

「敬新的時代。」牧民們隨聲附和。

王傑在人群的最遠端，嘴唇囁嚅著終究沒有發出聲音，心中卻還是默念起了同樣的語句。他將尚半滿的酒杯舉過額頭，聽著周圍此起彼伏的吞咽聲，卻絲毫沒有繼續飲用的衝動。

高塔外的煙火還沒有平息，反倒有愈加熱烈的傾向。

關於琳婭的談論聲依舊存在，只是微弱了許多，或許是不想破壞塔外勝景帶來的慶典氣氛。更多的人只是靜靜地欣賞著這漫天華彩，彼此粘連的黑色剪影似乎和流淌著的時間一起，凝結在那面寬闊的無形的幕牆上。

王傑忽然覺得身後有一絲發涼，一回頭，琳婭雪白的裸體依舊在艙體內緩慢旋轉。當她的正臉再一次面對王傑時，在那個瞬間，王傑似乎看見她猛然睜開了眼。他驚得別過了頭，心率飆升，鼻孔喘著粗氣，腦後的血管突突直跳。

過了約莫半分鐘，他才鼓起勇氣轉回頭再確認一次。

這一次，她的睡容還是那麼的安詳。

第十五章　巴別之一

一

對周翀來說，剛剛過去的 2055 年注定是不平凡的一年。

自從 20 年代起，世界各國央行都陸續開始有了發行數字貨幣的計劃，它們大都基於區塊鏈技術發展而來。因此如今各國央行的總部更像是一個戒備森嚴的機房，裡面都是目前最先進的量子計算機。各大央行彼此之間的數據實時互通，避免一個央行出現意外而導致一部分數據永久丟失。因此整個世界比以往的任何時候更像是一個「經濟共同體」，或者說地球上出現了第一個所謂的「世界銀行」。

推行數字貨幣源於各國政府達成的共識：經濟發展必須依靠於人民的高消費。於是，新的一輪「軍備競賽」開始了，各國央行將利率一降再降，以至於達到了負利率，同時量化寬松，讓貨幣貶值。而這時候，必然會導致民眾擠兌現金以求保值。一旦數字貨幣取代了現金，民眾們不消費又不讓財富貶值的最後手段也失效了。無論投資股市基金也好，還是購買房產、黃金，都是政府所希望看到的。如果說 21 世紀初消費主義是資本主義的陷阱，那麼如今整個世界都處於消費主義的「盆地」，無人不身在其中。

數字貨幣的全面使用也推動了人工智能對金融市場的全面接管。股市和基金市場中手握著大量資金的「莊家」們都在採取較為保守的投資，市場也不再容易受到一些短期情緒的影響，更著眼於長遠的利益，以至於近二十年來全球經濟發展水平穩步上升。不過仍然有極少數貪婪的人想逆勢操作，無一不虧得血本無歸。洗錢、貪污一類的犯罪行為也由於數字貨幣的高度透明性以及人工智能審查的嚴密高效性而大大減少。

但這只不過是明面上的資金。隨著區塊鏈技術得到全球各國的承認，作為可用於全時段無國界交易的虛擬貨幣，比特幣的使用者也在大規模增長。只要比特幣能夠用一定的匯率來兌換其他數字貨幣，這個世界上就依然有大量的資金流向不明，大量的交易不為人知。

周翀有種強烈的預感，比特幣的日子快走到頭了。

比特幣和其他數字貨幣都採用了區塊鏈技術，不同的是後者使用的技術已經經歷了長足的發展，在政府的資金支持下經過了不斷的研究更新，以匹配量子計算機日益強大的算力。而比特幣所使用的區塊鏈技術還停留在與2009年相同的水平。有不少比特幣的投資人認為，當商用量子計算機問世，比特幣所使用的落後區塊鏈加密技術將完全失效。換句話說，整個比特幣賴以生存的系統將會崩潰，比特幣也將變得一文不值。甚至有人猜測，維護比特幣區塊鏈技術的團隊已經解散，就連比特幣創始人中本聰本人也已經去世，持有比特幣已經與持有空氣無異。

不僅如此，自從2050年起，每年都有大大小小數十個新聞宣布某個公司將在未來的某一天發售商用量子計算機。即便這些官方宣布的日期一個又一個地接連到來，目前也沒有任何一台量子計算機可供商用，但比特幣的價格總是隨著這些新聞的出現一跌再跌。

有些人猜測發售跳票是由於各國政府對量子計算機商用的發展施壓，因此短時間內的商用是不太可能了。不過，周翀親歷了幾次自己的資產下跌後，再也坐不住了。他提現了自己所有的比特幣資產，像其他人一樣將其投入了不動產、股市、黃金等領域。

2055年5月12日，第一台商用量子計算機在中國問世。消息一出，比特幣的價格在半分鐘內就從十萬美元一枚跌到了一美分一枚。周翀看著那條近乎垂直的價格走勢曲線，不禁一陣後怕。

他和秋本嵐始終沒有結婚，卻一直保持著同居的狀態。同時二人的資產嚴格區分，秋本嵐也不再給他零花錢。他們有時還會各自帶不同的伴侶回家過夜，更像是兩個相處多年的室友，而不是情侶。然而那些多年累積下來的資產，已經足以讓周翀躋身「上流階層」，達到了中產階層夢寐以求的「財富自由」。

現在是 2056 年的 2 月 22 日早上 11 點整，周翀正戴著虛擬現實眼鏡在自己的房間裡，左手對著空氣不斷地畫圈，反覆地刷新著自己的加密郵箱頁面。距離他發出那封精心措辭的郵件已經過了足足三個小時，那位平時回覆迅速的收件人卻遲遲沒有回音，這讓他開始懷疑對方是不是出了什麼意外。

他瀏覽起新加坡各大媒體的晨間新聞，除了九龍塔的一部電梯意外停運正在搶修以外，並沒有什麼大事件發生。

為何還沒有回覆？是沒看到還是怎樣？還是發生了什麼事？好歹也說句話啊？

收件箱界面白得晃眼，讓周翀想起了那些上流人士和自己打照面時上翻的眼珠。

就在今年年初，新加坡精英階層的小圈裡裡開始流傳關於一種罕見病的信息。

這種罕見病的患者會莫名其妙地突然眩暈昏倒，呼吸困難，最後缺氧而死。由於發病速度極快，整個過程不超過十分鐘，因此也很難來得及搶救。奇怪的是，發病的人群幾乎都在 40 歲以上，只要家庭裡有一個人發病，其他的家庭成員很快也隨之發病，較為年輕的成員除外。更可怕的是，只要是稍微有頭有臉的家族都難逃一劫，其中不乏整個新加坡社會乃至世界範圍內的頂級富豪。只有一些剛剛進入上流階層的「新貴」群體發病得較少。

根據化驗結果，這些人都死於肉毒桿菌毒素中毒。利用肉毒桿菌毒素進行美容的技術早在本世紀 20 年代就被逐漸取代了，而且發病的群體男性居多，沒有人能夠針對這毒素的源頭給出一個合理的解釋。

專家們普遍認為是一種新型的肉毒桿菌感染，卻始終不能分離體液樣本找出菌株，甚至連這種肉毒桿菌的源頭在哪裡都不清楚。也有另一部分專家認為這不是一種集體性的細菌感染。作為享受著幾乎屬世界上最好的醫療條件和食品安全的群體，發病人數眾多，實在讓人難以想像。

即便這些聲名顯赫的家族使用各種各樣的手段不讓媒體發布消息，那些隱秘的故事還是在上流階層的社交圈裡口耳相傳。好在媒體封鎖以及階層隔閡的存在，中產階層和底層人似乎還未得知，最多就是發現自己原本只能在新聞上見到的公司老板，現在連在新聞上也看不到了。

至於其他國家有沒有類似的情況，周翀並不清楚。然而，他發現全球範圍內，有不少公司的最高管理層在這個期間裡做出大幅度變更，心中多少有些懷疑這是一種全球性的疾病。很快，這種罕見疾病就在上流階層裡被冠以「富貴病」的名號，一如之前只在歐洲皇室之間傳播的血友病一般，僅僅存在於很小一部分人的認知裡。

好在周翀自己並沒有染病。

上星期他突然發燒到 39 攝氏度，頭腦有些發昏。本來就有些神經敏感的他，以為自己也染上了這種疾病，絕望得撥打了急救電話。醫護人員全副武裝到場檢查後發現是虛驚一場，只不過是下呼吸道感染罷了。可去了藥店發現所有抗生素都賣光了。醫生告訴他，由於精英階層中很多人普遍迷信抗生素的「滅菌」功效，認為可以預防那種罕見疾病，現在所有的廣譜抗生素一類的藥物在整個新加坡都已經脫銷了，下一批藥要一個月後才能到。因此只是建議他在家靜養，多使用傳統的物理降溫，靠免疫系統自愈。

✿

周翀用左手食指在自己眉心上點了兩下，虛擬現實眼鏡顯示的界面中便多出了一個窗口。大約兩秒後，窗口顯示了他現在的體溫：37.3 攝氏度。

他摘下眼鏡，抄起手邊那塊降溫凝膠塗抹額頭，又對著空氣揮了揮手，指示智能家居系統將面前落地窗的變色玻璃調為全透明模式。

窗外的雲層正處於他下方一百米左右的位置，陽光明媚，不遠處各座高塔在燦爛的陽光下反射著灼眼的光芒。多年來始終讓他感到煞風景的網格狀陰影依舊籠罩著整片高層樓景，就連潔白的雲朵也沒有放過：那是「天穹計劃」的醜陋產物，就像夜店裡毫不時尚卻屢見不鮮的大網眼絲襪一樣讓他反胃。

他知道，在這些雲層中，居住著無數像他一樣的「新貴」階層。他們高不成低不就，試圖將自己與中產階層區分開，卻又被名流圈拒之門外，只能和「自己人」抱成小團體在夾縫中生存，或是偶爾「屈尊」融入往日的中產同伴們。

同樣「居住」在這些雲層中的，還有那些生命週期已經結束了的富人。這些人即便已經死去，也早在生前就想好了如何提醒後世自己身份的高貴。政府迫於這些人的別致「需求」，不得不規劃出一個足夠高的樓層來安放他們的肉身。

是的，這些人哪怕肉身已經死去，也要靠著各種科學技術，甚至不惜採用已被拉下神壇的「人體冷凍技術」，和千百年前的高僧一樣追求著肉身不腐，在定期的特殊護理下，「面容煥發」地凌駕於那些「凡人」的頭頂上，靜靜地躺在他們一輩子都無法企及的高度，接受他們的仰望。不過，這個高度在他們看來或許已經算是妥協。對於這些生前的高層居民來說，關於「地面」的定義是與凡人不同的，下層人眼中的「安眠於雲端」，對他們來說已經是「長眠於地下」。

倘若你身份夠高，有幸能夠造訪他們的「人生後花園」，還將看見許多由一整塊紫水晶雕成的碑。在他們的名字以及生卒年月的下方，緊接著就刻上了一排冗長的數字，那是他們來到這裡時，在這個「俗世」上所留資產的總金額。凹陷的粗大字體裡往往還填滿了黃金，彷彿可以讓這個數字擁有不朽的神力，保佑那些資產永恒不滅，以供他們來世繼續享用。

這種朋克行為的始作俑者已經說不清是誰，只記得他們中的後來者大都帶著一串又一串更大更長的數字。以至於他們的後代前來瞻仰時，還總不忘就著數字互相攀比一番。誰的身世更為顯赫，往往就直白地隱匿在一次次數學計算之中。

不過，這種行為在哪一天消失是有據可考的。

大概五年前的一天，有個世界知名的慈善家去世後也被安放在這裡。他生前立遺囑將自己的資產全額捐出，事先準備好的碑上大大方方地刻著一個「0」字。自那往後，這個沒有任何裝飾的樸素數字，就像是一個具有魔力的句號，讓每個試圖來這狐假虎威的後來者們，不得不保持著得體的沉默。

二

這是雷闖這個月以來第三次收到周翀的委托信件了。

二月十五日的一個早上雷闖收到第一封委托信件的時候，他的第一反應是周翀的郵箱賬號被盜用了。畢竟一個生活遠比他富足，社會資源也廣得多的上流階層人士來找他求助，實在是不合常理。

那時，雷闖正在被窩裡與妻子顛鸞倒鳳，卻被突如其來的郵件提示音打擾了興致。那個提示音很特別，是現在已經滅絕了的亞洲象的叫聲。這個郵箱此前專門用於他和周翀的緊急交易。自從雷闖的女兒健康地成長到了三歲，雷闖就漸漸減少了「超淨水」的購買。如今他的女兒開始上小學，晚上不再和他們睡同一個房間，他才能夠和妻子重溫年輕時的激情。

雷闖頂著懊惱的情緒，第一時間打開了郵件。

好在求助的不是什麼大事，只是要他去鄰國馬來西亞購買一些抗生素。周翀開出了高於這些藥品市場價二十倍的價格，並且報銷來回路費，要求他當天購買完成。

委托簡單，報酬豐厚，雷闖對此雖感到很奇怪，但還是照做了。

可能上層社會裡的物價本來就要高不少吧，他心想。

到了馬來西亞新山後他才發現，事情並沒有那麼簡單。整個城市各大藥房的抗生素庫存空空如也，據說三天前就都被州政府臨時收購並管控了，一起被管控的還有所有有關殺菌消毒的噴霧、洗手液、消毒液，也沒有人知道是什麼原因。雷闖最終靠自己多年前在萊佛士醫院取血認識的一個馬來朋友的指點，找到了駐紮在棚戶區的一個無國界醫生。一番深明大義的好說歹說之後，才拿到了半盒抗生素藥片外加兩劑廣譜抗生素的微針陣列貼片。

第二封郵件是在三天後的一個夜裡發來的。

郵件裡周翀提出讓雷闖遠赴中國採購抗生素和殺菌產品，數量越多越好，開價依然很高，要求他在一週之內人肉帶回。

雷闖詢問了一個做藥物外貿的中國朋友，聽對方說，現在所有寄到新加坡的抗生素，都會被扣押在海關並被政府徵用，他們也不知道是什麼原因，只是懷疑爆發了大規模的傳染病。

雷闖趕忙查閱了新加坡的各大媒體，沒有找到任何一條有關傳染病的信息，只提到現在全國的抗生素和殺菌產品庫存告急，請普通民眾非必要的時候不要購買。於是他第一時間聯繫了中國的一個遠房親戚，讓其代為準備了足足有二十公斤的此類物資，然後預定了來回機票。

雷闖沒有想到的是，他的行李在返新過海關的時候被扣留，理由是掃描發現他攜帶了國家稀缺物資，政府緊急徵用。原本可以賣出等同於他一年收入的價格的藥品，就在離目的地一步之遙的地方不翼而飛。最後他只拿到了政府開出的相當於成本價的賠償金，還不足以支付他的機票錢。

周翀知道了這件事後，依然為他報銷了交通費，雷闖這才不算是白折騰了一趟。

今天這個委託有些奇怪。

周翀要求他購買 70 千克的冷藏鮮魚寄到雷闖自己家，確認收貨後再找本地快遞公司轉寄到周翀家。由於是鮮魚，數量也不少，無論價格還是運費對雷闖來說都很昂貴，好在是周翀出錢。

他們兩個自從放棄了比特幣作為交易媒介之後，就在暗網上申請並建立了一個隸屬於「綠洲」政府的銀行賬戶。雷闖知道「綠洲」是一個南太平洋的小島，出了名的不法之地，也知道比特幣曾經是「綠洲」政府的官方貨幣。自從比特幣在虛擬資產市場上失勢後，「綠洲」政府便召集了各個國家的頂尖人才開發了自己的一套新的數字加密貨幣系統。由於「綠洲」政府並不被世界某些強國承認，他們開發的「綠幣」並不能接入「世界銀行」系統。可依然有大量的不法商人靠在「綠洲」群島上的軍火、毒品物物交易，使「綠幣」相對於其他數字貨幣也存在一個模糊的匯率關係。之後，「綠幣」便慢慢取代了比特幣，成為了特殊群體進行資產轉移的首選。

經過最後的幾次「超淨水」交易後，雷闖也慢慢熟悉了在暗網上將「綠幣」兌換成美元再兌換成新加坡元的辦法。

這次購買鮮魚的錢，周翀也是通過同樣的手段事先轉給雷闖的。雷闖並不知道購買鮮魚為什麼需採用取這種保密措施，但他和周翀之間多年交易達成的共識便是：凡事只要對方不說，就最好別問。周翀當年賣給他「超淨水」，一定程度上也算是他的恩人。更何況，關於完成委托後支付的傭金，周翀也從來不吝嗇、不拖欠。

「人會說謊，金錢不會。」這是周翀教會他的最樸實的道理。

兩天後，70千克上好的羅非魚就由無人物流車送到了雷闖的家門口。按照周翀的指示，這些魚都是雷闖委托七個新加坡餐飲店的老板，從漁業公司、印尼漁民手上分散收購來的。這些魚被分成七個包裹先分別送到這七個不同的新加坡餐飲店，再轉手寄來雷闖家。

當最後一個包裹送達後，雷闖又趕忙預約了一輛大號無人物流車，將這些魚打包到一起寄給周翀。

由於貨物備註填寫的是鮮魚，派來的物流車存貨空間內壁很厚實，是由絕熱材料製作的。雷闖家的冰箱並不能放下那麼多冷藏鮮魚，七個包裹都堆放在客廳。無人車抵達的時候，有一些比較早到的鮮魚已經慢慢地解凍並腐爛。雷闖頂著妻子的謾罵聲，忍著刺鼻的腥臭，好不容易才將包裹一一打開，倒進無人車裡。末了，還要根據周翀吩咐的，將事先準備好的大量冰塊一起倒入，把無人車剩餘的存貨空間都塞得滿滿當當。

當一切準備完畢後，無人物流車便緩緩開動。由於是送往高層，因此要先送往周翀家所在的獅心塔物流集散中心進行貨品掃描，預計一個小時左右才能送達。

晚上七點左右，雷闖將發貨成功的訂單界面發給周翀，大約三十秒後，他的「綠幣」賬戶裡就多了一筆錢，這讓雷闖有些意外。換做往常，周翀一定是會等完成交易後才給傭金的。不過相比於這個他相識多年卻並不算熟悉的「貴人」這些日子裡奇奇怪怪的要求，這點小細節實在算不上什麼。

耳邊妻子的埋怨聲仍舊沒有減弱。看著慢慢遠去的物流車，雷闖陷入了思索，許久方才得出結論：他可能並不算真正地認識了那個住在高處的人，他僅僅只是認識了那個人的錢而已。

晚上快九點的時候，雷闖才剛剛結束了和妻子的爭吵。

爭吵的原因再平常不過：妻子抱怨他給家裡添亂，他解釋說是幫朋友的忙，順便賺點外快。之後雙方爭論的話題便很快上升為工作和家庭的平衡問題。為了讓家人能夠擁有更好的生活，多年來絞盡腦汁累死累活就是想多掙一點錢的雷闖，始終也沒想明白自己錯在哪。

和往常一樣，這次的爭吵以雷闖單方面認錯並承擔接下來一個月所有的家務活結束。

就在他剛準備拿起拖把清理客廳地面上已經快乾了的腥臭魚血時，智能手環裡突然傳來了訂單被退貨的提示音。

他趕忙發郵件給周翀詢問是否有什麼問題，並反覆查看了以往的郵件，確認自己沒有漏過任何一個周翀交代的細節，還是沒有收到回覆。

又過了半個多小時，那台無人物流車再次出現在了他家門口。

雷闖確認妻子還在臥室裡生悶氣後，偷偷掩上家門，想事先檢查一下那些魚的情況。他這次可不敢再直接搬回家裡了，兩個多小時過去了，冰塊不知道化了多少，萬一又弄得一團糟，估計今晚連臥室都進不去。

三

就在新加坡政府宣布封鎖所有高塔的高層區域的前一天夜裡，周翀終於坐上了一架從新加坡飛往波多黎各的飛機。

一覺醒來，周翀慢慢調淡舷窗變色玻璃的顏色。飛機外陽光明媚，將飛機的影子清晰地映在下方厚厚的雲層上，白雲在陽光的照耀下依舊亮得刺眼，恍然間他甚至以為自己還在新加坡的高層公寓裡。考慮到時差，新加坡應該早飯時間剛過。現在的他正飛越太平洋上空，這裡的雲上沒有可惡的交錯的灰黑色條紋，但他已然對一切的白色都感到厭倦，他如今只想看一看藍天和大海。

制服最上面一顆紐扣敞開的拉美裔空姐，身材高挑，豐滿的酥胸與臀部，在頭等艙的小隔間裡為周翀斟酒時，俯身的幅度大得有些誇張，眉眼之間充滿挑逗的意味。

周翀只回以禮貌的微笑，並在她走出包間後，將其偷偷留在杯墊下方的寫著社交媒體賬號的紙條，揉成團再搓成長條狀，塞進座椅扶手上不知道幹什麼用的小孔。

他打開平板電腦，連接上飛機的衛星網絡信號。這次出行過於緊急，昨晚隨身攜帶的防水包裡塞不下多少東西。那些他平時習慣使用的可穿戴設備只能放棄，同理還有一整個衣櫃的名貴服飾，但他依然記得從保險櫃裡挑上兩三隻名貴的手表。

他的私密郵箱賬戶裡滿滿一頁都是雷闖發來的信息，根據時間來看，這家伙估計一宿沒睡。用視頻或者語音的方式交流起來顯然要快一些，可他幾年來依然只和雷闖保持著單純的文字交流，這可以滿足他的自我保護欲。

「躲在物流車裡面的是誰？你本人嗎？怎麼和我之前見到的有點形象上的出入？」

這是雷闖問的第一個問題。

「哪方面的出入？」周翀笑著喝了一口手邊的香檳，進行針對性地回覆。

「你終於醒啦，你跑哪去了？那真的是你？那之前送水給我的高個子男人是誰？」

「某個沒有名字的代理人。我不和客戶見面，這是我的原則。」

「你比他要矮一些。我昨晚沒看清你的臉，你跑得太急了。」

「我知道。相信我，咱們保持現實中的陌生，這對你我都是好事。」

「然後呢？你把裡面的魚挪出來了？自己躺進去？就為了下一趟樓？」

「過幾天你就明白了。高層出了些事情，你們下層人還不知道，或者說，不想讓你們知道。很多天以前，高層的人就很難出來，下面的人也基本上不去了。我相信，很快就會有越來越多人發現這一點。而且新加坡今天早上八點，所有大小港口已經封鎖，想必你也聽說了，只不過你還不知道為什麼。」

「是的，我看到了，現在大家都在猜測。不少人已經開始去囤積物資了，聽說是有什麼傳染病，幾十年前那場肺炎也有過類似的封城。怎麼辦，我是不是也應該想辦法跑？」

「你們應該還好，目前只是住在高層的人問題比較嚴重。根據我所知道的消息，目前還沒有擴散到你們那邊的跡象。」

「可是，你怎麼躲過貨物集散中心的掃描的？」

「我用的是退貨操作，退貨的包裹只要重量差距不太大，是不需要再次進入集散中心的。特別是海鮮這種有時效性的東西，多拖一會兒就可能損失一半的價格。物流公司不想承擔此類損失，這種不規範流程已經偷偷進行很久了。」

「你也是膽子大，裹著一件防水服，抱著一個防水袋，就敢躲進冰櫃裡。我很難想象一個有錢人有一天也可以這麼狼狽。」

「體面是我為了離開而付出的一點小代價而已。」

「這算是逃亡嗎？上面的情況很嚴重嗎？」

「算。很嚴重。我認識的大概六成左右的人都感染了，沒人知道是什麼原因。」

「有人死了嗎？」

「感染的人基本都死了，發病很快。有些幸運地撐到了生命維持設備到，全身注射了抗生素，暫時撿回條命，聽說暫時還沒有痊愈的。死因是體內出現大量毒素，目前還沒有對應的特效解毒疫苗。」

「之前托我買抗生素和消毒產品也是因為這個？我是不是應該趕快囤積一點預防一下？你怎麼不提前告訴我，好讓我提前準備一下。咱們這麼多年交情了，你是走了，我和我的家人可怎麼辦啊？」

「我們淨水廠最近這陣子突然來了水質調查組，是不是和這個病有關係？會通過水傳播嗎？超淨水還安全嗎？」

「你還有沒有什麼辦法可以送我們出去？貴一點沒關係。萬一那個病傳播開來，我真的不想在這裡等死啊，我還有一個年幼的女兒。」

周翀似乎能從文字裡想象出雷闖絕望的神情，即使他倆在昨天夜裡才算有了一面之緣。

他打出一句「只要政府封鎖嚴密，應該不會有問題」，可想到自己幾個小時以前剛剛靠無人物流車才勉強突破了包括人工排查以及紅外攝像頭在內的層層封鎖，又一字字地把這句話刪除。

他知道自己從來都不是一個善人，只不過是一個精致的利己主義者。

周翀關上平板電腦，轉頭欣賞起了窗外的景色。舷窗外的雲少了許多，已經輕如薄紗，越過它可以看見遠處地平線形成的優美弧度。下方是蔚藍的海面，但是距離過遠，並不能看得清波浪的褶皺。陽光投射在海面上形成的巨大光斑的外圍有一整圈彩虹一樣的光暈，這是他此前從未見到過的。

許久過後，隨著一聲清脆的提示音，雷闖又發來一條消息。

「周翀是你的真名嗎？」

「是的，我光中文名就有四個，每個都是真的，這只是其中一個。」

緊接著又是對方的一陣短暫的沉默。

「過了這一陣，你還會回來嗎？」

「不會了。」周翀不假思索地回覆。

「你要去哪？」

周翀略微思索了幾秒，決定用一個更貼切的詞語替換掉剛剛打出的生僻國名。

「人間。」

他如釋重負地敲下了發送鍵。

第十六章　巴別之二

一

面對被派往高處樓層的指令，黃政富從來就沒有這麼不情願過。

此前凡是面對這樣的機會，總有下屬想要賄賂他，以求能多多少少與精英階層「混個臉熟」。可現在，不僅手下沒人吭聲，自己的上級還強行以他的手下級別不夠為理由，要求他親自出面調查。

他其實很早就聽到了風聲。前些日子總是不時地有高層居民的檔案被永久刪除，這類檔案的刪除經常牽涉到遺囑的最終確認等繁瑣步驟，耗時長處理起來也很嚴格，一般一個月有個一兩次就會讓檔案處的人忙得不可開交。可這一次，此類工作一週內就出現了二十幾次，第二週更是飆升到五十多次，以至於檔案處的員工都來向他申請加班以及增派人手。

他雖說不知道發生了什麼，本能反應就是讓居住在高層的妻兒先去歐洲度一個長假。至於孩子的教育課程和妻子的公司業務，則可以線上遠程解決，對他們這個階層的人來說並不是什麼麻煩事。

而妻兒前腳剛走，後腳他就被禁止出境，護照也被凍結，理由是特別時期需要他時刻待命。即便他一開始根本不知道除了最近有錢人去世得有點多以外，這個時期特別在何處。

黃政富已經五十多歲了，靠著多年累積的人脈總算是爬到了兀蘭塔分局局長的位置。

本以為在這個年紀只需要每天早上聽下屬匯報一下工作，臨近下班的時候檢查一番完成情況，批評批評偷懶的警員，簽署一些看都不需要看的文件，每個月底就能穩穩當當地拿到令人艷羨的薪水。

至少，在他還是個小警員的時候，曾經的分局長在他眼裡就是這樣混日子的。

穿上悶熱的隔離防護服，黃政富感覺自己中年發福的身材又臃腫了許多。

他知道今天他的出場只不過是走走程序，只因要帶走的人來自高層而已。只要戴上自己的那枚警徽，換緝毒部那條波士頓動力公司製造的機器警犬來，都能夠勝任這個任務。

經過繁雜的醫學取證、檢驗，根本無法鎖定傳染病的源頭。就在昨天，有一封匿名郵件稱，絕大多數被感染的患者生前都去過的地方有且只有獅心塔九十九層的一個房間，並給出了監控視頻的截圖作為證據。而該樓層的其他地方早就因為各種各樣的原因空了出來，仿佛有人刻意為之。

根據檔案記錄，這個房間的使用者是萊佛士醫院副院長級別的人物，他甚至一度被認為是該醫院的門面。可自從半個月前醫院的一次有關傳染病研究的內部會議後，就再也沒人見過這個名叫班貢的醫生。那個房間也就成為了零號傳染源的重點懷疑對象。

由於不知道房間內部的傳染源是否已被轉移，也不知道傳染性有多強，整座獅心塔的高層居民都被疏散並隔離。黃政富身邊的特警們在防彈衣外面也都罩上了厚厚的隔離防護服。

紅外傳感器顯示，房間內部少說也有一千個人，都以平躺的姿勢在數千個高度一致的台子上一動不動，卻都具有正常的生命體徵。黃政富怎麼想怎麼覺得像是某種邪教的活人獻祭現場。他小心翼翼地使用了自己剛被授予的高級權限，解鎖房間大門，特警們魚貫而入。

房間內的景象給他帶來的衝擊，不亞於他當年第一次看到兇案現場時的感受。他很快就用自己卓越的職業素養穩定了情緒，指揮特警們用事先準備好的試劑對這些人體一一進行排查。在場沒人會操控這些「休眠艙」，他還不得不臨時聯繫萊佛士醫院的醫生們前來幫忙，在此之前還要他們簽署關於此次行動的保密協議。

經過足足六個小時的排查，終於將房間裡大大小小上千個休眠艙裡的人體排查完畢，沒有一個被感染。

黃政富總算鬆了口氣了口氣。

現在只剩下最後一個地方沒有排查了，他心想。

房間盡頭的碩大圓柱形缸體被擋在一個全息投影形成的霧面幕墻背後，幕墻上顯示著「危險勿近」四個大字，下方的小字要求第一個看見這條信息的人第一時間聯繫萊佛士醫院。

為了安全起見這裡早早拉起了電子警戒線。此時，萊佛士醫院前來幫忙的醫生們和特警們都站在警戒線外向裡張望著，等待黃政富的下一步指示。

黃政富詢問了一圈，終於找到一個熟悉這個缸體的醫生。據他的介紹說，這其實也是一種休眠艙，只不過是專門為了極長時間保存人體而設計的。目前世界各地不超過5套這種設備，使用的人基本上都是現有醫學條件下無法治愈的富豪病人，靠缸體盡可能長地維持生理機能，等待治療技術被發明出來的那天。即便如此，目前這種休眠艙最長的保存記錄也只是10年而已，也還沒有人從中健康甦醒過，更沒有人知道這個裝置長時間保存後的人體會不會出現什麼現階段醫學無法解釋以及預測的損傷。

那個醫生操作了旁邊控制屏上的一個旋鈕，缸體內部的燈光由弱轉強。在場的所有人都驚恐地看著缸體裡懸浮著的身體，有一些醫生甚至嚇得跌坐在了地上。

在一缸鮮紅色培養液緩慢旋轉著的，正是班貢棕褐色的有些佝僂的身體。隨著身體一起顯現的，還有缸體透明外壁上密密麻麻的由黑色顏料寫就的獨白。

二

正在閱讀這些文字的人們，你們好：

我相信在場的各位都是萊佛士醫院或是警方的人，這便說明我在幕墻上留下的警示起了作用。想必你們在閱讀這些文字之前就已經認出了立式休眠艙裡的我。我叫班貢，1970年出生於菲律賓，現為新加坡籍，擔任萊佛士醫院胚胎移植研究室的主任一職。

不過，鑒於我現在這個狀態，什麼頭銜都已經沒有意義了。

就如你們所懷疑的，這次疫情的始作俑者正是我。經過對萊佛士醫院幾例病例的研究，我更加確認了這一事實。

這一切要從這個房間的由來說起。

這個我稱之為「牧場」的房間，被我用於在特殊處理後的休眠人體內生產一種抗衰老藥物，就是你們在這個房間的其他地方看見的那些人體。這種藥物除了抗衰老方面以外，還對心血管疾病、阿爾茨海默病等目前醫學界的幾大暫時無法治愈的病癥，都有一定的治療效果。

由於我的疏忽，在藥物生產時使用了一具未經徹底檢查過的人體，導致生產的某幾個批次的藥物裡存在有一定量的新型肉毒桿菌毒素。單次正常使用該藥物所攝入的毒素量只有0.001微克左右，對健康人來說幾乎沒有任何副作用。但這種毒素會被我所生產的抗衰老藥物——一種蛋白質包裹住，導致暫時並不會起效。當這些被包裹的毒素在體內聚集到一定量時，同時包裹在外的抗衰老藥物被人體逐漸代謝掉的過程中，這種肉毒桿菌毒素就會被釋放出來，干擾神經系統，導致人體暈厥、呼吸困難的癥狀。這些批次的抗衰老藥劑的客戶群體來自世界各國的超高收入群體，而且某些大家族的中老年人都在使用，因此這種病癥的「傳染性」只是假象。

這幾個批次的抗衰老藥物的收貨人名單以及相關信息我已提供在休眠艙控製面板主界面上。由於國際物流需要時間，可能還有相當一部分使用者還沒有注射該藥物，我已經用電話或郵件的方式通知名單中的每一位客戶。但並不排除有些客戶依然嘗試使用該藥物。我也請警方動用一切力量阻止此類行為，必要時可聯繫新加坡總理要求採取外交手段。

為了消滅傳染源，避免該類肉毒桿菌毒素通過城市水循環系統等傳播，我已經銷毀了該具人體。

可惜的是，雖然毒素的化學成分已經查明，但目前尚沒有有效的解毒藥劑。

不過，經過我有限的研究發現，這種新型肉毒桿菌毒素導致人體內免疫系統崩潰前，人體會產生免疫反應。在這一過程中，淋巴系統中會出現某幾種特別的物質，能夠起到類似的「包裹」毒素作用，並且可以催化毒素的水解，因此對該毒素具有良好的抑製作用。可惜，此類抑製物質都是大分子蛋白，分子結構極為複雜，目前沒有優質的人工合成手段，只能依靠人體自製生產。然而患者發病太快，體內來得及生產的這種抑製劑數量很有限。

健康人在合適的免疫系統刺激下能夠有類似的反應，比如使用滅活的肉毒桿菌，可惜目前我在萊佛士醫院的團隊也沒能分離出哪怕一個菌株，甚至患者體內都找不到肉毒桿菌存在的其他跡象。即便能夠造出滅活菌株，健康人可合理抽取的淋巴液數量不多，而且分散在身體各個部分，收集困難。根據我的保守估計，至少需要一千名自願接受這種刺激並接受淋巴液抽取的志願者，甚至在不影響他們身體機能的條件下，才能製出足夠一個患者使用的解毒疫苗。

經過我一段時間的研究，我得出了這樣一個可行的方案。

首先，向一具休眠艙中的人體注入一定量的這種毒素，但並不注入抗衰老藥物，使得產生的反應迅速刺激這具人體的免疫功能，引起淋巴系統的反應。之後，利用休眠艙抽取該具人體全身的淋巴液，通入乾淨的人造淋巴液作為補充。而人造淋巴液也同樣能產生類似的抑製劑。最後，只要等待被抽出來的那些淋巴液裡被包裹著的毒素在體外水解，就能源源不斷地提取不帶有毒素的純抑制劑。

而你們所看到的我所在的這台休眠艙，原本就是為了人體「保鮮」而設計，具有微針抽取、更換、再注入全身體液的功能，是執行這個方案的特定要素。唯一代價是，經過長時間的免疫反應，這具人體的免疫系統甚至組織器官很可能在過度使用會不可逆地被嚴重破壞，大概率無法再甦醒過來。

這次的疾病由我一手造成，本就應該我來解決。更何況，在這個房間裡的其他人體或多或少都受過大量抗衰老藥物的「污染」，注入毒素後起效慢，很可能拖慢生產速度。而我本人之前已經有幾十年沒有注射過抗衰老藥物，是絕佳人選。

相信我，這是短期內最快最有效的方案。這些患病人群的死亡所帶來的經濟危機與社會動蕩，以及一系列連帶的損失，是不可預估的。早治愈一個，就能將這種蝴蝶效應減少一分，讓這個世界早日恢復秩序。

我曾想過自首。不過，如果警方先找到我，一套嚴密的取證下來要耗費很長的時間，而期間如果不經過繁瑣的程序討論與審批，你們一定不會允許我這麼做。希望看到這段話以後你們能理解，用死亡逃避法律的制裁並非我的意願。

我進入休眠艙的時間是2056年2月29日晚上八時許，提前已經設置好晚上9點整自動開始這一進程。同時，我還用郵箱定時發送一條匿名消息通知了警方這個地點。想必你們找到我的時候，足夠製造第一批疫苗的淋巴液已經收集完畢。休眠艙的後面便是盛放提取出來的淋巴液的容器，後續提取的步驟與操作並不複雜，詳細說明就附在剛剛我所提到的抗衰老藥物使用者名單的後面。萊佛士醫院就有合適的設備可以進行提取。

我知道我現在所做的都不足以贖清我先前的罪孽，但這仍舊是我在意識清醒的狀態下做出的最終決定，與他人無關。

請允許我完成最後的救贖。

一個不可饒恕之人

2056 年 2 月 29 日

三

李智躺在床上，出神般的望著雪白的天花板。在他空曠的視野正中央，是被他用左手拇指和食指夾住的銀白色泛著金屬光澤的方形量子密鑰，一邊還用中指不斷地撥弄著，使它旋轉起來。隨著旋轉的速度越來越快，關於這些天的凌亂回憶也變得愈加清晰。

最初的異樣是由李智發現的。

作為牧場主班賁的副手，跟蹤調查每個客戶對「長壽因子」的用後反饋是他的職責之一。他們在每個客戶第一次注射「長壽因子」時，於他們的四肢和重要臟器附近都植入了一個米粒大小的傳感器，並搭配使用可穿戴設備上的一款專業軟件，用以收集數據實時監測各項生理指標。

就在去年聖誕節前後，一位九十五歲的老年男性客戶在等待平安夜零點煙火的過程中停止了呼吸。起初李智並不以為意，認為那名客戶壽數已盡罷了。那個老人死後，留下了一套價值上億美元的房產。在公布遺囑的時候，從世界各地趕回來子孫們都不敢相信自己的耳朵：老人將這套房產留給了照顧自己人生最後五年的日裔女護工，名叫秋本嵐。

遺囑的真實性自然受到了質疑。無論是裝在豪宅裡的智能監控設備還是老人生前佩戴的設備，手機裡的視頻、音頻以及各項生理特徵數據，都顯示老人在寫遺囑時神智清醒。而那個日裔女護工聲稱自己在多年看護富人群體的經歷中，會徵得客戶同意後才將每一天的整個護理過程錄像錄音，以備不時之需。這次恰好派上用場。她有力地證明了自己從來沒有脅迫過老人，也沒有說過任何可能影響遺囑內容決策的暗示性語言。

老人的家屬只能把最後的希望寄托給遺體的解剖化驗。讓他們喜出望外的是，老人死於肉毒桿菌毒素引發的呼吸衰竭，於是指控女護工投毒。不過對老人的整個住宅進行取樣化驗後，都沒能找到對應的那種肉毒桿菌，女護工自然也是堅稱自己沒有投毒。這場訴訟因此進入了冗長的多方取證階段。

李智讀到了這起訴訟的新聞後並沒有第一時間就懷疑是「牧場」的產品所致。

又過了一週，也就是 2056 年一月中旬，那個老人客戶生前的老年女性好友，也由於同樣的原因發病身亡，不同的是她始終是在子女的陪伴下度過的晚年時光，一日三餐都由子女準備。李智還記得他們兩個是 2050 年前後才一起前來進行第一次「長壽因子」注射的，他一開始還誤以為他倆是一對夫妻。即便李智一再強調「長壽因子」只能延緩細胞衰老，目前沒有跡象表明能真正意義上的延長壽命。他們還是堅持一次性預定了長達 20 年的療程，似乎對自己剩下的壽命長度非常樂觀。

而這兩位老人去世的半個月前，恰恰是第一批由「琳婭」身體生產的「長壽因子」，作為禮品贈送給那些一次性預定了二十年及以上療程的客戶們的時間。李智覺得班貢作為醫學方面的權威，不至於在產品安全方面出這麼大紕漏，一定是自己這個外行太敏感了。

到了二月十五日前後，隨著類似的病例越來越多，李智交叉對比了「禮品」發送名單和病人名單後，終於忍不住把自己的猜測告訴了班貢。萊佛士醫院已經接收又送走了很多病例，班貢自然有所耳聞，只是呼吸科和神經科並不歸他管轄，他也從來沒有想到會是自己的產品出了問題。看了李智整理的名單後，他連夜對剩下的「禮品」進行檢查，第二天就從中發現了新型肉毒桿菌毒素。

這下班貢和李智都認識到了事態的嚴重性。

五天後，也就是2月20日，班貢完全關閉了整個「牧場」，並準備了一批足夠李智使用三十年的合格「長壽因子」，以繼續治療他的早衰症。隨後，班貢要求李智立即飛往美國避風頭，投奔「牧場」聯合創始人方寧教授。當李智到了美國之後才發現，方寧教授一天前剛剛死於了同樣的毒素。

臨出發前，班貢把多年前李智給他的那個量子密鑰還給了李智，並告訴他找一台沒有聯過網的計算機查看，看完後將計算機與密鑰一起銷毀。

「這裡面，有之前你想知道的所有問題的答案。」

那是李智最後一次看見那個他總覺得不太真實的笑容。與之前不同的是，這一次班貢的眼裡多了些許淚光。

⁂

房間門框上亮起了紅色燈光，無聲地提醒他有客來訪。

李智緊張地藏起量子密鑰，打開門，發現門口只是停留著一輛矮小的無人物流車：原來是自己購買的電腦到了。量子密鑰技術從出現到被完全淘汰不到三年，原因是有關二維光學半導體的底層科學研究，使得量子通訊技術得到了質的飛躍。這台電腦是他好不容易找到的十幾年前的全新庫存貨，只有三十年代末期那幾年的電腦，才保有能夠讀取他手上量子密鑰的老式接口。

第十七章　巴別之三

一

李智十分小心地對這台新電腦進行設置，並在開機後第一時間禁用了包括 6G 網絡在內的所有外界信號接收功能。即便現在 6G 網絡早就已經被衛星網絡淘汰了，他現在住的這座新開的酒店也並不提供老舊的 6G 網絡服務。保險起見，他還是非常謹慎。

隨後他便插上密鑰，密鑰連接到了一個他也不知道在哪的境外服務器，裡面存有他二十多年前當潛水員時發現的那個硬盤裡的全部資料。只是這次，裡面多了一個班貢放進去的視頻文件。

他點開視頻，裡面是班貢那張熟悉的臉，比平時看起來要疲憊得多，原本緊致的眼周也重新開始發黑並出現皺紋。

「李智，當你看到這段視頻的時候，應該表明你已經安全了。我錄製這段視頻的時間是 2056 年 2 月 19 日晚上 7 點 38 分。」班貢聲音萎靡，和他蒼白的臉色十分匹配。

「首先，關於這次『長壽因子』被肉毒桿菌毒素的污染，除了你在新聞上看到的那些，還有一些信息我希望只有你知道。」

聽到這，李智第一時間敲下了暫停鍵，緊張地確認了一下房間門口沒有人，為了避免隔牆有耳，戴上了無線耳機。他轉念一想又擔心開啟這台電腦的藍牙信號是否會泄露自己的隱私。隨後便決定把聲音開到最小，用被子蒙住自己和電腦，用最簡陋的物理辦法盡量不讓聲音外泄。

「從哪開始說呢……」鏡頭裡的班貢深吸了一口氣，像是在整理思緒。李智可以看見他背後便是盛放有琳婭身體的那個休眠艙，再仔細一看，裡面已經空空如也。

「這次肉毒桿菌毒素的來源，我本來猜測了很多種情況，有可能是我們的某一步生產中所用的物質被污染，也有可能是有人故意往我們的產品裡投毒，也有可能是我們購買的注射微針模塊本身不乾淨，也可能是琳婭小姐體內本來就有毒素。我必須承認，我自己甚至還懷疑過是你往產品裡下了毒，後來一想這對你沒有任何好處，畢竟『長壽因子』你自己用得最多，便第一時間排除了你的嫌疑。這也是為什麼，我能放心地把剩下的這部分真相告訴你。」

李智下意識地望向班貢留給他的那箱三十年量的「長壽因子」，突然有些傷感。

「這一部分真相，並不會改變既定事實，也不會減輕我的罪過。我不希望這些信息公諸於世，至於為什麼，你看完這段視頻就知道了。」

「這次毒素的來源是琳婭小姐的體內，並不是任何外界的輸入物質。我在剛剛取得琳婭小姐的身體時，其實做過了詳盡的檢查，她的任何生理指標以及體內物質含量都是正常的。她當時正處於休眠狀態，並不算死亡。」

「是的你沒聽錯，琳婭小姐當年並沒有死。」班貢又強調了一遍。

「琳婭小姐在三十歲左右的時候患上了一種病，使她經常性的突然暈厥。她的經紀公司為了盡量榨乾她的剩餘價值，便提高了她的工作量，這讓她備受煎熬。再到後來，暈厥的發生越來越頻繁，影響到了業務，她的經紀公司才開始到處尋醫問藥，當然也找過我。我以醫生的名義私下和琳婭小姐交談過，才知道她那些年的遭遇。」

「一般這種罕見的疾病，排除了過勞、低血糖等常見原因，就要考慮是否有家族遺傳病史。不知道你是否記得，當年『血色真相』的新聞已經把琳婭小姐的身世扒得乾乾淨淨，她是人工基因選擇的後代。當時她來找我治療的時候，那篇報導還沒發布，而且她本人對她父母的情況一概不知，甚至長什麼樣都形容不出來。於是我從經紀公司那邊了解後得知她的父母人在美國，把她一個人留在這邊發展，而且她父母並沒有類似疾病。之後，其他檢查結果也顯示一切正常。再後來又經過一段時間的治療和觀察，也沒有發現明顯的病因，我們便讓她靠繼續服精神類藥物緩解這種癥狀。」

「再到後來，琳婭小姐便出事了。當年『血色真相』發布的那篇文章，讓琳婭小姐的經紀公司飽受質疑，後來直接被投資人撤資後破產。其實琳婭小姐自殺的現場是偽裝出來的。早在她缺席演唱會那天晚上六點半左右，我就收到了她的身體。」

班頁說到這，稍稍停頓了一下，又皺了皺眉，仿佛剛剛說了句髒話。

「『收到身體』這種表述確實有些奇怪，可我找不到更貼切的詞了。有個署名叫做周翀的人寄給我一個生鮮包裹，是用無人物流車送到我的私人診所的。我記得很清楚，我那天剛好從萊佛士醫院下班，正準備開診所門，那輛小車就根知道我什麼時候會來一樣，從空無一人的走廊裡慢悠悠地開過來。我打開一看，嚇了一跳，琳婭小姐嘴裡叼著一個小小的壓縮氧氣彈，蜷縮在一堆冰塊裡面，已經凍僵陷入了昏迷。」

「我本來以為她又發病了，便用最常規的操作想讓她恢復意識。馬上我就發現事情並沒有那麼簡單，她的很多器官都有了初步衰竭跡象。我第一時間便將其放入了手術休眠艙裡進行觀察，想先穩定一下她的生理狀態。當時我甚至都忘了那天晚上她有個演唱會。」

「第二天，琳婭小姐疑似跳樓自殺的新聞報導就出來了。我正在考慮要不要報警，結果那天馬上就有一個私人律師帶著琳婭錄製的視頻文件過來找到我，視頻裡琳婭小姐提出讓我以治療為名，將她的身體暫時放在休眠艙裡，保持著休眠的狀態，並且對此保密。然後她的律師轉給了我一大筆錢作為費用。」

「我知道他們可能是出於某些原因想偽造死亡，考慮到琳婭小姐的身體狀態確實不適合繼續工作，再加上那時候牧場剛剛起步，我也需要資金，便答應了她的要求，把琳婭小姐帶進了『牧場』裡。」

「在那之後的每一季度，都會有一筆錢打過來，讓我將琳婭小姐的身體繼續維持休眠狀態。」班頁控制了一下情緒，接著說，「你也知道，這樣的服務不可能永遠持續下去。到了 2040 年秋天的時候，那個律師要求我讓琳婭小姐甦醒，我這才發現她的大腦已經退化，無法再恢復意識。換句話說，她『死』在了我的手裡。」

「那時候，休眠艙的技術還不成熟，沒法對腦部定期施加刺激。就像人臥床太久肌肉也會萎縮一樣，長時間休眠大腦功能退化的風險很大。好在我當年事先就和律師簽署了免責聲明，我是不需要負法律責任的。在那以後，那個律師便消失了，我連那段琳婭小姐向我求助的視頻都沒有來得及留下作為證據。」

「保存或是銷毀一個明星的屍體都不是什麼容易的事情，更何況是一具只是腦死亡的『活體』。如果沒處理好，使我被指控殺死了琳婭小姐，根本百口莫辯。而且關於醫療技術合法性方面的立法、倫理，落後於當今醫學技術已經很多年了，直到現在都可以說是一團糟。她的名人效應也決定了一旦事發，沒有人會站在我這邊。這也是為什麼，我將琳婭小姐的身體一直保存在『牧場』裡足足有二十年。我本來想等幾十年後沒人記得她了，我再考慮下一步行動。」

「當然，利用她的身體生產『長壽因子』也並非我本意。實不相瞞，『牧場』的資金現在已經難以為繼，我始終相信『長壽因子』會是很多老年病的絕佳解藥，目前的研究都證明了這點，因此我一定不能讓『牧場』破產。為了吸引到頂級富豪的投資，我不得不鋌而走險，拿琳婭小姐的身體來做營銷。不過，這又是另一個故事了。」

「總之，這便是琳婭小姐出現在『牧場』裡的來龍去脈。」鏡頭裡的班貢搖搖頭，嘆了口氣，「接下來，我要告訴你毒素的源頭是什麼。」

「這場嚴重的集體病癥剛出現的時候，我和專家組更專注於他們老年人的體質問題，以及驗證是否有傳染性。我第一時間並沒有把它和琳婭的突發性暈厥聯繫起來。確實時間已經過去很久了……」

「經過我的檢查，發現這些肉毒桿菌毒素來自琳婭小姐身體正常的新陳代謝，並不是來源於肉毒桿菌，也不是由於外界污染。」

「正常人體內的細胞所能製造的物質，都是我們體內 DNA 片段決定的。就像生產『長壽因子』，就必須有對應的 DNA 片段。人體內本來是沒有製造『長壽因子』所需的 DNA 片段的，因此我們對脊髓造血幹細胞進行了基因編輯，人為插入了一段所謂的『外源 DNA』。這樣一來，這些細胞裡就可以生產『長壽因子』了。你當我的副手這麼多年，這部分知識應該早就清楚。」

李智聽到這點點頭，突然反應過來屏幕裡只是視頻而已，班貢並不能看見自己。

「琳婭小姐的體內，脊髓造血幹細胞也被類似的方式編輯過了。這些幹細胞的數量並不多，我並不知道是誰幹的，我猜是因為適量的肉毒桿菌毒素，可以延緩肌膚衰老，讓女性看起來年輕。這在本世紀初是很火的技術，幾乎八成的女明星都去做過肉毒毒素的注射。我猜測，可能琳婭的經紀公司為了不被輿論抓住『整容』的把柄，才採用了這種辦法。」

「理論上，這些幹細胞數量不多，產生的肉毒桿菌毒素的量也很微小，是不會引起什麼不良反應的。隨著琳婭小姐到了二十來歲，身體新陳代謝的速度加快，特別到了生育年齡更是如此。可能進行幹細胞注射的機構並沒有對應地改變幹細胞數量，導致琳婭小姐體內產生的肉毒素稍稍變多，從而出現了偶然昏厥的情況。」

聽到這裡，李智已經能猜出班貢接下來要說的話。

「當琳婭小姐處於低代謝休眠狀態時，細胞新陳代謝速率很低，體內毒素的量機器根本檢測不出來，我也就沒發現異樣，覺得她的身體很健康。當我使用她的身體生產『長壽因子』的時候，為了一定的產量，我控制軀體處於正常的代謝速率。如果只是這樣也就罷了。我沒想到的是，在『長壽因子』的作用下，她體內那些被編輯過的脊髓幹細胞也大量增殖，所能產生的毒素也成倍增加。由於和生產『長壽因子』的原理相近，這些毒素和『長壽因子』一起被提取了出來。另一方面，我在提取『長壽因子』後只有檢測幾個關鍵成分的步驟，因此一直都沒有發現混進了毒素。」

「這次的毒素由來便是這樣。我本以為『長壽因子』有一天一定能惠及所有人，無論貧窮還是富有，階層是高是低，可沒想到一切結束得如此之快。」

班貢的語氣再次突然嚴肅了起來，眼神也變得犀利，「李智，接下來我要說的話，請你每句都認真聽清楚。」

「為了驗證剛剛這個結論，我對琳婭小姐進行了基因測序。我發現她的 X 染色體的端粒部分，被插入了一個很奇怪的片段。」

「染色體和端粒的概念想必我也不需要再解釋。端粒部分的 DNA 裡面不管寫了什麼，都是不會參與細胞內蛋白質的生產的。因此，就算琳婭小姐的細胞端粒部分插入了奇怪的片段，對她的身體都不會有任何影響，至少目前端粒學說的主流觀點是這麼認為的。」

「然而這個片段並不短，不像是自然突變所能產生的。而且，我對琳婭小姐的全身都進行了取樣，發現所有部位的細胞都有一樣的情況。換句話說，當她還是胚胎或者說受精卵的時候，就已經被人為加入了這樣的片段。」

「我這些天一直在思考這個片段是什麼意思。後來我請教了一個朋友，他的專業領域是以DNA長鏈作為媒介進行信息存儲。我便懷疑這串DNA裡面是否存有什麼信息。這個領域對你來說可能有點陌生，由於時間關係我只能大概解釋一下。」

「DNA是雙螺旋結構，我們取其中一條單鏈觀察，可以知道它是由一個個脫氧核糖核苷酸組合而成的。人體內的脫氧核糖核苷酸一共有4種，靠上面帶有的四種不同的鹼基來區分，簡單記為A、G、C、T。這時候，我們將四個脫氧核糖核苷酸為一個組，根據排列組合，每個脫氧核糖核苷酸上的堿基都有四種可能，這樣四個的一組一共有256種序列可能性。我們對這256種序列進行0到255的編號，就可以對應到計算機語言裡的ASCII碼，表示出對應的字符。」

「我的朋友告訴我，現在他們一般都使用人造鹼基進行存儲，比較穩定，而且意外散失到自然界中也不會造成有害影響。我查閱了一下資料，發現人造鹼基出現是2019年的事情，在琳婭小姐出生以後。於是我還是把琳婭體內的鹼基對順序交給他翻譯試試，他嘗試了多種不同的翻譯方法，最後解碼得出了幾十種結果。基本上都是沒有規律的字母組合，只有其中一個比較合理的答案看起來像是一串網址。我試了一下，這是個暗網網址，進去以後是一個很乾淨的服務器登陸界面，沒有任何組織的署名，需要輸入用戶名才能登陸。我嘗試用各種語言輸入『琳婭』，最後只有西班牙語的寫法才有反應。登陸進去以後裡面是空白的，我懷疑是不是重名。」班貢停頓了一會兒，有些不情願地補充道，「當然還有一種可能就是我過度解讀了，碰巧對應上了這個網址。這個片段的存在或許並沒有蘊含什麼特別的信息。」

聽到這裡，李智已經感覺自己的腦力不太夠用。他暫停了視頻，掀開被子透了口氣。又過了十五分鐘左右，他才重新鑽進被窩。

然而接下來班貢說的話仿佛給他腦門上下了一記重錘。

「我抱著試一試的心態，想看看琳婭的情況是不是個例，或許我能找到另一個有著這種特別的X染色體，且能知道他的真名的人。請原諒我的好奇心。我對比了萊佛士醫院的基因測序數據庫，當然，這是不被法律所允許的。結果發現，數據庫中只有兩個人符合。」

「一個人叫王傑，基因測序記錄留在萊佛士醫院取血項目裡。但是我輸入他的名字也還是沒有反應。」班貢將鏡頭對準他桌上的一個屏幕，上面有一張王傑的證件照片。李智感覺這個人的面容有些熟悉，卻想不起來在哪見過。考慮到照片上的人可能處於正常衰老狀態，李智恍然間發現這張臉像極了自己剛開始早衰時候的模樣。

「想必另一個人是誰，說到這你也能想到。就是你，李智。」

李智聽到這，倒吸一口涼氣，心臟劇烈跳動起來。

「出於對你的尊重，我保證我沒有輸入過你的名字嘗試。如果你願意的話自己試試看。這就是那個網址。如果依然沒有反應，也不奇怪。可能我確實是歪打正著了，不要太擔心。」

說罷，畫面裡的班貢撕下一張紙條，展示在鏡頭前，上面歪歪扭扭的字母像是一群跳舞的小人，嘲弄著鏡頭面前的李智。

李智整個晚上都沒有再碰那台電腦。

自從看完那個視頻，他就把電腦關機，放在床尾的一個角落，仿佛那是一個危險的潘多拉魔盒。他想到了很多，回憶起了自己過去幾十年的經歷，甚至還想起了自己很久以前和生死未卜的老陸的相處片段。

他和琳婭一樣，都有一對只存在於他人口中的素未謀面的父母，童年經歷也不為人所知，所有官方的記錄都是從十幾歲才開始的。

第二天一大早，他最終還是沒有抵抗住好奇心，忐忑地打開了那個網址，輸入了「LIZHI」。為了遵守班貢讓他不要聯網以免泄露視頻信息的警告，他使用的是自己的電腦。

果不其然，沒有反應。

正想鬆一口氣時，他忽然靈光一現，將輸入的字符改為了「CHENHOU」。

一頁密密麻麻的文件列表彈了出來。

列表按照時間排序，每一行都寫明了日期，點進去後是當日的24小時監控視頻。李智大致地點開了幾個視頻，那些情節有些熟悉但視角陌生的影像，讓他感到仿佛有一根撬棍正在一下又一下地，努力想要撬開那個，在他內心深處埋藏的，盛放著塵封記憶的破舊鐵皮箱。

視頻裡大概有兩到四個小時的時間是老陸與李智的交流互動，那時候他還叫陳厚，時間長短依據他那時候的精神狀態而定。其他的片段就是無盡的黑暗，只有角落那個寄居著他幼年身體的休眠艙在發著幽幽的藍光。

他凝視著這大面積的黑暗畫面出神，一連幾個視頻都是如此。他開始有些不耐煩，往下飛速翻動著列表。終於，他看到了一個熟悉的日期：2021年6月8日，35年前那場大地震的日子。

這個視頻從凌晨零點開始錄起，一共只有不到五個小時，前四個半小時房間都是和往常一樣的漆黑。當右下角時間戳顯示4點32分時，可以發現鏡頭開始出現了抖動，畫面裡那個發著藍光的休眠艙的位置有週期性的小變化。又過了兩分多鐘，房間的燈突然亮了起來，房門也打開，四周頓時警報聲大作，一個熟悉的白色人影衝了進來。

鏡頭抖動過於厲害，人影是誰並不能從畫面中看得真切，從身材和衣著來看，李智猜這大概率就是老陸。只見那個人影走到了休眠艙前，休眠艙的艙門早已經打開，沒來得及排淨的營養液流了一地。那個人一把抱起裡面渾身赤裸且濕漉漉的孩子。當走到門口的時候，他突然停住步伐，將孩子交給門口的一個人，自己折返回到了休眠艙旁。之後他摸了摸口袋，似乎忘記帶了什麼東西，隨即開始嘗試暴力撬動休眠艙一側的一個擋板。

李智記得很清楚，那個位置就是當年打撈任務中他拿到那個黑色硬盤的地方。當時他第一眼就發現了被撬開一半的擋板，開口還不夠大。多年海水侵蝕使得那個被撬開的擋板有些鬆動發軟，李智只是略微發力便掰斷了擋板，得以取出硬盤。

畫面裡的老陸顯然失敗了，半分鐘後震感變得更強，他不得不放棄，轉身奪門而出。

再往後，視頻信號就被切斷了。

和自己多年來一直設想的情節幾乎一樣，李智鬆了口氣。

他本以為這已經是最後的記錄，想就此關上服務器窗口，卻還是有些強迫症地把列表往下划拉幾下再次確認。

讓他沒想到的是，再往後還有一個文件，那是一個名為《致陳厚》的文本文檔，上傳時間是今年的一月底。

二

親愛的陳厚：

我不知道你能不能看見這封信，但我還是決定要寫。

在我寫這封信的時候，聽說新加坡爆發了很可怕的疾病，不知道你還好嗎？

我的身體很好，至少目前很好，不用掛念。

這麼多年來，你一定問過你自己，我究竟是你的什麼人？

現在，我可以回答你這個問題了：如果非要下個定義的話，你或許可以說是我的孩子，卻又不能算是真正意義上的「孩子」。不知你在尋找自己身世時是否已經發現或聽說了，你其實還有一個兄弟，你們是雙胞胎。

你們倆都是克隆人，是我的克隆人。

我知道這聽起來簡直是天方夜譚。第一個克隆生物——克隆羊「多莉」的出現已經是上個世紀末期的事情了，克隆人技術在21世紀初其實就已經成熟。可直到我寫這封信的2056年，這項技術都還沒有得到任何一個國家批準。當然了，那個無政府主義者聚集的「綠洲」除外。

科幻作品裡都把克隆人當成是犯罪工具，或是製造幫自己躲過各種暗殺的替身。事實上，克隆技術最為廣大的前景是和基因工程結合使用，從而治愈各種罕見遺傳疾病。

我患有漸凍人症，這是一種和遺傳因素有一定關係的疾病，患病的人會在開始出現癥狀到最終死亡的整段時間裡，緩慢地經歷全身肌肉的僵硬、萎縮，到最後連轉動眼珠和呼吸都做不到。在我25歲那年，發現自己工作時越來越容易體力不支，手腳不聽使喚。經過檢查，發現是漸凍人症。根據我父親的說法，我的母親也患有同樣的病癥，確診後怕拖累家庭便不告而別。那時候關於這種病中國國內所知甚少，他們還抱著僥倖心理，希望那時還年幼的我不會受到波及。

同年，或許是因禍得福吧，我的父親陰差陽錯地在中國的樓市發了一筆橫財，我們家很快就富裕了起來。於是他便到處求醫問藥，兩年內走遍了全球主要的發達國家最好的醫院，他們都沒有治療方案，只能延緩癥狀，盡可能延長患者生命。

終於，在2011年，一項研究發現，有一種伴X染色體顯性遺傳的漸凍人症，是由於一個基因突變導致無法合成一種名為「泛醌蛋白2」的蛋白質。經過基因測序，發現我的對應基因片段確實有此類病變。我當時的感覺就是原本放眼望去一片灰暗的人生，突然亮起了一盞燈。

如果是現在，這種基因缺陷引起的病癥只需要使用基因治療技術，將正確的基因片段導入安全的人造病毒中，之後注射進體內，病毒就會把這個正確的基因導入到我的身體細胞中，一次性地解決這個問題。不過，1999年發生了一起醫療事故，一個叫傑西·蓋爾辛格的年輕人接受詹姆斯·威爾遜醫生的試驗性基因治療後死亡。那時候還沒有專門用於基因治療的安全人造病毒技術，也沒有找到更為安全的載體病毒。當時治療使用的腺病毒使得傑西的免疫系統過載。這個事件導致了整個基因治療行業開始崩潰，投資人紛紛撤資，很長一段時間都得不到發展。等到2011年該領域已經開始復甦，也是重重受限。我如果是美國人可能還有些機會，以中國公民身份到美國接受尚處實驗階段的基因治療，是絕對不可能的事情。

經過多方了解，我父親決定採取另一種手段：幹細胞移植療法。具體操作辦法是，將健康的幹細胞導入我的體內，任其分化成健康的肌肉細胞，逐步替換掉原有的有缺陷的肌肉細胞。這種療法就和器官移植一樣，人體會對外來幹細胞有排異反應。而且這種療法需要全身性的注射，排異反應的傷害比器官移植要大得多。

因此我們想到了克隆的方法，克隆出另一個「我」。在這個「我」還是受精卵的狀態下，就導入健康的基因。當這個克隆人從代孕母親體內出生後，便定期在他身上提取健康的肌肉幹細胞進行體外增殖，這樣就解決了健康肌肉幹細胞的長期供應和保存的問題。我們最初的想法是1年提取一次，經過大概7年的分次提取，就足夠治療我的疾病，而且對這個克隆人的身體幾乎沒有傷害。

唯一需要擔心的是，克隆人使用的是我30歲左右的細胞克隆而成，因此他的身體會過早地開始衰老。有一種學說認為這是由於端粒變短導致的，並沒有研究表明克隆人的壽命是否也會因此而減少。當時年輕氣盛一心只想要治愈自己的我，根本沒想那麼多。

即便如此，克隆人技術還涉及到很大的倫理問題。為了保密，我的父親只能通過提供大量資金，以科研為名，將這個任務拆分給新加坡的兩個不同醫療機構做，它們分別負責外源基因導入受精卵，以及將受精卵導入代孕母親的體內。

其中，負責外源基因導入受精卵的機構，還在X染色體的端粒中插入了一串特別編碼作為「產品標識」，指向了一個暗網服務器網址，裡面儲存了這個機構對受精卵進行的所有操作以及基因序列資料。雖然我不知道他們為何要這麼做，但我還是將這些資料做了幾個備份。

我們還計劃好胎兒出生後就將其送往福利機構，然後匿名提供撫養費，每年讓福利機構以體檢為由將他送來抽取一次幹細胞，以最大程度上減少知情人數。

不幸的是，胎兒發育的過程中發生了意外：原本只導入了一個受精卵，卻發育成了兩個胎兒。如果說你們是受精卵意外分裂形成的同卵雙胞胎也就罷了，可是，其中的一個胎兒，也就是陳厚你，並沒有得到健康的基因。換句話說，你身上的基因和我一樣是有缺陷的。事後和機構經過研究後才發現，造成這個結果的又是一系列的意外。

首先，他們當時使用的是一種名為「補償性基因治療」的辦法。理想的基因編輯應該是用正常基因替換掉缺陷基因。當時技術受限，很難做到準確的替換。而且男性只有一條X染色體，如果在替換過程中稍有差錯，產生其他突變，後果不堪設想。於是，他們採用了一個較為保險的方式，在其他幾對染色體中尋找合適安全的外源基因插入位點。最後，他們將外源基因導入了第7對染色體中。原本的缺陷基因在X染色體上，為了保證這個基因轉錄翻譯後所得蛋白質的產量在正常水平，他們只將這個基因插入了第7對染色體的其中一條。

在基因編輯後的受精卵意外分裂成的兩個受精卵中，第7對染色體會自我複製成相同的兩對，共四條，並重新分配到兩個新的細胞中。在這次分配過程中，兩條帶有外源基因的染色體被分到了一邊，而另外兩條沒有編輯過的染色體被分到了另一邊。這種分配出錯的現象並不罕見，我們人體中每分每秒都在發生，只不過規模不大，影響往往很微小。但在受精卵意外分裂這種特殊情況下發生，帶來的嚴重後果就是你得到了一個和我一樣的不健康的身體。

降臨在你身上的不幸，即便源於一系列的小概率事件，我也責無旁貸。

為了彌補我的過錯，我將你送到了一個專門的機構，靠人體休眠技術將你的新陳代謝水平降低。一方面你的發育速度會變慢，整個生命週期很有可能因此得到延長，甚至可能可以做到與旁人無異。另一方面，我也會讓你接受和我一樣的幹細胞治療，直到你完全健康的那天。在此期間我每天都來看你，陪你成長，盡量彌補你。我始終沒有向你透露我的身份，就算說了，那時的你也聽不懂。

2020年，我的父親破產自殺，我便成了這個世界上唯一一個直到這件事全部真相的人，或許這就是報應吧。2021年，最後一次治療即將完成的時候，大地震發生了，我和你也就開始了長達七年的流亡。

隨著你越長越大，我已經可以看出來你和小時候的我長得一模一樣。如果我們繼續一起生活，你早晚會察覺到真相。你原本的身份戶籍信息登記在你的代孕母親名下，我覺得有些不妥，便找到了一個人幫你套用了「李智」的身份信息，自己則找機會偽造了一起「事故」，從此和你分離。如果你對此感覺受到了欺騙而憤怒，我表示理解，並懇請你的原諒。

再次遇到你是2049年到2050年跨年夜，「牧場」的酒會上，純屬偶然。

我一開始沒有想到你居然就是牧場主的副手，不過對此我也並沒有感到非常驚奇，畢竟咱們有著一樣的基因，或許這就決定了我們都無法抗拒前沿醫學強大力量的吸引。

那時候你和另一個人脫離了牧民的隊伍，討論著什麼。我幾次從你身邊經過，聽到你稱呼自己為「李智」的時候，很快就確定了你的身份。不過我那時後已經是正常衰老下年過七十的狀態，而你看起來只是三十多歲的樣子。我並不能確定是你們的「長壽因子」還是幼年時期的人體休眠起了作用。總之，看到你一切都好，我就放心了。至於「長壽因子」將會造成的社會影響我有自己的看法，目前我持有較為悲觀的態度，這都是後話了。

為了讓你注意到這個服務器，我有特意和牧場主聊起過幾次利用DNA鏈儲存信息的技術，還把自己做這方面技術的朋友作為「牧場」潛在客戶介紹給他。如果你也是「長壽因子」的使用者，希望他在看到你的基因測序結果的時候能想到這一點，從而提醒你這個服務器的存在。這終歸是個極小概率事件，我並沒有抱太多希望。

無論如何，我還是選擇把這些話寫在這裡。這裡存放著你過去的檔案，希望加上我的這些話，能把這個故事講完整。

請原諒我依然不希望和你重新建立聯繫。

如果你並沒能找到這裡，看不到這些文字，以至於你直到離開這個世界的那天，都不知道你身世的全部真相，或許也不是一個壞的結果。

在命運面前，我們都是螻蟻。

以上。

老陸

2056年1月31日

終章　審判

一

班貢構想的頗有殉道意味的崇高死法並沒有得到當局的同意。

當時看見「牧場」中那副景象的在場人員人多嘴雜，保密協議在五天後還是失去了作用，媒體開始大肆將班貢渲染成一個仇富的反社會反人類瘋狂科學家，甚至被冠以「當代弗蘭肯斯坦」的外號。他冒險製出的藥劑自然也沒人敢用，那些患者寧願採用現有的拙劣治療方式苟延殘喘。當然，最主要的原因是整個「牧場」的所有設備、物料都被第一時間回收、銷毀，用以安撫群眾對於毒素傳播的恐慌，所謂的「特效藥」並沒有得到足夠的生產機會。至於那些關於政府暗中支持班貢，促進財富再分配、社會結構重新洗牌的陰謀論，充其量只能算作這次風波的副產品。

警方發現班貢的一週後，班貢終於在萊佛士醫院中，在同事們夜以繼日的努力下，脫離了生命危險。他冒著生命危險製造出來的唯一一瓶特效藥，又被用回到了他的身上。這樣的結果實在是有些諷刺，好在事實證明了他的結論是正確的。

不可避免的，他被剝奪了行醫資格，在行業裡從此遭人唾棄，之前發表過的學術論文也被撤稿。「牧場」在網絡輿論中的標簽被不明真相的群眾從「神秘科研機構」換成了「永生俱樂部」，最後變成「某邪教團體」。那些不幸去世的富豪們的家屬索要的賠償金使他傾家蕩產，哪怕他富可敵國也還不完。

這對他來說還不是最慘的。

班貢軀幹部位的中樞神經系統受到新型肉毒桿菌毒素的嚴重攻擊，這是種神經毒素，產生了不可逆的損傷，使得他脖子以下完全失去了知覺，只能在獅心塔萊佛士醫院的特殊病房裡苟延殘喘。他覺得自己此時就像是一個清醒狀態下的「豬仔」，在平直如砧板的病床上任人宰割，每天唯一有意義的事情就是聆聽那堵隔離門外各大媒體的採訪或是患者家屬的咒罵。命運留給他唯一的仁慈，可能是使他還保留有露出苦笑表情的能力。

他知道這個城市已經千瘡百孔，不同階層的人之間都在互相猜忌著。

「審判就要來了。」他喃喃自語。

「班貢先生，您的上庭時間是兩個月後。」他身邊的律師好心提醒他。每天律師都會來和他探討關於調查和案件的進展，商討對策。

「審判就要來了。」班貢似乎沒聽見一般，一遍又一遍地重複著。

二

2056年3月21日，空間太陽能電站的巨大陰影又開始重新籠罩住這個孤島，周遭灰暗得仿佛進入了永夜。小雨淅淅瀝瀝地下了起來，斷斷續續一個禮拜，洗刷著侵蝕著那些高聳於繚繞雲霧之中的高塔們，裹挾著它們的污濁由上而下滑落到海水中。海水裡的藻類也因每年這個時候見不到陽光，而有所收斂，大片的赤潮如今只有下半年才會出現了。

「血色真相」對50年代出生的這批人來說，更像是一個從他們祖輩流傳下來的傳說。畢竟現在就連針對嬰幼兒都開發出了AR交互設備，以響應「接受新科技要從娃娃抓起」的號召。只需要幾個簡單的指環加上一個鏡腿較粗的眼鏡或是頭環，任何人都可以拋棄傳統LED屏幕而生活。一直伴隨「血色真相」存在的，諸如「紅色屏幕」、「蜂鳴聲」等，也隨著這些新設備使用的系統和編碼方式的不同而消失匿跡。對於這些沒有在屏幕時代生活過的新生人類來說，那些曾經令他們的長輩們叫苦不迭的經歷，實在是難以感同身受。

可他們還算可以感受何為「強制閱讀」——增強現實設備依然會「強制性」地在你日常生活中顯示廣告：有時候是在雪白的牆面，有時候是在天空上，有時候你每踩一步，腳下就會蕩漾起各種炫光，上面是各種為你量身定製的真實的或是虛擬的產品廣告。總之，它們會用各種各樣新奇的方式奪走你的注意力，只有在識別到開車或是過馬路這類危險場景才會暫時停止。可惜，這兩種活動在這個幾乎完全依賴公共交通的高塔內，根本不存在。哪怕你按照AR服務提供商的建議，開通了廣告屏蔽服務，成為了會員，依然不能免除開機廣告以及「會員專屬推薦」。它們和普通廣告唯一的區別是你可以手動關閉它，如果你真的能記得每種廣告對應的，不同的關閉手勢指令的話。據說，那些利欲熏心的資本家們甚至準備利用腦波干擾技術，在用戶的夢境中插入廣告。

雷闖的家裡還保留有電視這種古董設備，那是一台100英寸的大屏幕超薄電視，是那個年代人們新婚或是喬遷必會得到的送禮佳品。當時雷闖一共收到了同款的三台，最後好不容易轉手賣掉了兩台。那三個送禮的朋友之後每次來到他家，他都會誇起這個大屏幕的諸多好處，其實他自己都忘了他留下的那台到底是誰送的。

由於空間太陽能電站遠程輸電時造成的信號干擾，現在新加坡地區的電視信號還不能直接從衛星上獲得，都得從鄰國馬來西亞轉接。現在是晚上十點，雷闖正在客廳翹著腳，收看一個有關海洋污染治理的紀錄片，電視屏幕上的大量蔚藍海水圖像，將他身後的牆面也照得碧波蕩漾。窗外的雨聲和電視裡傳出的海浪聲意外的合拍，使他昏昏欲睡。

忽然，他的電視瞬間黑屏，本來就沒有開燈的房間陷入黑暗。緊接著，屏幕呈現出艷麗的紅色。

他第一反應便是「血色真相」的信號出現了，遙控器上卻始終找不到合適的鍵讀取這次的推送信息。換做是以前，只要雙擊手機屏幕就可以打開「血色真相」的推送。而現在他眼前這塊屏幕，落後得連觸控功能都沒有。他思來想去，也沒想到自己的哪個朋友家裡會留有這種古董。他好不容易翻出保修卡，靠著上面的二維碼下載了說明書的電子文檔，找到了售後客服電話。當他正要撥出，抬頭一看，電視屏幕上開始出現了一行行的字，並不斷向上滾動，像是電影片尾的製作人員清單和演員表。

開頭是「牧場會員名單」六個大字，之後每一行的字都由三個部分構成：姓名、職位和住址。裡面不乏有名字被框起來的人，那是已經去世的標誌。其中一些本地已逝富豪的名字，他之前在新聞上都有見過。根據職位和住址信息來看，這些名字的所有者都來自政商兩界的高層，國籍則遍布全世界。

雷闖覺得眼睛被那些紅底白字刺得生疼，卻還是努力睜開眼看著，只在眨眼的時候多閉上一會兒。過了約莫半分鐘，他突然想起了電視機上並沒有攝像頭或者虹膜識別設備，因此無論他睜眼閉眼，控制著他那個100英寸大屏幕的人都無從得知。

正當他起身準備離開客廳的時候，電視中開始播放了一段視頻。視頻是幾段視頻剪輯起來的，裡面的人都穿著白色的無菌服，戴著手套，只有臉露在外邊。雷闖能勉強認出其中幾個比較有名的政客面孔，他猜測其他人應該也都是達官顯貴。

視頻最後定格在一個巨大的水箱前，雷闖沒見過那種東西，只覺得看起來像是他之前去萊佛士醫院取血用過的休眠艙，只不過畫面裡是立起來的，而且要大上許多。水箱裡面漂浮著一具人體，雷闖一眼就認出了她。

他很快就聯繫之前關於「牧場毒素」的報導得出了結論：這些頂層人們，在用琳婭曼妙的身體製造一種可以抗衰老的「神藥」。後來由於某些原因，琳婭的身體內出現了那種致命的肉毒桿菌毒素，使得她再也無法從休眠艙中醒來，只能成為實驗品，或是單純的觀賞物體。如此一來，琳婭失蹤後的下落便水落石出，原來一直被軟禁在「牧場」裡不知死活。如果從失蹤那天算起，這一令人發指的行徑，或許已經持續了二十年。

這次的推送並沒有像以往一樣引起軒然大波，或許有傳播途徑和媒介受限的原因，或許是因為距離「血色真相」上次出現已經過去了很久，人們已然忘記了被它支配的恐懼。也可能是因為目標群體早已人到中年，正是忙著為生活奔波的年紀，那些有了孩子的，更是忙得焦頭爛額。他們背負的已經不只是自己的人生，而是一整個家庭的人生。

沒有任何法律條例要求他們一定要有如此重的心理壓力，他們以為這是出於「自願」，但那種隨時想靠買醉來逃避的心情，分明否定了這個結論。於是，他們又用所謂的「愛」來粉飾太平。在讓人承受最大的委屈卻又毫無怨言這點上，再也沒其他詞匯有這般的魔力。

可誰又能說清楚「愛」究竟是什麼呢？更多的是原因，還是借口？

次日凌晨，雨還在下，絲毫沒有消停的意思，仿佛要把灰黑的雲層都耗盡才肯罷休。雷闖被枕邊充著電的指環發出的震動驚醒，他並不需要睜開眼，只需要通過振動頻率就能知道這是淨水廠裡打來的緊急電話。上次被這樣叫醒，是二月份廠裡臨時得知有政府水質檢測人員第二天要來的時候。不過這次，是水質監測結果觸發了警報，中央控制系統自動發來了提醒。

當雷闖為了不吵醒妻兒，躡手躡腳地穿好衣服，搭上直達水下樓層的電梯，回到自己的崗位時，才發現自己幾乎是全部門最晚到的。

即便絕大多數工作已經被算法和機器取代，大量的工程師還是作為後備人員隨時準備被調遣應對突發狀況。熙熙攘攘的人群並沒有操起各種工具，而是都在議論著什麼，遠遠對著兩扇鉛製大門指指點點。

雷闖來到這裡工作也快要二十年了，他幾乎沒有印象那扇緊閉的厚重的銀灰色金屬大門打開過……哦好像是有那麼一次，那時「天穹計劃」剛剛開始，淨水廠引進了一些日本的機器。機器送來後，每年都會有專人過來維護幾天，他還知道那些機器流出來的水就是超淨水。

「聽說抽海水的時候抽到了很多重水。」雷闖身邊的一個高級工程師小聲對他說。

「種水？什麼種水？」雷闖一時沒反應過來，可能是睡眠不足腦子還沒清醒。

「就是水分子裡面的氫原子被氘原子取代了……」

「哦哦，你說重水。含量有多少？」

「自己看，將近百分之一。」高級工程師指著人群上方的大屏幕，上面像股票票交易所一樣顯示著密密麻麻的各種數字，那是水中各種雜質成分的計量表，其中重水那一欄已經標紅了。

「超出正常值這麼多？」雷闖一下子清醒過來，背後冷汗直流。

他如此緊張並不是沒有原因的。

在30年代初期的時候，新加坡剛剛復國不久，本來繼續靠著馬來西亞提供相當一部分水和電力。大地震後，馬來西亞的經濟也受到了重創，連續十年經濟無增長，而隔壁的新加坡開始「塔林計劃」之後經濟增長強勁，或許是出於嫉妒，馬來西亞政府突然連續抬高水電價格，認為新加坡並沒有能力拒絕。新加坡政府對這種坐地起價的方式非常不滿，一邊答應一邊決定投入大量資金擴建海水淡化廠以及淨水廠，很快就實現了供水的自給自足，但供電問題遲遲沒有得到解決。之前曾經嘗試在海上布置可以利用太陽能和潮汐能發電的浮標陣列，又由於維護成本高昂棄用了。

最後，他們便請來中國的施工隊在高塔底部修建了核電站。

就在核電站正式投入使用後沒多久，馬來西亞政府突然松口，降低了電費。由於馬來西亞還在使用火力發電和水力發電，因此給出的價格十分誘人。新加坡政府最終決定暫時繼續使用馬來西亞供的電，而核電站暫時關停，核燃料也封存在內部，作為戰時應急電源使用。再後來，新加坡電力供應就徹底是「宙斯」和「穹頂計劃」的舞台了。

在正常海水中，氘原子的含量很小，大概為六千四百分之一，因此重水的含量十分有限。而重水在核反應堆中作為中子減速劑被使用，重水含量的突然上升，免不了讓人擔心那個封存已久的反應堆是否發生了泄露。

「如果真的泄露了，那個超淨水淨化設備，是可以淨化核污染的吧？」那個高級工程師小聲問雷闖，看來他也沒有進入超淨水生產區域的權限。

「聽說是日本福島核電站泄露後，為了解決水質污染，專門設計出來的一體式水淨化設備。」雷闖語氣中帶著懷疑，「或許有用吧。」

「不過裡面生產的水好像只給上層人用。我這種底層人想用還得專門申請，還有收入門檻，就算有了資格也是定額配給。說來你可能不信，我來這淨水廠少說也有七八年了，連用超淨水的權利都沒有。」

「沒辦法，可能確實產量少吧，我印象中只送來過兩台，那已經是很久之前的事了。」雷闖露出無奈的神情，希望能給對方一絲安慰。

「遍身羅綺者，不是養蠶人。」對方喃喃自語。

大屏幕上的數據還在波動著，每當重水比例有些下滑，雷闖就略微安心了一些，每當數據上行，他的雙腿都不由自主地抖動起來，仿佛隨時準備好了逃跑。現場的其他工友們大都已經盤腿坐下，眼睛半睜半閉。有些人老朽的脖頸已經支撐不住他們困乏的頭顱，隨著上下浮動的數據一起頷首，在失去和恢復意識的邊緣徘徊。

三

2056年3月22日上午十點，王傑穿著建築檢修工人的服裝，在九龍塔塔頂的其中一隻龍頭雕像內，擺弄著一台類似天文望遠鏡的設備。他將設備對準了遠處的獅心塔高層，打開開關，微調著這個長筒的位置和朝向。他戴的耳塞中漸漸出現了「滋滋」的電流聲。他握住了設備上一個紅色的旋鈕轉動著，仿佛在收聽古老的調頻廣播。終於，聲音的清晰度滿足了他的要求，王傑會心一笑。

在獅心塔的另一面，有另一個配套的設備正朝著這個長筒發射一束穿透力極強的粒子流，剛好穿過獅心塔高層中央的一個政府會議室，被王傑這邊的儀器接收。在與之相垂直的方向，有另外一對設備進行著同樣的工作。如此一來，房間裡的聲波就能通過分析粒子流受到的擾動來讀取。所有的信號屏蔽以及信號干擾手段，都無法阻止粒子流穿透，只需要稍加過濾，解析聲音信息，這些保密措施便形同虛設。甚至通過聲音對兩條交叉粒子流的擾動程度不同，還能大致分辨出每個發聲單元的方位。

這是一場發生在政府高層之間的會議，只不過這次參會人數明顯多了許多，儀器捕捉到了許多不同位置的人聲干擾。這個小國的政府，總是會在重大會議邀請媒體，事後將能告訴普通民眾的信息全盤托出，有時候甚至現場直播，根本沒必要冒法律風險竊聽。

這次「雄獅之心」反常地要求他竊聽，看來這是一次嚴格保密的高層會議。

王傑在儀器配套的顯示屏上飛快的操作，進行了信號掃描，並沒有發現錄音錄像設備特有的頻率信號，說明這場會議並沒有任何用於影音記錄的電子設備參與。這屬於典型的對於紙筆時代的保密性過度自信，以為只要擺脫了網絡便能避免泄密。可新的技術總是層出不窮，遠比大多數人們去理解這些新技術的速度還要快。

王傑始終相信技術發展的最終目的，便是讓所有的人都失去隱私，赤裸相見。只有當內心善惡無所遁形，人們才有動力去消除內心的邪惡，而不是靠著權宜之計，用所謂的道德感去暫時約束它。就比如，全天候監控每個人的所有行為，便可以提前預知犯罪的發生。已經不止一次有政府希望採取這種方式控制人民，他們似乎忘了政府的本質也是由人組成的系統。那些國家中，政客們被此類監控系統所累的比例，遠遠高於一般人。至於普通人的隱私是否也配被當作隱私，這就是另一個需要各類商業公司和各國政府機構回答的問題了。能夠確定的是，「只有骯髒的人才渴求隱私權」一直是「血色真相」流傳最廣的宣傳語。

「現在情況怎麼樣？」設備裡終於傳來了清晰的人聲。這個聲音是根據粒子流保留下來的有限信息，用程序電子合成的，只能反映說話人的音量和聲線的大致高低以及基本的聲調，並不能辨別出各自獨特的音色，甚至有時候連男女性別都很難區分。考慮到這句話的語氣，王傑推斷應該是整個會議廳裡地位最高的人在說話，至於是總理還是總統他就不清楚了。

「目前基本排除核電站泄露的可能。潛水機器人發現，有大量放射性元素聚集在九龍塔和獅心塔之間的海底，但是每次靠近機器人內部芯片就會被強輻射損壞。結合淨水廠發現的水中含有大量氘原子的消息，目前依然懷疑是類似核反應堆的設備出現了泄露，而且是老式核反應堆，應該是上個世紀末的產物，懷疑是核潛艇。」

「哪個國家的？」

「目前不能確定。」

「潛艇這麼大的東西，怎麼可能突然出現在我們這裡？我們的雷達一點痕跡都沒有發現嗎？如果是早就在那裡的，當初修建高塔的時候應該早就發現了。」會議主導者的聲音顯得有些焦急，「水利部的部長呢？」

「在這，總統先生。」有個人應聲。

看來這次主導會議的人是總統無疑。

「目前情況如何？」總統問。

「根據淨水廠的報告，如果泄露情況沒有好轉，大片的海域將受到污染，範圍可能達到半徑五十公里。如果核潛艇的猜測屬實，這個數字還算保守的，大型核潛艇泄露導致的污染曾經有記錄可以蔓延兩百公里。就在十五年前，新西蘭附近有一艘上個世紀九十年代初期沉沒的核潛艇，在海水侵蝕下終於造成了核反應堆泄露，被稱為海底切爾諾貝利。最後污染物隨著洋流污染了整個秘魯漁場，引發的一系列經濟問題直接導致該國財政破產。」

「那我們這次，真的是類似的情況嗎？什麼時候能弄清楚具體影響規模？從昨晚到現在已經八個多小時過去了，你們連具體情況都沒弄清楚，還是只有猜想。」總統有些慍怒。

「目前，已經準備派人穿著防輻射服手動操作潛水艇下去查看，預計可以到達離推斷的泄露源20米左右的地方，再往前輻射對人體的傷害就超過安全限度了。」

「那如果按照你們的推測，我們能繼續保證給一千萬人口的供水嗎？商業供水就先不考慮，先保證居民用水。然後這段時間抓緊和馬來西亞那邊商量，盡快把之前的供水管道恢復使用。財務部長，你出一份關於水價的報告，研究一下什麼價格合理。這種特殊情況可以酌情加價，前提是不能讓他們知道我們這邊出了大事，就算早晚會被其他國家發現，也越晚越好。」

「明白。」

「我們現在的供水還能維持多久？馬來西亞那邊恢復水供應需要多久？」

「讓馬來西亞恢復供水，需要對管道重新進行檢修。自從廢棄後，兩國政府都沒有檢修維護過了。按照之前幾次維護估計，如果沒有嚴重問題的話，需要一個月左右。至於談判的時間，大概也是這個數，如果他們不刻意刁難的話。加起來一共需要兩個月左右。」

「淨水廠這邊，情況不太樂觀。我們目前還能保證全島正常供水，三天後，就只能保證居民用水，商業用水得暫停。再過四天，也就是距離現在一週後，就不能保證居民用水了……」

「我記得我們不是有生產超淨水的能力嗎？還是特意找日本買的機器，當時就是為了預防核戰爭購買的，可以消除核污染。」

「確實是這樣，當時只引進了兩台，打算引進第三台的時候，財政預算撥給了『天穹計劃』，就擱置了五年左右。再後來日本方面要求重新談判，我這邊申請了很多次都沒有得到批準。如果需要供給全島一千萬居民用上超淨水，至少需要五十台這樣的機器。」

「現在有兩台……也就是只能供給……」

「四十萬人，而且還是在機器 24 小時開動，保證不損壞也不做日常維護保養的情況下。」

「我們沒有水儲備嗎？」

「普通飲用水和超淨水儲備都有，就保存在九龍塔靠近海底的幾層，只夠維持兩週。不過，我們目前也不確定那裡是否也受到了核輻射污染。那幾個樓層在海底，水泥牆體厚度有十米左右，也還是有被穿透的風險。我已經安排人去檢測了。」

「也就是說，哪怕是最好的情況，我們也有六週左右的空檔期，要麼從其他地方運水過來，否則幾乎全島人都要撤離？」

「如果只供水給高層居民的話是足夠的……」

「部長你要記住，這不是一個只屬於上層人的國家。」總統很不耐煩地打斷了他，「更何況，他們中的不少人消息靈通得很，跑得比誰都快。你願意給他們留口乾淨水，他們還不見得願意留下來喝。」

「呃……總統先生，不好意思打斷您。我認為目前最嚴重的可能還不是水源的問題。」

「我是環境部的。」

「哦……欸我記得環境部不是早就被撤了嗎？哦不對，是和城市規劃部合併了。」

「是的，我正是來自城市規劃部下屬的環境部，代表城市規劃部參加本次會議。」盡管有些模糊，王傑依然能判斷出這是一個自信的女性聲音。

「你的意見是？」

「剛剛水利部部長也說了，海底附近的建築牆體大概是十米厚。根據我們的估算，至少需要二十米厚的牆體才能將核輻射減弱到一個比較合理的範圍內。現在污染已經擴散，從海底到海面這段距離中，住著大約六百萬底層勞工群體。而這段距離的牆體平均厚度都在5米以下。更何況，海面附近還有高塔之間的公共交通系統，每天要運送大約一千萬人次。」

「你的意思是，他們可能會更快受到影響？」

「根據我們部門的推算，大約10天左右，哪怕他們喝的水是乾淨的，他們中居住在靠近塔外側牆體的人群，大概有兩百萬人，依然時刻暴露在輻射環境下。而且海面以下的樓層本身居住密度就很大，經常六個人擠一個房間，靠塔心的區域也沒有空餘位置。唯一的辦法就是讓他們住到高處，越高越好。」

「10天……超過這個天數的話……」

「有些人就會漸漸開始產生癥狀，比如嘔吐，莫名其妙出血，嚴重的話甚至可能全身組織潰爛。」

「那多高合適呢？」

「我們的建議是，海面以上一百米以內都不要住人。」

「一百米？這可能嗎？」

「基本不可能。不過理論上，如果把50層以上的空間全面開放，也就是中高層區域，並且按照居住密度極限來安排入住的話，勉強足夠。」

「不行，憑什麼讓那些又髒又臭的勞工住進我家，我也有自己的家人，我們的生活也要隱私。」一個官員著急地插嘴。

「所以我一開始就說了，基本不可能。」那個環境部的女人使用了明顯的嘲諷語氣，王傑甚至可以腦補她翻了個白眼。

「哪怕行得通，這也確實不太合理。隱私是一回事，這麼多人安插進陌生人家裡，就算戶主真的都同意了，治安什麼的也已經沒法保證了。而且低處和海底，本來就有很多這些人賴以生存的產業。他們一旦失業，早晚會變成不穩定因素的。如果強制這麼做，又違背了憲法。對了，淨水廠的員工怎麼辦，他們應該是最接近核輻射的人了。」

「我們的核輻射防護服庫存是足夠的，現在已經保證所有員工人手一件。」

……

四

會議持續到了傍晚，王傑一字一句認真聽完了全程，他覺得自己可能比某一些在場的官員還要認真，如果他沒有聽錯，設備過濾後的聲音中不時會出現輕微的鼾聲。即便會議時間如此之長，直到結束都沒有討論出一個合理可接受的解決方案。

當天午夜，調查小組終於確認此次核污染是由一艘核潛艇的反應堆泄露造成。奇怪的是，那艘核潛艇似乎已經停留在哪裡有些時日了，上面厚重的海藻已經將其完全包裹，一些小生物群落已經蝕入船體許多。之前沒有發現它的蹤跡，可能是核潛艇的表面具由特殊的黑色塗料，經過簡單的測試發現它可以幾乎完全吸收雷達的電磁波信號，再加上海水中信號的衰減，探測器根本接收不到任何反饋信號。

一週後，政府決定在七天內將所有國民分散撤離到周邊的幾個國家暫住，並公布了核泄漏的消息。新加坡周邊的國家得知後，紛紛將自己的人民從海岸線向內陸回撤了十到二十公里不等。

為期一個月的談判過程很順利，供水管道重新投入使用的速度比預計的要快。

再一個半月後，便是政府安排的回遷日子。政府宣布除了某些特定機構的員工必須在海面以下的樓層穿上防輻射服才能工作以外，其他的人都將盡量被重新安排在距離海面 **100** 米以上的地方生活和工作。由於空間不夠，預計有兩百萬外來勞工將失去居住在高塔內的機會，只能靠著裝有厚厚鉛板的駁船，每天往返於馬來西亞與兀蘭塔的港口間。

回遷的日子很快就到了。停靠在碼頭上的數十艘遊輪上早已噴塗上了大大的紅白星月旗圖案，用各種語言書寫著「歡迎回家」的字樣。然而一整天過去了，這些負責集中回遷人員的港口，始終只有零零落落幾個來回踱著步負責維持秩序的警察，以及肆無忌憚地蹦跳著遊蕩的海鷗，除此之外再也沒有任何活物。

那些「消失的人」在各國出於人道主義援助的移民政策下，幾經權衡，最終都選擇永遠地離開了這個最接近未來都市樣貌的國家。

值得一提的是，他們之中去往馬來西亞、印尼等鄰近國家的人們，眺望海平面時依然遠遠能看見那七座矗立著的高塔。

入夜時分，那些高塔總是燈火通明，下方的海面卻漆黑一片，翻騰著，吞沒了每一絲本應被倒映出的葳蕤燈火，不依不饒地啃噬著那些高塔的底部。

或許千百年後，在世界的許多角落會流傳著這樣一個傳說：

從前，在亞洲最南端的海域，有一座富饒的島嶼在大地震中沉沒。許多年後，七座高塔從海底豎起，塔頂通天。有千百萬人住在塔裡，每個人都踐踏著別人的頭顱，每個人都匍匐在別人的腳下。

最終，有些人站在塔的頂端，便自以為神明。

他們需要來自凡人的供奉，他們需要被世人所信仰，他們需要擁有對世間萬物的唯一解釋權。他們想要擁有更多，並且覺得自己理應獲得更多。

而那些凡人們呢？他們時時刻刻都在抬頭往上看，模仿著，崇拜著，終其一生只想成為像他們一樣的「上層人」。

後來，曾經居住在那裡的凡人們都離它而去，流落到世界的其他角落。就連那些神明，最後也不得不背棄了那裡。

曾有旅人故地重遊，說那七座高塔有時出現在清晨濃重的霧靄中，有時出現在正午明媚的海面上。

人們說那只不過是海市蜃樓。

後記

於迷亂中提筆 ◎ 雷思傑

2019年4月，我的所有課程進入尾聲，即將從新加坡國立大學碩士畢業。這是我第一次真正在異國他鄉「生活」，新加坡這座城市對我而言充滿了新鮮感，在這裡遇到的每一個人，經歷的每一件事，聽說的每一個故事，都給予了我無窮的靈感。

6月份開始，便是我正式畢業步入社會的時候。彼時我已經在新加坡找到工作，距離7月15日入職還有一段時間。在那短暫的一個半月裡，我陷入了一種茫然無措的狀態，我知道從此往後，我的人生不再有像分數這樣單一明確的目標了。

「未來的我會是什麼樣呢？」、「未來的新加坡又是什麼樣呢？」我總是這樣問自己。在嘗試回答這些問題的時候，我突然產生了一種想要記錄下自己此時此刻所思所想的衝動。如果採用《沉思錄》的形式未免有些枯燥，我便靈機一動，希望以一個「近未來」故事的方式呈現。

或許十幾二十年後我回頭看時，會覺得這些內容幼稚可笑，可它記載的終究是曾經的我，是我在人生第24年的一個切面。它將在未來告訴我，我曾經是如何看待這個世界的。這樣的一份記錄至少對於我本人以及想要了解我的人來說意義非凡。

2019年和2020年發生了很多大新聞，它們是我一大靈感源泉，在小說裡也都盡數體現，比較關心時事和科技圈的讀者應該很容易看出來。人物的名字和原型大都來自於我身邊的同事和朋友，感謝你們給我帶來了靈感。相當一部分劇情也是基於我身邊真實的人和事進行藝術加工後改編，甚至也包括我自己的經歷。總之，如果有感到冒犯之處，並非我本意，望海涵。

小說中有大量的對未來科技的推演和預測。受限於我的知識面，我對這部分的處理較為保守，絕大多數都是今天已經在實驗室中實現或是理論上已經可以實現的技術。

關於行文結構，我參照了 BBC 紀錄片《人生七年》以及電影《雲圖》的手法，以多人物多視角的形式，穿插講述多條故事線，並聚焦在一個大時間跨度內互相聯繫的幾個小片段上，希望讀者實際閱讀時不會感到困惑。

在此還要特別感謝兩位素未謀面的網友。

首先要感謝第一個完整讀完這本小說的吳天睿同學，她對這部作品的肯定以及對我的鼓勵極大地延續了我的文學創作欲望。

其次要感謝楊卓博士於 2021 年 5 月 10 日對這部作品的獨到評價和見解。她很明確地指出了本小說的優缺點，並與我自己的看法不謀而合。這也徹底結束了完稿後一年多以來我對這部作品的懷疑。因此，我才下定決心出版這本小說。

最後，感謝每一位翻開這本書的讀者，願我的這些文字能在你們的生命中泛起一瞬漣漪。

雷思傑

2021 年 7 月 15 日

新加坡國家圖書館出版品預行編目（CIP）資料

Name(s): 雷思杰 .
Title: 巴别塔纪元 / 作者 雷思杰 .
Other Title(s): 他山之石 ; 002.
Description: Singapore : 新文潮出版社 , 2022. | 繁体字本 .
Identifier(s): ISBN 978-981-18-4942-8 (Paperback)
Subject(s): LCSH: Fantasy fiction, Chinese--21st century. | Singapore--In literature.
Classification: DDC 895.13--dc23

他山之石 002
巴別塔紀元

作　　者　雷思傑
總　　編　汪來昇
責任編輯　歐筱佩
美術編輯　陳文慧
校　　對　雷思傑　洪均榮　歐筱佩
出　　版　新文潮出版社私人有限公司
TrendLit Publishing Private Limited (Singapore)
電　　郵　contact@trendlitpublishing.com
法律顧問　鍾庭輝法律事務所 Chung Ting Fai & Co.

中港台發行　秀威資訊科技股份有限公司

新馬發行　新文潮出版社私人有限公司
地　　址　366A Tanjong Katong Road, Singapore 437124
電　　話　(+65) 6980-5638
網路書店　https://www.seabreezebooks.com.sg

出版日期　2022 年 10 月
定　　價　SGD 32 ／ NTD 450

建議分類　科幻小說、現代小說、當代文學